Mag Mell
N
Nördliches Gold
Tal der
Arrach-di
Roc-rugha
Smaragdmine
Lärchenwald
von Ablon
Bell-dae

Silla – Der Dunkle Druide

Frederike Hieronymi

Silla

Tochter der Wölfin

Der Dunkle Druide

Thienemann

Für meine Mutter,
für meine Schwestern Roswitha und Heidi.

1. KAPITEL

Im Jahre 1513 des Widders,
nach unserer Zeitrechnung 487 vor Christus

WILDES FEUER

Der Blitz zuckte über den Himmel und fuhr mit einem hellen Krachen in die alte Zirbe. Eine Stichflamme loderte auf und stand für einen Moment wie eine Lichtsäule vor der schwarzen Kulisse der Berge. Der Geruch von Brand und Schwefel zog sich in dünnen Fäden durch die Dunkelheit bis zu den zwei Gestalten am Rand der Wiese, die im Schutz einiger Bäume auf der Lauer lagen.

»Da! Wir haben es! Wir haben das Feuer!« Der Junge schrie triumphierend auf. Er packte den Mann neben ihm am Arm, um im selben Moment auch schon wie im Schock zu erstarren, gebannt von der Kälte, auf die seine Finger getroffen waren.

Mit einer ungeduldigen Bewegung und ohne den Jungen weiter zu beachten, schüttelte der Mann die Hand ab und stakste mit langen Schritten los.

Das Feuer, das Wilde Feuer, das der Himmel selbst entzündet hat!, dachte der Junge und strich sich das dünne blonde Haar aus den Augen, das ihm regennass an Kopf und Stirn klebte. Ein Aufwallen von Triumph stieg ihm in einer Welle in die Kehle und hätte ihn fast aufkrähen lassen wie einen stolzen, jungen Hahn. Er konnte es gerade noch unterdrücken und presste sich vorsichtshalber die Hand auf den Mund. Der Druide schätzte es gar nicht, wenn er so krähte, und den Druiden zu verärgern … Bei dem Gedanken zog er unwillkürlich die Schultern zusammen, als wollte er sich gegen einen Schlag schützen. »Nicht ratsam«, murmelte er, »nicht ratsam.«

Aber sie hatten das Wilde Feuer! Endlich konnten die Rituale beginnen, die *ihn* zum König machen würden, ihn, Celtilus Torch Troyth.

Als hätte der Regen in einem Moment des Schwächerwerdens Kraft gesammelt, prasselte er nun in neuer Heftigkeit los, ließ den Bach aufrauschen und kleine Tümpel auf der schon längst vollgesogenen und mit Regen gesättigten Wiese des Hochmoores stehen.

Celtilus spürte die Nässe in seine Lederschuhe quellen, die seine Zehen unangenehm kalt umspülte. Er wischte sich das Wasser aus den Augen, das unablässig nachströmte, und bemühte sich, die Gestalt des Druiden nicht aus den Augen zu verlieren. Der Zauberer tanzte wie eine lichtlos-schwarze Flamme vor dem lodernden Baum, der seine glühenden Arme in die Nacht reckte, als suchte er Hilfe. Jetzt konnte Celtilus auch den beschwörenden Gesang vernehmen, der fetzenweise herüberwehte.

Mit einem Mal zog sich das Feuer zusammen, als hätte sich eine dunkle Hand darum geschlossen, dann flackerte es wieder auf, um genauso schnell in sich zusammenzufallen und plötzlich zu verlöschen. Der Gesang brach ab und verwandelte sich in einen Ausruf des Zorns, so düster und wild, dass Celtilus spürte, wie ihm trotz Kälte und Regen Angstschweiß ausbrach und sich in einer dünnen, klebrigen Schicht über die Haut legte. Erschrocken stolperte er vorwärts, dann sah er den Druiden wie eine riesige Schattenfigur vor sich aufragen – jetzt nur noch in Finsternis und Nässe gehüllt. Die durch und durch dunkle Gestalt hielt den leeren Tontopf, den eigentlich die Glut des Wilden Feuers hätte füllen sollen, anklagend erhoben.

»Beim nächsten Mal«, flüsterte Celtilus beschwörend und zog den Kopf zwischen die Schultern, als versuchte er ihn einzuziehen wie eine Schildkröte. »Beim nächsten Mal wird es klappen und wir werden Taranis' Flammen in den Opferhain tragen können.«

»Und«, der Druide drehte sich langsam zu dem Jungen und schien die ganze Wut seines schwarzen Blicks auf ihn zu richten, »wann wird das wohl sein, deiner Meinung nach, dass Taranis uns so spät im Jahr noch Blitze senden wird?« Unvermittelt riss er seinen Arm in die Höhe und ließ seinen Stock auf den Rücken des Jungen niederfahren.

Der Junge unterdrückte einen Aufschrei, während ihm vor Schmerz und Angst die Tränen in die Augen schossen. »Aber …«, stammelte er, »aber … es gibt doch noch andere Möglichkeiten, das Feuer zu entzünden …«

Die Hand des Druiden verkrampfte sich kurz, als wollte er noch einmal zuschlagen, dann zuckte er nur wie ermattet die Schultern und ging mit langen Schritten den Weg zurück, den sie gekommen waren. »Andere Arten«, hörte Celtilus ihn murmeln. »Ganz recht, bei Taranis, andere Arten!« Der Rest seiner Worte erstickte in einem Kichern.

Der Junge trottete mit gesenktem Kopf hinter ihm her. Bei den Göttern, wie hätte er sich gewünscht, dass sie das Feuer erwischt hätten und endlich …

Als hätte der Druide die Gedanken des Jungen gespürt, drehte er sich halb zu ihm um. »Wenn die dunkle Zeit beginnt, alle Flammen gelöscht und wieder entzündet werden, dann werden wir das Ritual beginnen.« Seine Stimme klang seltsam kalt und unbeteiligt und er schien mehr zu sich selbst zu sprechen. »Ja, mit dem Feuer der Samhaine, das wird gut sein. Das gibt uns auch Zeit, noch größere Opfer vorzubereiten. Blut wird die Flammen nähren, wenn der Dunkle Fluch unsere Feinde verschlingen wird. Ja, Blut, das wird gut sein!«

Bei seinem Kichern zuckte der Junge unwillkürlich zusammen.

Wenn ich nur schon König wäre, dachte er verzagt. Dann wird er es nicht mehr wagen, mich zu schlagen! Keiner wird es mehr wagen, sondern alle werden mich mit Respekt behandeln! Und *ich* werde in Y-loig herrschen, nicht Finn!

Vor ihnen tauchte schemenhaft der Umriss einer hohen Burg auf.

Celtilus schlüpfte in die klamme Halle, die nach Moder und Ruß roch, und machte sich seufzend daran, die Glut in der Feuerstelle anzufachen. Eiseskälte war in seine Glieder gekrochen. Eiseskälte, die der Druide aus jeder Pore seiner ledrigen Haut auszustrahlen schien. Furcht stieg dem Jungen wie ein Schluchzen in die Kehle. Dieses alte Scheusal! Celtilus hatte Angst vor ihm. Angst vor seinen Schlägen, vor allem jedoch Panik vor seiner dunklen Kunst, die er gegen jeden richtete, der sich ihm in den Weg stellte. Aber noch brauchte der Druide ihn.

2. KAPITEL

In den beginnenden Jahren des Wassermanns,
nach unserer Zeitrechnung im 21. Jahrhundert nach Christus

NOCH EINMAL …!

»Bitte, bitte erzähl mir die Geschichte noch einmal, nur noch ein Mal«, bettelte Vinzi und blickte Silla dabei so flehend an, dass sie lachen musste.

»Ich hab sie dir schon mindestens hundertmal erzählt! Du musst sie doch langsam auswendig kennen. Und außerdem warten die anderen mit dem Abendessen auf uns, wir müssen noch durch den Wald und mir frieren langsam die Zehen ab. Da nützt es dir gar nichts, wenn du mich anschaust wie Till, wenn er einen Knochen haben will!«

Till, der seinen Namen gehört hatte, streckte den Kopf aus dem Busch, in den er gerade hineingeschnuppert hatte, und blickte Silla mit gespitzten Ohren und feuchten Augen an.

Sillas kleiner Bruder schob die Unterlippe vor und runzelte störrisch die Stirn.

Silla seufzte. Ihre Mutter hatte heute extra für die Familie gekocht, weil in der »Glocke«, ihrer Fremdenpension, ausnahmsweise einmal keine Gäste waren. Das kam sehr selten vor und war dann immer ein kleines Fest. Zu spät zu kommen würde da eindeutig Ärger bedeuten. Sonst waren ihre Eltern eigentlich ganz in Ordnung. Genau genommen waren Fini und Emil Wolf ja ihre Adoptiveltern. Fini hatte sie als Neugeborenes bei einem Spaziergang mitten im Wald auf dem Keltenstein gefunden. Alle hatten damals gerätselt, wie das Baby dort hingekommen war. Letzten Sommer hatte Silla es dann verstanden, als sie die Reise durch die Zeit ins Reich der Kelthoi angetreten hatte. Das Land ihrer Geburt. Sie war mit einer unglaublichen Geschichte, tätowierten Schläfen und einem Welpen namens Till wieder aufgetaucht. Die Tätowierungen, verschlungene blaue Linien, hatten ihre Mutter dabei am meisten aufgeregt!

»Bitte!«, bettelte Vinzi jetzt wieder. Vinzi hieß eigentlich Vinzent, aber da er für seine neun Jahre sehr klein war und ihm ständig alles danebenging, wirkte der Name Vinzent viel zu groß für ihn und jeder nannte ihn nur bei seiner Abkürzung. »Du hast mir die Geschichte noch nie am Stein erzählt, wenn es gerade dunkel geworden ist – so wie damals!« Vinzi grinste jetzt und zog schaudernd die Schultern zusammen. »Das ist dann bestimmt voll gruselig. So, als wäre man selbst mittendrin in der Geschichte.«

Silla lächelte und schüttelte den Kopf. »Es wird sogar bald noch dunkler sein als damals. Schließlich haben wir schon fast November und Mond ist auch keiner zu sehen. Damals war Mittsommernacht und noch dazu Vollmond.«

»Aber nass war es auch«, beharrte Vinzi.

»Ja, nass war es auch«, lachte Silla und fuhr ihrem kleinen Bruder durch die dunklen Locken, die sich in der feuchten Nebelluft wie Korkenzieher kringelten. Dann legte sie ihre Hände auf den schweren Steinquader, der in der Mitte der Waldlichtung thronte, in der unbewegten Ruhe von Granit, der die Jahrtausende hat vorbeiziehen sehen.

Was für eine Reise war das damals gewesen und wie oft hatten sie und ihre Freunde dabei dem Tod ins Auge geblickt! Trotzdem hätte Silla keine Sekunde davon missen mögen, wenn sie es sich recht überlegte. Noch dazu weil sie bei dieser Gelegenheit Cù kennengelernt hatte, ihren Zwillingsbruder.

Wieder zurück in Anslinden hätte ihr wohl keiner ein Wort geglaubt, wenn sie nicht einen schweren goldenen Reif um den Hals getragen hätte, einen keltischen Torques, der in zwei Wolfsköpfen auslief. Die Wolfsköpfe waren das Zeichen der Faol, was in der Sprache der Kelthoi Wolf bedeutete. Denn so hieß ihre leibliche Mutter im Keltenreich: Sirona Faol, die Wölfin.

Trotzdem war Sillas Geschichte für die meisten nicht überzeugend. Vor allem für ihre Klassenkameraden nicht. Die erklärten sie einfach für verrückt und hielten alles, was sie erzählte, für erfunden. Aber andererseits hätte Silla im umgekehrten Fall wohl genauso gedacht.

Zumindest ihre Familie hatte zu ihr gestanden, ihre Eltern und ihre Schwester Clarissa, die kaum ein paar Monate älter war als sie. Ja, und Vinzi. Vinzi hätte ihr immer alles geglaubt, selbst ohne irgendwelche Beweise!

»Also gut«, gab sie nach. »Weil du es bist. Aber nur ganz kurz. Ich möchte nicht unbedingt im Stockdunkeln durch den Wald stolpern.«

»Juhu!« Vinzi führte einen kleinen Freudentanz auf und zog eine Taschenlampe aus der Jacke. »Licht habe ich. Du musst mir erzählen, wie du durch die Zeit gereist bist. Komm, wir klettern auf den Stein, damit es ganz echt wirkt. Aber du musst mir hinaufhelfen, das ist zu hoch für mich!«

Silla lachte und verschränkte die Hände zur Räuberleiter.

Silla fuhr auf. Das hatte sich fast angehört wie ... Konnte das denn sein?

Wie zur Antwort hob Till die Schnauze und stieß ein lang gezogenes Jaulen aus.

Ein Schatten fiel über sie und eine flüchtige Berührung streifte Sillas Stirn. Wie konnte das möglich sein? »Oila«, flüsterte sie.

Der Schwindel packte sie plötzlich und hart, griff nach ihr wie eine riesige Faust, die sie auf den Stein drückte. Sie fühlte sich in den Fels gesogen – oder wurde sie hochgehoben? Wo war oben, wo unten? Gab es das überhaupt noch oder hatte sich die Welt, wie sie sie kannte, schon aufgelöst? Wie von fern hörte sie einen hellen Schrei. Vinzi! Dann wusste Silla nichts mehr, nicht ob sie fiel oder lag, ob sie ihren Bruder noch in den Armen hielt oder er ihr schon längst entglitten war und nur noch als einsame Sternschnuppe durchs Universum trudelte. Alles hatte sich aus ihrem Bewusstsein verflüchtigt und sie versank in der Stimme hinter ihrer Stirn, die sie durch die Nacht und die Unendlichkeit leitete.

3. KAPITEL

Im Jahre 1513 des Widders,
nach unserer Zeitrechnung 487 vor Christus

IM HEILIGEN HAIN

Ein heftiger Ruck und ein Schlag rissen Silla zurück in die Wirklichkeit.

»Autsch, hat das wehgetan! Was ist … was ist passiert?« Ächzend rappelte sie sich auf und öffnete mühsam die Augen. »Vinzi!« Erschrocken löste sie den Griff ihrer Arme, die den kleinen Bruder wie Schraubstöcke umklammert hatten.

Vinzi glitt in einer schlaffen Bewegung zur Seite und hing wie leblos über dem Stein, während Till sich aus der Schlinge des Schals wand und ein kleines Jaulen ausstieß.

»Vinzi! Du liebe Güte, was ist passiert? Was …?« Sie blickte auf und der Rest des Satzes erstarb ihr in der Kehle.

Der matte Schein frisch gefallenen Schnees ließ die Lichtung glänzen und nur noch vereinzelt stachen spitze Silhouetten von Nadelbäumen durch hohe Baumkronen, deren kahle Arme nicht verrieten, welches Laub sie einmal getragen hatten.

»Was …?«, flüsterte Silla noch einmal, da ertönte hinter ihr ein tiefes Lachen. Sie fuhr herum.

»Was für eine wunderbare Überraschung, willst du wohl sagen, kleine Wölfin, der es die Stimme verschlagen hat«, klang es mit mildem Spott. Ein langer Finger schob sich unter ihr Kinn und drückte ihr den Mund zu, der vor Verblüffung offen stand.

Silla packte die Hand, schob sie fort und presste sie zugleich fest zusammen, um sich zu vergewissern, dass sie echt war und kein Traumgebilde. »Drugwydd«, sagte sie dann. »Wie kommst du …?« Sie schüttelte verwirrt den Kopf. Eine Mischung aus Entsetzen, Freude und Sorge ließ sie schwindelig werden. Die Sorge überwog. »Drugwydd … was ist mit Vinzi?«

Der Druide legte dem Jungen eine Hand auf die Stirn, die andere auf die Brust. Er schien einige Momente zu lauschen, dann glitt ein Lächeln über sein Gesicht. »Sein Geist ist noch auf der Reise, aber keine Angst, er wird bald eintreffen! Die Eule ist auch noch nicht da.«

Silla klammerte sich an den Stein. »Drugwydd, was … wo … träume ich?« Sie blickte ihn mit Augen an, die schwarz vor Schock in ihrem bleichen Gesicht schwammen.

Ein unterdrücktes Lachen ließ den Bart des Druiden erzittern, der ihm weiß und seidig bis über den Gürtel hing. »Sibylla Faol Torch Troyth! Es ist mir eine Ehre, dich willkommen zu heißen, Hohes Kind!« Er breitete die Arme aus und Silla spürte mit einem Mal wieder Leben in ihren gelähmten Gliedern.

»Drugwydd!«, schrie sie und warf sich vom Stein herunter mitten in seine Arme. Aus dem kratzigen Filz seines Umhangs stieg warm und vertraut der Geruch nach nasser Wolle und Kräutern auf. »Ist es denn wirklich wahr, Drugwydd? Haben wir wirklich … die Reise …?«

»Es sieht mir ganz danach aus, kleine Wölfin!« Der Druide tätschelte ihr unbeholfen den Kopf. »Anders wüsste ich nicht, wie ihr hierher auf den Opferstein hättet geraten können!«

Ein Schatten strich über sie hinweg, schwenkte in eine elegante Kurve und kam mit ein paar kleinen Hopsern auf dem Stein zu stehen.

»Oila! Warst das wirklich du? Hatte ich mich nicht getäuscht?«, flüsterte Silla.

Die Eule ruckte den Kopf, um sie einen Moment unbeweglich aus ihren orangen Augen zu fixieren, dann fing sie an sich in aller Ruhe das Gefieder zu putzen.

Vinzis Arm zuckte und ein kleines Stöhnen drang aus seinem offen hängenden Mund. Der Druide schob Silla sachte von sich, wühlte in den Falten seines Umhangs und zog ein Tonfläschchen heraus, das er entkorkte. Er bewegte es ein paarmal unter Vinzis Nase hin und her. Ein stechender Geruch stieg auf. Vinzis Glieder begannen zu beben, er warf den Kopf herum und ächzte.

»Er scheint etwas zu sagen!«, rief Silla und brachte ihren Kopf ganz dicht an seine Lippen. Wieder murmelte er etwas. Silla begann zu lachen und klatschte in die Hände. »Er sagt: ›Das stinkt!‹«

»Ja.« Vinzi nickte leicht und jetzt waren seine Worte deutlicher zu verstehen. »Das stinkt!« Wie selbstverständlich und ohne dass es ihnen überhaupt richtig bewusst wurde, benutzten Silla und er die raue Sprache der Kelthoi.

Nun zog Silla Vinzi in ihre Arme. »Das ist Vinzi, Drugwydd. Mein kleiner Bruder.«

»Und er hat die Reise mit dir gemacht, wie es aussieht!« Der Druide blickte versunken in das bleiche Gesicht des Jungen, dessen Augenlider zu flattern begannen und sich hoben.

»Nicht nur der Hund«, murmelte Drugwydd vor sich hin, dann fuhr er sich mit der flachen Hand über das Gesicht, als wollte er ein anderes Bild fortwischen. »Noch ein Bruder«, seufzte er dabei in so mutlosem Ton, dass Silla fragend die Augenbrauen hob.

»Was meinst du mit ›noch ein Bruder‹, Drugwydd?« Besorgnis hatte sich in ihre Stimme geschlichen. »Was ist mit Cù?«

»Mit Cù ist nichts, was mir bekannt wäre, Silla. Obwohl …! Mir sind da zwischendurch Geschichten zu Ohren gekommen …!« Der Druide schüttelte den Kopf und ein Schmunzeln ließ die Spitzen seines Schnurrbarts zittern. Dann winkte er ab. »Nein, nein, von Cù spreche ich nicht.«

»Haben wir die Reise gemacht, so wie du damals, Silla?«, klang Vinzis Stimme leicht verhangen dazwischen.

»Du hast das ja schnell erfasst, Vinz.« Silla strich ihm über die verstrubbelten Locken. »Aber keine Sorge, wir werden schon wieder irgendwie zurückkommen!«

»Wir sind echt bei den Kelthoi?« Vinzi befreite sich aus Sillas Armen, rappelte sich auf und schwang die Füße über den Rand des Steins.

Silla verzog das Gesicht und zuckte die Schultern. »Es tut mir leid, Vinz! Ich …«

»*Leid?*« Vinzi schrie fast. »Das ist doch … das ist doch … einfach TOLL!« Er musterte Drugwydd mit gerunzelter Stirn, dann strahlte er. »Und du bist der große Druide«, stellte er fest.

Drugwydds Gesicht schien zu erglühen vor Vergnügen. »So hat man denn in der Anderswelt von mir reden gehört! Das schmeichelt mir sehr, so es – und das hoffe ich doch – Gutes gewesen ist, was man sich über mich zu erzählen wusste!«

»Ja, also …« Vinzi zögerte leicht verunsichert. »Silla hat eben von dir erzählt und von euren Abenteuern und so.«

»Was war das jetzt mit meinem Bruder, Drugwydd? Bitte, sag mir doch«, bat Silla noch einmal.

»Nun«, der Druide begann zerstreut in den Schichten seines Umhangs zu suchen, »es ist da noch ein Bruder aufgetaucht, kaum ein paar Tage älter, als du und dein Zwillingsbruder Cù es seid, falls stimmt, was er spricht. Seine Mutter war eine Frau aus einem Dorf, in dessen Nähe der König zu jagen pflegte, unweit Y-loigs, des Königssitzes. Nun hat das Ganze sich recht unglücklich entwickelt, denn dieser Junge, Celtilus ist sein Name …« Drugwydds Kopf verschwand unter seinem Mantel. »Ah, da hast du dich versteckt!« Seine Stimme klang gedämpft durch den schweren Filz. »Hier ist meine kluge Freundin.« Drugwydd tauchte wieder auf, zog vorsichtig etwas aus den Falten des Stoffs und hielt es Vinzi auf der geöffneten Handfläche hin. »Das ist Losgann!«

Vinzi betrachtete zweifelnd die Kröte, die ihn ihrerseits aus gelben Augen unbeweglich fixierte. Oilas Kopf ruckte überrascht, als wollte sie sich im ersten Reflex auf das Tier stürzen, dann schien sie Losgann zu erkennen und fuhr wieder mit ihrer Federpflege fort. Vinzi streckte vorsichtig einen Finger aus und berührte leicht die feucht glänzenden Warzen.

»Nun, und dieser Bruder beruft sich auf das Recht des Älteren in der Thronfolge.« Das Gesicht des Druiden hatte sich verfinstert.

»Ja, aber … aber geht denn das?«, stammelte Silla erschrocken. »Ist Finn denn inzwischen noch nicht König?«

Drugwydd seufzte. »Könige und Fürsten können nur an bestimmten Tagen oder Nächten in ihre Würden und Pflichten eingeführt werden, so wie an Samhaine, dem dunklen Fest, wenn die Zeit stehen bleibt und sich die Pforten zur Anderswelt öffnen. Dann wandeln die Toten zwischen den Lebenden und die Seher können ihren Blick ungehindert über die Schwelle der Anderen Welt richten. Samhaine beginnt heute und wird noch drei Nächte dauern. Bis dahin werden wir mehr verstanden haben.«

»Aber du und Iolair, ihr unterstützt doch Finn! Wer könnte also etwas dagegen sagen? Du bist doch schließlich der oberste Druide, dein Wort gilt vor dem des Königs und alle achten die Meinung der Alten Frau.«

»Nun, leider gibt es da noch etwas. Celtilus' Begehren hat einen starken Beistand: Sliabh-sceil.« Drugwydd drückte die Kröte mit aller Entschlossenheit in Vinzis Hände. »Steck sie unter deinen, deinen …«, der Druide warf einen zweifelnden Blick auf Vinzis Anorak, »nun, unter dein Gewand, Junge. Die Kälte ist nichts für sie.« Dann hob er Vinzi mit einer schnellen Bewegung vom Stein und packte Sillas Hand. »Kommt! Es ist Zeit, zu gehen. Alles andere werdet ihr gleich selbst sehen – befürchte ich.«

»Wo sind wir denn überhaupt?« Silla blickte sich verwirrt um. »Das ist doch nicht An Ear, oder?«

»Nein, wir sind im Heiligen Hain von Y-loig. Das ist Barrus, der Königswald.«

Silla schwieg eine Weile, bemüht, mit dem Druiden Schritt zu halten und auf dem glatten Untergrund nicht auszurutschen.

»Drugwydd«, begann sie dann. »Hast du mich gerufen? Ich meine vorher, als du beim Stein warst. Vor unserer Reise.« Sie blickte zu dem Druiden auf, dessen Profil im matten Schein des Neuschnees sanft leuchtete.

»So hast du mich denn gehört.« Er schickte einen lächelnden Blick zu ihr hinunter.

»Gehört, ja, aber auch die Stimme der Alten Frau.«

»Ach!« Drugwydd schnalzte gedämpft mit der Zunge. »Ich war am Stein, um meine Gedanken zu sammeln für das, was kommen wird«, sagte er dann. »Die Abenteuer, die wir miteinander erleben durften, standen mir mit einem Mal wieder ganz lebhaft vor Augen. Da wünschte ich für einen Moment, du wärest wieder da und würdest vor mir stehen mit deinen blitzenden Augen, die oft die Dinge so ganz anders betrachten, als wir es tun. Es war nicht meine Absicht, dich aus deiner Welt zu rufen, aber meine Gedanken schienen sich auf eine Art zu verselbstständigen und immer wieder deinen Namen zu wiederholen. Ich vermute, dass sie sich mit denen Iolairs getroffen haben, die wohl gerade Ähnliches dachte und – nun, es ist Samhaine!«

»Ich habe euch auch vermisst, Drugwydd.« Silla berührte kurz seine Hand, dann blickte sie sich suchend um. »Aber wo ist Iolair? Sie ist ja gar nicht da!«

Der Druide zuckte die Schultern. »Sie ist da und nicht da! Wenn du sie gehört hast, dann ist sie wohl da. Die Wirklichkeit liegt im Geist.« Drugwydd lächelte leicht. »Ansonsten durchstreift Iolair noch die Wälder auf der Suche nach Wintersamen für die Räucherwerke.«

»Ich saß gerade am Stein und erzählte Vinzi von euch«, sagte Silla leise.

Der Alte lachte gedämpft in seinen Bart. »Ja, ja, so geht das«, murmelte er. »Und nicht nur deinen Hund hast du mitgebracht, sondern auch noch den kleinen Burschen da! Ganz erstaunlich!«

»Sieh nur, Till ist ganz aufgeregt und schnuppert herum wie verrückt, als würde er alles wiedererkennen und sich freuen, dass er wieder da ist!«

»Nun, und du, Silla Faol? Wie steht es mit dir?«

»Ich?« Silla fühlte mit einem Mal, dass Sorge und Angst, die sie eben noch gespürt hatte, ganz anderen Gefühlen Platz machten. »Ich freue mich auch, Drugwydd! Und wie ich mich freue! Und wenn ich daran denke, dass ich gleich Finn wiedersehe und Moruagh …! Ist sie denn auch da? Wer ist denn noch in Y-loig? Du musst mir alles ganz genau erzählen! Auch, was alles passiert ist, seit ich fort bin …!«

»Halt, halt!« Drugwydd hob lachend eine Hand. »Wie soll ich denn erzählen, wenn du schnatterst wie die Gänse im Frühjahr und dabei springst wie ein Kalb! Gemach, gemach. Höre, was euch in der Burg erwartet – soweit ich das selbst weiß, naturgemäß! Ich fürchte nur, das ist im Moment noch nicht allzu viel!«

Der Boden war gefroren und machte es leicht, die Wege durchs Moor zu erkennen. Der Schnee war auf ihnen liegen geblieben und die schmalen Pfade breiteten sich wie ein weißes Aderngeflecht über den trügerischen Morast zwischen Burg und Königswald. Silla und Vinzi folgten dem Druiden schweigend und konzentriert. Vinzi hielt Losgann in seinen Anorak gewickelt und blies immer wieder einmal seinen Atem zu ihr hinein, um sie zu wärmen. Die Hände hatte er tief in seine Ärmel gezogen.

Dann sah Silla die Silhouette der Burg vor sich aufragen, die mit ihrem überdachten Wehrgang machtvoll und abweisend auf sie hinunterblickte. Ein banges Gefühl breitete sich wie eine plötzliche Schwäche in ihr aus. Sie stolperte und hielt sich unwillkürlich an Drugwydds Umhang fest.

»Mut, Mädchen«, murmelte der Druide und legte ihr für einen Moment die Hand auf den Scheitel. Sie fühlte sich überraschend warm an.

»Halt, wer seid ihr?«, klang barsch die Stimme des Torwächters herunter.

»Drugwydd und zwei Gäste zu Finn Ab Galwys!«

»Verzeiht, Druide! Ich hatte Euch nicht erkannt. Die Nacht ist dunkel.«

Das hölzerne Falltor öffnete sich knarzend und Stimmengewirr, Lachen und Festlärm wehten heraus.

»Bald wird es noch dunkler sein, wenn erst die Feuer gelöscht sind«, rief Drugwydd lächelnd zurück.

»Dann wird uns auch kein Tor mehr schützen können vor dem, was unterwegs ist!« Der Wächter schien nach seinem Hals zu tasten und Silla wusste, dass er an sein Amulett griff, wie die Leute es so oft getan hatten, wenn sie Silla gesehen hatten, die Besucherin aus der Anderswelt.

»Wohl wahr«, murmelte Drugwydd, zog Silla und Vinzi unter seinen Umhang, dass nur noch ihre Köpfe heraussahen, aber ihre Anoraks und Jeans verborgen blieben.

Der große Hof vor den lang gestreckten Gebäuden empfing sie mit einer Lebendigkeit, die nach der Stille des Waldes blendend und überwältigend wirkte. Rosse stampften und schnaubten, an allen Ecken und Enden waren Menschen, lachten und scharten sich um große Kupferkessel, aus denen der Geruch von Honigbier dampfte. Er mischte sich mit dem deftigen Aroma, das von den Spießen herüberwaberte, an denen ganze Schweine als brutzelnde Braten langsam über der Glut gedreht wurden.

Dem Druiden wurde respektvoll der Weg frei gemacht, aber ansonsten achtete niemand auf sie, als Drugwydd sie in eine Seitengasse schob und weiter in eines der Häuschen, die um einen großen Bau geschart lagen.

Mit einem erleichterten Seufzer drückte der Druide die Tür

hinter ihnen zu. Schwelende Glut unter einem Kessel verbreitete einen warmen Schein. Der Geruch von Kräutern stieg von dem Sud auf, der leise in dem Kupfergefäß vor sich hin simmerte. Die Regale an den Wänden waren über und über mit staubigen Tonfläschchen und Krügen bestanden und an der Decke, in deren Stroh Dämpfe und Rauch versickerten, hingen dicht an dicht Büschel trocknender Pflanzen. Drugwydd warf ein paar Holzscheite in die Glut und verschwand im Hintergrund des Raumes, wo er brummelnd etwas zu suchen schien. Silla legte den Arm um Vinzi, der ein wenig verloren am Eingang stehen geblieben war, und zog ihn ans Feuer.

»Schau, setz dich da auf die Felle und wärm dich ein bisschen auf, Vinz!« Sie streckte die Hände aus, um ihre klammen Finger aufzutauen.

»Mama und Papa sind jetzt weit weg, Silla, nicht wahr? Und Clarissa auch und alles«, murmelte Vinzi, ohne sie anzublicken.

Silla spürte plötzlich einen Kloß in der Kehle und räusperte sich. »Es wird alles gut werden, Vinzi. Versprochen!« Sie bemühte sich, so viel Zuversicht, wie sie nur aufbringen konnte, in ihre Stimme zu legen, war sich aber nicht ganz sicher, ob es gelang.

»Schon okay!« Vinzi blickte zweifelnd zu ihr auf und starrte sie ein paar Augenblicke mit gerunzelten Brauen an, dann zog ein Strahlen über sein Gesicht. »Das wird ein richtiges Abenteuer, nicht wahr, Silla?«

»Das fürchte ich auch, Vinzi!«

Ihr kleiner Bruder grinste mit einem Mal breit über sämtliche Zahnlücken und sah dabei so kühn aus, dass Silla lächeln musste.

»Seht einmal, ich wusste doch, dass Iolair so etwas haben muss! Dies hier ist unsere Behausung, wenn wir in Y-loig weilen, müsst ihr wissen. Wir teilen uns die Kräutertöpfe.« Drugwydd schob ihnen einen Stapel Kleider zu. »Zieht das über und legt dafür euer seltsames Gewand ab. Und dann haben wir hier noch genau, was wir brauchen.« Er zog zwei Paar Stiefel und verschiedene Pelze unter der Bank hervor, über die Felldecken gebreitet lagen. »Iolairs Schuhwerk müsste dir passen, Silla, und Vinzis Stiefel müssen wir eben mit Stroh ausstopfen und eng schnüren, dann wird es schon gehen. Deinen Torques trägst du ja wohl, Mädchen, nicht wahr? Das ist gut! Also, los!«

Die Adeligen des Landes werden versammelt sein, hatte Drugwydd gesagt, aber nichts hatte Silla auf diese bunte Menschenmenge vorbereitet, die das Langhaus fast zu sprengen schien. Drugwydd, Vinzi und sie hatten sich durch eine kleine Pforte unbemerkt in den Raum gestohlen. Silla blieb an die Wand gedrückt stehen, hielt Vinzi fest an der Hand und hatte ihre Kapuze tief in die Stirn gezogen. Der Druide bahnte sich weiter seinen Weg durch die Anwesenden. Der Raum war so groß, dass mehrere Feuerstellen nötig waren, um ihn zu wärmen und die Leute zu verköstigen. Kostbar gearbeitete Kessel aus Kupferblech hingen über den Flammen, in denen Essen köchelte und Würzwein warm gehalten wurde. Rauch, Essensdämpfe und der Ruß flackernder Öllämpchen machten die Luft schwer und stiegen in stickigen Schwaden auf, um durch das Strohdach langsam nach außen zu versickern. Der Boden war mit Fellen bedeckt, auf denen die lagerten, die auf der gemauerten Langbank rund um den Raum keinen Platz mehr gefunden hatten. Filzumhänge und Pelze waren achtlos von Schultern gestreift worden und nun entwich daraus feucht Schnee- und Menschendunst. Eine Nebenkammer diente wohl dazu, seine Waffen abzulegen. Dort blitzten mit metallischem Schein Brustpanzer, Schwerter und Helme. Nicht wenige Frauen mischten sich unter die Männer. Sie waren in lange Röcke statt in bunt karierte Beinkleider gehüllt, kamen den bärtigen Kriegern jedoch in selbstbewusstem Auftreten und lärmender Großspurigkeit gleich.

Füllhörner kreisten, wurden immer wieder in Kessel getaucht, aus denen das Honigbier duftete. Lachen brandete hier und da auf und schien niemals ganz zu verstummen. Golden blitzten schwere Reifen, Torques und Armbänder, die sich um muskulöse Oberarme wanden, kostbare Fibeln und Spangen, die Umhänge hielten, Ohrgehänge und gehämmerte Gürtel. Haare waren mit Kalkwasser zu mächtigen Mähnen aufgebauscht, lange Schnurrbärte sträubten sich bürstenförmig oder lang geschwungen und Zöpfe waren glänzend mit goldenen Fäden durchflochten.

Auf einem Podest am schmalen Ende des Saals stand ein hoher Stuhl aus dunklem Holz, über und über mit Blättern, Ranken und daraus hervorlugenden Tierköpfen beschnitzt. Die schmale Gestalt eines Jungen saß daneben. Er lehnte, die Beine ausgestreckt, an einem Stuhlbein und hatte eine leichte Abwesenheit im Blick, als würde ihn das ganze Treiben nichts angehen: Finn, der zukünftige König.

Es war gerade ein paar Monate her, dass Silla den Freund das letzte Mal gesehen hatte, aber er wirkte nicht nur um Jahre älter und reifer, sondern er strahlte auch eine ernste Besonnenheit aus, die Silla vorher noch nie an ihm erlebt hatte.

An diesem Abend würden die Rituale beginnen, die ihn zum König machten. Drei Nächte würden sie sich hinziehen, so lange, wie das Samhainefest dauerte, dann würde es den Jungen, wie sie ihn kannte, wahrscheinlich endgültig nicht mehr geben, dachte Silla, sondern nur noch den Herrscher über Kelth Belchen-ai, der mit seinem Leben für das Wohlergehen seines Landes bürgte.

Hell und strahlend tauchte Drugwydd jetzt hinter Finn auf. Der Druide hob die Hände und erwartungsvolle Stille breitete sich aus.

»Ihr hohen Herrinnen und Herren Kelth Belchen-ais«, begann er, »ich sehe mit Freude im Herzen, dass ihr alle gekommen seid, unseren neuen König …«

Ein schrilles Quäken, Pfeifen und Trommeln vom Eingang her unterbrach ihn. Musikanten platzten herein mit Hörnern, Flöten und Sackpfeifen, bahnten den Weg für einen in den Schultern leicht gebeugten, hageren und hochgewachsenen Mann, der in einen Umhang gehüllt war, von dem Silla nicht hätte sagen können, ob er schwarz, blau oder dunkelviolett war. Auch sein Haar, das ihm in einem dünnen Strang über den Rücken hing, schimmerte in dem gleichen Farbenspiel. Sein Gesicht war über und über mit blauen Linien tätowiert. Die Stimmung im Langhaus schien sich schlagartig zu ändern und wo eben noch die Luft von freudiger Erwartung förmlich vibriert hatte, breitete sich nun eine Unruhe aus, die Silla schwer mit Worten hätte beschreiben können. Fast hatte sie das Gefühl, als ginge von der dunklen Gestalt des Mannes eine Welle von Kälte aus, die alles, was sie traf, zum Erstarren brachte oder zumindest in nervösen Schrecken versetzte.

»Sliabh-sceil«, flüsterte jemand neben ihr.

Wieder dieser Name, den schon Drugwydd mit so viel Abscheu ausgesprochen hatte, dachte Silla und schob ihre Kapuze ein wenig zurück, um besser sehen zu können.

Vinzi stieß sie mit dem Ellenbogen an. »Schau mal, den da!«, flüsterte er. »Der ist geschmückt wie ein Weihnachtsbaum!«

Silla bemerkte erst jetzt den Jungen, der hinter der dunklen Gestalt eingetreten war, und presste sich schnell die Hand auf den Mund, um nicht laut zu lachen. Sie warf ihrem kleinen Bruder einen Seitenblick zu. Er schien völlig unberührt von der Stimmung, die dieser merkwürdige Sliabh-sceil verbreitete, und was den Jungen betraf, hatte er wirklich recht! Schmuck, kostbare Stoffe und Goldgewebe an allen Ecken und Enden und darüber ein bleiches Gesicht, das in finsterer Arroganz in die Runde blickte.

»Seht an! So beginnen denn nun die Rituale, den neuen König zu krönen.« Die Stimme des Dunklen war nicht mehr als ein heiseres Flüstern und dabei doch so durchdringend, dass sie noch in die hintersten Winkel trug. »Dann ist es nur gut, dass ich Euch den *richtigen* König bringe.« Er packte den Jungen am Arm und schob ihn vor sich. »Seht und ehrt Celtilus Torch Troyth, Sohn Bituits, des Königsebers, erstgeboren vor Cù, somit Erster in der Thronfolge und einziger legitimer Nachfolger in der Königswürde!«

Sliabh-sceil stieß den Jungen vor sich her, der notgedrungen weiterstolperte, bis sie beide vor Finn standen, der auf die Füße gesprungen war.

»So, du bist Celtilus!« Finns Stimme drang klar und freundlich durch das Gemurmel, das unruhig aufgebrandet war. »Ich habe schon von dir reden gehört. Allerdings«, er wandte sich zu Drugwydd um, »gebührt das Recht zu sprechen in diesem Fall dem Druiden! – Drugwydd?«

Der Druide nickte ihm leicht zu. »Ihr wisst, dass die Erbfolge Bituits nicht rechtmäßig war.« Sein tiefer Bass füllte die

Luft nach Sliabh-sceils Flüstern mit Dröhnen. »Mit Gewalt war sie Fergus Ab Galwys genommen, zusammen mit allem, was er besaß und liebte. Allem, bis auf seinen Sohn Finn Ab Galwys, den Ihr hier stehen seht.«

»Nicht rechtmäßig«, spottete Sliabh-sceil mit einem kurzen Auflachen. »So wage ich zu behaupten, dass im Gegenteil die Familie der Ab Galwys es war, die ihren Anspruch auf die Herrschaft mit der Waffe und ohne das Recht durchgesetzt hat, und Bituit sich nur zurücknahm, was eigentlich von Anfang an das Seine gewesen wäre!«

»Dann wären es Cù und Sibylla Faol, die heute hier vor dem Thron stünden«, konterte Drugwydd ruhig, »des Königs Doppelkinder mit seiner Gemahlin Morrigan. Beide haben jedoch diese Würde zurückgelegt, dem rechtmäßigen Anspruch Genüge zu tun.«

»Hey, der spricht von dir …«, fuhr Vinzi auf, bevor Sillas Hand auf seinem Mund alles Weitere stoppte.

»Schsch!« Sie bemühte sich, ihren zappelnden Bruder noch mehr in den Hintergrund zu ziehen. »Du weißt doch, was Drugwydd gesagt hat!«, zischte sie.

Vinzi nickte und schob ihre Finger beiseite. »'tschuldigung«, murmelte er. »Ich weiß schon. Keiner darf uns sehen oder hören, bevor er es befiehlt, ganz gleich was geschieht, nicht wahr?«

Silla nickte nur, schon wieder ganz von den Geschehnissen gefesselt. Du liebe Güte, wie schwer fiel es ihr erst selbst, die Ruhe zu bewahren und nicht nach vorne zu laufen, um ihren Freund zu unterstützen! Aber sie wusste nur zu gut, dass man einen so deutlichen Befehl des Druiden besser nicht missachtete.

»Außerdem hatte Bituit sein Schwert gegen sein eigenes

Fleisch und Blut erhoben und somit seinen Anspruch auf die Herrschaft verloren«, konnte sie jetzt wieder Drugwydd hören, »wie es die Prophezeiung wollte.«

Rufe wurden laut. »Das sind doch alte Geschichten! Wer weiß, ob das stimmt!«

Mit einem Mal war eine hitzige Diskussion im Gang: Die Hohen des Landes hatten sich in verschiedene Lager aufgespalten, uneins, wer rechtmäßiger König sein sollte.

»Wir brauchen einen Wahrträumer«, schrie nun einer und andere Stimmen fielen begeistert ein. »Ja, einen Wahrträumer!« – »Wo ist der Seher? Holt Filidh!« – »Da drüben sitzt er ja!«

Ein kleiner Mann wurde nach vorne geschoben. Schüttere graue Haarzotteln umrahmten ein Gesicht, in dem blaue Augen mit der Unschuld und Einfältigkeit eines weit Jüngeren in die Runde strahlten. Er hatte den Kopf zwischen die Schultern gezogen, als wäre ihm die plötzliche Aufmerksamkeit unheimlich.

Er sieht aus wie ein uraltes Kind, dachte Silla, und auch, als hätte er nichts verstanden von dem, was hier vor sich geht.

»Lasst die Götter durch ihn sprechen, wer nun unser wahrer König ist«, schrie einer und die Leute begannen zustimmend Becher und Füllhörner aneinanderzuschlagen. »Ja, Filidh soll wahrträumen! Die Götter sollen bestimmen!«

Sliabh-sceil hob die Hand und sofort verbreitete sich respektvolles Schweigen. »Nun denn, Druide An Ears«, wandte er sich an Drugwydd. »Seid Ihr damit einverstanden, die Götter durch den Seher entscheiden zu lassen? Oder …«, er machte eine spöttische Pause, »fürchtet Ihr es am Ende mehr, als dass Ihr es schätzt?«

»Haben die Götter uns Druiden nicht die Wahrheit als

oberste Verpflichtung auferlegt?«, antwortete Drugwydd ruhig. »Wie sollte ich sie also fürchten, statt sie freudig zu begrüßen? Nun«, er ließ einen langen Blick über die Anwesenden gleiten, »wenn es euer aller Wunsch ist, dann lasst uns als erstes Ritual das Lager des Wahrträumers bereiten.«

Wieder wurden zustimmende Rufe laut. Silla war unbewusst einen Schritt vorgetreten.

»He, du!« Ein Mann stieß ihr sein Füllhorn in die Seite. »Steh hier nicht so herum, sondern hol mir noch etwas Feines aus dem Kessel dort, Mädchen! Und lass einmal dein Gesicht sehen, ob es wirklich so hässlich ist, dass du es so gut verbergen musst.« Er versuchte, ihr die Kapuze vom Kopf zu ziehen, aber da war schon Vinzi an seiner Seite, der ihn wie ein kleiner Stier mit gesenktem Kopf attackierte. »Lass meine Schwester in Ruhe, sonst ... sonst ...«

Der Mann lachte. Silla packte Vinzi an seinem Umhang und zog ihn möglichst schnell zur Tür. Nichts wie raus hier!

Die Nacht fühlte sich eisig an nach der Wärme im Langhaus. Silla drückte sich mit dem Rücken an die raue Steinmauer.

Vinzi ließ den Kopf hängen. »Jetzt habe ich schon wieder alles vermasselt«, murmelte er.

»Unsinn, Vinz, gar nichts hast du vermasselt.« Silla strich ihm über die Locken. »Es war sowieso höchste Zeit zu verschwinden. Viel länger hätte ich es selbst nicht mehr geschafft, still zu sein. Das ist ja wirklich gemein, was da läuft! Aber Drugwydd hat bestimmt einen guten Grund, warum wir uns nicht zu erkennen geben sollen. Am besten, wir gehen ...«

Ein Lichtschein aus der Türöffnung unterbrach sie. Stimmen wurden laut und Menschen traten aus dem Langhaus. Silla und Vinzi drückten sich so unauffällig wie möglich die

Wand entlang um die Ecke, aber in dem Treiben, das auf dem Vorplatz herrschte, fielen die zwei sowieso nicht weiter auf. Silla konnte Finn erkennen, Drugwydd, Sliabh-sceil, der wieder den blonden Jungen hinter sich herzog, dann Filidh, der von ein paar Männern geführt wurde und verwirrt lächelnd um sich blickte, als wüsste er nicht so recht, was das alles bedeuten sollte. Einer nach dem anderen traten alle auf den Platz, zogen ihre Pelze fester um sich und wickelten sich in ihre Filzumhänge. Mit den Druiden an der Spitze setzte sich der ganze Zug schließlich in Bewegung.

»Was geschieht jetzt?«, flüsterte Vinzi.

»Sie gehen zum Opfermoor, soviel ich verstanden habe. Um das Feuer zu entzünden.« Silla schüttelte den Kopf. »Ich habe keine Ahnung, was damit gemeint ist.« – Aber dem triumphierenden Gesichtsausdruck Sliabh-sceils nach, setzte sie in Gedanken hinzu, kann das alles nichts Gutes bedeuten!

Viele, die den Hof bevölkert hatten, schlossen sich nun der Prozession an. Nicht wenige waren in verrückte bunte Fetzen gekleidet, trugen hölzerne Masken auf dem Kopf mit Kuhhörnern oder Geweihen. Einige hatten kleine Öllampen in ausgehöhlte Rüben gestellt, in die furchterregende Fratzen geschnitten waren und die sie als Lampen vor sich hertrugen.

Silla musste lachen. »Samhaine, das ist natürlich Halloween! Jetzt laufen sie bei uns auch gerade mit den Kürbisköpfen herum.«

»Und hier machen sie das auch!« Vinzi staunte sichtlich. »Aber was tun wir denn jetzt?«

Silla zuckte unschlüssig die Achseln. Durch das Burgtor sah man die Lampen durch das Moor flackern wie tanzende Irrlichter. »Am liebsten würde ich hinterhergehen, aber ich weiß nicht, ob Drugwydd das recht wäre. Till ist auch schon so lange alleine. Vielleicht sollten wir besser erst einmal nach ihm schauen, was meinst du?«

»Ich bin nicht so wild darauf, schon wieder durch dieses Moor zu gehen.« Vinzi verzog das Gesicht. »Versinkt man da wirklich, wenn man neben den Weg tritt?«

»Ich fürchte, ja«, antwortete Silla leise. Wie gut hatte sie noch die Bilder von den armen Soldaten vor Augen, die hilflos in dem trügerischen Morast untergegangen waren, ohne dass ihnen jemand hätte helfen können. Sie blies sich heftig die Haare aus der Stirn und schüttelte den Kopf, in der Hoffnung, die schrecklichen Erinnerungsfetzen damit zu vertreiben. »Komm!« Sie nahm Vinzis Hand. »Gehen wir zu Drugwydds und Iolairs Hütte. Vielleicht ist Iolair ja auch selbst da, wer weiß. Dann werden wir weitersehen.«

Die Alte Frau war nicht zurückgekehrt. Das Feuer unter dem Kessel war zu einem Glimmen zusammengefallen und der Raum empfing sie dunkel. Ein wie verrückt im Kreis tanzender Till sprang japsend und winselnd immer wieder an Silla hoch, um ihr das Gesicht zu lecken. Sie schob schnell ein Scheit in die Glut und zog Vinzi auf die Bank, wo sie sich unter den Fellen zusammenkauerten. Schweigend starrten die beiden in die Flammen, die begonnen hatten, über das Holz zu züngeln. Silla hatte das Gefühl, als würde ihr die ganze Tragweite der Geschehnisse erst jetzt so langsam bewusst. Sie war wieder im Land der Kelthoi gelandet! Und noch dazu zusammen mit Vinzi!

Mein kleiner Bruder, dachte sie, für den bin ich doch verantwortlich! Wenn dem etwas zustößt …! Das würde mir nicht nur Mama nie verzeihen, das könnte ich selbst nicht! Und noch dazu …!

Das Gesicht Sliabh-sceils trat ihr vor die Augen und mit einem Mal hatte sie das Gefühl, als griffe ihr etwas unbenennbar Schreckliches ans Herz. Ihr schauderte und sie zog Vinzi unwillkürlich enger an sich.

»Hey, du zerquetschst mich ja«, murmelte Vinzi und versuchte sich freizuzappeln. Er klang müde. »Das roch so lecker überall!« Wie zur Bestätigung knurrte sein Magen.

Plötzlich merkte auch Silla, wie hungrig sie war.

»Was kocht denn da in dem Topf?« Vinzi reckte hoffnungsvoll den Hals, um in die Brühe zu blicken, die begonnen hatte, leise wabernd zu sieden.

»Wie ich die Alte Frau kenne, kann das alles Mögliche sein, nur sicher nichts zu essen.« Silla seufzte. »An deiner Stelle würde ich das nicht probieren.« Sie rutschte von der Bank und sah sich in den staubigen Regalen um, förderte aber außer ein paar Wurzeln nichts zutage. Zweifelnd blickte sie auf die schrumpligen Gewächse, die wie spitze Finger auf ihrer Handfläche lagen.

»Und? Kann man das essen?« Vinzi runzelte argwöhnisch die Stirn.

»Kann sein, kann aber auch sein, dass sie giftig sind.« Silla zuckte ratlos die Achseln und legte die Wurzeln dann mit einem letzten Blick zurück. »Wir werden es schon aushalten bis morgen früh, oder?«

Sie versuchte ihre Stimme möglichst fröhlich und optimistisch klingen zu lassen, während sie wieder unter die Felle kroch, aber Vinzi rutschte nur, ohne zu antworten, weiter an die Wand zurück. Er zog Losgann aus seinem Hemd hervor und streichelte die Kröte leicht mit einem Finger. Nach einer Weile merkte Silla, wie sein Atem gleichmäßiger wurde und er immer schwerer gegen sie sackte. Er schlief. Seine Hände hingen offen herunter, die Kröte war wohl von alleine wieder unter sein Hemd gekrochen. Sein kleines Gesicht sah blass aus im Schlaf, blass und verletzlich. Silla spürte, wie ein plötzliches Aufwallen von Zärtlichkeit ihr die Kehle zuschnürte. Sie machte ihrem Bruder Platz, damit er sich besser ausstrecken konnte, und zog die Decke sorgfältig über ihn. Mit einem kleinen Grunzen kuschelte er sich hinein.

»Ich werde schon auf dich aufpassen, Kleiner. Das verspreche ich dir!«, flüsterte Silla, kauerte sich mit untergezogenen Beinen neben ihn und starrte weiter in die Flammen, während sich das Gefühl, dass es nicht so einfach sein würde, dieses Versprechen zu halten, schwer und unheilvoll auf ihr Herz legte.

Sie musste auch geschlafen haben, denn ihre Beine waren mit einem Mal taub und das Feuer erloschen. Ächzend rieb sie sich die Waden, die sich anfühlten, als würden Ameisen darin entlanglaufen. Till saß bei der Tür. Er blickte sie mit gespitzten Ohren an und stieß ein kleines Winseln aus. Bestimmt musste er einmal hinaus. Silla hinkte auf schmerzenden Beinen hinüber. Autsch, wie das brannte!

»Komm«, flüsterte sie, packte den Hund am Halsband und streckte ihren Kopf auf die Gasse hinaus. Die Feiern schienen unvermindert im Gange zu sein – wenn sie nicht gar noch wilder geworden waren. Lautes Lachen tönte herüber, Musik und Gestampfe: Offenbar wurde getanzt.

Silla verspürte nicht die geringste Lust, sich in das Festtreiben zu mischen und am Ende aufgehalten oder – noch schlimmer – erkannt zu werden. Sie wusste nicht, welche Folgen es für Finn haben würde, wenn plötzlich die Tochter des letzten Königs zurück aus der Anderswelt hier in Y-loig auftauchte, aber es würde seine ohnehin schon schwierige Lage mit Sicherheit nicht vereinfachen.

»Es muss doch hier noch einen anderen Weg aus der Burg hinaus geben als nur über den Vorplatz«, murmelte sie vor sich hin. Till wedelte zustimmend und ließ sich folgsam am Halsband in die ruhigen Gassen hinter ihrer Behausung ziehen. Kleine Öllampen an den Mauern erhellten schwach den Weg. Weiter hinten, fernab von Trubel und Menschen, erhob sich der Burgwall und hier war wirklich eine kleine Pforte.

Schritte erklangen hinter Silla – und verhielten.

Sie presste sich an die Wand und spähte zurück. Ein Mann löschte der Reihe nach die Flammen der Lichtchen. Im Handumdrehen lag die Gasse im Dunkeln und die Schritte des Mannes verhallten. Silla schüttelte den Kopf. Was das wohl sollte? Sie tastete nach dem Tor. Es öffnete sich auf einen leichten Druck ohne Probleme. Silla schlüpfte hindurch in die mondlose Nacht, die kein Lichtschein mehr erhellte. Sie ließ die Pforte angelehnt.

»So, Till, hier kannst du laufen!« Sie ließ das Halsband los, lehnte sich mit dem Rücken an die Mauer und versuchte, in der Dunkelheit etwas von der Umgebung auszumachen. Rechts von ihr musste das Moor sein und links sah man wie bleiche Schatten die Felsen ansteigen. Dazwischen schien sich in einem Bogen der Königswald bis an die Umfriedung des Königssitzes heranzuziehen. Silla konnte die schwache Silhouette von Baumwipfeln erkennen. Sie bückte sich. Vielleicht lagen ja ein paar Tannenzapfen hier, die sie Till werfen könnte, dann wäre er ausgetobt und im Haus wieder ruhiger. Mit seiner feinen Nase konnte er die auch im Dunkeln erschnuppern. Ja, da war etwas!

»Till«, flüsterte sie, aber in dem Moment stieß der Hund einen japsenden Laut aus, Silla hörte das Unterholz krachen, dann war es still. »Till!«, zischte sie und dann noch einmal halblaut: »Till! – Dummer Hund«, murmelte sie dann ärgerlich und stampfte frustriert auf. Musste er denn gerade jetzt weglaufen! Was sollte sie denn nun tun? Und er, er kannte sich hier doch auch gar nicht aus! Nicht auszudenken, wenn er ins Moor geriet! Unruhig blickte Silla in die Dunkelheit. Wenn es nur ein bisschen heller wäre, wenigstens ein kleines bisschen! Aber es half nichts, sie musste in den Wald hinein, fort von der Umfriedung, wo jeden Moment jemand auftauchen konnte. Zögernd schritt sie los.

Die Schwärze der Nacht hüllte sie ein wie ein Umhang. Vorsichtig tastete sie sich vorwärts, die Hände nach den Stämmen ausgestreckt, deren Rinde sich rau an ihren Handflächen rieb. Solange sie zwischen den Bäumen war, konnte sie zumindest nicht ins Moor stolpern, versuchte sie sich Mut zu machen. Sie wollte ja auch nur so weit gehen, dass sie rufen konnte, ohne von Y-loig aus gehört zu werden. Ob sie das von hier aus schon einmal wagen konnte?

»Till«, rief sie verhalten und räusperte sich sofort ärgerlich und erschrocken zugleich. Wie schrill und piepsig ihr Rufen hier klang! Einfach schrecklich! »Till!«, probierte sie es noch einmal und bemühte sich, Festigkeit in ihre Stimme zu legen. Sie lauschte, aber die Stille, die sie umgab, schien undurchdringlich und absolut.

Silla ging weiter, Schritt für Schritt. Die Bäume standen hier dichter und es war dadurch einfacher, sich vorwärtszutasten, andererseits wurde das Durchkommen schwieriger, weil Gestrüpp und Sträucher den Weg versperrten. Immer wieder rief sie, inzwischen ohne sich noch darum zu kümmern, ob sie gehört werden konnte, und schickte Pfiffe in die Stille. Till *musste* sie doch endlich einmal hören!

Aber nichts rührte sich.

Ich muss zurück, dachte sie, noch einen Stamm weiter … oder vielleicht noch drei, dann drehe ich um!

Verzweifelt stolperte sie voran, blieb mit dem Fuß in einer Wurzel hängen und landete unsanft auf Händen und Knien. Sie stöhnte entnervt auf, ließ sich gegen den nächsten Baum sinken und schloss für einen Moment die Augen, was allerdings kaum einen Unterschied machte, dann rappelte sie sich wieder auf.

Also zurück, es half nichts! So würde sie Till nie finden! Er wird schon wieder zurückkommen, versuchte sie sich selbst zu trösten. Er ist schließlich ein Kelthoi, er stammt von hier und ein Bärenhund ist er noch dazu, der geht schon nicht verloren! – Hoffentlich ist Vinzi nicht inzwischen aufgewacht und fürchtet sich so ganz allein in dieser völlig fremden Umgebung! Wenn ich nur meine Uhr hätte! Ich habe überhaupt kein Gefühl mehr, wie lange ich schon unterwegs bin.

»Autsch …!«

Sie war gegen einen Felsen geprallt. So gut es durch ihre Schuhe hindurch ging, rieb sie sich die schmerzenden Zehen, dann ließ sie ihre Finger über die frostige, raue Oberfläche des Steines wandern, der hoch vor ihr aufragte. Sie tastete weiter. Daneben lag noch einer, ließ nur eine schmale Passage frei, die an dem nächsten Felsbrocken vorbeiführte.

Sillas Herz begann jäh, heftig zu klopfen. Sie war vorher an keinem Stein vorbeigekommen und die Bäume hätten sich schon längst wieder lichten müssen.

»Verdammt«, flüsterte sie. »Oh, verdammt!« Sie hatte nicht die geringste Ahnung, wo sie war, aber eines war sicher: Sie war nicht da, wo sie eigentlich hätte sein sollen.

Ich muss in die falsche Richtung gegangen sein, dachte sie, ich muss zurück! Aber warum lag ihr plötzlich schon wieder ein Felsbrocken im Weg? Hier war sie doch gerade entlanggekommen! Oder war das dort gewesen? Zögernd blieb sie stehen. Wo um alles in der Welt war denn nun eigentlich vor und wo zurück? Mit bangem Herzen musste sie sich eingestehen, dass sie es nicht wusste. Sie hatte sich verirrt.

Für einen Moment lehnte sie die Stirn gegen den nächsten Baumstamm. Die Rinde fühlte sich glatt und kalt an und bildete einen seltsamen Gegensatz zu der Hitze der Tränen, die ihr in die Augen gestiegen waren. Auch ihre Finger waren klamm geworden und Kälte zog ihr über die Füße die Beine hinauf.

Ich darf hier nicht stehen bleiben, dachte sie, ich muss weiter. Irgendwann *muss* ich ja irgendwohin kommen, der Wald kann doch nicht unendlich groß sein und die Nacht nicht ewig dauern! Und Drugwydd wird ja wohl auch zurückkommen, Vinzi ist also bestimmt nicht die ganze Zeit alleine. – Zumindest hoffe ich das!, setzte ein leiserer Gedanke hinterher.

Die Kälte war ihr inzwischen in sämtliche Glieder gekrochen und ihre Füße fühlten sich an, als wären sie schon zu Eis erstarrt. Hin und wieder hörte sie den fernen, heiseren Ruf eines Nachtvogels oder leises Fiepen und Scharren. »Till!«, rief sie dann. »Till!« Aber alles blieb still. Silla stolperte vorwärts, Schritt für mühsamen Schritt. Sie konnte an nichts anderes mehr denken als daran, die Füße voreinanderzusetzen, als hätten Kälte und Müdigkeit alle anderen Gedanken eingefroren.

Aber – da schimmerte doch etwas!

Sie fuhr sich über die Augen und schaute noch einmal. Nein, das war keine Einbildung, da ließ ein bleicher Schein vereinzelte Konturen erahnen. Da musste Licht sein! Und wo Licht war, gab es wohl auch Menschen! Hoffnung schickte eine Welle aus Kraft durch Sillas müde Glieder und sie schritt wieder energischer aus. Endlich ein Anhaltspunkt in der Dunkelheit, etwas, auf das man zumarschieren konnte, statt des ewigen Tastens, das ihren Weg bis hierher begleitet hatte.

Der Schein wurde stärker, flackerte geisterhaft zwischen den Bäumen. Ein leises Trommeln war nun zu hören, so rhythmisch wie ein Herzschlag. Und – waren das Stimmen? Ja! Ein Heulen, so schaurig, dass Sillas Nackenhaare sich aufrichteten, ließ sie abrupt stehen bleiben. Du liebe Güte, war das etwa ein Mensch gewesen? Vorsichtig und etwas zögerlich ging Silla weiter. Hier hörten die Bäume auf, schienen einer Lichtung Platz zu machen. Besser erst einmal sehen, was da los war! Sie kauerte sich hinter einen Stamm. Zum Glück trug das Gebüsch daneben noch Laub. Sie spähte zu dem Platz hinüber. Im Kreis aufgestellte Fackeln warfen ihren unruhigen Schein auf den mächtigen Granitquader in der Mitte der zart beschneiten Wiese.

Das kenne ich doch, dachte Silla. Das ist doch der Opferstein von Y-loig, wo Vinzi und ich heute Abend gelandet sind! Sie musste in einem großen Bogen um das Moor herummarschiert sein. Aber was hatten sie mit dem Stein gemacht? Farbe darüber geschüttet? Er sah so schwarz und glänzend aus. Und was lag da? Das war doch ... oh ...

Silla begann langsam zu begreifen und spürte Furcht, noch eisiger als die Kälte der Nacht. Sie war mitten in das Ritual geraten. Die zusammengekauerte Gestalt auf dem Stein musste Filidh, der Wahrträumer, sein. Wenn hier jemand Silla entdeckte, war es um sie geschehen! Die Rituale waren heilig, und ohne Teil davon zu sein und ohne ausdrückliche Erlaubnis, bei einem angetroffen zu werden ...! Aber ... wer sollte sie hier schon bemerken? Soviel sie verstanden hatte, würde

Filidh nach den Zeremonien die Nacht alleine hier verbringen. Als einzige Gesellschaft die Träume, die die Götter ihm würden zukommen lassen. Visionen, wer der nächste König Kelth Belchen-ais sein würde.

Das Klopfen ihres Herzens beruhigte sich etwas.

Ein seltsamer Geruch stieg Silla in die Nase, schob sich schwer durch die Luft und schien einen diffusen Nebel hinter sich herzuziehen, der den Umrissen etwas Unwirkliches gab. Eine Gestalt tauchte seitlich aus dem Kreis der Bäume, spiegelte funkelnd das Licht der Fackeln. Silla drehte vorsichtig den Kopf, um besser sehen zu können. Das war doch Celtilus! Im gleichen Moment ertönte wieder dieses schreckliche Heulen, das klang, als wäre es nicht von dieser Welt. Es kam von dem Wahrträumer, der halb aufgerichtet ebenfalls auf Celtilus starrte und in blankem Entsetzen diese schauerlichen Töne hervorbrachte. Dann sackte er mit einem Wimmern auf dem Stein zusammen und schien in eine reglose Ohnmacht zu sinken. Silla hörte ein leises Zischen aus der Richtung des golden schillernden Jungen. Celtilus drehte halb den Kopf. Jemand schien ihm etwas zuzuflüstern, aber Silla konnte weder die Worte verstehen, noch sehen, wer da sprach. Eine Weile blieb es still.

Silla spürte wieder ihr Herz im Hals schlagen. Sie wagte sich nicht zu rühren, wagte kaum zu atmen, aus Furcht, sich durch ein Geräusch zu verraten, bis sie das Gefühl hatte, ihre Lunge würde jeden Moment platzen.

Da bewegte sich etwas. Jemand schritt an Celtilus vorbei zu dem Stein hin. Ein Umhang wehte dunkel, ließ violette Reflexe aufblitzen. Jetzt breitete die Gestalt die Arme aus, schüttelte mit einem schnellen Ruck die Kapuze ab und Silla hielt einmal mehr die Luft an. Das war Sliabh-sceil! Er warf etwas in das Feuer am Fuße des Steins. Wieder stiegen beißende Schwaden auf. Jetzt fing er an, Worte auszustoßen, seine Stimme schwoll an. Es mussten Beschwörungen der Alten Zeit sein. Silla erkannte die altertümliche Sprache, verstand aber nichts. Die Kraft der magischen Worte jedoch erreichte sie, auch ohne dass sie ihre Bedeutung begriff.

Sie spürte, wie ihr die Dämpfe in den Kopf stiegen, der leicht und immer leichter wurde, fast als würde er sich von ihrem Körper trennen, spürte ihren Geist schweben wie einen Ballon und plötzlich schienen die Worte mitten in ihrem Kopf zu dröhnen. Was tat der Druide jetzt? Er streckte die Hand aus und – was war das? Silla zuckte zurück. Sie fuhr sich über die Augen und biss sich dann fest auf den Daumen. Sie war hier – der Schmerz sagte ihr das deutlich genug – und der fremde Druide war dort drüben. Und der Stierkopf, in dessen gebrochene, trübe Pupillen sie eben noch aus nächster Nähe geblickt hatte, war auch dort drüben! Silla spürte Übelkeit in sich aufsteigen. Das Schwarze auf dem Stein war Stierblut, das über den Quader geschüttet war und sich in der oberen Vertiefung in einer glänzenden Lache gesammelt hatte, um die der Wahrträumer zusammengerollt lag.

Silla vergrub das Gesicht in den Händen. Als sie wieder aufblickte, breitete sich die Lichtung ruhig und leer vor ihr aus. Der Druide war verschwunden und nur noch die stille Gestalt des Schlafenden war konturhaft zu erkennen. Silla lauschte angestrengt in die Dunkelheit. Ein Rascheln unmittelbar neben ihr ließ ihren Herzschlag für einen Augenblick aussetzen, etwas Pelziges berührte ihre Hand, eine warme Schnauze, dann stürzte sich das Wesen auf sie, fuhr ihr mit der nassen Nase ins Gesicht und brachte das Buschwerk geräuschvoll zum Beben: Till.

»Schschsch!«, versuchte Silla ihn zu beruhigen und zog ihn hastig mit sich, fort von der Lichtung. »Still!« Sie legte ihm die Hand auf die Schnauze und lauschte angestrengt, aber der Wald lag immer noch ruhig. Der Druide und Celtilus schienen weg zu sein. Erleichtert grub Silla ihr Gesicht in Tills dichten Pelz und atmete tief den vertrauten und tröstlichen Hundegeruch ein. Sie schlang ihren Schal vom Hals und verknotete ihn fest am Halsband des Hundes, dann legte sie ihr Gesicht an sein Ohr. »Heim, Till! Heim! Zu Vinzi! Heim!«

Als hätte er sie verstanden, lief er los. Silla folgte ihm, ohne zu zögern, den Schal fest um ihre Hand gewickelt, um den Hund ja nicht wieder zu verlieren.

»Ein Glück, dass du so klug bist, Till«, murmelte sie einmal und Till wedelte begeistert, als könnte er jedes Wort verstehen.

4. KAPITEL

LÜGE UND BLITZ

»Und du hast gesehen, wie Celtilus in dem Nebel aufgetaucht ist? Hmhm!« Drugwydd zupfte sich grüblerisch den Bart.

»Ja, ganz mit Gold behängt und von der Fackel beschienen. Wie eine Erscheinung! Der Wahrträumer ist zu Tode erschrocken, glaube ich!«

»Hmhm!«, machte der Druide wieder.

Silla tauchte schweigend ihren Löffel in den Steinguttopf, der heiß in ihrem Schoß lag, und aß ein paar Bissen von dem Eintopf, den Drugwydd ihr in die Hände gedrückt hatte. Der würzige Suppendampf stieg ihr warm in die Nase. Sie bewegte prüfend die nackten Zehen unter der Felldecke. Drugwydd hatte sie mit einer Salbe bestrichen und nun fühlten sie sich glatt und glitschig an. Die Füße waren richtig eingefroren gewesen, bis sie und Till endlich mit dem Morgengrauen wieder in dem Häuschen gelandet waren. Die Schmerzen, als sie langsam auftauten, hatten Silla die Tränen in die Augen getrieben.

Drugwydd hatte sorgenvoll den Kopf geschüttelt, als er sie

verarztet hatte, ihr dann aber beruhigend die Wangen getätschelt. »Die werden schon nicht schwarz werden, sie sind noch nicht *ganz* abgefroren, keine Aufregung, Mädchen«, hatte er gebrummt, was Silla noch im Nachhinein ziemlich erschreckte.

Till hatte sie wirklich an die Mauern Y-loigs geführt, er musste mit seiner feinen Nase ihrer Spur zurück gefolgt sein, und als das erste Morgengrauen die Schwärze der Nacht zu brechen begann, waren sie durch die kleine Seitenpforte geschlüpft und dann in Drugwydds Stube, in der das Feuer schon munter geflackert hatte. Mit einem Blick in ihr verfrorenes Gesicht hatte der Druide sie sofort in warme Decken und ans Feuer gepackt, während Vinzi verschlafen seinen verstrubbelten Kopf vom Lager gehoben hatte. Er hatte nicht das Leiseste mitbekommen, sondern zu seinem Bedauern die ganze Nacht wie ein Murmeltier geschlafen.

Till hatte sich neben der Feuerstelle zusammengerollt und mit einem Grunzen die Augen geschlossen. Auch Silla spürte jetzt, wie Wärme und Wohlbehagen ihr die Lider schwer werden ließen. Ehe sie noch weiter darüber nachdenken konnte, war ihr Kopf schon zur Seite geglitten und ihr gleichmäßiger Atem mischte sich mit dem des Hundes. Sie bekam weder mit, wie Drugwydd ihr die Schüssel aus den schlaffen Fingern nahm, noch, wie er sie mitsamt der Felle auf das Lager hob und fürsorglich eine Extradecke über sie warf. Still blieb er an ihrer Seite sitzen, streute nur hin und wieder eine Handvoll Kräuter in die Flammen, wenn sie begann sich in quälenden Traumgebilden herumzuwerfen.

Der Tag ging schon wieder in Dämmerung über, als Silla endlich die Augen aufschlug. Verwirrt blickte sie um sich, ohne sich erklären zu können, wo sie sich befand. Aber da stürmte, als hätte er nur auf diesen Moment gewartet, Vinzi mit Drugwydd und Till im Schlepptau herein und die Erinnerung überfiel Silla heiß und erschreckend.

Ihr kleiner Bruder zog einen Schwall kalter Luft mit sich. Umhang und Kapuze ungeduldig abstreifend, warf er sich neben sie aufs Lager, während er auch schon loslegte: »Silla, kannst du dir das vorstellen! Die feiern alle immer noch. Drei Tage und drei Nächte lang. Aber ab jetzt werden die Tage als Nächte gezählt. Ich meine: Du sagst nicht, das mache ich in zwei Tagen, zum Beispiel, sondern, das mache ich in zwei Nächten. Verstehst du? Weil jetzt nämlich die dunkle Zeit anfängt. Und weißt du, warum man so schaurige Masken trägt an Halloween? Weil an den Tagen – ich meine natürlich, Nächten – die Grenze zwischen der Welt der Lebenden und der Anderswelt aufgehoben ist. Und damit dann keiner von denen, die in der Zwischenwelt verloren gegangen sind, deinen Körper nimmt und damit wieder weiterlebt und du dann dafür verloren bist und zwischen der einen und der anderen Welt wandern musst, also deswegen trägst du so eine Maske, weil dann denkt er, du wärst schon tot! Aber eigentlich sind die Toten gut, ich meine, die *richtigen* Toten, nicht die in den Zwischenwelten, und es bringt Glück, wenn sie einen besuchen, weil sie machen das aus Freundlichkeit.« Atemlos holte Vinzi Luft und strahlte dabei zu Drugwydd auf. »Das hat er mir alles gesagt«, erklärte er stolz. »Und weißt du auch, Silla, dass heute Feierpflicht ist? Jeder *muss* hingehen, sonst gibt es eine Strafe! Und soll ich dir sagen, was die Strafe ist? Der Wahnsinn! Die, die nicht hingehen, werden wahnsinnig! Ist das nicht verrückt, hm? Stell dir das mal bei uns vor! Wäre das nicht toll? Obwohl, na ja, richtig wahnsinnig … So toll ist das dann auch wieder nicht. Was ist denn, wenn man krank ist und nicht feiern kann?« Vinzi runzelte kritisch die Stirn und Silla zog sich lachend die Decke über den Kopf.

»Gnade!«, flehte sie scherzhaft. »Ich bin gerade erst aufgewacht. Ich bin so einem Wortschwall noch nicht gewachsen.«

Der kleine Bruder riss ihr erbarmungslos die Decke weg. »Und weißt du, was sie an Samhaine noch machen? Alle Feuer löschen und im Heiligen Hain schlagen die Druiden ein neues Feuer mit Feuersteinen und Werg und so und mit einem Ritual. Wildes Feuer heißt das und davon nehmen dann alle eine Flamme oder Glut mit nach Hause. Die sind dann jedes Jahr frisch, die Feuer. Wenn der Blitz irgendwo einschlägt und es brennt, heißt das übrigens auch Wildes Feuer. Komm, du musst aufstehen! Wir müssen wieder ins Langhaus, hören, was der Wahrträumer erzählt und wie das mit deinem Freund, der eigentlich König sein soll, weitergeht!«

»Vinzent!« Der Druide packte ihn sanft bei den Schultern. »Dann gib ihr auch Raum sich zu erheben, denn du hast recht, die Zeit schreitet fort und deine Schwester wird heute Nacht gebraucht.« Er lächelte, aber seine Augen blickten ernst, als er sich jetzt zu Silla wandte. »Ich weiß noch nicht, was heute geschieht, aber mein Gefühl sagt mir, dass es nichts Gutes sein wird und dass Finn unser aller Hilfe bitter benötigt. Und nun wenden wir uns den Kräutern zu!« Er begann verschiedene Lederbeutel aus seinem Umhang zu ziehen, die er mit Kräutern aus Iolairs Tontöpfen befüllte, während er dabei geduldig Vinzis Fragenstrom beantwortete und den Jungen immer wieder an den Tiegeln und Töpfen schnuppern ließ.

Vinzi hatte nicht übertrieben: Die Feierlichkeiten dauerten unvermindert an und die Gassen Y-loigs schienen zu bersten vor Leben, Musik und Tanz. In den Lichtkreisen der Öllampen, in denen das neue Feuer flackerte, und unter dem schrillen Klang der Blechtrompeten, dem Quäken der pfeifenbewehrten Schweineblasen und dem Trommeln und Flöten kreisten biertropfende Füllhörner, rannten schreiende und lachende Kindergruppen hinter verzweifelt quiekenden Schweinen her, bellten struppige Hunde noch struppigere Männer an, wurde gegrölt und getanzt. Auch das Langhaus lag wieder im Lichterschein.

»Du wirst wissen, wann es Zeit ist«, hatte Drugwydd Silla noch zugeraunt, dann schob er sie und Vinzi durch die Tür und eilte selbst an Finns Seite.

Und da kamen auch schon die anderen herein: Sliabh-sceil mit Celtilus im Schlepptau und Filidh, der Wahrträumer, der verwirrt in das Menschen- und Lichtergewirr blinzelte, als wäre er so viel Leben nicht gewohnt.

Finn stand gerade und ernst neben dem Thron. Wie schlicht er in seinem einfachen Leder- und Filzgewand gegenüber Celtilus aussah. Das Einzige, was ihn schmückte, war sein goldener Torques, der in zwei Hirschköpfen auslief. Die Geweihe ruhten elegant zurückgebogen auf den Rücken der Tiere. Die Vorderläufe hatten sie grazil untergeschlagen und wanden sich wie zum Sprung gestreckt um Finns Hals. Finn blickte zur Tür und mit einem Mal fiel Finsternis wie eine Wolke über sein Gesicht. Seine ganze Gestalt schien zu erstarren und seine rechte Hand fuhr unwillkürlich an den Gürtel, als wollte sie ein nicht vorhandenes Schwert ziehen. Stattdessen ballten die Finger sich nur in ohnmächtiger Wut zusammen, die jetzt auch in seinem Gesicht aufblitzte.

Wer um alles in der Welt war da eingetreten? Silla reckte den Kopf und dann schnappte sie so erschrocken nach Luft, dass sich Vinzi besorgt an sie drückte.

»Silla, was ist los?«, flüsterte er.

Silla schüttelte stumm den Kopf. Wie war das möglich? Aber dieses verächtliche Gesicht über dem breiten Kragen aus Fuchspelz, das da über die Menge ragte, die Narben, die ihm sein eigener Falke geschlagen hatte, wie dünne rote Striche über Auge und Wange ... Sie konnte sich nicht irren, das war Sionnach! Sionnach, der Verräter, Sionnach, Vertrauter und Handlanger König Bituits, Sionnach, der schuld war am Tod des berühmten und tapferen Fergus Ab Galwys, Finns Vater. Wie konnte er es wagen ...?

Jetzt trat er zu Sliabh-sceil, die zwei Männer tauschten einen kurzen Blick und in einem jähen Aufwallen von Mitgefühl für ihren Freund verstand Silla. Die Macht König Bituits war auch nach seinem Tod nicht gebrochen. Das Netz aus Intrigen, das er gesponnen hatte, durchdrang so zäh alles, dass es ihn überlebt hatte. Nun schien Sliabh-sceil, der Druide des toten Königs, es weiter am Leben zu erhalten, Sionnach an seiner Seite. Solange Finn nicht König war, konnte er wahrscheinlich wenig dagegen tun. Kein Wunder, dass seine Gegner unbedingt diesen anderen Jungen auf dem Thron sehen wollten. Mit Celtilus, den sie wie eine Marionette an den Fäden hatten, würde ihnen nichts im Wege stehen.

Jetzt hatte man den Seher auf das Podest geschoben. »Sprich, Filidh! Sag uns, was du gesehen hast!«

Der Wahrträumer hatte die Schultern ein wenig hochgezogen, als hätte er Angst vor dieser Masse von Menschen, die alle auf ihn starrten, aber seine Augen mit den vom Alter milchig gewordenen babyblauen Pupillen blickten freundlich unter seinen grauen Zotteln hervor. »Ja, ich habe geträumt«, krächzte er nun und kindlicher Stolz spiegelte sich in seinem Gesicht. »Und ich habe es gesehen!«

Stille fiel über den Raum.

»Nun, Seher«, erklang ruhig die Stimme Drugwydds. »Dann sage uns, was du gesehen hast.«

»Ganz in Gold!« Filidh breitete die Arme aus und seine Hände flatterten wie zwei unruhige Vögel. »So hat er vor mir gestanden. Und es ist Licht geworden um ihn und ich hab es sogar gerochen, dass die Anderswelt sich geöffnet hatte. Und aus dem Nebel ist die Stimme der Götter gedrungen. Sie hat in der Sprache der Ältesten Zeit gesprochen, aber ich habe sie trotzdem verstanden. Das ist dein König, hat sie gesagt. Und … ja … und so muss es dann wohl sein!« Plötzliche Trauer ließ Filidhs Lippen beben. Er drehte sich zu Finn. »Auch wenn ich dich gern mag, Sohn, viel lieber als … ja …« Er verstummte und fuhr sich schniefend mit dem Ärmel über die Nase.

Ein unruhiges Flüstern machte sich breit. Drugwydd streckte Ruhe gebietend einen Arm aus. »Sprich, Filidh, und du weißt, dass beim Tode deine Pflicht die Wahrheit ist: Wen haben die Götter dir gezeigt?«

Der Seher hob eine zittrige Hand. »Den da!«

Sein Finger deutete unmissverständlich auf Celtilus.

Silla sah alles zugleich: das Aufblitzen von Triumph, das kurz über Sliabh-sceils Züge fuhr, Celtilus, der mit eingezogenem Kopf wie in Erwartung von Schlägen zu ihm aufspähte, Finns ungläubigen Ausdruck, die Augen auf den Jungen gerichtet, und die steinerne Miene Drugwydds.

Bevor Silla noch darüber nachdenken konnte, was sie da tat, hatte sie sich schon Mantel und Kapuze abgestreift, rannte und drängte sich nach vorne. »Nein!«, schrie sie. »Das stimmt alles gar nicht. Die haben ihn getäuscht. Das war gar kein Traum. – Finn!« Keuchend blieb sie vor ihrem Freund stehen, der sie mit offenem Mund anstarrte. »Finn! Die wollen dich betrügen!« Sie fuhr herum. »Und euch auch alle! Das war kein Traum. Die beiden haben ihn reingelegt.« Sie deutete auf Sliabh-sceil und Celtilus. »Der Seher hat das gar nicht geträumt. Sliabh-sceil war wirklich da und hat geräuchert und mit irgendeinem Zauber Nebel aufsteigen lassen. Dann ist dieser Junge da vor Filidh getreten mit dem ganzen Gold, das an ihm hängt, so ähnlich wie jetzt. Natürlich musste Filidh denken, dass er das alles träumt, aber ich habe es auch gesehen, ich war ja dabei. Ich weiß, dass es kein Traum war, sondern dass sie ihm nur etwas vorgemacht haben!« Silla blickte in die Menge, Gesichter voll Staunen, Entsetzen oder echter Freude blickten zurück.

»Silla Faol«, flüsterte es. »Das Hohe Kind! Die Tochter der Wölfin! Sie ist zurückgekehrt!«

Finn streckte eine Hand aus und berührte Silla leicht am Arm, als wollte er sich vergewissern, dass sie aus Fleisch und Blut war. »Silla«, sagte er dann staunend und packte fest ihre Hand. »So etwas! Silla!« Ein Lächeln glitt über sein Gesicht, so breit, dass sein schräg abgeschlagener Schneidezahn aufblitzte. Mit einem Mal sah er wieder aus wie der Finn, den Silla kannte.

Sliabh-sceil fuhr auf wie eine Kobra. »Sie lügt!«, zischte er. »Und wenn sie es nicht täte, dann wäre sie des Todes. Keiner betritt den Heiligen Hain ohne Erlaubnis des Druiden. Schon gar nicht während eines Rituals. Ins Opfermoor mit ihr!« Die Männer, die ihn begleitet hatten, drängten vor, um Silla zu packen, aber Drugwydds Stimme hielt sie auf.

»Sie hatte meine Erlaubnis«, sagte er ruhig. »Und wie du weißt, Sliabh-sceil, bin ich Druide über dir.«

»Nur wenn dein kleiner Schützling da König wird.« Speicheltropfen sprühten Sliabh-sceil in seiner Erregung von den Lippen. »Und das wird niemals sein. Ihr habt den Seher gehört. Der König heißt Celtilus Torch Troyth, Sohn des Bituit, so wahr ich hier stehe!«

»Aber du lügst!«, rief Silla empört.

»Ich bin Sliabh-sceil, oberster Druide unter dem rechtmäßigen König! Ich spreche nichts als wahr, wie es meine Würde und meine Berufung befiehlt.« Er wandte sich an die Menge. »Dieses Mädchen hingegen spricht falsch. Schafft es fort von hier.«

»Aber es ist das Hohe Kind!«, rief eine Stimme.

»Ja«, fielen andere ein. »Du kannst sie nicht einfach wegschaffen. Das ist Silla Faol!«

»Sie ist nicht mehr das Hohe Kind«, schnarrte Sliabh-sceil dazwischen und machte eine gebieterische Handbewegung. »Sie hat auf jeden Thronanspruch verzichtet, sollte sie je einen besessen haben. Sie ist nichts mehr und nichts schützt sie!«

Sionnach streckte mit einem Grinsen die Hand nach ihr aus. »Diesmal werde ich dich besser festhalten, bei den Göttern, das kannst du mir glauben!« Grausamkeit blitzte in seinen Augen auf.

»Ja, ergreift sie! Das sagt euch euer neuer König! Sie steht unter niemandes Schutz mehr!«, kreischte nun auch Celtilus los.

»Sie steht unter meinem Schutz.« Wie aus dem Nichts war eine Gestalt vor Silla in die Höhe gewachsen. Die Alte Frau. Sie schien gerade von draußen zu kommen, in ihrem Umhang hing noch der Geruch von Schnee und wie Edelsteine funkelten kaum geschmolzene Eiskristalle auf dem schweren Filz. Sie strich mit einer Handbewegung ihre Kapuze zurück und silberne Strähnen fielen ihr über den Rücken. Silla brauchte die Augen der Alten Frau nicht zu sehen, um zu wissen, wie gelb und böse sie funkeln mussten, so scharf wie Iolairs Stimme klang.

Keiner, der noch recht bei Verstand war, würde es nun wagen, sich ihr entgegenzustellen, das wusste Silla. Und richtig. Sionnach zuckte zurück, als hätte er sich verbrannt, und Celtilus drückte sich schnell hinter Sliabh-sceil, der mit versteinerter Miene die Arme verschränkte, als wollte auch er sich schützen.

»Und unter meinem Schutz.« Finn trat vor, während Drugwydd unmissverständlich einen schützenden Arm über Silla gehoben hatte.

»Und unter meinem Schutz auch.« Vinzis Stimme klang hell und empört, als er sich nun unter Zuhilfenahme seiner Ellenbogen einen Weg durch die Menschen bahnte. Die Fäuste in die Seiten gestemmt baute er sich neben Iolair auf, kämpferisch wie ein kleiner Hahn.

Sliabh-sceil blickte verächtlich auf ihn hinunter. »Und wer, wenn ich fragen darf, bist du, dass du es wagst, den Rat zu stören?«

»Ich bin Sillas Bruder!«

»Ihr … Bruder …?« Sliabh-sceils Gesicht verzerrte sich und die Augen schienen ein wenig aus ihren Höhlen zu treten, während Celtilus verblüfft der Mund aufklappte.

Stimmengewirr brandete auf. »Wenn das der Bruder des Hohen Kindes ist, dann ist er mehr König, als Celtilus es je sein wird!«, schrie ein Mann und zustimmende Rufe wurden laut.

»Nein!«, rief Silla erschrocken. »Nein! Das ist gar nicht wirklich mein Bruder!«

»Natürlich bin ich dein Bruder, Silla! Wir sind doch in der

gleichen Familie, mit der gleichen Mutter und so.« Vinzis graue Augen blickten sie verletzt an.

»Die gleiche Familie, hört ihr! Und die gleiche Mutter, also ist er auch ein Faol!« – »Aber Filidh hat Celtilus als König geträumt!« – »Wenn das denn einmal wahr ist!« – »Wenn unsere Druiden uneins sind, dann hilft nur eines, das wisst ihr!« – »Ja, die Druidenversammlung! Sie müssen zur Druidenversammlung!«

Diesmal hatte sogar Drugwydd Mühe, sich Gehör zu verschaffen. Nur langsam ebbten die erregten Rufe ab.

»So soll es denn sein«, tönte schließlich streng seine Stimme. »Noch während Samhaine werden wir aufbrechen. Der Rat der Druiden soll entscheiden.«

Sionnach zischte etwas und wandte sich dann mit einem bösen Blick ab. Sliabh-sceil mit Celtilus und umringt von einer Handvoll Krieger folgte ihm.

»Zu gern wüsste ich, was er gesagt hat«, murmelte Silla.

Drugwydd und Iolair wechselten einen kurzen Blick.

»Er hat gesagt: ›Wenn ihr ihn jemals lebend erreicht‹«, bemerkte die Alte Frau trocken. »Aber das werden wir ja sehen, nicht wahr?« Sie breitete die Arme aus, schloss in einer kurzen Umarmung ihren Mantel um Silla.

Ehe das Mädchen noch wusste, wie ihr geschah, hatte die Alte Frau sie schon hinter den Thron gezogen und durch eine kleine Seitenpforte auf eine ruhige Gasse hinausbugsiert. Drugwydd, der Vinzi unter dem Arm mit sich schleppte, und Finn waren ihnen wie Schatten gefolgt.

Finn grinste breit und kniff Silla noch einmal in den Arm, um sich sich zu vergewissern, dass sie es auch wirklich war. »Wir verschwinden hier besser, bevor sich alle auf dich stürzen!«

»Aber warum sollten sie das denn tun, Finn?« Silla schüttelte verwirrt den Kopf.

»Du wirst schon noch sehen«, antwortete der Freund rätselhaft und seine schräge Zahnlücke blitzte. »Die …«

In diesem Moment ertönte hinter ihnen ein Schrei. »Silla!«

Silla fuhr herum, sah gerade noch einen roten Haarschweif, dann flog ihr etwas gegen die Brust, schlangen sich Arme um sie, so fest, als wollten sie sie nie wieder freigeben, und schließlich kreischte die Stimme noch einmal halb schluchzend: »Silla!«

»Moruagh!« Nun schrie auch Silla. Aneinandergeklammert tanzten die Mädchen im Kreis und Silla war auf einmal nur noch glücklich. Alle Angst, alle Sorge, alle Probleme schienen mit einem Schlag von ihr abzufallen. Sie hatte ihre Freundin wieder! Für diesen langen Moment zählte nichts anderes mehr.

Später saßen sie zusammen um das Feuer in Drugwydds und Iolairs Haus.

»… und deshalb habe ich gesagt, du bist nicht mein Bruder. Verstehst du? Um dich zu schützen«, beendete Silla ihre längere Erklärung.

Vinzi zog den Kopf ein und fast sah es aus, als ließe er sogar die Ohren hängen. »Jetzt habe ich wieder alles vermasselt«, stellte er betrübt fest. »So wie immer.«

»Ach, Vinzi, natürlich nicht!« Silla zog ihn tröstend an sich. »Nichts hast du vermasselt! Es ist nur so, dass nun alle denken, du hättest vielleicht auch einen Anspruch auf den Thron.«

»Aber wenn ich ihnen sage, dass ich diesen blöden Thron gar nicht will?« Vinzi blickte hoffnungsvoll zu ihr auf.

»… werden sie denken, das wäre eine List.« Finn zuckte die Schultern.

»Wie ich Sliabh-sceil kenne, wird er es gar nicht darauf ankommen lassen, erst lange herauszufinden, ob du ein Recht auf den Königstitel hast oder nicht«, brummte Drugwydd. »Sondern er wird dich einfach so schnell wie möglich auszuschalten versuchen. Ich fürchte, dein Leben ist in höchster Gefahr, mein Lieber!«

Vinzi erbleichte und machte sich noch ein wenig kleiner und Silla legte noch ein wenig fester den Arm um ihn.

»Keine Sorge!« Drugwydd tätschelte den Jungen unbeholfen. »Solange du bei uns bist, wird dir nichts geschehen, nehme ich doch einmal an.«

»Die müssen ja alle blind sein«, stieß Silla hervor, »dass sie nicht sehen, was für ein falsches Spiel dieser Sliabh-sceil da treibt. Ganz abgesehen von Sionnach! Und der Junge! Ist er denn wirklich …?«

»Dein Halbbruder, meinst du?« Drugwydd wiegte seufzend den Kopf. »Es sieht fast so aus. Dein Vater hatte zumindest einiges mit ihm zu tun, was auch immer das war. Aufgewachsen ist er in einem kleinen Dorf bei einer Frau, die behauptet, seine Mutter zu sein. Ob das alles stimmt … nun ja, ich habe da so meine Zweifel. Wie auch immer, natürlich habe ich von Celtilus' Existenz gewusst, ihr aber – wie ich nun merke – zu wenig Beachtung geschenkt. Das war ein großer Fehler und ich muss zutiefst um eure Vergebung bitten.« Er breitete zerknirscht und finster die Hände aus. »Und die Adeligen des Landes, nun … die haben die Geschichte nicht so mitbekommen wie ihr damals, genauso wenig wie Sionnachs Verrat! König Bituits Intrigen waren fein gesponnen und viele von den hohen Herren standen in seiner Schuld durch Vergünstigungen, Landvergaben und so fort. Sliabh-sceil war sein Druide, auch wenn Bituit nie viel von den Gebräuchen und Zaubern der Alten Zeit hielt. Aber der Druide half ihm, das Volk zu lenken. Sionnach ist nun unter Sliabh-sceils Schutz wieder aufgetaucht. Sliabh-sceil ist nicht minder kunstvoll im Ränkeschmieden, wie der ehemalige König es war. Es sind auch Barden unterwegs, die Sliabh-sceils Version der Geschichte verbreiten. Sie singen von dem armen König, der fälschlich für den Tod seines besten Kriegers Fergus Ab Galwys verantwortlich gemacht und dann von dessen Sohn Finn aus Rache erschlagen wurde. Wie sollen da die Leute entscheiden können, wem sie glauben und wem nicht! Obzwar wir Druiden zur Wahrheit verpflichtet sind, aber, nun ja«, er seufzte, »mit der Wahrheit ist es so eine Sache!«

»Ja«, fiel die brüchige Stimme der Alten Frau ein. »Da, wo sie für den einen beginnt, stößt sie bereits schmerzhaft an die Wahrheit des anderen. Und die muss deswegen nicht unbedingt gleich lauten.«

»Mit den einfachen Menschen ist das nicht so«, sagte Finn leise. Seine Hand hatte sich bei den Worten des Druiden fest um einen Ast geballt, den er jetzt mit einer wütenden Bewegung ins Feuer stieß. Funken stoben auf. »Die haben die Willkür und Grausamkeit König Bituits am eigenen Leib erfahren. Die sind in die Kerker gewandert, beraubt und ausgeblutet worden. Wenn die im Rat säßen, ja, dann hätte dieser Druide keine Chance, aber so ...«

Drugwydd nickte. »Und von den adeligen Familien, die gegen Bituit waren, hat kaum jemand überlebt, der jetzt Zeugnis ablegen könnte. Die wenigen helfen uns zwar nach Kräften, aber es sind einfach nicht genug Stimmen, die für uns sprechen könnten.«

Silla wurde von einem Knurren abgelenkt. »Schaut einmal, was hat denn Till?«

Der Hund stand starr, die Ohren zum Eingang gespitzt und das schokoladenbraune Fell im Nacken drohend aufgerichtet. Tief in seiner Brust rumpelte ein kehliges Grollen.

Finn und Drugwydd erhoben sich fast gleichzeitig, da krachte es ohrenbetäubend im Gebälk über ihnen und während alle sich reflexhaft zusammenkauerten und die Hände an die Ohren pressten, rieselte das Stroh der Decke in einer dichten Wolke auf sie herab. Wo vorher noch die unversehrte Strohdecke gewesen war, klaffte nun ein Loch, durch das prasselnde Flammen leckten. Till kratzte mit wütendem Bellen wie rasend an der Tür. Nur Augenblicke später erfüllte ätzender Qualm den Raum.

»Wir müssen raus!«, schrie Moruagh.

Finn war bereits mit einem Satz aufgesprungen. »Der Eingang …«, ächzte er, während er sich immer wieder mit der Schulter gegen das hölzerne Tor warf, »… ist irgendwie blockiert!«

Vinzi hustete und klammerte sich an Silla.

»Schon gut«, versuchte sie ihn zu beruhigen. Sie rieb sich die tränenden Augen. Brennende Strohbüschel begannen sich aus der Decke zu lösen und wie glühender Regen herabzuschweben. Silla zog ihren Bruder panisch zur Wand hin, zu Iolair.

Die Alte Frau war, die Arme über der Brust verschränkt, sinnend in die Betrachtung des flammenden Lochs versunken und – Silla neigte den Kopf und lauschte erstaunt – sie sang! Das Mädchen konnte es jetzt deutlich hören. Die Melodie schien direkt aus ihr zu fließen. Silla blinzelte durch einen Tränenschleier zu Drugwydd hinüber. Der Druide hatte die

Arme mit seinem Stab erhoben, die Augen geschlossen. Er stand völlig reglos.

Und trotzdem kann ich da etwas spüren, dachte Silla. Wie ein leuchtendes Gummiband zwischen Drugwydd und Iolair, das sich unaufhörlich ausdehnt und wieder zusammenzieht.

Jetzt breitete auch Iolair die Arme aus. In dem beißenden Flimmern der Hitze vibrierte ihre Melodie immer stärker in der Luft.

Wie ein Bienenschwarm, dachte Silla, den man erst von fern hört, dann näher und immer näher, bis man schließlich mitten darin steckt, jede Zelle des Körpers in summende Schwingung versetzt.

Silla schlug die Hände vors Gesicht. Vinzi presste sich an sie. Auch von ihm schien nun dieses Summen auszugehen, das jeden anderen Laut erstickte und alles in seine tönende Stille hüllte – alles, bis auf Tills nach wie vor rasendes Bellen. Silla spürte, wie mit der seltsam summenden Stille Kälte gekrochen kam, so eisig, dass sogar die Töne in ihr erstarrten und fast unmerklich in atemlos tiefem Schweigen festfroren.

»Boah!« Vinzi war der Erste, der aus der Erstarrung erwachte. Er stieß einen Laut des Staunens aus und Silla öffnete blinzelnd die Augen.

Das Feuer war zu schwarzen Kristallen erstarrt, die Boden und Decke überzogen, den Raum in eine rußige Grotte verwandelten und das Loch im Stroh mit einer kunstvollen Fassung umkleideten. Fern und funkelnd blinkte das Firmament auf sie herunter. Drugwydd hatte seinen Stab gesenkt und betrachtete nachdenklich die angekohlten Töpfe. Er schüttelte betrübt den Kopf. »Ich fürchte, Iolair, deine Kräuter werden nicht mehr zu gebrauchen sein. Und das, wo die kalte Jahreszeit erst losgeht.«

Iolair zuckte gleichmütig die Achseln. »Ein wenig habe ich noch bei mir und sonst werden wir uns eben anders zu helfen wissen.«

»Wir sollten gehen«, sagte Moruagh leise und griff nach Sillas Hand. Die Sommersprossen auf ihrer Nase wirkten dunkel, so bleich war sie geworden. »In den Wald!«

»Genau das werden wir tun, Mädchen!« Iolair drückte die Holztür mühelos auf. »Aha!«, murmelte sie einsilbig.

Drugwydd brummelte etwas, dann folgte er ihr.

Silla war froh, als sie die Gassen mit ihren flackernden Lampen und den immer wieder hervorspringenden Masken hinter sich ließen. Sie schlüpften durch die gleiche Pforte, die sie die Nacht vorher mit Till passiert hatte. Der Himmel hatte aufgerissen und im Funkeln der Sterne konnte Silla den schwachen Schein der Felsen und die Silhouette des Waldes ausmachen. »Was war das eben?«, fragte sie leise den Druiden, der sie sicheren Schritts durch die Dunkelheit leitete. »Ich meine, haben sie uns da eine Öllampe auf das Dach geworfen, oder was? Aber wie konnte es denn gleich so schnell und so heftig brennen?«

»Öllampe? Nein! Ich fürchte, da war Zauberei im Spiel«, schnaubte Drugwydd ungehalten. »Mir sah das aus, als hätte Sliabh-sceil einen runden Blitz besprochen.«

»Einen runden Blitz? So etwas wie einen Kugelblitz?«

»So kannst du es nennen, ja!« Er stieß ein freudloses Lachen aus. »Er dachte wohl, er könnte uns damit ausräuchern!«

»Aber deine Kraft ist größer, gegen die kann Sliabh-sceil nichts ausrichten«, stellte Silla fest.

»Nein, nein! Ich nehme sogar an, dass wir in etwa gleich stark sind. Sliabh-sceil verstößt nur gegen die höchsten druidischen Prinzipien, wie zum Beispiel die Pflicht zur Wahrheit, und das schwächt ihn. Andererseits hat er gerade dadurch nicht unbeträchtliche Vorteile, da er, ohne auf die Sitten zu achten, dem Bösen dienen kann, sollte es ihm zum Vorteil sein. Du siehst, die Stärke gleicht sich aus. Aber ich habe etwas, das ihm fehlt: Ich habe Iolair Magh Cimbaeth an meiner Seite und sie mich an der ihren!« Drugwydd lachte leise. »Die Weisheit der Alten Frau und das Urwissen des Weiblichen. Was könnte Sliabh-sceil dem entgegensetzen, frage ich dich?«

Silla musste lächeln. Dem konnte sie nur voll zustimmen, keine Frage!

»Warum ist er denn bloß so böse?«, tönte Vinzis Stimme verzagt durch die Dunkelheit.

»Er war als Junge bereits ein grämlicher Bursche. Wollte jeden Wettkampf gewinnen, mit welchen üblen Tricks auch immer.« Drugwydd schnaubte missbilligend durch die Nase. »Nicht viel besser als die bissige Tante, bei der er groß wurde.«

»Du kanntest ihn damals schon?«

»Ja. Er lebte eine Zeit lang in An Ear, dann hat seine Tante ihn an einen Onkel weitergereicht. Niemand schien ihn länger bei sich haben zu wollen.«

»Armer Junge«, murmelte Vinzi.

»Inzwischen ist er ein Mann und arm sind seine Gegner, denn ihm sind immer noch die übelsten Mittel recht, um zu bekommen, was er haben will. Und jetzt ist das die Macht über Kelth Belchen-ai. Mit Celtilus als vorgeschobenem König kann *er* die Gesetze des Landes bestimmen. König Bituit hat ihn immer nur verhöhnt und Sliabh-sceil hat es nie gewagt, sich gegen ihn aufzulehnen. Das wird nun seine späte Rache werden, für die andere den Kopf hinhalten müssen.«

Sie gingen den Rest des Weges in Schweigen. Silla spürte Finn hinter sich, sein vereinzeltes, kameradschaftliches Knuffen bestätigte ihr beruhigend seine Anwesenheit. Auch Moruagh an ihrer Seite griff immer wieder einmal nach ihrer Hand. Silla wusste, ihre Freunde waren genauso froh, sie zu sehen, wie Silla es umgekehrt war.

Ein leises Wiehern drang zu ihnen.

»Hörst du?«, flüsterte Finn. »Das ist Ailean, mein Schwarzer. Erinnerst du dich noch an die Höhle vor Leyard, wo wir Till gefunden haben? Ailean war der Einzige, der damals zurückgekehrt ist«, setzte er kaum hörbar hinzu.

Silla spürte Mitgefühl wie einen Stich. Auch Finns Vater war nicht mehr heimgekehrt damals, sondern in Leyard gefallen, verraten von Sionnach, dem Finn den Tod geschworen hatte. Wie hart musste es für ihren Freund nun sein, denselben Sionnach im Gefolge Sliabh-sceils ertragen zu müssen, ohne im Moment etwas dagegen tun zu können.

Jetzt wurde noch ein helleres Wiehern hörbar.

»Das ist die weiße Stute«, meinte Moruagh mit einem Strahlen in der Stimme, das aber sofort verlosch. »Sie ist hier bis zum Opfer.«

Hufgetrappel klang dumpf über den Waldboden, ein heller und ein dunkler Schatten brachen durch die Bäume. Finn pfiff leise durch die Zähne und Ailean antwortete mit einem freudigen Wiehern. Die Pferde blieben vor ihnen stehen. Die weiße Stute streckte den Hals schlangengleich, blähte die Nüstern und schnaubte.

»Was meinst du mit ›bis zum Opfer‹?«, fragte Silla und legte ihre Hand sanft über die Nüstern des Tieres, die sich warm und lebendig anfühlten.

Die Stute warf den Kopf zurück und blies Silla prustend ins Gesicht.

Die Mädchen lachten, dann seufzte Moruagh tief. »Das ist

die Opferstute für die Königskrönung. Für das Ritual, weißt du?«

»Das bedeutet«, Silla musste schlucken, »dass *sie* geopfert wird am Stein und so? Richtig ... geopfert?«

»Ja.« Moruagh verzog den Mund. »Du weißt ja, dass wir kein Pferdefleisch essen. Aber bei der Königskrönung wird eine weiße Stute ... nun eben, geopfert. Dann kocht man ihr Fleisch. Der neue König bekommt die Brühe zu trinken und das erste Stück zu essen. Dadurch vereinigt er sich mit ihr und nimmt das Licht und die Weisheit der Götter in sich auf, verstehst du? Anschließend bekommen auch noch alle anderen ein Stück. Das ist Teil der Zeremonie.«

»Ach«, sagte Silla nur, ihr fiel nichts ein, was sie sonst darauf hätte erwidern können.

»Mir tut es auch leid«, bemerkte Finn hinter ihnen. »Sie ist so ein schönes Tier und ich bin mir nicht sicher, ob es wirklich nötig ist, sie zu essen, um die Weisheit der Götter zu erlangen. Aber kommt zum Unterstand! Iolair und Drugwydd sind schon dabei, ein Feuer zu machen.«

Unter einem grob zusammengeflochtenen Dach war eine dicke Schicht Heu aufgeschüttet, Futter für die Pferde, sobald das letzte Gras unter einer Schneedecke verschwand. Die trockenen Halme rochen nach Sommer. Silla seufzte unwillkürlich und ließ sich in den süßen Duft und das knisternde Rascheln sinken.

»Oje!« Vinzi warf sich neben sie. »Wir sind doch jetzt bei den Feiern nicht dabei! Heißt das, dass wir wahnsinnig werden?«

»Junger Freund!« Drugwydd schmunzelte. »Du kannst versichert sein, keiner von uns läuft Gefahr, mit Wahnsinn gestraft zu werden. Wir sind ohne Zweifel bei den Feiern anwesend, denn auch wir begehen auf unsere Art Samhaine. Also ist auch hier die Feier.«

Vinzi schaute etwas erschrocken zu dem Druiden auf, dann beugte er sich zu Silla und flüsterte ihr ins Ohr: »War das jetzt ein Rätsel?«

»Nein.« Silla musste lachen. »Das war kein Rätsel! Drugwydd wollte damit nur sagen, dass wir sicher nicht wahnsinnig werden.«

»Aha.« Vinzi schien nur halb überzeugt, aber zu müde, um weiter darauf einzugehen. Kaum einen Moment später war er auch schon eingeschlafen, den Kopf an Sillas Knie gelehnt.

Silla blickte in den Himmel, dessen Funkeln man immer besser sehen konnte, je weiter die Fackeln herunterbrannten.

Für die Sterne macht es keinen Unterschied, ob ich in der einen Zeit bin oder der anderen, dachte sie. Ein Stern ist so ewig, dass ein paar tausend Jahre ihm so kurz vorkommen müssen wie uns ein Lidschlag.

Mit einem Mal war sie so glücklich, dass es ihr die Kehle zuschnürte. Sie war wieder bei ihren Freunden und ganz egal was kam, sie waren zusammen und würden das schon irgendwie alles schaffen! – Oder auch nicht. Aber darüber würde sie sich den Kopf zerbrechen, wenn es so weit war.

Die Wärme des Feuers zog in ihren Verschlag und füllte ihn mit Rauch und Holzgeruch. Sie saßen eng zusammengedrängt. Schweigen legte sich über die kleine Gruppe, nur unterbrochen vom Knistern der Flammen und dem leisen Schnauben der Pferde.

»Sechs Nächte nach der Dunkelheit des Mondes werden im Heiligen Hain von Mag Mell die Misteln geschnitten«, begann Drugwydd, »als Vorbereitung auf Alban-arthan, die Wiedergeburt der Sonne. Dazu werden auch Iolair und ich erwartet. Bis Alban-arthan jedoch sind es noch zwei volle Monde. In der längsten Nacht beginnt die Versammlung der Druiden, spätestens dann müsst auch ihr dort sein.« Drugwydd strich sich nachdenklich mit einem langen Finger den Schnurrbart.

Die Dunkelheit des Mondes, das ist Neumond und mit Alban-arthan muss er die Wintersonnwende meinen, dachte Silla. Der kürzeste Tag und die längste Nacht, das war kurz vor Weihnachten und bis dahin würde noch zweimal Vollmond sein. »Wie weit ist es bis Mag Mell?«, fragte sie.

»Je nachdem! Iolair und ich hatten noch keine Eile aufzubrechen, andererseits haben wir unter Umständen eine andere Art zu reisen. Ihr jedoch könntet es in der Zeit auch gut schaffen, von hier nach dort zu gelangen. Wie auch immer«, der Druide schnaubte durch die Nase, »das Problem liegt bei unseren Gegnern! Sionnach hat noch etliche Männer unter sich, die Sliabh-sceils düstere Pläne unterstützen. Es kommt also darauf an, einen Weg zu finden, auf dem ihr möglichst wenig von ihnen sehen werdet, wenn es denn geht!«

»Gut wäre, wenn wir etwas über ihre Pläne wüssten!« Finn stocherte versonnen in der Asche. »Ich fürchte, der Druide und dieser Celtilus werden es jetzt auch auf Vinzi abgesehen haben. Sie hatten nicht mit ihm gerechnet und ich weiß, wie fantasielos und brutal Sionnach ist. Er wird keine andere Idee haben, als Vinzent möglichst schnell und möglichst endgültig aus dem Weg zu räumen.«

»Ich muss Vinzi beschützen!« Silla war blass geworden. »Es ist meine Schuld, dass er hier ist und in diese schreckliche Sache verwickelt wurde. Aber ich hatte doch nicht geahnt ...« Sie presste sich eine Hand auf den Mund. »Und Celtilus ...«, sie schluckte, »... mein ... Halbbruder!«

Finn zuckte wegwerfend die Achseln. »Darum werden wir uns noch kümmern, aber für den Moment würde ich sagen, Vinzi ist dein Bruder.« Er streckte den Arm aus und seine sehnigen, schmalen Finger schlossen sich fest um ihr Knie. »Und weißt du was, Silla? Vinzi ist jetzt unser aller Bruder. Wir werden ihn alle beschützen.« Er blickte in die Runde.

»Mit unserem Leben«, sagte Moruagh schlicht und legte Silla einen Arm um die Schultern.

»Es ist deine Schuld nicht mehr und nicht weniger, als es unsere Schuld ist, Mädchen.« Iolairs Augen blickten Silla warm und eindringlich an. »Unser aller Gedanken haben euch auf die Reise gebracht. Und trotz allem wäre es nicht möglich gewesen ohne die Gedanken der Götter, die es wohl so haben wollten, und auch nicht ohne die Dunkelheit des Mondes, die der in der anderen Welt entsprochen haben muss, und so fort und so fort, bis sich alles verspinnt und auflöst im Gewebe des Schicksals, in dem es keine Schuld gibt.«

Drugwydd brummelte zustimmend. »Ich werde zurückkehren nach Y-loig und ein Auge auf die Pläne des blauen Druiden, seines feinen Früchtchens und seines kriegerischen Handlangers werfen.« Er richtete sich auf. »Finn, du kennst den Weg nach Mag Mell?«

Der Junge nickte. »Ich wollte nur, ich hätte Gall!« Seine Hand fuhr unwillkürlich an die Seite, an der sonst das Schwert hing. Es bedeutete ihm viel, nicht nur weil sein Vater ihm in seiner Todesstunde aufgetragen hatte, es zu führen. »Zu dumm, dass die Versammlungen immer unbewaffnet sein müssen!«

»Zu dumm?« Drugwydd zog fragend die Augenbrauen in die Höhe. »Ich würde sagen, sehr klug für den Frieden, junger Mann!«

»Ja, natürlich, ich weiß! Ich meinte nur, gerade jetzt …« Finn brach seufzend ab.

Drugwydd nickte mit einem leichten Lächeln. »Ich werde sehen, wie ich euch Waffen zukommen lassen kann. Etwas Schutz wäre ja, bei den Göttern, angebracht.« Er warf einen fragenden Blick auf Iolair, deren Geist in weiter Ferne gefangen schien.

»Ja«, sagte sie langsam. »Ich war gerade dabei, darüber nachzudenken. – Über Schutz!«, setzte sie hinzu. »Ja, Schutz«, wiederholte sie noch einmal, atmete tief durch und blinzelte, als müsste sie sich erst erinnern, wo sie war. »Und zwar den Schutz der Muttergöttin«, sagte sie dann energisch und wie neu belebt. »Ich muss möglichst bald aufbrechen und den Geist der Samhaine noch nutzen. Ich stoße zu euch, wenn die Zeitrechnung wieder beginnt.« Ohne sich weiter um ihre Gefährten zu kümmern, verschwand die Alte Frau in der Dunkelheit.

»Nun …«, Drugwydd blickte ihr sinnend hinterher, »… es gilt, einen Weg zu finden, der genau genommen kein Weg ist. Die übliche Route nach Mag Mell, die Passstraße, wird zu unsicher sein. Da sie wissen, dass ihr auf dem schnellsten Weg zur Versammlung eilen wollt, werden sie denken, dass ihr den Pass nehmt, und dort ihre Fallen und Hinterhalte planen. Sie werden falsch denken, denn ihr werdet zurück durch den Königswald und über die Minen nach Mag Mell gehen! In Anbetracht des frühen Schnees, der gefallen ist, glaube ich nicht, dass sie euch das zutrauen. Vor allem nicht mit dem Jungen. Aber ich bin mir sicher, er kann das schaffen. Er scheint mir ein zäher Bursche zu sein.«

»Über die Minen«, sagte Finn nachdenklich wie zu sich selbst, dann blickte er schnell zu Drugwydd auf. »Und das Wetter?«

»Müsste halten!« Der Druide wiegte gedankenvoll den Kopf, was sein langes weißes Haar und seinen Bart in eine leichte Wellenbewegung versetzte. »Es war sehr früh sehr kalt, so wird die Sonne noch einmal ihr Recht durchsetzen wollen und den Schnee der Berge in die Bäche treiben. Nehmt euch in Acht vor den Schmelzwassern. Wir sehen uns in Mag Mell. – Und jetzt schließt die Augen!« Drugwydd richtete sich auf und streckte gebieterisch einen Arm aus.

Silla fielen fast automatisch die Lider zu. Sie hörte den Druiden murmeln. Er musste seinen Mantel um sie geschwungen haben, denn mit einem Mal umwehte sie sein typischer Geruch nach Schafwolle und Kräutern. Wie geborgen sie sich immer fühlte, wenn dieser Duft sie umgab! Hatte Drugwydd ihr jetzt zugezwinkert? Aber wie hätte sie das sehen sollen, wo sie doch die Lider fest zusammengedrückt hielt! Trotzdem war es ihr vorgekommen, als hätte sie sein Zwinkern … gespürt! Es war auch gar nichts mehr zu hören – außer Stille.

Vorsichtig öffnete Silla die Augen. Der Druide war verschwunden.

5. KAPITEL

DER FLUCH DER DUNKLEN NACHT

»Er hat Losgann vergessen!« Anklagend hob Vinzi die Kröte in die Luft, die in den ersten Strahlen der Morgensonne träge Anzeichen von Leben erkennen ließ.

»Drugwydd vergisst so etwas nicht.« Finn schüttelte den Kopf. »Wenn seine Kröte noch bei dir ist, dann, weil er sie dir überlassen hat. Weil er möchte, dass du sie hast.«

»So wie anvertraut?« Vinzi blickte mit einer bangen Mischung aus Stolz und Hochachtung auf das warzige Tier. »Ich soll auf sie aufpassen?«

»Und sie auf dich, nehme ich an!«

»Auf mich?« Vinzis Augen wurden rund vor Staunen. »Eine *Kröte*?«

Finn grinste schräg und auch Silla musste lachen, wie die Jungen so beieinanderstanden. Sie sahen sich fast ein wenig ähnlich, stellte sie nun auf einmal fest, als wären *sie* die Brüder, und nach der Nacht im Heu waren sie auch noch gleich strubbelig, mit den wirren Locken, die sich beiden um den Kopf kringelten.

Vinzi verstaute Losgann wieder vorsichtig unter seinem Hemd.

Silla zog den Wolfspelz, der sie umhüllte, enger um sich. Schön fühlte er sich an, ein bisschen schwer vielleicht im Vergleich zu ihrem Anorak, aber der war wohl zusammen mit allem anderen in den Flammen umgekommen. Sie bewegte die Zehen in den Lederstiefeln, die zum Schutz vor der Kälte mit Schafwolle ausgestopft waren. »Eigentlich bin ich ja dagegen, Pelze zu tragen«, seufzte sie und trat zu Moruagh, die bei den Pferden stand und mit ihnen Zwiesprache zu halten schien.

»Wieso denn?« Die Freundin blickte erstaunt an ihrem eigenen Schafspelz hinunter.

Silla zuckte die Achseln. »Bei uns – ich meine, in meiner anderen Welt! – werden die Tiere extra für die Pelze gezüchtet und dabei ganz gemein gehalten und umgebracht. Ich habe in der Schule einmal einen Film darüber gesehen, das war echt grausig!«

»Du gehst in eine Schule? So wie die Druiden das tun?« Moruagh schob eine kupferrote Strähne aus ihrem Gesicht und blickte Silla voll ehrfürchtigen Staunens an. »Und du siehst dort ... *was?*«

»Einen ...« Silla verstummte verwirrt. Hatten sie denn bisher nie über Schule gesprochen? Und wie um alles in der Welt sollte sie das mit dem Film erklären? »Eine Art Bild ... Bildgeschichte! So wie bei den Kelthoi die zu Knoten verschlungenen Linien Geschichten erzählen, verstehst du? So ähnlich!«

»Ah!« Moruagh nickte und ihre Miene erhellte sich. »Und die Tiere ...?«

»Die verbringen ihr ganzes Leben in winzigen Käfigen, in denen sie sich kaum bewegen können, bis sie dann schrecklich umgebracht werden, damit nur ja der Pelz nicht irgendwie beschädigt wird. In manchen Teilen der Welt, habe ich gehört, zieht man ihnen sogar bei ...«, Silla stockte die Stimme, »... bei lebendigem Leib das Fell ab. Kannst du dir das vorstellen?«

Moruagh war blass geworden und eine steile Falte hatte sich zwischen ihren Brauen gebildet. »Das ist wirklich schrecklich! Und ihr ganzes Leben ... eingesperrt! Wie die Menschen in den Kerkern!« Sie schwieg eine Weile und schüttelte dann seufzend den Kopf. »Deine andere Welt, die muss ... sehr wild sein! Aber keine Sorge, dein Pelz stammt von dem alten Wolf, der lange der Führer des Rudels im Wald von An Ear war. Er ist im strengen Winter des letzten Jahreskreises in die Anderswelt gegangen. Es heißt, man lebt dort in ewiger Jugend, bis die Seele beschließt, wieder in unsere Welt zurückzukehren. Wenn es so weit ist, wird der alte Wolf dann in einen Welpenpelz schlüpfen und stolz darauf sein, dass Silla Faol, die Tochter der Wölfin, seinen alten Pelz trägt.« Moruagh grinste breit und die Sommersprossen auf ihrer Nase tanzten.

Silla musste lachen. »Ich bin mir sicher, dass er noch nie von mir gehört hat.«

»Und ich bin mir sicher, dass er das doch hat!« Finn trat zu ihnen. »Er war zwar alt, aber so taub kann er gar nicht gewesen sein, dass er die Bardengesänge, die von der Tochter der Wölfin berichten, nicht bis in die Anderswelt gehört hätte, glaub mir. Aber jetzt müssen wir los! Am besten, ich nehme Vinzi vor mich auf Ailean. Oder willst du lieber ...? Silla?« Er machte eine einladende Geste zu seinem Schwarzen hin, aber mit einem Blick auf die unruhig stampfenden Hufe, die nervös spielenden Ohren und die rollenden Augen, die immer wieder einmal einen kleinen Streifen Weiß aufblitzen ließen, winkte Silla schnell ab.

»Ich reite lieber mit Moruagh, danke!« Sie streichelte die samtigen, warmen Nüstern, die im Inneren schimmerten wie rosa Muscheln. »Wie heißt die Stute denn eigentlich?«

»Sie hat keinen Namen.« Ihre Freundin seufzte. »Sie hat eine Aufgabe: Sie ist die Opferstute. Und so wird sie genannt. Mit einem Namen wäre sie schon wieder eine Persönlichkeit, was sie nicht sein soll.« Mit einem Satz saß Moruagh auf dem Pferderücken, streckte Silla die Hand hin und lächelte. »Keine Sorge, den Wald können wir sowieso nur im Schritttempo durchqueren, da werden wir schon nicht hinunterfallen!«

»Du nicht!«, ächzte Silla, die bedeutend mehr Mühe hatte, den abschüssigen Pferderücken zu erklimmen. »Du machst das ja, seit du klein bist, aber ich war schon froh, mit Sattel reiten zu können!«

»Glaub ihr kein Wort, Vinz«, lachte Finn, der sich auf den tänzelnden Ailean geschwungen hatte und den Jungen zu sich heraufzog. »Sie reitet sehr gut, deine Schwester. Sie hat es schnell gelernt, so schnell, wie du es jetzt auch bald können wirst.«

Vinzi nickte nur, die Fäuste fest in die schwarze Mähne geklammert.

Silla schlang die Arme um Moruaghs Mitte – mit den dicken Pelzen fühlte sich das an, als hätte sie ihren alten Teddybären in den Armen – und warf noch einen letzten Blick zurück. Wie friedlich die kleine Lichtung mit dem Unterstand aussah. Unter den Bäumen reckten noch ein paar späte Blüten ihre gefrorenen Köpfe und Silla erwartete fast, die Alte Frau plötzlich zwischen den Stämmen hervortreten zu sehen.

Aber Iolair blieb ebenso wie Drugwydd verschwunden. Silla versuchte, sich an einen Traum zu erinnern, der ihr noch in vereinzelten Fetzen durch den Kopf spukte. Sie hatte Iolair gesehen, die auf die Wölfin deutete, und beide hatten Silla aus gelben Augen angestarrt. Dann hatte die Wölfin sich umgedreht, war ein paar Schritte gelaufen, ohne den Blick dabei von Silla zu lassen, als wollte sie sie auffordern, ihr zu folgen. Aber was war dann gekommen?

Während Silla noch darüber nachdachte, ritten sie los und sie hatte alle Hände voll zu tun, sich an Moruagh festzuklammern. Bald hatte sie sowohl die Alte Frau als auch ihren Traum vergessen.

Der Tag hatte eine Wetterbesserung gebracht und immer wieder brach eine strahlende Novembersonne durch die Wolken, bis nur noch an den schattigsten Stellen Schnee aufblitzte. Die Laubbäume in dem dichten Mischwald waren zum Teil schon kahl und reckten ihre schwarzen Silhouetten wie feine Scherenschnitte zwischen den Tannen. Wo noch Laub an den Ästen hing, ließ die Sonne es in Orange und Rot erstrahlen. Dazwischen glühten gelb die feinen Nadeln der Lärchen. Die Pelze und Filzumhänge glitten, einer nach dem anderen, von den Schultern. Zwischen den Stämmen bildete nun Buchenlaub einen dichten roten Teppich. Schmelzwasser glitzerte darin in kleinen Pfützen. Der weiche Untergrund schluckte den Hufschlag der Pferde hier fast vollständig.

»Jetzt ist es nicht mehr weit bis zur Lichtung. Siehst du, da beginnt bereits der Steinkreis um den Hain.« Moruagh deutete auf ein paar vereinzelt liegende Quader, die wie stumme, moosbewachsene Wächter im Gras ruhten. Bisher hatte das Mädchen lebhaft gelacht, gestikuliert und erzählt, jetzt aber senkte es die Stimme zu einem Raunen. »Ein Glück, dass wir die Erlaubnis haben, den Hain zu betreten, dann müssen wir nicht durch das Moor!«

»Warum sprichst du plötzlich so leise?«, flüsterte Silla zurück.

»Nur so.« Die Rote zuckte die Achseln. »Weil wir hier sind, wo wir sind.«

Wie bei uns, wenn wir eine Kirche betreten, dachte Silla. Da werden auch plötzlich alle still und falten unwillkürlich die Hände.

Finn und Vinzi ritten nun ebenfalls schweigend und selbst die Pferde schienen den Bann des Kraftortes zu spüren, dem sie sich näherten, als hätte der Opferstein einen Sog, der alle Geräusche schluckte, die nicht seiner Verehrung galten. Nur vom Rascheln der anstreifenden Büsche begleitet und nur vereinzelt leise schnaubend setzten die Pferde ihre Hufe in stetigem Schritt.

Moruagh deutete stumm geradeaus und Silla konnte durch die Bäume einen helleren Schimmer ausmachen. Dort vorne musste die Lichtung sein. Silla zog fröstelnd die Schultern zusammen. Hier, im dichteren Abschnitt des Waldes, hatte die Winterkälte sie wieder eingeholt und sie hatten sich erneut die Mäntel über die Schultern gezogen.

Finns Schwarzer trat nur wenige Schritte vor der Opferstute auf die Waldwiese. Fast im gleichen Moment riss Finn ihn auch schon wieder an der Mähne zurück. Mit einem unwilligen Schnauben stieg der Rappe mit den Vorderläufen in die Luft und warf den Kopf herum, während Till im gleichen Moment alarmiert bellend zwischen den Beinen der Opferstute hervorschoss und auf die Lichtung raste. Die Stute scheute erschrocken, bäumte sich wiehernd auf, brach durch die letzten Büsche vor der Wiese und stürmte los. Silla schrie auf und klammerte sich mit ganzer Kraft an den Pferderücken und an Moruagh, die sich reflexhaft über den Hals der Stute geworfen hatte, die Hände fest in die Mähne gekrallt. Die Hufe des Tieres donnerten dumpf über das Gras. Dann war es, als würde die Stute ihre ganze Kraft in einer einzigen Bewegung zusammenziehen, um einen atemlosen Moment fast stillzustehen und mit einem Mal loszuschnellen wie ein Pfeil von einer Sehne. In einem gestreckten Bogen, lang und geschmeidig, hob sie ab und setzte über das Hindernis, das vor ihnen aufragte: den Opferstein.

Silla schrie noch einmal, während halb neben, halb unter ihr zwei weitere Stimmen ebenfalls vor Schreck aufbrüllten. Aus den Augenwinkeln sah Silla einen blauen Arm, der schützend über schwarzen Zotteln in die Höhe gerissen wurde, daneben Celtilus' angstverzerrtes Gesicht. Silla wandte den Kopf. Was war das für ein seltsames Gerüst, das wie ein aus Ruten zusammengeflochtener Käfig in Form eines riesigen Menschen hinter Celtilus stand? Bevor sie es besser erkennen konnte, schabten die hinteren Hufe der Stute auch schon in einem nervenzerfetzenden Geräusch über den Stein und das Tier donnerte auf die Vorderläufe. Die Stute strauchelte, fand mit ein paar stolpernden Schritten wieder ihren Tritt und schon galoppierten sie weiter.

Aus Moruaghs Kehle klang mit einem durchdringenden »Jiiihu!« ein Schrei des schieren Triumphs.

Die Mädchen duckten sich tief über den Pferdehals, als die Stute krachend in das Unterholz tauchte. Dicht hinter dem Schimmel folgte Ailean, dessen heißes Schnauben Silla an ihrem Bein spüren konnte. Sie hatte ihre Wange fest an den Rücken der Freundin gepresst und die Augen zugedrückt, zum Schutz gegen vorbeistreifende Äste – und auch vor Angst.

Nun hörte sie neben sich einen Ruf, blinzelte und blickte direkt in das wilde Augenrollen des Hengstes, dem der Schaum in Fetzen vom Mund flog und der mit langen gelben Zähnen nach der Stute biss. Ailean hatte es noch nie gemocht, wenn andere Pferde vor ihm gingen! Für einen Moment sah Silla Vinzis und Finns Gesichter, dann schloss sie mit einem langen Stöhnen wieder die Augen und grub das Gesicht noch ein wenig fester in Moruaghs Pelz.

Der Klang der Hufe veränderte sich und ging von einem dumpfen Dröhnen zu einem helleren Klappern über. Sie wurden langsamer und Silla hörte Finns beruhigendes »Ho! Ho!«, mit dem er seinen Hengst einbremste.

Moruagh richtete sich auf und Silla spürte, wie sie nach hinten gedrückt wurde. Während die Stute in einen erschöpften Schritt fiel, gaben Sillas Muskeln nach, sie rutschte schwer wie ein Sack über die Pferdekruppe und plumpste zu Boden, wo sie ächzend liegen blieb. Mit einem Japsen war Till über ihr und leckte ihr begeistert hechelnd Kinn und Wangen.

»Silla! Alles in Ordnung?«

Sie öffnete die Augen und blickte in Finns besorgtes Gesicht. »Keine Ahnung!« Sie bewegte zaghaft die Gliedmaßen und stöhnte. »Ich habe das Gefühl, als hätte man mich in lauter kleine Stücke zerbrochen.«

»Kannst du aufstehen?«

»Ich glaube schon.« Sie schob sich in eine sitzende Position und stöhnte noch einmal. »Ahh! Das war ja Wahnsinn!«

»Ja! Nicht wahr? Das war einfach toll!« Vinzi wirkte etwas blass um die Nase, aber er strahlte über das ganze Gesicht und Silla musste lachen.

»Toll hatte ich damit eigentlich nicht gemeint.« Auf Finns

Hand gestützt rappelte sie sich auf. »Sondern ... o Gott ... eher das Gegenteil!«

»Habt ihr gesehen, wie sie gesprungen ist!« Moruaghs Wangen glühten von dem Ritt und die Haare standen ihr wie Flammen um den Kopf. Sie zog sich ihr breites Umlegetuch von den Schultern und begann die Stute damit abzureiben.

»Und habt ihr die Gesichter von Sliabh-sceil und Celtilus gesehen, als wir wie die wilde Jagd an ihnen vorbeigedonnert sind!« Finn lachte laut auf. »Der kleine Goldjunge hat geschrien, als wäre Cernunnos persönlich gekommen, um ihn zu holen!«

»Was war das für ein merkwürdiges Gerüst, das sie da hatten?«, fragte Silla, während sie ihre Wollröcke zurechtzupfte. Ein Glück, dass sie wenigstens darunter Hosen trug. Das war viel wärmer und praktischer, vor allem beim Reiten.

Sie blickte auf.

Moruagh schien ganz damit beschäftigt, ihrem Pferd die schweißnassen Flanken trocken zu reiben, während Finn ihr den Rücken zugekehrt hatte und zu den Bergen hinaufblickte, die sich vor ihnen in einem kalten Massiv erstreckten.

»Dieses Ding«, sagte sie noch einmal lauter. »Das wie ein aus Weidenruten zusammengeflochtener Riese aussah. Was war denn das?«

Einen langen Moment sprach niemand, dann antwortete Finn, ohne sich umzudrehen: »Der Druide wird wohl heute Nacht ein Ritual abhalten wollen.«

»Das würde ich gerne sehen!« Silla blickte ebenfalls zu den Felsen hinauf. »Was macht er mit dem Gerüst?«

»Ein Ritual! Er schlägt Wildes Feuer und damit zündet er den Weidenmann an, denn das ist es, was du gesehen hast: ein Weidenmann«, kam es fast widerwillig von Moruagh. »Und ich bin mir sicher, dass wir nicht viel versäumen, wenn uns der Anblick erspart bleibt!«

»Aha«, sagte Silla nur und schaute verwirrt zwischen den Rücken ihrer Freunde hin und her. Was war denn nur los? Irgendetwas, das mit dem geplanten Ritual und dem Weidenmann zusammenzuhängen schien, war ihnen offensichtlich unangenehm, und zwar so sehr, dass sie noch nicht einmal darüber sprechen wollten. Silla zuckte die Achseln. »Dann halt nicht«, murmelte sie und bückte sich, um Till zu kraulen. Gerade noch war sie so froh, ja sogar richtig glücklich gewesen, ihre Freunde wiederzuhaben, und nun fühlte sie sich von einem Moment auf den anderen ausgeschlossen und fremd in einer fremden Welt. Und Vinzi lief auch nur noch hinter Finn her wie ein Schoßhündchen! Mit einem Mal war sie so enttäuscht und traurig, dass sie zornig wurde. Wütend kickte sie mit dem Fuß einen Stein weg. »Und könnt ihr mir wenigstens verraten, was wir jetzt machen?« Sie merkte, wie keifend ihr Ton klang, und ärgerte sich erst recht.

Finn und Moruagh wechselten einen Blick.

»Leider wissen sie nun, dass wir nicht auf der Passstraße unterwegs sind.« Finn runzelte unwillig die Stirn. »Aber es hilft nun nichts mehr, wir müssen den eingeschlagenen Weg fortsetzen. Wenn wir jetzt zurückreiten, haben sie uns gleich!«

»Und wo ist der Weg zu diesen Minen?« Silla hatte eigentlich gar nichts mehr sagen wollen, aber die Neugier war doch stärker.

Finn deutete wortlos nach vorne in das Massiv der Berge, das sich schneebedeckt, kalt und abweisend vor ihnen erhob. Die Gipfel reckten sich hoch in das herbstliche Ultramarin des Himmels und hatten in ihrem scharfumrissenen Weiß etwas seltsam Unwirkliches, Kulissenhaftes.

»Hat Sionnach eigentlich seinen Falken noch?«, fragte Moruagh plötzlich und deutete in den Himmel.

Nicht weit von ihnen kreiste ein schwarzer Punkt, der schnell größer wurde. Wie zur Bestätigung ließ er einen heiseren Schrei ertönen.

»Ja, aber es kann auch ein anderer sein.« Finn blickte unruhig auf den Vogel. »Trotzdem, wir sollten los!«

Schweigend saßen sie auf.

Die Sonne versank bald hinter den Bergen und mit ihr auch die Wärme des Tages. Dämmerung begann aus den Schatten zu kriechen wie eine düstere Armee, die nur auf das Verschwinden des Lichts gewartet hatte.

»Es wird Zeit, dass wir uns einen Unterschlupf suchen!« Finn, der vorausritt, verhielt seinen Schwarzen.

Silla blickte sich um. Ihr kam es nicht vor, als wären sie groß weitergekommen, im Gegenteil, die Berge wirkten nun noch viel weiter weg als vorher und höher, als wären sie auf unerklärliche Weise gewachsen. Rundum dehnte sich eine steinerne Wüste aus Felsen.

»Mehr als eine Nische werden wir hier nicht finden.« Moruagh verzog das Gesicht. »Nun denn!«

Es war dunkel, bis sie eine Felsspalte gefunden hatten, die ihnen und den Tieren halbwegs Unterschlupf bot. Eng aneinandergekauert, die Decken wie Zelte um sich gezogen, waren es vor allem die Pferdeleiber, die ihnen Schutz und Wärme spendeten. Schweigend blickten sie in die dritte und dunkelste Nacht der Samhaine, die mit funkelnden Sternen über ihnen aufstieg.

Nach einer Weile grub Moruagh ein paar Wurzeln aus den Tiefen ihres Lederbeutels und drückte jedem eine in die Hand.

»Sogar die Wurzeln sehen aus wie Eiszapfen«, murmelte Silla und blickte auf die bleiche Rübe in ihrer Hand. Sie biss ein kleines Stück ab und ein warmer, würziger Geschmack strömte durch ihren Mund, der entfernt an Maggikraut erinnerte. Sie beugte sich zu Vinzi. »Spürst du, wie sie dir Kraft geben?«

Vinzi betrachtete kauend seine Wurzel. »Ich spüre es warm werden in meinen Adern«, stellte er dann fest.

»Ad Smerius hat sie mir vor ein paar Wochen geschickt. Eines Morgens lagen sie vor der Tür«, sagte Moruagh. »Wahrscheinlich hat er geahnt, dass wir sie bald würden gebrauchen können.«

»Woher wusstest du denn, dass sie von ihm waren?«, brummelte Finn aus seinem Pelz heraus.

»Ein kleines Polster mit Hahnenfuß lag dabei. Sie blühen von allen Blumen in den am höchsten gelegenen Regionen, in den Felsen der Gletscher noch und auch bei Ad Smerius' Höhle. Du weißt das auch, nicht wahr, Silla? Damals, als ich dir gezeigt habe, wie man sich an Murmeltiere anschleicht, und als wir hinauf zum Eis gestiegen sind.«

Silla nickte schweigend. Sie wollte etwas sagen, aber Traurigkeit saß wie ein Kloß in ihrem Hals und ließ keinen Laut vorbei.

»Und Till ist so groß und kräftig geworden!« Finn kraulte dem Hund die Ohren, der sich zufrieden grunzend zwischen sie gerollt hatte. »Ich sehe ihn noch vor mir, als wir ihn gefunden haben und er mir gleich die Zähne in den Finger gebohrt hat! Wisst ihr noch?«

Silla stieg ein trockenes kleines Schluchzen in die Kehle, das in einem Schluckauf mit dem Kloß zusammenstieß. Eine Träne lief langsam und warm über ihre Wange und auf einmal brach es aus ihr heraus: »Und warum habt ihr dann Geheimnisse vor mir, wo wir schon so viel miteinander erlebt haben? Ich dachte, wir wären Freunde!«

»Aber Silla, das sind wir doch!«, stieß Moruagh erschrocken hervor und nahm ihre Hand. »Wie kannst du denn etwas anderes denken?«

Silla zog ihre Finger aus Moruaghs Griff. »Und warum erzählt ihr mir dann zum Beispiel nicht, was es mit dem Ritual und Sliabh-sceil auf sich hat!«

»Aber das war doch ... Bist du deswegen so ... so ... fremd mit uns?«

Silla wischte sich übers Gesicht und zuckte nur mit abgewandten Augen die Schultern.

Finn und Moruagh wechselten einen Blick.

»Es war doch nur ...« Finn räusperte sich. »Nun, es ist uns einfach unangenehm, davon zu sprechen, Silla, weil wir uns ... nun ja ... schämen, dass es in unserer Zeit noch so etwas gibt. Es ist unmenschlich und brutal und ... Was musst du von uns und unserer Welt, der Welt, in der wir leben, denken? In deiner Anderswelt wird dieser Brauch aus der Ältesten Zeit schon längst vergessen sein und man wird sich so etwas noch nicht einmal mehr vorstellen können!«

»Aber ... wovon sprichst du denn?« Silla blickte verwirrt zwischen ihren Freunden hin und her.

»Er spricht von Menschenopfern, Silla«, sagte Moruagh leise. »Das ist es, wofür der Weidenmann steht!«

»Menschenopfer«, wiederholte Silla leise. »Das ist Teil des Rituals, nicht wahr? Du liebe Güte!« Sie packte Moruaghs Hand. »Tut mir leid«, flüsterte sie.

Eine Weile sprach niemand mehr, aber die Stille war nicht angenehm, sondern geladen mit Schrecken.

Schließlich hielt Vinzi es nicht mehr aus. Er rutschte auf seinem Hosenboden hin und her. »Das ist ganz schön gruselig«, stieß er endlich hervor. »Aber macht euch nichts draus! Ihr solltet mal bei uns eine Zeitung lesen. Meine Mama sagt, da wird ständig darüber berichtet, dass Menschen geopfert werden. Für Krieg und Terroranschläge und so. Aber ich glaube, ohne Ritual, sondern einfach so. Uns würde sie für so etwas nicht hergeben, sagt Mama. Für den Krieg, meine ich. Also«, er zuckte die Achseln, »ihr müsst euch da gar nicht schämen.«

Finn starrte Vinzi einen Moment lang mit gerunzelter Stirn an, dann legte er ihm die Hand auf die Schulter. »Ich verstehe zwar die Worte aus deiner anderen Sprache nicht, die du in deiner Rede verwendest, aber ich denke, ich weiß trotzdem, was du meinst, und ich glaube, deine Mutter hat recht. Danke, Vinzi!«

»Soll das heißen«, Silla legte sich die Hand auf den Mund vor Schreck, »während wir hier sitzen, bereitet dieser Druide gerade ein Ritual vor, bei dem dann ein *Mensch* geopfert wird?«

»Wahrscheinlich«, sagte Moruagh leise. »Die Zeit des Opfers ist die dunkelste Stunde der Nacht.«

»Aber … warum?«

»Du meinst, warum er gerade Menschen opfert?«

Silla nickte stumm.

»Das ist«, Moruagh senkte unwillkürlich die Stimme und blickte sich um, als hätte sie Angst, belauscht zu werden, »Teil der Rituale aus Ältester Zeit. Es soll besondere Macht verleihen.«

»Aber was sagt denn Drugwydd dazu?«

»Das ist einer der Gründe, warum er Sliabh-sceil so bekämpft.«

»Und er kann nichts tun, um so ein Opfer zu verhindern?«

»Das Ritual eines anderen Druiden zu unterbrechen würde Krieg bedeuten und noch mehr Opfer kosten.« Finns Gesicht hatte sich verfinstert. Er hob einen Felssplitter auf und schleuderte ihn mit aller Kraft in die Dunkelheit. »Auch ich kann nichts tun! Nicht, solange ich nicht König bin und solange Drugwydd nicht allein oberster Druide ist! Dann erst kann ich Opfer dieser Art verbieten und Drugwydd die Rituale bestimmen. Genau deshalb will Sliabh-sceil auch unbedingt Celtilus als Herrscher haben.«

»Und weil Kelth Belchen-ai zusammen mit allen Kelthoi, die hier leben, dann ihm gehören würde«, fiel Moruagh ein. »Er könnte uns unterdrücken und ausbeuten, gerade wie es ihm gefiele.«

»Die Kerker würden sich wieder füllen!«

»Und überall würde Angst herrschen und Willkür!«

»Die Menschenopfer sind nur ein Teil des Ganzen.« Finn schwieg einen Moment. »Ich selbst könnte gut ohne die Königswürde sein«, sagte er dann leise. »Aber wie sollte ich jetzt noch glücklich leben können, wenn ich nicht alles getan hätte, um diese Schrecken zu verhindern? Die Dunkelheit darf doch nicht ewig dauern, oder?«

Moruagh wickelte nachdenklich eine Haarsträhne um einen Finger. »Bei den Kriegerinnen und Kriegern ist das etwas anderes«, sagte sie leise. »Die ziehen freiwillig in die Schlacht und gehen voll Freude in den Tod, weil sie damit die Anderswelt betreten, in der sie immer glücklich und jung sind. Trotzdem tut es mir leid, dass es auch in eurer anderen Zeit noch Kriege gibt. Ich dachte, auch das würde eines Tages aufhören.«

»Früher haben sich wohl auch viele freiwillig als Opfer für

die Alten Rituale gemeldet, weil es ein ehrenvoller Weg in die Anderswelt war. Aber inzwischen ist das nicht mehr so!« Finn schüttelte finster den Kopf. »Inzwischen nehmen Druiden wie Sliabh-sceil Gefangene für ihre düsteren Praktiken oder holen sich einfach irgendeinen armen Bauern von jenseits der Grenzen, dem wahrscheinlich alles lieber wäre, als sein Leben für die Rituale eines fremden Druiden zu lassen!«

»Und warum können wir den in dem Käfig nicht retten?«, piepste Vinzi mit dünner Stimme dazwischen.

»Das Ritual eines Druiden unterbrechen?« Moruagh hob ungläubig die Augenbrauen und wechselte einen kurzen Blick mit Finn. »Das ist uns verboten, Vinzi«, sagte sie dann mit sanfterer Stimme, »und würde für uns selbst den Tod bedeuten nach unserem Recht.«

»Ich könnte nie mehr König werden, wenn ich so ein Tabu übertreten würde. Außerdem würde es sich Sliabh-sceil gewiss nicht gefallen lassen«, brummte Finn. »Vergiss nicht, dass er gerade die Rituale der Ältesten Zeit beschwört. Die gehören zu den machtvollsten. Er hätte uns schneller zu dem armen Mann in den Weidenkäfig gebannt, als uns lieb sein würde!«

Silla schlug die Hände vors Gesicht. Sie fühlte sich mit einem Mal unendlich klein und schutzlos angesichts dieser fremdartigen und gewaltigen Brutalität. Wenn wenigstens Drugwydd bei ihnen gewesen wäre oder Iolair!

Kleine Finger legten sich kalt an ihre Wange. Vinzi. Sie musste an Cù denken, ihren Zwillingsbruder. Er soll zusammen mit Senonen, dem Heiler, über die Passstraße nach Süden gezogen sein. Wer wusste schon, wohin! Nachdem er sein ganzes Leben in den Verliesen Y-loigs verbracht hatte, musste er richtig ausgehungert sein nach Leben, Weite und Eindrücken.

Silla ergriff die Hand an ihrem Gesicht und drückte sie. Aber ihr kleiner Bruder war da, Vinzi, und allein schon seinetwegen durfte sie jetzt nicht einfach schlappmachen. Schließlich musste sie ihn heil wieder nach Hause bringen!

Sie sog die Luft tief ein, die so klar und kalt war, dass sie in den Lungen stach, und sah Finn von der Seite an. »Dann mögen uns alle Himmel beistehen, dass du bald König bist«, sagte sie leise und ohne zu merken, dass sie schon geklungen hatte wie eine echte Kelthoi.

Finn nickte nur stumm, den Blick in der Ferne verloren.

Sliabh-sceil hob die Arme, breitete sie aus und ließ seine Augen zufrieden über die Opferstätte wandern. Alles war bereit: das Wilde Feuer entzündet, die Steine geschichtet und der Weidenmann aufgestellt. Das Ritual konnte beginnen. Ein plötzliches Hochgefühl stieg ihm wie ein Schluchzen in die Kehle und sein Blick begann zu flackern wie die kleinen Flammen in der Vertiefung des Opfersteins, die sich gierig an dem ölgetränkten Werg emporfraßen. Der Junge war nur als Schemen zu erkennen, zusammengekauert am Fuß des Granitquaders, der sich gerade noch außerhalb eines Steinkreises befand, den der Druide um das übermannsgroße Weidengeflecht ausgelegt hatte.

Noch jemand war zu erkennen, wenn auch nur als vager Schatten, da die Flammen die Dunkelheit eher zu verstärken schienen, als dass sie Licht spendeten. Dieser Jemand lag ein wenig entfernt auf dem Boden, reglos. Man hätte ihn für tot halten können, wenn er nicht hin und wieder ein leichtes Stöhnen von sich gegeben hätte. Mit ein paar schnellen Schritten trat der Druide nun zu ihm, riss ihn nicht ohne Mühe auf die Füße und stieß ihn vorwärts, durch die letzte offene Stelle im Steinkreis und weiter durch eine Öffnung ins Innere des Weidengeflechts. Es brauchte nur ein paar Handgriffe, um den schauerlichen Korb zuzubinden und den letzten Stein an seinen Platz im Kreis zu schieben. Nun war auch dieser geschlossen. Sliabh-sceil stieß eine Fackel in das Feuer auf dem Opferstein, bis sie hell aufloderte, zog eine halbkreisförmig gebogene Sichel aus seinem Gürtel und begann leise murmelnd, Zeichen und Figuren in bestimmte Steine des Kreises zu ritzen.

Die Gestalt in dem Käfig hatte die Finger in das Geflecht gekrallt, um sich aufrecht zu halten. Es war ein Mann. Er war nackt. Seine Augen versuchten dem Druiden zu folgen, verloren aber immer wieder den Fokus und rollten zurück in den schwankenden Schädel, dass nur noch das Weiß des Augapfels aufblitzte. Dann stöhnte er. Er stand schwer unter Drogen.

Der Druide schob seinen Umhang zurück, holte verschiedene Lederbeutel, tönerne und metallene Fläschchen aus den Tiefen des Umhangs, wobei das Violett und Blau seines Hemdes aufflimmerten wie das Schimmern auf den schwarzen Flügeln eines Mistkäfers. Kräuter stoben in einer knisternden Wolke in die Flammen des Opfersteins, dazu harzige Brocken einer dunklen Substanz. Sofort quollen kleine Wolken aus der Mulde, schienen über den Stein zu kriechen, wie Lava aus einem Vulkan sickert, zäh und unnachgiebig, bis sie ihn fast ganz einhüllten und langsam über den Jungen zu seinen Füßen flossen.

Celtilus hob den Kopf. Die Dämpfe schienen ihm in jede Öffnung seines Körpers, in jede Pore zu dringen. Er hustete, atmete dabei den Qualm aber nur noch tiefer ein, der ihm ätzend und süß zugleich in die Kehle stieg, und mit einem Mal wurde sein Kopf schwerelos, schwebte fast auf seinem Hals,

als könnte er jeden Moment davonfliegen. Celtilus musste unwillkürlich kichern, auch wenn ihm die Angst dabei eine kalte Gänsehaut über Rücken und Glieder zog. Er konnte den Druiden sehen, das aufblitzende Gold seiner Sichel, die er nun wieder in seinen Gürtel schob. Und noch etwas blitzte auf. Celtilus blinzelte, um besser sehen zu können. Es schien eine Art goldener Schädel zu sein. Sliabh-sceil hatte ihn so sorgsam aus einem Lederbeutel gezogen, hielt ihn so vorsichtig, dass er wohl sehr kostbar sein musste. Nun kam der Druide herüber. Celtilus rutschte, so weit es ging, an den Stein zurück. Mit ausgestreckten Armen stellte Sliabh-sceil das goldene Ding über die Mulde in der Mitte des Steins, während er Worte in der Alten Sprache vor sich hin murmelte. Den Jungen zu seinen Füßen schien er gar nicht mehr wahrzunehmen. Celtilus verstand die Alte Sprache nicht, aber ein Wort erkannte er, als es der Druide nun ein paarmal wiederholte: Tuath-hach.

Celtilus presste sich die Hand auf den Mund vor Schreck. Tuath-hach! Der erste Druide, der zu Anbeginn der Zeit aus der Anderswelt gekommen war. Das musste sein Schädel sein! Eines der mächtigsten Objekte, das die Kelthoi besaßen! Celtilus hatte ihn noch nie gesehen, aber er wusste, dass der Schädel an der Quelle Glonn lag und dass aus ihm das Wasser für die großen Prophezeiungen geschöpft wurde. Es war ein großes Tabu, ihn von dort zu entfernen, das zu brechen noch nicht einmal dem obersten Druiden erlaubt war!

Aus einem bauchigen bronzenen Gefäß sprenkelte Sliabh-sceil Wasser über den Opferstein, das zischend verdampfte. Jetzt zog er ein anderes Fläschchen aus seinem Gürtel, entkorkte es und ließ einen Tropfen einer zähen schwarzen Flüssigkeit über den Schädel rinnen. Mit einem Sprung war er zurück im Steinkreis, packte den Unterkiefer des Mannes, schob ihm den Kopf in den Nacken, drückte ihm grob die Zähne auseinander und ließ auch in seinen Mund etwas von dem dunklen Sirup fließen, ohne dabei das beschwörende Gemurmel der Alten Worte zu unterbrechen. Er packte die Fackel, stieß sie schnell hintereinander an alle Ecken des Weidenmannes und während der Blick des Gefangenen glasig wurde und er in einer einzigen, langen Drehbewegung zu Boden glitt, steigerten sich Sliabh-sceils Beschwörungen zu einem heiseren Schrei.

»Ar Coambrath mort …«

Der zischende Ruf ließ Celtilus mit schreckgeweiteten Augen noch weiter zurückweichen.

»… seig orgain aided …«

Er ruft den Fluch der Dunklen Nacht, dachte Celtilus und panische Furcht fuhr ihm wie Eis ins Herz.

»… Al-breath dinneadh-dwardh …«

Celtilus presste die Fäuste auf die Ohren, um die schrecklichen Worte nicht mehr hören zu müssen, die schreckliche Stimme, die sich zu einem triumphierenden Schrei gesteigert hatte. In einer plötzlichen Welle stieg Hitze von dem Stein auf, so glühend, dass Celtilus mit einem Klagelaut zur Seite geworfen wurde wie ein Wassertropfen, der von einer heißen Oberfläche abprallt, und während der Weidenmann in einer einzigen Stichflamme aufloderte, stiegen mit einem Mal auch Flammen aus dem schweren Granit, züngelten blau und kleine Rauchsäulen strömten aus den leeren Aughöhlen Tuath-hachs, der mit unbewegter goldener Miene die Geschehnisse vor sich zu betrachten schien.

Kalt und klar lag die Nacht um die Alte Frau, wie ein Umhang, in dessen unendlicher Schleppe die Sterne funkelten. Iolair ließ ihre Finger über den Stein vor ihr wandern, spürte mit den Fingerspitzen den kleinen Vertiefungen nach, in denen sich der Schnee gesammelt hatte, den kleinen Opfermulden, in die man seine Mitbringsel für die freundlichen Göttinnen der Berge legen konnte. Wäre es Sommer gewesen, hätte sie ein paar Blütenköpfe gesammelt, aber so zog sie ein Ledersäckchen hervor und streute eine Handvoll getrockneter Kamillenblüten und Katzenminze über den Felsen. Es war wichtig, nicht ohne Gaben an so einem Schalenstein vorbeizugehen, nicht weil die Wesenheiten der Berge auf die kleinen Mitbringsel angewiesen waren, sondern um ihnen Achtung und Anerkennung zu zollen. Vor allem wenn der Schalenstein Wächter eines Heiligtums war, wie dieser hier, und wenn man gekommen war, um Schutz zu erbitten, wie die Alte Frau nun.

Sie schloss einen Moment die Augen, um sich zu sammeln, dann duckte sie sich, drückte sich an dem Stein vorbei und schlüpfte unter einem Überhang hindurch, der einen Eingang verbarg. Von außen nicht sichtbar mündete er in einen Felsengang. Die Alte Frau brauchte keine Fackel, denn je weiter sie vordrang, umso stärker wurde das diffuse Leuchten, das von den Wänden ausging, die in seltsamer Transparenz schimmerten. Es war ein weiter Weg, aber die Alte Frau schritt zügig voran. Man merkte ihr an, dass sie ihn nicht zum ersten Mal ging. Als ein hohles Hallen begann ihre Schritte zu begleiten, nickte sie kaum merklich und ein zufriedener Ausdruck huschte über ihr Gesicht. Das seltsame Dröhnen wurde stärker und dann war sie angekommen. Der Gang mündete übergangslos in eine Höhle, die so breit und hoch war, dass ihre Grenzen in dem nebelhaften Licht verschwammen, das den Kristallen entströmte. In allen Größen und Anordnungen hüllten sie Boden, Decke und Wände in ihr kostbares Funkeln. Die Alte Frau verharrte einen Moment. Diese glitzernde Kühle, dieses goldene Funkeln, das sich wie ein schmaler Bach durch den gläsernen Boden wand, wo die Kristalldrusen eine Goldader umwachsen hatten, diese tiefe Ruhe. Iolair schritt weiter in die Höhle hinein, spürte, wie die Luft langsam kühler wurde und ein stetiges leises Tropfen die Stille zu füllen begann. Die Kristalle wirkten mit einem Mal noch transparenter, strömten noch mehr Kälte ab – sie waren kaum merklich von Bergkristallen in reinstes Gletschereis übergegangen. Erst noch ineinander verwoben, wie kostbare Spitze, die aus zwei verschiedenen Fäden gefertigt ist, dann nur noch Eis.

Iolair eilte weiter. Die Nacht würde bald zu ihrer dunkelsten Stunde kommen, bis dahin wollte sie im Innersten Heiligtum der Göttinnen sein und ihre Anrufung beginnen.

Schutz! Die Göttinnen würden ihnen Schutz gewähren! Die jungen Menschen waren zu verletzlich geworden, vor allem das Mädchen und ihr kleiner Bruder, den sie aus der Anderswelt mitgebracht hatte. Schon König Bituit war ein schrecklicher Gegner gewesen, aber sein Kampf war geradlinig und berechenbar gewesen gegen die Hinterlist eines Sliabh-sceil! Dass er es gewagt hatte, sie anzugreifen, ihnen das Feuer aufs Dach zu schicken, obwohl sie und Drugwydd darunter weilten! Und sie hatten es nicht verhindern können! Sie spürte, wie ohnmächtiger Zorn sich eine kleine Bahn durch ihr Herz fraß, schloss die Augen und bemühte sich, tief und ruhig zu atmen. Nicht! Sie durfte dem nicht nachgeben, es würde sie nur schwächen. Ihre Stärke lag in ihrem klaren Kopf und den galt es zu bewahren. Und Stärke, viel mehr Stärke brauchte sie und dazu musste sie sich mit der Dreifachen Göttin verbinden. »Bor-beth, Am-beth, Wic-beth«, murmelte sie. Dunkelheit, Vergehen, dann Werden, Geburt und wieder Licht – der Weg der Göttinnen. Dagegen hatte keiner der Kriegsgötter Macht, alle waren diesem Kreislauf unterworfen und mussten ihm folgen!

Hier waren auch schon die Stufen, schmal und glatt zwischen eisigen Wänden, die sich zu einem Durchgang wölbten, der steil anstieg. Iolair setzte die Füße jetzt vorsichtig, ließ im Vorübergehen ihre Fingerspitzen leicht über die scharfen Kanten der Kristalle wandern, die den Durchlass säumten. Nur noch wenige Schritte und er würde sich zum Innersten Heiligtum öffnen, dem Reich der Göttinnen, dem machtvollsten und friedlichsten Platz, den Iolair je hatte erleben dürfen. Dort, wo die Wächterin saß, reglos und geduldig, die älteste der Alten Frauen Kelth Belchen-ais und die weiseste. Ihre Aufgabe war es, das größte Heiligtum der Göttinnen zu bewachen: den Kristall, der die Kräfte des Berges bündelte und dessen Nähe Klarheit und Heilung brachte. Als großes, zackiges Ei thronte er in der Mitte der Höhle, als wäre er ihr funkelndes Herz.

Iolair spürte Freude in sich aufsteigen. Mein Herz klopft, als wäre ich wieder ein Kind, dachte sie, und gegen das Alter und die Weisheit der Göttinnen werde ich auch nicht viel älter wirken. Du liebe Güte! Sie presste schnell eine Hand auf den Mund, um ein seltsames Glucksen zu ersticken. Ich glaube, ich beginne sogar zu kichern! Na ja, was soll's!

Leise vor sich hin lachend schritt sie weiter – um auf der nächsten Stufe schmerzhaft den Tritt zu verlieren. Schneller, als sie begreifen konnte, was da vor sich ging, glitt der Fuß unter ihr weg und sie wurde gegen die Wand geschleudert, an der sie sich reflexhaft festhielt. Kleine Blutstropfen begannen aus ihren Fingern zu sickern, wo die glatten Kanten der Kristalle sie geschnitten hatten. Iolair tat noch einen Schritt und glitt wieder aus, als hätte sich ihr die Macht des Fortkommens mit einem Mal entzogen. Hitze begann durch ihre Sohlen zu sickern, zusammen mit Schmelzwasser, das sich in kleinen Pfützen unter ihr sammelte.

»Was um ...!« Die Alte Frau erstickte einen Aufschrei und der Ärger, den sie eben noch gespürt hatte, schlug unversehens in Panik um. Das Heiligtum! Was geschah hier? Das war doch nicht möglich! Diese Hitze! Nichts konnte diesen Ort der Kraft berühren ...! Außer ...! Iolair spürte, wie sich ihr die Haare im Nacken in einem kleinen Kribbeln aufstellten. Sie musste weiter! Die dunkelste Stunde war angebrochen! Sie musste ins Innere des Heiligtums gelangen, ehe es zu spät war!

Atemlos versuchte sie, sich auf dem rutschigen Untergrund voranzukämpfen, versuchte sie, der Glätte zu trotzen. Doch der Augenblick, während dem sie stehen geblieben war, hatte genügt, unter ihren Füßen tiefe Kuhlen schmelzen zu lassen, in die sie beharrlich zurückrutschte. Immer schneller schienen die Vertiefungen sich mit Wasser zu füllen, das unter ihrem Gezappel spritzte und platschte. Auch über ihre Finger, mit denen sie sich abstützte und vorwärtszuziehen suchte, lief es nass und die Vorsprünge, an denen sie sich festhielt, gaben nach. Iolair trat der Schweiß auf die Stirn vor Anstrengung und ihr Atem ging keuchend.

Ich muss, ich muss!, wollte sie sich zwingen, aber das Geräusch, mit dem ihre Füße erneut zurückglitten, klang wie ein höhnisches Kichern in ihren Ohren.

Als ein kalter Tropfen in Iolairs Nacken rann, dem sofort ein zweiter folgte und ein dritter, blickte sie auf. Die Decke hatte sich über sie geneigt und schien mit ihren eisigen Fingern nach ihr zu greifen. Iolair duckte sich unwillkürlich, stieß nun auch hier gegen Eis, das begann, wie eine glühende Hand um ihre Schultern zu schmelzen.

Es hat keinen Sinn, dachte sie, ich muss zurück! Mühsam atmend kämpfte sie sich aus den Eislöchern, die ihr inzwischen bis zu den Knien reichten. Schnell fort! Das ist Unheil! Nur schnell fort hier!

Auf Knie und Hände gestützt drehte sie sich mühsam um, prallte wieder gegen Eis, spürte ein schmerzhaftes Kratzen an ihrem Scheitel. Warum kam sie denn nicht voran? Irgendetwas hielt sie fest. Sie spähte zurück und sah den Rand ihres Umhangs im Untergrund verschwinden, eingeschlossen in das kalte Kristall. Mit einer blitzschnellen Bewegung löste sie die Schnalle an ihrem Hals, ließ ihren Mantel von den Schultern gleiten und warf sich vorwärts – nur um schmerzhaft zurückgeworfen zu werden. Iolair keuchte entsetzt auf. Was war mit ihren Beinen? Glühend und kalt zugleich hatte sich das schmelzende Eis um sie geschlossen.

Gefangen!, dachte Iolair und verharrte reglos. Ich bin gefangen!

Sie überschlug kurz alle Anrufungen, alle Zauber und Beschwörungen, die ihr jetzt noch helfen würden, dann atmete sie tief aus. Sie wusste, es gab nichts mehr, was sie tun konnte.

Der Fluch der Dunklen Nacht, dachte sie, so also sieht er aus! Immer habe ich nur von ihm reden hören, dem einzigen, der bis hierher durchdringen kann, nun sehe ich ihn also schlussendlich noch! Sie breitete die Arme aus, so weit es ging, und begann leise zu singen, die gleichen Worte, die gleiche Melodie, die Silla vernommen hatte, als sie damals am Opferstein von An Ear aufeinandergetroffen waren und dann die große Reise miteinander angetreten hatten. Klar klangen die Töne durch das Schimmern der eisigen Gänge.

Ich wollte, du könntest mich auch jetzt hören, Tochter der Wölfin, dachte die Alte Frau. Die Passage ist unpassierbar geworden, aber mögen die Göttinnen euch trotzdem beistehen!

Iolair schloss die Augen und konnte sie für eine Moment vor sich sehen: Silla und Moruagh, Finn und Vinzi, Till und die Pferde, wie sie aneinandergedrängt in den Felsen saßen oder standen, stumm und schlaflos, und auf das Vergehen der Nacht warteten und darauf, dass sie, Iolair, wieder an ihrer Seite sein würde. Tiefer Gram durchflutete die Alte Frau und sie öffnete schnell wieder die Augen.

Die Göttinnen mögen euch schützen, dachte sie noch einmal, dann schloss sich still das Eis um sie.

Bis die dunkelste Stunde der Samhainenacht in das Grau des Morgens überzugehen begann, war von Iolair nur noch ein Schatten im Eis zu sehen. Die Augen waren zu gelben Topasen erstarrt, das Haar wirkte wie Silberadern in dem diffusen Funkeln der Gletscherhöhle und die Arme hatte sie ausgebreitet – eine Wächterin zu einem Heiligtum, das nun verschlossen lag. Und während kühl die Dämmerung aufstieg, war auch die Kälte des Ewigen Eises in die Höhle zurückgekehrt.

6. KAPITEL

IN DEN MINEN

Der Weg war beschwerlich, die Freunde waren müde und übernächtigt und Silla musste immer wieder stehen bleiben, um zu verschnaufen oder weil sie gestolpert war. Nur Vinzi thronte noch auf Ailean, den Finn an einem ledernen Band führte, das er ihm um den Hals geschlungen hatte. Die Mädchen schritten hinter und neben der Stute, hielten sich abwechselnd an ihrer Mähne fest oder stützten sich, den Arm über ihren Hals gelegt, auf sie, wie Silla es jetzt tat.

Ich stoße zu euch, wenn die Zeitrechnung wieder beginnt, hatte Iolair gesagt, also zum Ende der drei Samhainetage. Das ist heute, dachte Silla. Der Tag hatte ja kaum erst begonnen, aber trotzdem freute sie sich jetzt schon, wenn die Alte Frau endlich wieder bei ihnen sein würde. Sie fühlte sich seltsam schutzlos, den Bergen gänzlich ausgeliefert, auf dem schmalen Saumpfad, der sich stetig den Gesteinsrücken entlang in die Höhe wand. Rund um sich nur Schnee, Eis und blanker Fels. Kein Strauch, unter dem im Frühjahr die Murmeltiere toben würden, kein Baum, der Schutz und Schatten spendete, nichts.

Und still war es hier oben, so still, dass einem schon der eigene Atem in den Ohren dröhnte. Die einzige Unterbrechung war der schrille Schrei eines Adlers, der eine Weile über ihnen kreiste, um dann hinter den Gipfeln zu verschwinden.

Ein kleines Bächlein zog nun seine dünne Bahn über die Felsen, verschwand gluckernd unter dem Eis und versickerte längs des Weges. Finn bückte sich, schöpfte eine Handvoll Wasser, schlürfte sie geräuschvoll ein und prustete sie genauso schnell wieder aus.

»Dalin-car«, rief er, spuckte noch einmal, grinste und deutete nach oben. »Da hinauf!«

»Was meint er?« Silla blickte befremdet auf das Rinnsal.

»Salz!« Moruagh schüttelte lachend ihre roten Zotteln.

»Till!«, rief Silla. »Nein!« Aber er hatte schon gierig Wasser geschlabbert, machte nun Bocksprünge und versuchte immer wieder mit der Pfote über seine Zunge zu fahren, als könnte er den unangenehmen Geschmack damit wegwischen. Silla musste wider Willen lachen.

Moruagh reichte ihr den Wasserschlauch und Silla ließ ein wenig von dem Nass in ihre Hand fließen. »Komm, du Armer!« Till starrte einen Moment voller Misstrauen, dann leckte er die Tropfen auf, die inzwischen zum Großteil auf die Felsen geronnen waren.

»Dalin-car, der Salzbach!« Moruagh band den Wasserschlauch zu und hängte ihn sich wieder um. »Er fließt durch die Minen.« Sie studierte mit zusammengekniffenen Augen die Felswände, die sich über ihnen erhoben.

»Haben die Bergspitzen eigentlich alle Namen?« Silla ließ ihren Blick über die steinerne Wüste, die sie umgab, wandern, konnte aber keine Spur von Bergwerken oder Minen entdecken.

»Die meisten wohl schon.« Moruagh zuckte die Achseln. »Aber ich kenne nicht alle. Viele sind Gottheiten geweiht und heißen dann danach. Das Ganze zusammen ist auf jeden Fall Roc-rugha, das felsige Bergmassiv.«

»Wie heißen die da drüben, die aussehen wie eine Krone?« Silla deutete mit ihrem Finger.

»Das sind die Bell-dae, die Gipfel der Dreifachen Göttin. Dort ist auch ihr Heiligtum, aber ich war noch nie da.«

Ein Ruf ließ sie herumfahren.

Finn mit Ailean und Vinzi im Schlepptau hatte bereits die nächste Anhöhe erklommen. Die Hände als Sprachrohr an den Mund gelegt, ließ er jetzt noch einen Jodler ertönen, während Vinzi heftig winkte.

Silla winkte zurück. »Ich glaube, die beiden haben etwas entdeckt!«

Mit neuer Kraft marschierten die Freundinnen weiter, um schon bald neben Finn zu stehen und den staunenden Blick über die Terrassen auf der Hochebene vor ihnen wandern zu lassen. Silla war sich sicher, noch nie so viele unterschiedliche Weißtöne nebeneinander gesehen zu haben. Vor dem verhangenen Leintuch des Himmels breitete sich Salzbecken an Salzbecken über das kreidige Kalkplateau der Felsen, fraß sich in die verbliebenen Schneefelder und spiegelte die Helle des Himmels. Die Sole schimmerte gelblich bis rosig und wurde zu strahlendem Weiß, wo sie zu Kristallen erstarrte, die wie Blüten sprossen.

Finn deutete. »Seht ihr, ganz da oben in den Felsen? Das Stück mit den Brettern und Stämmen quer zur Wand? Dort werden die Gebirgsbäche in die Minen geleitet! Und dort«, er deutete wieder, »fließen sie dann wieder aus dem Berg heraus zusammen mit dem Salz, das sie aus den Adern der Minen herausschwemmen. Dann verteilt sich das Wasser in den Becken und wird von der Sonne verdunstet, bis nur noch das Salz übrig ist.«

»Weißes Gold«, murmelte Moruagh.

»So kostbar! Wieso?« Vinzi staunte mit offenem Mund.

»Weil man ohne Salz das Fleisch nicht haltbar machen und somit auch keine Wintervorräte anlegen kann. Deshalb.«

»Viele Leute arbeiten hier aber nicht, wie es aussieht.« Silla betrachtete ein paar einsame Gestalten, die mit breiten Holzschiebern durch die Sole fuhren.

»Die Minen liegen den Winter über still.« Finn blies sich eine verklebte Haarsträhne aus der Stirn. »Bis Samhaine wird ein Großteil des Viehs geschlachtet. Wir haben nicht genug Futter, dass alle den Winter überstehen könnten. Für das Fleisch brauchen wir dann das Salz, das in großen Transportzügen überall hingebracht wird. Danach liegt die Saline still bis zum nächsten Frühjahr. Jetzt kann ja jeden Moment der Schnee kommen, und zwar richtig, nicht nur so wie vor ein paar Tagen! Die Männer da bleiben, solange es geht, um noch ein wenig Salz zu ernten, das dann ihnen gehört. Dafür kümmern sie sich um die Gerätschaften und bringen alles in Ordnung für den nächsten Jahreskreis.«

»Im Frühjahr fließt das Wasser dann auch wieder stärker. Wenn der Schnee auf den Bergen schmilzt. Dann klingt der Lauf Dalin-cars wie das Röhren vieler Hirsche aus den Bergen.« Moruagh lachte und zog die Stute vorwärts.

Gemächlich schlenderte die kleine Gruppe auf die Holzhäuschen zu, die sich weiter vorne an den Berg schmiegten. Ihr Ziel für diesen Tag war erreicht. Hier würden sie nun in Ruhe auf Iolair und Drugwydd warten, dann würde man weitersehen.

Der Mann, der ihnen am nächsten war, blickte kaum von seiner Arbeit auf, als sie sich näherten.

»Sei gegrüßt!«, rief Finn.

Der Mann ruckte kurz mit dem Kinn und brummte etwas, das nicht im Entferntesten nach einem Willkommen klang.

»Wir bitten um ein Quartier für die Nacht«, fuhr Finn fort.

Der Mann stützte sich auf seinen Schieber und betrachtete die vier schweigend.

Was hatte er nur? Silla versuchte, in seiner Miene zu lesen, aber sein Gesicht schien ihr völlig ausdruckslos und unergründlich. Es war wettergegerbt und sonnenverbrannt. Seine Hände und die nackten Füße, mit denen er durch die Sole schritt, sahen im Gegensatz dazu seltsam ausgebleicht und hell aus. Auch sein Haar war bleich und stand ihm struppig vom Kopf wie eine verfilzte Perücke. Sie waren jetzt so nahe, dass Silla die feinen Salzkrusten sehen konnte, die an seinen Wimpern hingen und seinem Blick etwas seltsam Unwirkliches gaben.

Jetzt ruckte er noch einmal das Kinn, diesmal in Richtung der Baracken, und wandte sich wortlos wieder seiner Arbeit zu.

Die Freunde tauschten verwunderte Blicke, dann zuckte Finn die Achseln und schritt weiter. Sie gingen hintereinander auf schmalen Pfaden, die zwischen den Solebecken hindurchführten. Wo das Gelände steiler wurde, mussten sie zwischen Schotteraufschüttungen und Holzverbauen, die den geteilten Bach leiteten, emporsteigen. Auch die zwei Männer, die dabei waren, eine halb verschüttete Bahn frei zu räumen, starrten sie mit scheelen Blicken an. Einer brummelte etwas, während der andere sich schnell abwandte. Finn schüttelte den Kopf, während Moruagh nachdenklich die Stirn runzelte.

Seltsame Menschen sind das hier in den Minen, dachte Silla. Das können keine Kelthoi sein, die immer und unter allen Umständen erst einmal gastfreundlich sind! Vielleicht sind es Kriegsgefangene, die hier arbeiten müssen. Anders kann ich mir das nicht erklären.

Finn war inzwischen schon bei den Hütten angekommen. Er blickte sich kurz um, dann half er Vinzi von Ailean und führte das Pferd zu einem ausgehöhlten Baumstamm, in den eine Quelle geleitet war. Das nachrinnende Wasser hatte ein Loch in das Eis der Tränke geschmolzen. Auch Moruagh ließ ihre Stute trinken.

Silla trat zu ihnen, die Hände tief in die Ärmel geschoben. Von dem strahlenden Herbstwetter des Vortages war den ganzen Tag schon nichts mehr zu merken gewesen und das fahle Weiß des Himmels hatte sich mit ihrem Aufstieg zusehends verdüstert. Wind war aufgekommen, der ihnen mit einem hohen Pfeifen schneidend um die Gesichter pfiff.

»Ich wollte, Iolair würde endlich kommen«, murmelte Moruagh und starrte mit zusammengekniffenen Augen in den Himmel. »Ich fürchte, da braut sich ein Sturm zusammen.«

Vinzi hatte sich seinen Schal über Mund und Nase gezogen. »Hoffentlich gerät sie da nicht hinein!«, krähte er gedämpft daraus hervor. »Sie ist doch schon so alt.«

»Ihr macht der Sturm nichts aus, da musst du dich nicht sorgen! Für *uns* wäre mir wohler, wenn sie schon da wäre!«

Ein Mann trat aus einer der Hütten. Sein ledernes Hemd stand offen, als wollte er der Kälte trotzen. Er stutzte kurz, als er die kleine Gruppe erblickte. Finn rief einen Gruß, aber der Mann wandte sich wortlos einem Holzstapel zu, zog mit einem Ruck eine Axt aus einem Hackblock und begann mit kräftigen Schlägen Scheite zu zerlegen.

Finn betrachtete ihn eine Weile, wobei sein Gesicht sich verfinsterte. »Ist es in Kelth Belchen-ai nicht mehr Sitte, Wanderer willkommen zu heißen?«, rief er schließlich, aber der Mann schien ihn nicht zu hören und hackte verbissen weiter.

»Kelth Belchen-ai liebt nun einmal keine Königsmörder«, ertönte es aus der Hütte hinter ihnen mit einem keuchenden Lachen.

Die vier fuhren so heftig herum, dass Ailean erschrocken aufwieherte und ebenfalls den Kopf herumwarf.

»Sliabh-sceil«, entfuhr es Moruagh. »Wie um alles ...?«

»Es ist doch immer wieder gut, wenn man sein Land und dessen Wege kennt!« Wieder ließ der Druide das heisere Kichern hören.

In dem Türrahmen hinter ihm war nun auch Celtilus aufgetaucht, der sie ernst anstarrte.

Finn drehte sich um und war mit zwei Schritten bei dem Mann, der seine Axt hatte sinken lassen. Finn packte ihn am Ärmel. »Das stimmt nicht, wir sind keine Königsmörder! Ihr dürft ihm nicht glauben! Bitte! Helft uns! Der Druide lügt!«

»Ein Druide lügt nicht und ihr, ihr habt Bituit Torch Troyth auf dem Gewissen! Königsmörder!« Sliabh-sceils Stimme war zu einem hasserfüllten Fauchen geworden.

Der Mann bedachte Finn mit einem vagen Gesichtsausdruck, dann schüttelte er die Hand des jungen Kriegers mit einer unwilligen Geste ab und wandte sich wieder seinem Holz zu, nicht ohne vorher noch verächtlich auszuspucken.

Silla sah, wie Finns Gesicht dunkel wurde vor Zorn. Sie wusste, wie heftig der Freund explodieren konnte, vor allem wenn es um Lügen und Betrug ging. Sie wollte zu ihm eilen, denn mehr noch als das Erscheinen des Druiden erschreckte sie im Moment der Gedanke, dass Finn die Nerven verlieren könnte und diese ganze Situation ins völlige Chaos abrutschen würde. Aber bevor sie noch einen Schritt an der reglos stehenden Moruagh vorbei tun konnte, öffnete sich eine andere Tür und Sionnach stolzierte heraus, das blitzende Schwert in der Faust. Er stieß einen Ruf aus. Metall klirrte und aus allen Hütten rundum traten Krieger.

Silla und ihre Freunde waren umzingelt.

Finn machte einen Satz zurück und packte Ailean an dem Lederriemen. »Wenn ich ›los‹ sage, auf die Pferde und zu den Schächten hinauf! So schnell ihr könnt und bleibt zusammen!«, zischte er ihnen zu. Er duckte sich leicht wie eine Katze, die zum Sprung ansetzt, und wechselte einen kurzen Blick mit Moruagh.

Die Rote nickte unmerklich und trat wie absichtslos ein paar Schritte vor, um die Hand auf den Rist der Stute zu legen. »Bald wird Iolair Magh Cimbaeth hier sein! Die weiß, wie es wirklich war, wovon du so arglistig sprichst«, rief sie mit heller Stimme. »Dann werden wir sehen, wem die Leute mehr Glauben schenken!«

»Du scheinst zu vergessen, mit wem *du* sprichst, elende Rote!« Die Augen des Druiden glühten für einen Moment auf wie brennende Kohlen, dann verzog sich sein Gesicht zu einem Feixen, das immer breiter wurde, bis er mit einem Mal den Kopf in den Nacken warf und seltsam tonlos zu lachen begann. Sein Mund öffnete sich dabei und Silla fuhr erschrocken zurück. Die Zähne des Druiden waren nur noch spitze schwarze Stummel in einer ebenfalls schwarzen Mundhöhle und wenn Silla je in einen Abgrund des Bösen geschaut hatte, dann jetzt in Form von Sliabh-sceils Rachen.

»Uahh!«, stieß sie hervor und fuhr sich selbst unwillkürlich mit der Hand an den Mund. »Die Zähne!«

»Das kommt von den Harzen, die die Händler aus dem Osten bringen«, antwortete ihr Finns klare Stimme. »Er kaut sie zu den Ritualen, um sich in andere Zustände zu versetzen. Das, was Drugwydd mit dem reinen Geist erreicht.«

Der Mund des Druiden war so plötzlich zugeschnappt wie eine Muschel und seine Augen hatten wieder begonnen zu glühen. »Eure Alte Frau«, stieß er hervor. »Elende Zauberin, die meint, sie könnte allem auf den Grund blicken. Genau wie du, Feuerkopf! Nur dass sie ihr Ende nicht rechtzeitig gesehen hat! Dazu hat es nicht gereicht!« Er stieß wieder ein Lachen aus.

»In der Anderswelt, aus der ich komme, gibt es Heiler, die sich um solche Zahnruinen kümmern«, sagte Silla laut zu Finn, als hätte sie den Einwurf des Druiden gar nicht gehört.

»Dann sollten wir ihn wohl besser dort hinschicken, was meinst du?« Finn grinste.

»Ich fürchte nur, sie werden ihm diese fauligen Stummel einfach mit Zangen aus dem Kiefer brechen!«

»Er wird zahnlos sein wie ein altes Tier, das nicht mehr zubeißen kann!« Finn schüttelte wie bedauernd den Kopf. »Alt und machtlos!«, setzte er seufzend hinzu.

»Ich werde euch zeigen, was Macht ist!«, zischte der Druide, das Gesicht zu einer weißen Maske erstarrt.

»Vielleicht hat ja Iolair wenigstens ein paar Kräuter für ihn, dass es nicht so schmerzhaft wird«, setzte Moruagh hinzu und drehte dem Druiden wie unabsichtlich den Rücken zu.

»Eure Alte Frau wird gar nichts mehr!« , schrie Sliabh-sceil plötzlich und stieß seinen Stab erbost vor sich auf den Boden. »Nichts vermag sie gegen mich!« Er krächzte erstickt auf. »Gefangen ist sie im Ewigen Eis und konnte es nicht verhindern. Nicht einmal sehen konnte sie es! Ich … ich habe ihn entfesselt! Ich … ich!« Er schrie nun aus vollster Kehle, dass kleine Tröpfchen Speichel von seinen Lippen sprühten. »Ergreift dieses Pack!« Er hob seinen Stab auf und wedelte damit drohend durch die Luft.

Im gleichen Moment zischte Finn: »Los!«

Moruagh machte einen Satz auf den Rücken der Stute. Sie streckte Silla die Hand hin, die schon auf den Rand des Brunnens gesprungen war und sich von da aus auf den Pferderücken schwang, während Finn Vinzi vor sich auf Ailean riss. Er ließ den Rappen aufsteigen und auf den Hinterbeinen tanzen, dass seine Vorderhufe wie Trommelschlägel vor den Augen der Soldaten wirbelten.

Dann stürmte er hinter Moruagh und Silla her auf den Eingang der Minen zu.

Steinchen und Schnee spritzten unter den donnernden Hufen der Pferde. Hinter sich konnte Silla das Schnauben Aileans hören, der wie ein Berserker hinter ihnen herraste, das einzige Ziel vor Augen, das für ihn zählte: die Führung. Die Steigung wurde von einem ebenen Vorplatz abgelöst. Moruagh brachte die Stute zum Stehen und Finns Rappe drängte sich auch schon schnaubend neben sie. Der Atem dampfte den Pferden in weißen Wolken um die Nüstern. Hinter sich sahen die Freunde ihre Verfolger nahen. Die Soldaten stapften langsam, fast unwillig bergan und machten eher den Eindruck, als wollten sie sich hinter ihren Schilden verstecken, als angreifen.

Finn lachte trocken auf. »Sie haben wohl nicht viel Lust, sich mit Gegnern aus der Anderswelt herumzuschlagen, wie mir scheint!« Er schwang sich von Ailean und hob dann Vinzi herunter. »Aber ich fürchte, noch mehr Angst haben sie vor Sliabh-sceil und seinen Verwünschungen. Also, gehen wir besser.« Er strebte auf den Stolleneingang vor ihnen zu, dessen schwarzer Rachen sie schon zu erwarten schien.

Hinter ihnen wehte ein dünnes Lachen herauf.

Sollen sie ruhig in den Berg, dachte Sliabh-sceil, das macht mir die Sache noch einfacher! Sollen sie ruhig darin verhungern oder um Gnade winselnd irgendwann wieder auftauchen! Mir soll beides recht sein. Und wenn sie denken, in den Stollen seelenruhig auf Hilfe von außen warten zu können, dann haben sie sich getäuscht, denn diese Hilfe gibt es nicht mehr.

Er hatte gesehen, was mit der Alten Frau passiert war. In dem Kristall aus der Höhle der Dreifachen Göttin. Eigentlich hätte ihm der Kristall nicht zugestanden, Sliabh-sceil kicherte leise vor sich hin, aber wen kümmerte das schon! Und er, er hatte den Fluch der Dunklen Nacht aktiviert! Was sollte ihm einer wie Drugwydd dann noch anhaben können? Er spürte seinen Brustkorb schwellen vor Stolz. Nein, Gnade und Hilfe gab es für dieses verfluchte Wolfsmädchen und seine Freunde nicht mehr, das war ganz sicher!

»Wohin führt der Stollen denn eigentlich?« Silla blickte zweifelnd auf die Felswände, die glitschig aussahen. Aus allen Ecken tropfte Wasser über den Stein und sickerte in den kleinen Bach, der neben dem Weg dahinplätscherte. Das musste der Salzbach sein, der weiter unten über die Felsen ablief. Sie legte eine Hand an die feuchte Wand, zuckte aber sofort zurück und wischte sich die Finger hastig an ihren Kleidern ab. Das fühlte sich schleimig an! Aber die Luft war klar und kühl und roch frisch, wenn auch eigentümlich salzig und ähnlich feucht wie in einer Wäscherei.

»Ehrlich gesagt, ich weiß auch nicht, wo wir über diese Stollen hingelangen werden. Einfach in den Berg hinein«, antwortete Moruagh.

»Wir werden hier irgendwo bleiben und auf Iolair warten«, rief Finn von weiter vorne. »Sie wollte mit der heutigen Nacht wieder bei uns sein, wenn ...« Er zog ein seltsam ratloses Gesicht und brach ab.

»Was meinst du mit ›wenn‹?«, fragte Silla leise. »Und was hat der Druide damit gemeint, dass Iolair ihr Ende nicht habe kommen sehen und im Ewigen Eis gefangen sei? Meinte er, sie sei ... tot ... oder ... oder was? Und was ist dieses Irgendetwas, das er entfesselt haben will?«

Finn zuckte hilflos die Achseln und blickte zu Moruagh, die mit finster gerunzelten Brauen zurückstarrte. »Ich weiß auch nicht«, murmelte sie und begann nachdenklich an ihrer Unterlippe zu kauen. »Ich weiß auch nicht, was er damit gemeint hat«, fuhr sie fort. »Ihr Ende im Ewigen Eis. Aber ich weiß ganz sicher, dass Iolair nicht tot ist. Ich würde das spüren!« Dann schnaubte sie entschieden durch die Nase. »Sliabh-sceil wollte uns einfach nur erschrecken, das ist es! Er hat Unsinn geredet. Iolair wird sicher bald kommen.«

»Wo ist denn Drugwydd?«, klang Vinzis Stimme dazwischen. »Ich weiß nicht, was ich Losgann füttern soll. Die Wurzel mag sie nicht und wir haben doch nichts anderes.«

»Sie frisst nur ganz selten, soviel ich weiß. Du musst dir keine Sorgen machen.« Finn legte Vinzi beruhigend den Arm um die Schultern. »Es dauert vielleicht noch länger, bis der Druide kommt. In der sechsten Nacht des neuen Mondes muss er im Heiligen Hain Drunemeton Misteln schneiden. Für die Rituale der Druidenversammlung. Das ist in zwei Nächten von jetzt. Ich glaube nicht, dass er es vorher noch zu uns schaffen wird.« Finns Gesicht verfinsterte sich mit einem Mal, er schlug mit der Faust heftig gegen die Wand und stieß einen unterdrückten Fluch aus. »Bei allen stinkenden Widdern, wenn ich nur mein Schwert hätte!«

»Bei allen stinkenden Widdern«, krähte Vinzi los und schien dann gar nicht mehr damit aufhören zu können. »Bei allen stinkenden Widdern, bei allen stinkenden Widdern, bei allen …« Er hielt sich den Bauch vor Lachen und auf einmal prustete auch Moruagh. »Habt ihr Sliabh-sceils Gesicht gesehen, als Silla das mit den Zangen gesagt hat? Ich glaube, er hätte sich fast in seine Braques gemacht vor Entsetzen, dass sie in der Anderswelt mit so etwas auf ihn losgehen könnten!«

»Dabei ist das gar nicht so schlimm. Mir ist auch schon mal ein Zahn gezogen worden.« Vinzi reckte stolz die Brust heraus.

»Du bist ja auch ein tapferer Bursche!« Finn grinste breit und zauste Vinzi die Haare.

Silla wischte sich ebenfalls die Lachtränen aus den Augen, dann blinzelte sie. »He!« Sie packte Moruagh am Arm. »Da hinten ist jemand!«

Die Freundin drehte sich um, aber da war die kleine Gestalt schon verschwunden.

»Lassen sie denn auch Kinder in den Minen arbeiten? Es sah irgendwie so aus …« Silla schüttelte den Kopf. »Zumindest auf eine Art! Obwohl es mir fast so vorkam, als hätte dieses … dieses *Kind* einen Bart gehabt.« Verwirrt fuhr sie sich über die Augen.

Moruagh lachte. »Dann war es wahrscheinlich jemand von den Arrach-di, vom Kleinen Volk! Die arbeiten in den Minen. Sie leben angeblich sogar hier.«

»Werden uns die Soldaten nicht suchen?« Vinzi drückte sich bei der Vorstellung vorsichtshalber hinter Finn.

Finn zuckte die Schultern. »Sie schienen uns von Anfang an eher zögerlich verfolgt zu haben. Das Stollensystem ist weit verzweigt und bietet viele Verstecke. Vielleicht wollen sie deshalb lieber warten, bis wir aus Not von alleine herauskommen. Vielleicht aber haben sie auch zu viel Angst vor euch, da ihr doch aus der Anderswelt seid. Dem zumindest kann man ja nachhelfen!« Er legte die Hände an den Mund. »Hört, alle, die ihr den Schacht betretet!«, schrie er. »Dies ist ab jetzt das Reich der Silla Faol Torch Troyth, Tochter des letzten Königs Bituit Torch Troyth und Wanderin in der Anderswelt! Wer Fuß auf ihren Boden setzt, wird zu ihrem Eigentum und erfährt die Ehre, in der Anderswelt ihr Sklave zu sein. Auf ewig! Silla Faol wird begleitet von ihrem Bruder Vinzent, der die Geister einsammeln und sicher in die Andere Welt geleiten wird. Also kommt alle, die ihr die hohe Ehre genießen wollt!«

Silla musste kichern. Ihr Blick fiel auf Till, der plötzlich ganz steifbeinig dastand und angestrengt an ihr vorbeistarrte. Sie drehte sich um und fuhr mit einem Schrei zurück. Hinter ihnen hatte sich wie aus dem Nichts eine Gruppe Menschen versammelt, die alle sehr grimmig, alt und klein aussahen.

»Es wird uns eine Ehre sein, Silla Faol und ihren Gefährten schon in dieser Welt Sklaven sein zu dürfen«, sagte einer von ihnen mit so herrischer Stimme, dass Silla unwillkürlich lächeln musste. Zumindest der, der gesprochen hatte, würde einen denkbar schlechten Sklaven abgeben!

Sie sah, wie Finn und Moruagh sich vor dem Kleinen verneigten, der kurz nickte.

»Wir haben von euch allen gehört und auch vom Ende des

schrecklichen Königs«, fuhr er fort. »Das ganze Land müsste euch danken für das, was ihr getan habt, auch wenn es dein Vater war, Tochter der Wölfin. Wir wollen es an seiner statt tun, indem wir euch helfen, wenn wir können. Die da draußen, die verstehen nichts. Sie denken, sie wären unsere Herren, und sie denken, sie hätten euch in den Stollen gefangen. Beides stimmt nicht! Aber besser klein scheinen als klein sein, nicht wahr?« Sein Auflachen hallte von den Wänden. Er strich sich den Bart und blickte Silla aus wachsamen Augen, die seltsam hell in dem zerfurchten, bärtigen Gesicht standen, aufmerksam an.

Auch seine Begleiter hatten diesen klaren Blick, der sie kühn und gebieterisch wirken ließ, sobald sie einen ansahen. Kaum schlugen sie die Augen nieder und ließen etwas die Schultern hängen, hatte man das Gefühl, die armseligste Kreatur der Welt vor sich zu haben, struppig, in salzverkrustete Fetzen gekleidet und so klein, dass sie Vinzi knapp über die Schulter reichten.

Silla spürte Moruaghs Ellenbogen in ihrer Seite und schrak auf. »Oh, Entschuldigung«, murmelte sie. Was mussten die kleinen Menschen von ihr denken, dass sie einfach so dastand und sie anstarrte, wo sie ihnen gerade Schutz und Hilfe angeboten hatten! »Danke«, stammelte sie und verbesserte sich dann, um möglichst keltisch zu klingen, damit die Männer sie auch verstanden: »Wir danken euch! Ihr seid sehr nett und freundlich! Wir wollten hier auf Iolair warten, die Alte Frau.«

Der kleine Mann lachte dröhnend. »Nett und freundlich werden wir Arrach-di selten genannt und schon dafür würde sich die Hilfe lohnen! Iolair Magh Cimbaeth ist mir wohlbekannt. Sie wird euch zu finden wissen, auch wenn ihr ein Stück weiter gewandert seid als vereinbart. Wenn ihr allerdings trotzdem hier warten wollt, dann werden wir euren Entschluss zu ehren wissen und euch bringen, was immer wir können!«

Die Freunde berieten kurz, dann stand es fest: Sie würden warten. Nur diese eine Nacht, in der Iolair versprochen hatte zu kommen. Sollte sie sich nicht einfinden, dann, ja, dann würde man weitersehen.

Die Arrach-di kamen schnell und schweigsam, luden still einen Stapel Holz ab, ein paar Stränge getrockneten Fleisches, einen Topf Getreidebrei, einen Ballen Stroh. Das Leben in den Stollen schien ein sehr einfaches zu sein.

Silla ließ sich auf das Stroh fallen und zog ihren Mantel fester um sich. Sie fröstelte. Wenn nur Finn und Vinzi schneller wären mit dem Feuermachen und es endlich warm würde! Die Kälte zwischen diesen feuchten Wänden kroch einem so unangenehm in die Knochen.

»Alles in Ordnung mit dir, Silla?« Moruagh warf sich neben sie auf das Lager.

»J...j...a!«, murmelte Silla und schloss kurz die Augen, aber das machte den plötzlichen Schwindel nur noch schlimmer.

»Dir klappern ja die Zähne!« Alarmiert richtete Moruagh sich auf und legte den Arm um sie. »Und du zitterst am ganzen Körper! – Finn«, rief sie dann, »Silla ist krank!«

Nein!, wollte Silla abwehren. *Ich bin nicht krank. Mir ist nur ein bisschen kalt.* Aber die Zähne schlugen jetzt so heftig gegeneinander, dass sie kein klares Wort hervorbrachte.

»Und ich habe keine Kräuter mit!«, hörte sie Moruagh wie von fern.

Silla presste ihren Kopf in die Arme und rollte sich so klein wie möglich zusammen. Ihr ganzer Körper wurde jetzt von heftigem Zittern geschüttelt und sie merkte, dass ihr jemand eine Decke überwarf.

»Sie hat Schüttelfrost. Leg ihr ein paar heiße Steine an die Füße.«

»Wir brauchen mehr Decken! Geh und ruf die Arrach-di, Finn.«

»Silla, Silla, mach doch die Augen auf! Du kannst doch jetzt nicht krank werden!« Das war Vinzis Stimme, dann sprach wieder Moruagh: »Lass sie, Vinzi, sie braucht jetzt vor allem Ruhe!« Plötzlich nahm Silla die Stimmen nur noch undeutlich wahr und kurz darauf gar nicht mehr. Sie war in den unruhigen Schlaf des Fiebers gefallen.

Durst, wollte Silla sagen, aber sie bekam nur ein Krächzen heraus. Sie stöhnte auf. Ihr Mund fühlte sich an, als hätte sie Sand gegessen, und ihre Augen waren wie zugeklebt. Sie versuchte sich aufzurichten, ließ sich aber sofort wieder zurücksinken, als ein heftiges Pochen hinter ihrer Stirn zu toben begann. Sie spürte Feuchtigkeit an ihren Lippen und ein paar Tropfen Wasser über ihrer Zunge fließen. »Ah«, stöhnte sie noch einmal und räusperte sich. »Mehr!« Wieder tropfte Wasser in ihren Mund, das sie gierig einsaugte. Sie hatte das Gefühl, am ganzen Körper zu glühen, und als sich jetzt etwas Kühles feucht auf ihre Stirn legte, seufzte sie dankbar auf. Dann fiel sie wieder in einen tiefen Schlaf.

Flüsternde Stimmen weckten sie. Sie blieb noch ein wenig mit geschlossenen Augen liegen, in ihren Traumbildern gefangen.

»Mama«, murmelte sie. »Ich hab von Kelth Belchen-ai geträumt. Von Moruagh und Finn und allen und … so viel Aufregendes …«

Eine kühle Hand strich ihr über die Stirn.

»War ich krank?«

»Ziemlich krank!«

»Ah.« Silla hätte sich am liebsten in den Schlaf zurücksinken lassen. Das war so schön gewesen, ihre Freunde aus dem Keltenreich wiederzutreffen. Dann stutzte sie. Wer hatte ihr da eigentlich geantwortet? Das war doch nicht ihre Mutter gewesen! Langsam öffnete sie die Augen. »Moruagh«, flüsterte sie. »Dann ist es also wahr! Das ist kein Traum?«

»Ich fürchte, nein!« Moruagh schien die Schultern zu zucken, Silla konnte es nur undeutlich ausmachen. »Tut mir leid!«

»Schon gut«, flüsterte Silla. »Ich dachte nur, ich hätte das alles geträumt!«

Die Freundin schob ihr einen Arm unter die Schultern und half ihr, sich ein wenig aufzurichten. Das Stroh unter ihr war zusammengedrückt und sie konnte den Boden darunter unangenehm hart spüren. Das Haar klebte ihr verschwitzt am Kopf und die Kleider, die sie am Leib trug, kamen ihr muffig vor und rochen wohl auch so. Aber ihr Kopf war klar und eigentlich fühlte sie sich ganz gut. Moruagh hielt ihr einen Becher mit Kräutersud an die Lippen, der ihr mild und warm durch die Kehle floss.

»Ist mein Fieber weg?«

»Sieht ganz so aus. Jetzt musst du nur noch gesund werden.«

»Moruagh?«

»Hm?«

»Ich bin froh, dass es kein Traum war!« Mit einem kleinen Lächeln auf dem Gesicht schlief Silla wieder ein.

»Wo ist Vinzi?«, fragte sie bei ihrem nächsten Aufwachen.

»Er ist mit Finn vorausgeritten, um nicht Drugwydd auch noch zu verpassen! Sobald es dir wieder besser geht, können wir ihnen folgen.«

»Ist denn Iolair …?«

Moruagh schüttelte stumm den Kopf. Eine kleine Falte bildete sich steil zwischen ihren Augenbrauen.

Die Mädchen schwiegen eine Weile. Beide dachten an Sliabh-sceils düstere Worte und daran, was sie wohl bedeuten mochten.

»War ich denn lange krank?«, fragte Silla schließlich leise.

»Ziemlich lange.«

»Aber Iolair …« Silla nagte versonnen an ihrer Unterlippe. »Ich verstehe das nicht!«

Ein kleiner Muskel zuckte neben Moruaghs Mund und sie drehte den Kopf zur Seite. »Wie bei meinen Eltern damals.« Ihre Stimme war kaum ein Hauch. »Da habe ich auch gewartet und gewartet und sie sind nicht mehr gekommen.« Eine Träne löste sich von ihren Wimpern und kullerte über ihre Wange.

»Ach, Moruagh! Wir finden sie ganz sicher! Das schwör ich dir, dass ich vorher nicht aufhöre zu suchen, bis wir wissen, wo sie steckt.«

»Ja, aber … ob sie dann noch … lebt?«

»So etwas darfst du gar nicht denken, hörst du! Das verbiete ich dir!«

»Jawohl, Hohes Kind!« Moruagh zwang sich zu einem schrägen Lächeln. »Wenn du es befiehlst!«

»Wo sind wir hier eigentlich?«, lenkte Silla ab und blickte sich in der Felsenkammer um.

Eine Nische war mit Häuten verkleidet und ließ diffuses Licht hereinsickern. In einem steinernen Kamin flackerte ein Feuer.

»Wir sind noch bei den Arrach-di.«

Wie aufs Wort streckte jemand seinen struppigen Kopf herein. »Man hat mir gesagt, dass du wieder gesund bist, Tochter der Wölfin. Es freut mich, das zu hören.«

»Ich hoffe, ich war euch nicht lästig. Ich meine, weil ich doch krank war und so …«

»Es war uns eine Ehre und ein Vergnügen, dir beizustehen!« Die Stimme des kleinen Mannes dröhnte freudig aus seiner kräftigen Brust.

»Ich weiß noch gar nicht, wie du heißt«, lächelte Silla.

»Und das ist mein Fehler, denn ich habe es dir noch nicht gesagt. Ich bin Rodin. So, genug geschwätzt!« Er machte eine knappe Verbeugung und war auch schon durch die Tür verschwunden.

Die Mädchen blickten sich einen Moment verblüfft an, dann brachen sie in Lachen aus.

Am nächsten Tag stand Silla bereits auf und als wäre nun der böse Bann gebrochen, ging es ihr von Stunde zu Stunde besser. Als ihnen dann auch noch ein Kessel mit dampfendem warmem Waschwasser gebracht wurde, mit dem sie und Moruagh vor dem Feuer vergnügt herumspritzten und sich mit einem fettig-grauen Stück Seife abschrubbten, hatte Silla schon fast vergessen, dass sie jemals krank gewesen war. Mit dem Rest des Wassers wuschen sie ihre Hemden und hängten sie dann zum Trocknen über Stöcke vor die Feuerstelle. Dann wickelten sie sich in ihre Pelze und kuschelten sich auf dem Stroh zusammen. Von der ungewohnten Anstrengung erschöpft schlief Silla fast augenblicklich ein.

Ausgeschlafen, gestärkt und mit dem wohligen Gefühl eines sauberen Hemdes auf der Haut trat Silla am folgenden Tag nach draußen, auch wenn ihre Knie nach ein paar Schritten schon wieder wackelig wurden. Sie blinzelte in die Helligkeit des Tages und atmete tief die Winterluft ein, die ihr kalt auf der Haut brannte. Sie konnte es direkt spüren, wie spitz und dünn ihr Gesicht während der Krankheit geworden war.

»Das ist ein wunderbarer Bau, Rodin«, sagte sie und blickte staunend die Felswand hinauf, in die rundum Räume wie Bienenwaben und Treppen geschlagen waren, Wohnstätten der Arrach-di. Unter ihnen dehnte sich ein von Bergen eingeschlossener Talkessel und in den gegenüberliegenden Felswänden konnte Silla die dunklen Eingänge von Stollen erkennen. »Und du bist sicher, dass Sliabh-sceil das nicht kennt?«

»Niemand vom Großen Volk kennt das Tal.« Der Zwerg strahlte vor Stolz über das ganze Gesicht. »Niemand schafft es, so tief in den Berg vorzudringen wie wir Arrach-di, und das Tal ist in alle Richtungen von Roc-rugha umgeben. Nur schade, dass ihr es nicht sehen könnt, wenn die Bäume blühen. In dieser Höhenlage kommen einem die Blüten wie ein Wunder vor.«

Aus der Ferne war vielstimmiges und stetiges Hämmern zu hören.

Moruagh runzelte die Stirn. »Wieso arbeitet ihr im Winter? Ich dachte, das wäre wegen des Schnees und der eingefrorenen Bäche nicht möglich.«

Rodin lächelte nur verschmitzt, dann räusperte er sich. »Nun ja, um diese Zeit des Jahres ist es nicht das Salz, das uns interessiert! Für eine kleine Weile arbeiten wir noch weiter, solange der Schnee noch nicht zu hoch ist und wir noch Wege finden, unser kostbares Gut zu befördern. Ihr dürft nicht vergessen, unsere Pfade führen durch die Stollen und nicht über die Berge hinweg. Wenn es Zeit wird für euch zu gehen, werdet ihr es selbst sehen.«

Die Zeit war bereits am nächsten Morgen gekommen. Silla fühlte sich kräftig genug und Moruagh drängte auf Aufbruch.

»Ich werde euch führen. Kommt.« Rodin schritt voran, einen eisigen schmalen Pfad hinab, der tiefer in das Tal hineinführte, es durchquerte und auf der gegenüberliegenden Seite wieder in den Felsen verschwand.

»Von hier aus sieht das alles so steil aus, dass man sich gar nicht vorstellen kann, dass da wirklich jemand lebt und dass wir gerade da herkommen!« Silla blickte zu den Felswohnungen hinauf.

Rodin lachte, wobei er mit seinen hellen, halb zusammengekniffenen Augen in den Himmel blinzelte. »Eine wohnt noch höher als wir. Schaut.« Er deutete auf einen dunklen Punkt, der ruhig am Firmament seine Kreise zog. »Die Adlerin! Sie hat ihren Horst auf der Bergspitze dort. Seht ihr den dunkleren Absatz in den Felsen? Ein Stück über den letzten Behausungen? Dort legen wir einen Teil von jeder Jagdbeute nieder. Die Adlerin holt ihn sich dann. Wir verehren ihre Klugheit und ihren Weitblick sehr.«

»Sie ist das Totemtier der Alten Frau«, sagte Moruagh leise wie zu sich selbst. »Iolair ist das Wort für Adler in der Alten Sprache.«

Silla drückte ihr stumm die Hand.

Sie hatten das Tal durchquert, waren durch die kahle Landschaft des winterlichen Obstgartens geschritten und tauchten nun wieder in die Felsen ein. Wände und Luft waren hier trocken und salzfrei. Das Hämmern war stärker geworden und bald stießen sie auf die ersten Arbeiter, die Felsbrocken aus den Wänden brachen und auf Karren luden.

»Das kommt zu den Schmelzöfen.« Rodin nahm einen der

Brocken, kratzte ein wenig mit seinem Messer daran herum und reichte ihn dann den Mädchen. »Seht ihr?«

In dem Stein glomm eine helle Linie.

»Das ist«, Moruagh schabte mit dem Fingernagel darüber, »Gold!«

»Ja, Gold.« Rodin nickte zufrieden. »Wenn die Salzminen verlassen sind, dann haben wir Muße, uns dem Wesentlichen zu widmen.«

Der Gang zog sich wie eine breite Straße durch den Berg, um sich dann unvermutet zu verästeln.

»Seht, hier ist das Lager.« Rodin zog sie in einen Seitengang, der sich bald zu einer Höhle öffnete. Der Arrach-di klatschte kurz und rundum wurden wie von Zauberhänden Fackeln angesteckt.

Silla sog unwillkürlich die Luft ein und Moruagh pfiff leise durch die Zähne. Die Höhle war gefüllt mit dicken, glänzenden Brocken reinen Goldes. Daneben waren funkelnde Edelsteine und Kristalle aufgehäuft, spindelförmige Eisenstücke und schwere Truhen gestapelt.

»Eine Schatzkammer«, murmelte Silla ehrfürchtig und blickte fragend auf den kleinen Mann neben sich, der in Fetzen gekleidet war und in aller Bescheidenheit in den Salzminen arbeitete, obwohl er in der Hinterkammer solche Reichtümer besaß.

»Ach.« Rodin machte eine wegwerfende Handbewegung. »Der wirkliche Reichtum entsteht erst, wenn die Schätze der Berge verarbeitet sind, wie das zum Beispiel.« Er tippte mit dem Finger an den wolfsköpfigen Torques um Sillas Hals, den goldenen Halsreif, den vor Silla ihre Mutter Sirona getragen hatte. »Auch der war einmal ein Goldklumpen aus unseren Minen, wusstest du das? Nein? Er ist hier geschürft und geschmolzen worden und dann von unseren Goldschmieden gearbeitet. Die Werkstätten befinden sich tief im Berg. Leider fehlt euch jetzt wohl die Zeit, um sie anzusehen. Egal, dann eben ein anderes Mal. Aber nun, weswegen wir hier sind!« Er ließ sich auf ein Knie nieder, sammelte goldene Kiesel und füllte sie in ein Ledersäckchen, das er prallvoll zuband. »So!« Ein wenig ächzend streckte er die Knie wieder. »In eurer Welt kann es aber auch so schon von Nutzen sein!« Er hielt ihnen den Sack hin. Als beide zögerten ihn zu nehmen, drückte er ihn kurzentschlossen Moruagh in die Hand. »Hier, trag das, Mädchen, und für dich, Tochter der Wölfin …« Er verschwand im Hintergrund der Höhle, wo er eine der Truhen öffnete. Dann war er auch schon wieder da, einen kostbar gearbeiteten Dolch in den Händen, dessen Griff edelsteinbesetzt funkelte. »Möge er dich schützen, Silla Faol, so wie ich dich schützen würde!« Er deutete eine kleine, steife Verbeugung an.

Silla nahm das kostbare Stück vorsichtig aus seinen Händen. »Ich danke dir, Herr der Minen«, sagte sie höflich. »Ich werde ihn in Ehren halten!« Dann trat sie rasch zu ihm und drückte ihm spontan einen Kuss auf die Wange. Der Bart fühlte sich kratzig an und schmeckte salzig.

Rodin erglühte vor Freude und Verlegenheit zugleich. »So, nun mögen die Götter euch leiten!«, sagte er leise, dann schritt er wieder voraus, den Gang zurück und weiter und weiter bis zu einer kleinen Felspforte, die an schweren eisernen Türangeln lautlos aufschwang. Ohne großes Federlesen schob er die Mädchen hindurch. »Prägt euch ein, wo die Pforte ist, und kommt, wann immer ihr wollt oder müsst, zurück!« Er legte zum Gruß kurz die Faust auf sein Herz, dann schwang die Pforte zu und Silla und Moruagh standen draußen. Vor ihnen dehnte sich die Felslandschaft, bis sie in einen dichten Wald überging.

»Man sieht jetzt schon nicht mehr, wo hier ein Durchlass sein soll«, stellte Silla fest und fuhr mit den Fingern die Spalten in der Felswand nach, wo die Tür sich gerade geschlossen hatte.

»Stimmt! Wir müssen die Stelle markieren. Wer weiß, ob wir nicht wirklich einmal zurückkommen!« Moruagh war schon eifrig damit beschäftigt, flache Seine zu suchen und säulenförmig übereinanderzuschichten. »Lass uns rechts und links vom Eingang ein Steinmännchen bauen als Markierung. Dann können wir gehen.«

7. KAPITEL

DIE BLUTSTILLERIN

Der Weg den Berg hinunter und durch den Wald war so beschwerlich für Silla, dass sie bis zum Nachmittag nur noch mit hängendem Kopf mechanisch Fuß vor Fuß setzte. Hätte ihr Moruagh nicht hin und wieder ein Stückchen von Ad Smerius' Wurzeln zwischen die Zähne geschoben, dann hätte sie überhaupt schon längst aufgegeben.

»Ich schleppe mich wie ein alter Gaul dahin«, hatte sie noch am Mittag gemurrt, aber auch das Sprechen hatte sie dann zu viel Kraft gekostet und sie war still geworden. Schritt für mühsamen Schritt spürte sie, dass die Grippe ihr doch noch mehr in den Knochen steckte, als sie geglaubt hatte, und vor Anstrengung war ihr Schweiß auf die Stirn getreten, obwohl sie fröstelte.

Sie merkte, wie Moruagh sie immer wieder besorgt von der Seite anblickte und nach einem Unterschlupf Ausschau hielt, wo sie sich ein wenig hätten ausruhen können.

Silla schüttelte jedoch nur den Kopf. Wenn ich mich jetzt hinsetzte, dann stehe ich nie wieder auf!, dachte sie. Und aufgeben? Nein, niemals! Oder … zumindest nicht so schnell!

Moruagh hatte sie ohne Worte verstanden, den Arm fester um ihre Taille gelegt, Sillas Arm über ihre Schulter gezogen und so waren sie verbissen weitergegangen, Till immer an ihren Fersen. Und dann hatten sie endlich den Schnee hinter sich gelassen, die abweisende Düsternis des Waldes und die Felsbrocken, über die sie gestolpert waren. Sie spürten wieder weiches Laub unter den Sohlen, die trockene kalte Luft des Firns wurde feucht und herbstlich und mischte sich mit dem Geruch von Rauch.

Nur ein kleines Stück weiter sahen sie eine Ansiedlung, die sich über den nächsten Hügel zog, und unmittelbar vor ihnen lag ein Häuschen unter ein paar Bäumen, von dessen Strohdach Rauch aufstieg.

Silla stöhnte vor Erleichterung auf. Wer immer hier wohnte, würde ihnen Unterschlupf gewähren müssen, denn sie ging ganz sicher keinen Schritt weiter!

Moruagh schien etwas Ähnliches zu denken, denn sie steuerte zielsicher auf das Haus zu. Till kläffte mit einem Mal auf, raste los und verschwand wie ein Blitz hinter der Ecke des Gebäudes. Sie hörten ein kurzes Winseln, dann war es still.

Silla runzelte besorgt die Stirn und bemühte sich schneller zu gehen, an dem Eingang zu einem Erdkeller und dann an einem Holzblock vorbei, in den eine Axt geschlagen war. Jemand schien vor nicht langer Zeit Feuerholz zerkleinert zu haben, denn die herumliegenden Späne sahen noch hell aus und es roch frisch und harzig. Sie bogen um die Hauskante, an der die schweren Bohlen des Baus sich trafen. Hier zogen sich erfrorene und zum Teil strohbedeckte Reihen eines Gemüsebeetes. Eine Frau stand dort, das weiße Haar zu einem langen

Zopf geflochten, einen Korb auf die Hüfte gestemmt, aus dem die verschrumpelten Blätter von Winterrüben hingen. Hinter den Beinen der Frau hatte eine Katze Zuflucht gesucht. Das gestromte Fell gesträubt, funkelte sie Till an, der begeistert hechelnd, aber auch deutlich vorsichtig in ihre Richtung schnupperte. Jetzt schien er sich zu einem Entschluss durchgerungen zu haben, warf sich platt auf den Boden und schielte dabei schräg zu dem fauchenden Tier auf. Mit seinen geöffneten Lefzen sah es aus, als wollte er der Katze zugrinsen.

Die Frau lachte auf. »Hier weiß einer, wann Aufgeben die bessere Wahl ist!« Sie blickte zu den Mädchen und wurde schlagartig ernst. Ein seltsamer Ausdruck flog wie eine Wolke über ihr Gesicht, dann war sie mit ein paar Schritten bei ihnen, stützte Silla und führte die Mädchen ohne ein weiteres Wort ins Haus. Sie half Silla, sich auf den Fellen der Langbank auszustrecken, warf eine Decke über sie und drückte dann Moruagh in einen Stuhl vor dem Feuer. Immer wieder unruhige Blicke auf Silla werfend, bröselte sie getrocknete Kräuter in zwei Tonbecher. In einem Kessel über dem Feuer dampfte schon Wasser und die Frau schöpfte in jeden Becher eine Kelle voll. Sie reichte einen Moruagh, die dankbar ihre Finger um das warme Gefäß schlang, und setzte sich dann an Sillas Seite auf die Langbank. »Komm, ich helfe dir ein wenig auf«, murmelte sie, schob einen Arm unter Sillas Rücken und hielt ihr das Gefäß an die Lippen, dass sie trinken konnte.

Silla nippte an dem Tee, der heiß und aromatisch in ihrer Kehle brannte. »Ich bin so froh, dass ich hier liegen darf«, flüsterte sie. »Danke.« Dann ließ sie sich erschöpft wieder zurücksinken.

Die Frau öffnete den Mund, als setzte sie an, etwas zu sagen, aber dann fuhr sie sich nur still mit der Hand über das

Gesicht und sprang auf. Nervös begann sie im Feuer zu stochern und auf eine seltsam ziellose Art Hausrat hin und her zu räumen. Die Mädchen schauten ihr verwundert zu. Die dunklen Augen der Frau blitzten freundlich mit all den Lachfältchen, die sie umgaben, und obwohl ihr Gesicht zart war, sah sie mit ihrer wettergegerbten Haut gesund und stark aus. Trotzdem wirkte sie unruhig und geradezu verstört. »Was macht ihr zwei halb erfroren auf dem Weg aus den Bergen? Ihr wollt wohl nach Bil-lin?«, fragte sie jetzt.

Silla und Moruagh wechselten einen Blick.

Moruagh zuckte leicht die Achseln und tippte dann schnell einen Finger an die Lippen. »Wir sollten Holz sammeln, aber meine Freundin ist krank geworden«, sagte sie leichthin. »Wir danken Euch für Eure Gastfreundschaft. Sobald es meiner Freundin ein wenig besser geht, können wir dann weitergehen in den Ort, nicht wahr, Silla?«

Ein Tontopf fiel krachend hinunter und zersprang in Hunderte Stücke. Die Frau hielt immer noch die Hände in der Luft, als hätte sie gar nicht gemerkt, dass er ihr entglitten war. »Silla?«, flüsterte sie fragend, einen Ausdruck in den Augen, als stünde sie unter tiefstem Schock. Mit einem Mal liefen Tränen über ihre Wangen. Sie schluchzte auf und ließ sich, wo sie stand, zu Boden sinken, als wäre plötzlich alle Kraft aus ihr gewichen.

Die Mädchen starrten sie erschrocken an.

»Silla«, flüsterte sie noch einmal rau. »Sibylla Faol. Ich dachte ... es hieß ... Silla ... Silla wäre wieder in die Welt gegangen, aus der sie gekommen war ...«

»Das stimmt, aber nun bin ich zurück.« Silla blickte Moruagh an, die genauso ratlos wirkte wie sie selbst.

»Dann ist es nicht nur«, stammelte die Frau, »dass du ihr so erschreckend ähnlich siehst ... meiner Kleinen ... du bist wirklich ...! Ich hätte doch nie gedacht, dass du ... dass du ...« Wieder schluchzte die Frau auf und schlug dann ihre Hände vors Gesicht.

»Es tut mir so leid, dass ... ich weiß auch nicht ... dass Ihr so traurig seid«, sagte Silla verwirrt.

»Traurig?« Die Frau wischte sich mit ihrem Kittel übers Gesicht und richtete zwei strahlende Augen auf Silla. »Aber nein, doch nicht traurig! Ich bin glücklich, so glücklich!« Sie rappelte sich mühsam auf die Beine. »Ein wenig traurig wohl auch, da hast du recht ... dass meine arme Tochter ... aber lassen wir das. Vor allem bin ich glücklich, dass du den Weg zu mir gefunden hast.« Sie presste die Hände aufs Herz und machte einen kleinen Schritt auf Silla zu, aber dann hielt sie sich zurück. »Entschuldigt! Ihr könnt ja nicht wissen ...! Seht her.« Sie griff zielsicher hinter einen Holzstapel, zog ein Päckchen hervor und schlug den Stoff auseinander, der es umhüllte.

Silla starrte wie betäubt. Vor ihnen lag ein goldener Halsreif, der in zwei Wolfsgesichtern auslief, die sich gegenseitig in die Augen blickten: der Torques der Faol. Sie fingerte unbeholfen an dem Schal, der immer noch um ihren Hals gewickelt war, zog ihn schließlich mit einem ungeduldigen Ruck herunter. Nun war der Blick auf den schweren Reif frei, der im Schein des Feuers golden glomm. Sie räusperte sich. »Ich habe ihn aus den Gemächern der Königin, meiner Mutter«, sagte sie rau.

Die Frau streckte die Hand aus, als wollte sie das Geschmeide berührten, verhielt aber kurz davor. »Ja, ich erkenne die Art, wie er gehämmert ist. Dieser gehörte Sirona, meiner Tochter. Und ich bin Belisana Faol.«

»Dann bist du …?« Silla sprang wackelig auf die Beine.

Die Frau nickte nur wortlos, lächelte und breitete die Arme aus.

»Großmutter!«, schrie Silla, dann lag sie in den Armen der alten Frau, eingehüllt in den Duft nach getrockneten Blüten, der sie umgab, und in etwas, das sich anfühlte wie Liebe.

Der Tag ging in den Abend über, der Abend in die Nacht und sie erzählten immer noch. Silla und Moruagh von ihren Abenteuern um die Prophezeiung Glonns, Silla ein wenig auch von ihrem Leben in ihrer anderen Welt und ihre Großmutter von Sirona, als sie noch ein Mädchen gewesen war.

»Hast du immer hier gelebt, Großmutter?«, fragte Silla schließlich.

»Nein.« Belisana schüttelte den Kopf. »Als es meinen Mann, meine Söhne und meine Tochter nicht mehr gab, zog ich von einem Versteck zum anderen. Lieber wäre ich meinen Lieben in die Anderswelt gefolgt, aber es gab ja noch euch, die Kinder meiner Tochter, und auch wenn ich nichts tun konnte, euch nie gesehen hatte und kaum wusste, wo ihr wart, so wollte ich euch doch nicht alleine lassen. Ich habe versucht, was ich konnte, aber es war mir nicht möglich, an Cù in den Kerkern von Y-loig heranzukommen. Von dir wusste ich nur, dass du in die Anderswelt gereist warst, aber ob das nun hieß, dass du gestorben warst, oder ob du zu den wenigen gehörtest, die die Reise lebend antreten, das konnte ich nicht herausfinden. Eines Tages ließ ich mich hier vor den Toren Billins nieder. Die Wege von allen Seiten treffen sich hier, so konnte ich sicher sein, von allen Neuigkeiten schnell zu hören. Und dann kam wirklich die wunderbarste Botschaft, die ich mir nur hatte träumen können: Du warst nach Kelth Belchenai zurückgekehrt. Mehr noch, kurze Zeit später hieß es, Cù wäre aus den Kerkern befreit und der König vernichtet. Aber es ging alles ein wenig schnell für mich alte Frau. Ich hatte gerade zusammengepackt und wollte mich auf die Reise machen, um euch zu suchen, da kamen schon wieder die nächsten Nachrichten, nämlich dass du in die Anderswelt zurückgekehrt seist und Cù den Weg über die Passstraße angetreten habe mit unbekanntem Ziel. So blieb mir nicht viel anderes übrig, als zu warten. Aber das Warten war nun ein ganz anderes, denn ich wusste, euch ging es gut! Und als ihr beide dann heute den Weg entlangkamt …« Wieder liefen Tränen über ihre Wangen und sie zog die Mädchen in eine wortlose Umarmung.

»Ich bin so froh, dass Bituit dich nicht auch erwischt hat«, murmelte Silla und rieb sich ebenfalls die Augen.

»Ich habe seit den schwarzen Tagen damals bis heute nie wieder jemandem meinen Namen gesagt. Die Namenlosigkeit war mein Versteck. Auch in Bil-lin weiß niemand, wer ich bin. Die Leute kennen mich als die Blutstillerin, das reicht ihnen und mir auch. Mir werden die Verwundeten gebracht, damit ich den Fluss des Blutes zum Stillstand bringe. Das geht auch aus der Ferne, wenn einer schon nicht mehr kommen kann. Zum Dank bringen sie mir, was ich so zum Leben brauche, aber im Grunde ist jeder froh, wenn er mich nicht aufsuchen muss.«

»Wie habt Ihr das gelernt, das Blutstillen?« Moruagh war neugierig noch näher gerückt.

Die Frau lachte. »Ich habe das nicht gelernt, das ist wohl eine Gabe. Wer weiß, vielleicht hat Silla sie ja auch!«

Silla schüttelte betrübt den Kopf. »Das wäre mir bestimmt aufgefallen, so oft wie ich mir schon die Knie blutig geschlagen habe!«

»Dafür reist du zwischen den Welten. Manchmal ändern die Gaben einfach ihr Gesicht, weißt du! Aber es ist schon fast wieder Morgen und ich meine, ihr solltet ein wenig ruhen.«

Silla ließ sich zurücksinken. Sie hatte vor Aufregung und während des Erzählens ganz vergessen, wie erschöpft sie eigentlich war. Moruagh kletterte neben sie und schlüpfte unter die Decken. Die Katze folgte mit einem Satz, rollte sich schwer auf ihnen zusammen und begann zu schnurren, während Till neben dem Feuer nur noch ein kleines Grunzen von sich gab.

Der Morgen kam viel zu schnell und mit ihm kehrten die Gedanken zurück an all das, was noch vor ihnen lag.

»Wir müssen weiter«, drängte Moruagh. »Finn und Vinzi warten bestimmt schon mehr als ungeduldig auf uns!«

»Ihr wolltet sie in Bil-lin treffen?« Belisana blickte mit einem Mal besorgt. »Ich habe Kunde, dass der Dunkle Druide und Sionnach in der Stadt sind.«

»Der Dunkle Druide? Du meinst …?« Silla schrak auf.

»Ja, so nennen sie Sliabh-sceil. Der, vor dem ihr flieht!«

»Aber wie gibt es denn das?« Silla schlug sich eine Hand vor den Mund. »Erst ist er in den Minen, gerade als wir hinkommen, und jetzt hier! Das ist ja wirklich wie ein böser Spuk!«

»Warum er in den Minen war, weiß ich nicht. Vielleicht wollte er ja nur die letzten Säcke Salz holen, bevor er nach Mag Mell aufbrach, vielleicht hat er aber auch Drugwydds Gedankengänge erraten. Dass er nun hier ist, ist jedoch nicht weiter verwunderlich.« Sillas Großmutter blickte sie nachdenklich an. »Ich nehme an, er hat irgendwann gemerkt, dass ihr nicht mehr in der Mine wart. Da ihr sie aber nicht bei den Salzteichen verlassen habt, bleibt euch nichts anderes übrig, als durch Bil-lin zu kommen – geht man nicht davon aus, dass ihr in den Gängen verschollen seid. Alle Wege im Umkreis führen im Winter durch den Ort, wenn andere Pfade unpassierbar werden.«

»Dann muss er also nur dasitzen und warten.« Moruagh runzelte finster die Brauen.

»Und Vinzi und Finn?« Silla spürte, wie ihr das Blut aus den Wangen wich.

»Da werden wir am besten selbst nachsehen, wo sie sich versteckt halten!« Die Großmutter erhob sich resolut. »Ich nehme nicht an, dass sie einfach so durch die Straßen laufen.«

»Hätte Drugwydd uns bloß die Passstraße nehmen lassen und nicht über die Minen geschickt«, murrte Moruagh.

»Wie ich eure Gegner kenne, ist keine Straße, die aus Y-loig herausführt, unbewacht geblieben. Vielleicht wäre es euch anders noch schlimmer ergangen«, antwortete die alte Frau ruhig. »Aber jetzt kommt! Ich vermute, Sionnachs Soldaten halten nicht nur nach Finn und Vinzi Ausschau, sondern auch nach zwei rothaarigen Mädchen. Es sollte uns nicht allzu schwerfallen, die Mädchen verschwinden zu lassen! Ich habe … hier … Seht!« Sie zog einen Korb aus einer angrenzenden Kammer. »Meine Patienten vergessen immer wieder einmal etwas bei mir. Da sollte doch etwas für euch dabei sein. Hier hast du erst einmal ein Tuch, mit dem kannst du dein Haar hinaufbinden, Mädchen.«

Gehorsam wand Moruagh ihr Haar zu einem Knoten und wickelte es sich mit einem Tuch fest an den Kopf, darüber kam ein bronzener Helm. Dann ein leichtes Kettenhemd und der Soldat war fertig. Belisana fuhr mit den Fingern in die Feuerstelle und wischte Moruagh ein paarmal über Kinn und Wangen.

Silla lachte laut auf. »Du siehst aus, als hättest du dich heute noch nicht rasiert!«

»Gut, dass ihr Braques unter euren Kleidern tragt.« Die Großmutter lächelte. »Wie Sirona früher«, setzte sie leise hinzu.

Dann spürte auch Silla Belisanas Finger, die ihr Ruß ums Kinn strichen und eine Wollmütze über den Kopf stülpten. »Sind wir nicht ein bisschen jung für Bartwuchs?« Sie versuchte, sich den Händen ihrer Großmutter zu entziehen.

»Gerade deswegen!« Belisana beäugte sie kritisch. »So seht ihr älter aus.« Sie zog einen schweren Filzmantel von einem Haken und warf ihn sich um die Schultern. »Und wickelt euch die Schals gut um. Die verbergen schon viel«, mahnte sie und ging mit schnellen Schritten zur Tür hinaus.

»Großmutter«, rief ihr Silla hinterher. »Kommst du etwa mit?«

»Natürlich!« Belisana schnaubte durch die Nase. »Ich kenne mich besser aus in Bil-lin als ihr. Hattest du wirklich geglaubt, ich würde euch alleine dort herumirren lassen?«

»Eigentlich schon.«

Belisana lachte auf. »Nun, dann hast du dich geirrt. Aber jetzt kommt schon, ihr zwei. Wir haben schließlich noch viel vor.«

Und tatsächlich, in Bil-lin achtete niemand auf sie. Die Straßen barsten vor Leben. Händler aus fernsten Ländern schienen ihren Weg vom Süden und Osten über die Passstraße hierhergefunden zu haben. Menschen schrien durcheinander und das Keltisch, wie Silla es kannte, wirbelte ihnen in alle möglichen Akzente gefärbt um die Ohren. Auch Moruagh war noch nie an einem derartigen Handelspunkt gewesen und betrachtete das Treiben genau wie Silla stumm und überwältigt.

»Der Salzhandel zieht Kaufleute von weit her an«, erklärte Belisana leise. »Und alle wollen noch schnell ein Geschäft machen, bevor der Winter den Pass sperrt. Seht, was für schöne Keramiken aus Attika mit den schwarzen und roten Figuren. Wie kunstvoll im Vergleich zu unseren Tontöpfen!«

Der Händler ließ eine Explosion an Worten hören, die Silla nicht verstand.

Ihre Großmutter winkte lachend ab und schnupperte dann. »Riecht ihr es? Fischsoße! Sie duftet aus den Amphoren dort. Händler vom südlichen Meer bringen sie herauf, zusammen mit rotem Wein.«

»Hmm!« Moruagh schmatzte leise. Ihr schien das Wasser schon im Munde zusammenzulaufen.

Der Duft von Brotfladen, die über offenen Feuern gebraten wurden, stieg ihnen in die Nase und nun begann auch Sillas Magen zu knurren. Belisana lächelte und trat zu einem der Bäcker. Sie wechselten einige schnelle Worte, dann hielt jedes Mädchen einen heißen Fladen in Händen, von dem Fett, Kräuter und Ruß tropften.

Ein Grüppchen Soldaten kam die Gasse heruntergeschlendert und Belisana zog die Mädchen hinter einen Karren, auf dem sich Säcke stapelten. Zwei Hunde schnupperten hier im Schmutz herum und kamen sofort interessiert angelaufen, um Till in Augenschein zu nehmen.

»Die Soldaten spähen herum, als würden sie jemanden suchen, und ich fürchte, das könntet ihr und eure Freunde sein!«, sagte Belisana leise.

»Wie sollen wir Finn und Vinzi in diesem Chaos denn jemals finden?«, fragte Silla mit verhaltener Stimme.

»Sie werden wohl selbst ihren Weg machen müssen.« Belisana zog sie hinter dem Wagen weiter und wieder auf die

Straße. »Es wird schwer genug sein, euch beide unentdeckt aus der Stadt zu bringen. Seid ihr erst einmal unterwegs, kann ich meine Augen und Ohren offenhalten, wo die beiden abgeblieben sind.«

Hinter ihnen wurden Stimmen laut. Der Karren, der ihnen eben noch Deckung geboten hatte, wurde durchsucht. Sehr zum Missfallen seines Besitzers, der sich mit ausgebreiteten Armen vor seine Ware warf, laut schimpfte und jammerte.

»Nichts da!«, schrie einer der Soldaten und stieß den Händler grob zur Seite. »Alle Fuhrwerke werden durchsucht! Befehl des obersten Hauptmanns Sionnach!«

Einer der Säcke fiel schwer zu Boden, zerbarst und Getreide quoll in den Staub.

Der Händler schlug die Hände über dem Kopf zusammen. »Könnt ihr die Karren denn nicht durchsuchen, wenn sie nach Bil-lin kommen oder es verlassen? Dann würden wenigstens wir Kaufmänner des Ortes unbehelligt bleiben.«

Der Soldat grinste und stemmte mit seiner Lanze den nächsten Sack vom Wagen. »Das tun wir sowieso, Alter! Keine Sorge! Jetzt, wo Nachschub angerückt ist, bleibt hier keiner mehr ungesehen.«

»Kommt!«, zischte Belisana.

Sie hasteten eine Seitengasse hinunter, die so schmal war, dass wohl gerade ein erwachsener Mann mit den Schultern hindurchpassen würde, und drückten sich dann schwer atmend in eine Nische. Der Boden unter Sillas Sohlen fühlte sich weich und glitschig an. Der Durchgang erweckte eher den Eindruck, zum Abladen von Müll bestimmt zu sein. Moruagh und Silla blickten sich verzagt an und selbst auf der ruhigen Stirn der Großmutter stand eine scharfe Falte.

»Ich fürchte ...«, begann sie, da ertönte ein tiefes Grollen hinter ihnen, so plötzlich, dass sie zusammenzuckten und Belisana verstummte.

»Was war denn das?«, flüsterte Silla erschrocken.

Moruagh tastete sich vorsichtig weiter in die Nische hinein. »Seht mal, das ist eigentlich ein Durchlass! Und hier ist ... oh!« Mit einem erstaunten Ausruf war sie verschwunden.

Silla wollte hinterher, aber Belisanas schneller Griff hielt sie zurück. Die Großmutter schüttelte leicht den Kopf, schob Silla hinter sich und drückte sich gebückt hinter Moruagh her in den Spalt. Nur ein kleines Stück, dann schlüpften sie durch einen Bogen und standen in einem Hinterhof.

Wieder ertönte das Grollen, nah und laut, und im gleichen Moment erklang warm und ruhig Moruaghs Stimme. »Ganz ruhig, schöner Bär, ganz ruhig. Wir sind deine Freunde, mein Schöner, wir tun dir schon nichts.«

Silla schlug sich die Hand vor den Mund und konnte ihren Aufschrei gerade noch in ein unterdrücktes Ächzen verwandeln. Sie presste sich erschrocken an ihre Großmutter. Mitten im Hof hatte sich ein struppiger schwarzer Bär auf seine Hinterbeine aufgerichtet. Die Arme mit den gelben Krallen, die wie eine Reihe kleiner Sicheln aus dem Pelz leuchteten, hingen schwer an seiner Seite, die Lefzen entblößten grollend eine stattliche Anzahl von Raubtierzähnen und die kleinen Augen glitzerten. Moruagh, die gelassen vor ihm stand, sah dagegen so klein und schutzlos aus wie eine Puppe.

Silla stöhnte noch einmal auf. Um Gottes willen, was tat ihre Freundin denn nun?

Moruagh ließ sich ganz langsam im Schneidersitz zu Boden sinken, während sie unablässig leise auf das Tier einsprach. Und nun begann sie auch noch zu singen! Silla biss sich vor Aufregung in den Knöchel ihres Daumens. Der Bär brummte wieder. Er begann leicht zu schwanken, als wäre er unschlüssig, was er nun tun sollte, dann ließ er sich mit einem dumpfen Laut auf alle viere sinken. Eine Kette klirrte, die an einem Pfosten festgemacht war und im Pelz seines Hinterlaufs verschwand. Auge in Auge stand er nun mit dem Mädchen im Soldatengewand, die Schnauze vorgereckt, und fast sah es aus, als würden die beiden sich gegenseitig beschnuppern.

Im angrenzenden Haus wurde eine Tür aufgerissen, Lärm und Musik drangen heraus und ein Mann trat in den Hof. Er fuhr mit einem erschrockenen Ausruf zurück. Stimmen schrien aufgeregt durcheinander. Dann streckte der Mann den Kopf wieder aus der Tür und redete in einer Sprache, die Silla nicht verstand, erregt auf Moruagh ein.

»Was will er denn?«, flüsterte Silla fragend.

Belisana zuckte die Achseln. »Ich weiß es nicht, Silla. Er redet in einer der Sprachen des Ostens, wenn ich mich nicht täusche.«

Der Mann reckte eine Lanze heraus, die er drohend schüttelte – ob zu Moruagh oder zu dem Bären hin, war unklar. Dann schrie er ein scharfes Kommando. Mit einem heiseren Brüllen warf sich der Bär herum und richtete sich wieder auf seine Hinterbeine auf. Er tappte einen unbeholfenen Schritt auf den Mann zu, der seinen Speer hob und auf das Auge des Tieres zielte. Mit einer schnellen Bewegung stand Moruagh auf, schlüpfte unter dem Arm des Bären hindurch und war auch schon unmittelbar vor ihm – den Rücken ihm zugewandt. Einen schrecklichen Moment lang sah es aus, als würden die schweren Tatzen auf ihren Kopf niederfahren. Ohne ein Wort hob Moruagh in einer schützenden Geste die Arme vor das Tier. Sie starrte finster in das Gesicht des Mannes, der seinen Speer mit einem Mal auf das Mädchen gerichtet sah.

Mit einem unmissverständlichen Fluch ließ er die Waffe sinken, dann zog ein Grinsen über sein Gesicht. Er nickte anerkennend und rief etwas über seine Schulter.

Ein anderer Mann schob sich neben ihn, auch er schwarzhaarig und olivenhäutig, und sprach erregt auf den Lanzenträger ein. Dann machte er eine auffordernde Kopfbewegung zu Moruagh hin. »Mein Freund nichts sprechen eure Sprache«, kam es in holprigem Keltisch. »Aber ich euch sollen sagen, dass Bär gefährlich! Er gerade wollen fressen seine Führer. Führer nun bluten und vielleicht sterben. Mein Freund wollen strafen Bären, nicht töten. Wir noch brauchen Bären zu machen tanzen.«

»Wo ist der Bärenführer?« Belisana trat einen Schritt vor. »Ich bin Blutstillerin. Vielleicht kann ich ihm helfen.«

Die Männer starrten sie verständnislos an. »Du können helfen?«, fragte der eine zögernd.

»Vielleicht!«, antwortete die Großmutter und schob die Männer energisch zur Seite. »Wo ist er?«, hörten die Mädchen noch, dann war Belisana mit den Männern im Schlepptau auch schon verschwunden.

Der Bär ließ sich vorsichtig wieder auf alle viere nieder, als hätte er Angst, Moruagh mit seinen Tatzen zu berühren.

»Schöner Bär«, wiederholte das Mädchen sanft. Sie streckte eine Hand aus, führte sie langsam an die Schnauze des Tieres und ließ dann einen Finger zart über seinen Nasenrücken wandern.

Silla schaute voller Staunen zu, wie der Bär, der scheinbar gerade seinen Führer schwer verwundet hatte, sich hinter den runden Ohren kraulen ließ und dazu grunzte wie Till, wenn sie ihm den Pelz kratzte. Apropos, wo war eigentlich Till? In der Aufregung hatte sie ihn ganz vergessen! Schuldbewusst blickte sie sich um. Da lag er ja, genau hinter ihr, die Ohren gespitzt und die Augen wie festgeklebt auf den Bären gerichtet.

»Er ist wohl wirklich ein Bärenhund«, erklang Moruaghs Stimme ruhig. »Er scheint genau zu wissen, wie er sich zu benehmen hat.«

Silla atmete schwer aus und drückte sich noch enger an die Wand. Die Einzige, die nicht wusste, wie man mit einem Bären umging, schien sie zu sein. »Kann ich … kann ich … ihn auch streicheln?«, flüsterte sie.

»Nicht jetzt«, antwortete Moruagh ruhig. »Er ist noch ziemlich aufgeregt. Lass ihn sich erst ein bisschen an uns gewöhnen!«

»Wieso … kannst du das?«

»Ich stehe doch unter dem Schutz der Bärin, hast du das vergessen? Mein Totemtier!« Ein Lächeln schwang in Moruaghs Stimme. »Damals, als meine Eltern umgekommen waren und stattdessen die Bärin bei mir blieb, damals hat sie mir viel beigebracht über ihre Art und auch wie ich mich verständlich machen kann.«

»Er wird wieder gesund, aber er kann nicht reisen, versteht ihr?«, hörten sie Belisana von der Tür her.

Aufgeregtes Stimmengewirr antwortete ihr. »Muss reisen, muss reisen«, wiederholte der dolmetschende Mann immer wieder.

»Nein, unmöglich«, unterbrach ihn Belisana entschieden.

»Müssen nach Hause! Jetzt! Bevor Passstraße schließen mit viel Schnee!« Der Mann schüttelte den Kopf. »Bär müssen mit. Nichts hier wollen Bär. Schicken Bär in Wald, Leute.«

»Und was ist so schlimm daran, wenn die Leute den Bären in den Wald schicken, wo er doch eigentlich hingehört?« Belisana blickte streng auf den Mann hinunter, den sie um einen guten Kopf überragte.

Der Mann hob jammernd die Hände. »Oh, viel schlimm! Viel schlimm! Wir fahrende Musikanten. Müssen wir essen und schlafen und alles. Leute uns nichts geben Essen und alles, wenn nicht haben Bären. Leute sagen: ›Singen selber und machen Musik selber, weg da mit Musikanten!‹ Aber wenn sehen Bären tanzen, dann schon geben Essen und alles.«

»Ah, verstehe!« Belisana schüttelte betrübt den Kopf. »Aber es tut mir leid, euer Bärenführer kann nicht reisen, die Wunden sind viel zu tief. Ihr hattet Glück, dass ich gerade da war, sonst würde er jetzt schon nicht mehr leben.«

Der Mann übersetzte und wieder fing ein großes Wehgeschrei an. Dann redete der Mann mit dem Speer hastig auf den Übersetzer ein, wobei er wild gestikulierte und immer wieder auf Moruagh deutete. Der Übersetzer schaute zweiflerisch auf das Mädchen. »Er sagen, du kommen statt Führer. Du gut mit Bären, du machen Bären tanzen. Na? Was sagen? Gut?«

»Ich soll …« Moruagh deutete auf die eigene Brust, als wäre sie unsicher, ob er auch wirklich sie meinte.

»Ja, ja.« Der Mann nickte heftig. »Wie du heißen?«

»Ich heiße Morua … äh …« Sie täuschte einen Hustenanfall vor, der die letzte Silbe erstickte.

»Mort?«, fragte der Mann.

»Ja, Mort«, nickte Moruagh mit tiefer Stimme.

»Du Stimme auf, ab.« Der Mann lachte. »Ist das junge Alter! Später werden nur tief.«

Moruagh tauschte einen schnellen Blick mit Belisana, dann nickte sie scheinbar gleichmütig. »Na ja, in Ordnung. Aber mein Freund da muss auch mit.«

»Nein, nichts Freund! Zu viele Mäuler wollen essen. Nichts gut.« Der Mann schüttelte heftig den Kopf.

»Aber sie … er … hat einen Bärenhund und außerdem …«

»Und außerdem kann nicht nur der Bär Kunststücke«, rief Silla dazwischen. Sie nahm einen kleinen Anlauf und wirbelte Rad schlagend an den Männern vorbei über den Hof.

Die Musikanten begannen zu lachen und klatschten in die Hände. Der Mann strahlte übers ganze Gesicht. »Freund gut und Bärhund auch! Wie heißen?« Er deutete auf Silla.

»Corr«, rief Belisana. »Er heißt Corr!«

»Mort und Corr, gut.« Der Mann nickte zufrieden. »Wir gleich aufbrechen. Machen fertig, ja? Tag gut für Reise und noch früh genug.«

Jetzt gleich! Silla spürte einen kleinen Stich in ihrem Herzen. Jetzt gleich! Sie blickte zu ihrer Großmutter, die gerade zu ihr schaute, ernst und traurig.

Und dann war Belisana auch schon bei ihr und schloss sie in die Arme. »Bis bald, meine Kleine! Ich suche nach Vinzent und Finn, keine Sorge und … wir sehen uns wieder!« Sie drückte Silla noch einmal kurz, lief zu Moruagh, die sie umarmte, dann war sie fort und nur noch der Hauch ihres Blütenduftes hing in der Luft.

8. KAPITEL

Vereint und wieder getrennt

Silla kauerte sich, ihren Pelz fest um sich gezogen, dicht an einen umgestürzten Baumstamm. Er bot zumindest etwas Schutz vor dem Wind, der ihnen, seit sie die waldreiche Senke von Bil-lin hinter sich gelassen hatten, stürmisch und unangenehm die Kälte in die Knochen trieb. Die kleine Gruppe Musikanten hatte sich dicht um ein Feuer geschart, das bei dem unwirtlichen Wetter schwer in Gang zu halten war.

Moruagh saß mit dem Bären ein wenig abseits. Das Tier hatte sich zusammengerollt und, gleich Till, die Nase tief in seinen Pelz vergraben. Moruagh saß an ihn gekuschelt, was er sich ruhig gefallen ließ. Außer den Mädchen ließ er keinen in seine Nähe und auch Silla beäugte er misstrauisch und nervös, obwohl er zu spüren schien, dass sie zu Moruagh gehörte.

Trotzdem hatte er ihre Nähe ertragen müssen, als sie, kaum unterwegs, schon von einem Soldatentrupp aufgehalten worden waren. Wieder waren die Karren durchsucht worden. Moruagh und Silla hatten sich angelegentlich mit dem Bären beschäftigt, der gereizt gebrummt und sich immer wieder auf die Hinterbeine aufgerichtet hatte. Für die Mädchen war das ein guter Grund gewesen, den Soldaten die ganze Zeit den Rücken zuzukehren, und schließlich waren sie weitergewinkt worden. Silla war fast das Herz stehen geblieben, als Rufe erschollen und Sionnach, Sliabh-sceil und der Junge nicht weit von ihnen den Marktplatz überquerten. Celtilus hatte verlangend zu dem Bären hingestarrt und seine und Sillas Augen hatten sich kurz getroffen, dann war Silla schnell hinter den Bären getaucht und Celtilus war weitergerufen worden. Sillas Herz hatte ihr noch eine ganze Weile nachher bis in den Hals geklopft.

Endlich hatten sie Bil-lin hinter sich gelassen und waren der Straße Richtung Osten gefolgt. Auf ihr wollten die Musikanten das Gebirge überqueren. Auf der anderen Seite des Massivs, wo der Weg sich endlich nach Süden wandte, um in Schlangenlinien zu Gegenden abzusteigen, die lieblicher waren und das Weiterkommen einfacher machten, wollte die Gruppe wieder nach Osten abbiegen und nach Hause ziehen. Dass Moruagh und Silla schon in den Bergen in Richtung Mag Mell abbiegen würden, hatten sie den Musikanten nicht erzählt. Darauf würden sie dann schon selbst kommen. Die Gruppe bestand aus fünf Männern und zwei Frauen, alle klein, dunkelhäutig und temperamentvoll. Sie gestikulierten und redeten fast ununterbrochen, so kam es Silla zumindest vor, aber außer ihrem Übersetzer, Vlado, sprach keiner von ihnen die Sprache der Kelthoi, was den Kontakt mit ihnen beschränkte. Den Mädchen war es nicht unrecht, denn sie fürchteten, dass ihre Verkleidung besonders vor dem scharfen Blick der Frauen nicht lange würde bestehen können.

Moruagh hielt sich sowieso abseits mit dem Bären. Sie nannte ihn Aru und während des einen Tages, den sie nun unterwegs waren, hatte er schon gelernt, auf seinen Namen zu hören. »Sie haben ihn geschlagen! Er hat überall unter dem Fell dicke Striemen und Narben«, stellte sie empört fest. »Und bestimmt haben sie ihn mit dem Speer bearbeitet, damit er folgt. Die Kette an seinem Lauf ist auch schon eingewachsen. Ich wollte, ich könnte ihm die irgendwie abmachen. Halb verhungert ist er und hätte er nicht so einen dicken Pelz, könnte man jede Rippe einzeln durch seine Haut spießen sehen.«

Der Bär brummte leise dazu und ließ schwer den Kopf hängen, als hätte er verstanden, um was es ging.

»Er *kann* es verstehen«, behauptete Moruagh und wenn Silla das Tier so anschaute, dann zweifelte sie keinen Moment daran. Sie hätte gerne mit Moruagh geredet, aber der Bär regte sich schon auf, wenn seine neue Herrin ihn nur kurz verließ. Für den Moment mussten sie also darauf verzichten, sich zusammenzusetzen und über das zu sprechen, was sie beide so beschäftigte: Wo war Iolair, wo waren Vinzi und Finn und wo war Drugwydd?

Viel lieber wäre ich jetzt bei meiner Großmutter in ihrem kleinen Haus, dachte Silla sehnsüchtig. Sie seufzte, schloss die Augen und zog auch noch die Nase in ihren Wolfspelz. Viel wärmer würde sie es heute wohl nicht mehr bekommen. Das würde eine lange Nacht werden.

Neben ihr raschelte es, als wäre etwas Kleines zu Boden gefallen. Silla war zu müde, um den Kopf zu heben. Wieder ein Geräusch und dann traf sie etwas schmerzhaft am Hinterkopf. »Autsch!«, murrte sie und blickte auf. Wollte einer sich einen Spaß mit ihr machen? Das hatte ihr gerade noch gefehlt! Jetzt flog ein Steinchen an ihr vorbei und landete vor ihren Füßen, im gleichen Moment schoss Till los und verschwand mit einem kleinen Jaulen hinter ihr zwischen Felsen und vereinzelten Bäumen. »Till, was …«

»Pscht!«, zischte es.

Silla war wie der Blitz auf den Beinen hinter Till her. Und dann erkannte sie die beiden Gestalten, die zwischen den Büschen auftauchten, plötzlich. »Vinzi! Finn!« Sie wusste gar nicht, wen sie zuerst umarmen sollte.

Ihr kleiner Bruder strahlte und umklammerte sie in Bauchhöhe, als wollte er sie nie mehr loslassen.

»Leise«, flüsterte Finn eindringlich. »Sag uns erst, was das für Menschen sind, mit denen ihr reist.«

»Musikanten aus dem Osten«, raunte Silla zurück. »Sie haben uns aus Bil-lin herausgeschmuggelt. Ohne es zu wissen allerdings. Sie sind harmlos, zumindest soviel ich weiß. Moruagh ist ihr neuer Bärenführer.«

»Moruagh ist auch da?«, fragte Finn ungläubig. »Bist du dir sicher? Wir haben euch seit Bil-lin beobachtet, aber von Moruagh haben wir nichts gesehen. Bei dem Bären war die ganze Zeit so ein kleiner Soldat.«

Silla presste eine Hand auf den Mund, um ihr Lachen zu unterdrücken. »Der kleine Soldat ist Mort. Den müsst ihr unbedingt kennenlernen!«

Finn schlug sich leicht gegen die Stirn. »Jetzt verstehe ich! Und du? Soll das etwa auch eine Verkleidung sein?«

»Natürlich! Ich begreife überhaupt nicht, wie ihr mich erkennen konntet!«

»Ich hab dich erkannt.« Vinzi strahlte. »Im Fasching hast du auch einmal so ausgesehen, weißt du noch?«

»Klar, Vinzi! Und du bist damals als Indianer gegangen.«

»Könntet ihr wieder einmal von etwas reden, das ich auch verstehe?«, unterbrach sie Finn ungehalten.

Silla lachte leise und befreite sich sanft von Vinzis Armen, die sie immer noch umklammert hielten. War sie froh, ihren kleinen Bruder wiederzuhaben und Finn! »Ich bin übrigens Corr. Kommt, ich stelle euch den Musikanten vor. Sie starren schon herüber und wissen sicher nicht, was sie von euch halten sollen. Wie habt ihr es überhaupt geschafft, aus der Stadt zu kommen?«

»Wir haben sie verlassen, unmittelbar bevor Sliabh-sceil und Sionnach gekommen sind, und dann in den Wäldern ringsum auf euch gewartet. Wir wussten ja, dass ihr irgendwann auftauchen *musstet*!«

»Ja, und dann hätten wir euch doch fast verpasst«, krähte Vinzi.

Finn schüttelte den Kopf. »Ich hatte nur eine alte Frau mit zwei jungen Kerlen gesehen.«

Vinzi grinste zufrieden.

»Das war meine Großmutter«, sagte Silla leise.

»Deine …?« Finn verstummte verblüfft.

»Ja, Belisana Faol!«

Jetzt hatte auch Moruagh sie gesehen. Sie sauste herüber, breitete schon die Arme aus, um den Jungen um den Hals zu fallen, besann sich im letzten Moment und blieb übers ganze Gesicht grinsend vor ihnen stehen. Sie räusperte sich, sagte mit tiefer Stimme: »Hunderttausendfaches Willkommen!«, und schlug ihnen mit fester Hand auf die Schultern.

Vinzi kicherte, worauf ihn Silla in die Seite knuffte, und er verstummte schuldbewusst.

Finn grinste ebenfalls von einem Ohr bis zum anderen. »Hunderttausendfachen Dank, äh, Mort«, murmelte er. »Es ist schön, euch beide so unvermutet hier in den Bergen wiederzutreffen!«

Ein ärgerliches Brummen ertönte hinter Moruagh. Der Bär hatte sich aufgerichtet und war ein paar Schritte vorwärtsgetapst, weiter wagte er sich jedoch nicht an die Gruppe heran.

Moruagh seufzte. »Er regt sich auf, wenn ich von ihm weggehe«, erklärte sie und zuckte die Achseln. »Vielleicht können wir später sprechen.«

»He! Ihr Freunde?«, rief in dem Moment Vlado.

»Ja, wir sind Freunde«, rief Finn zurück. »Und wir haben auch etwas zu essen dabei!«

Vlado nickte zufrieden und forderte sie mit einer Handbewegung auf, sich zu ihnen ans Feuer zu setzen.

Erst viel später hatten die Freunde schließlich Gelegenheit, sich von der Gruppe abzusondern. Die Musikanten hatten sich auf ihre Karren zurückgezogen und Silla, Moruagh, Finn und Vinzi hatten sich so nahe zum Bären gesetzt, dass er nicht nach Moruagh brummte, und doch wieder weit genug entfernt, um ihn nicht nervös zu machen. Endlich konnten sie ungestört erzählen.

»Wir haben Drugwydd getroffen. Im Wald. Er meinte, es wäre nicht ratsam für ihn, Bil-lin zu betreten, um die Soldaten nicht auf unsere Spur zu setzen. Er meinte auch, wir sollten uns nicht um euch sorgen, bei den Arrach-di wärt ihr in guten Händen und den Weg her würdet ihr schon zu finden wissen.« Finn räusperte sich, dann huschte ein Lächeln über sein Gesicht. »Ich bin froh, dass er recht hatte!«

»Wo ist er jetzt und wo ist Iolair?«, fragte Moruagh nachdrücklich.

»Drugwydd ist wieder in Mag Mell. Er war besorgt, dass Sliabh-sceil dort auftauchen und seine Lügengeschichten verbreiten könnte. Es hängt so vieles davon ab, dass die ältesten der Druiden ein wahrhaftiges Bild der Dinge erhalten. Und

Iolair … nun, sie scheint nach wie vor verschwunden …« Finn biss sich auf die Unterlippe. Eine Sorgenfalte bildete sich steil zwischen seinen Brauen.

Moruagh starrte ihn alarmiert an. »Wie kann das sein? Sie würde doch nie … Es war doch ausgemacht …! Hast du ihm denn erzählt, was Sliabh-sceil damals bei den Minen gesagt hat?«

Finn zuckte unbehaglich die Schultern. »Nein, es war irgendwie keine Gelegenheit. Er musste so schnell wieder fort, dass ich es ganz vergessen habe. Aber ihr werdet es ihm bald selbst erzählen können. Sobald ihr da seid, meinte er, sollen wir zum Abzweig nach Mag Mell kommen – was wir nun ja tun können. Es ist ungefähr noch eine Tagesreise von hier.«

»Wie weiß er denn, wann das sein wird?« Silla schüttelte verwirrt den Kopf.

Finn lachte. »Er ist Druide, er wird das schon wissen!«

»Am liebsten würde ich gleich aufbrechen«, seufzte Moruagh.

»Ja, ich auch.« Finn legte ihr die Hand auf den Arm. »Aber wenn wir alle zusammen unterwegs sind, ist es sicherer, auf der Passstraße mit den Musikanten zu reisen. Vielleicht sind weiter vorne ja noch Patrouillen.«

»Ich bin froh, dass du wieder gesund bist, Silla!« Vinzi lehnte seinen Kopf an die Schulter seiner Schwester und streichelte Till, der sich in seinem Schoß zusammengerollt hatte.

»Und ich bin froh, dass ich dich heil wiederhabe!«, antwortete Silla. »Aber jetzt muss ich euch von der Großmutter erzählen. Stellt euch vor, sie ist Blutstillerin!«

Es war schon spät in der Nacht, bis Silla, Moruagh, Finn und Vinzi endlich eng aneinandergekauert ein wenig schliefen. Die Musikanten hatten ihnen einen Platz auf einem ihrer

Wagen angeboten, aber die Freunde wollten Moruagh nicht ganz alleine bei dem Bären lassen, jetzt, wo sie endlich wieder vereint waren. Finn hatte ein Feuer gemacht und reihum übernahmen sie die Aufgabe, die Flammen in Gang zu halten. Das wärmte zumindest die Seite, die den Flammen zugewandt war, auch wenn es Silla vorkam, als würde die andere, die feuerabgewandte, dadurch noch kälter.

Endlich war es Morgen. In der ersten Dämmerung des Tages zogen sie weiter. Gegen Mittag tauchte eine kleine Ansiedlung vor ihnen auf. Drei Häuschen und ein paar Ställe trotzten um einen Brunnen geschart dem Höhenwind, der hier fast unablässig blies. Nun ließen sich auch ein paar Menschen sehen. Die Musikanten deuteten und winkten aufgeregt, als sie sie erspähten. Dann begannen sie gestikulierend auf Vlado einzureden und schoben ihn schließlich zu Moruagh.

Kopfschüttelnd und mit einer hilflosen Gebärde hob er die Hände. »Sie wollen, du tanzen mit Bären, Mort«, übersetzte er. »Sie nicht wissen, ob du können, aber müssen versuchen, ja?«

Moruagh starrte die Gruppe nur finster an, die sie mit einem erregten Wortschwall übergoss. Das Mädchen verdrehte die Augen und zuckte dann die Schultern. »Versuchen kann ich's ja«, brummte es.

»Wenn Bär nicht wollen, wir machen Steine glühend in Feuer. Wenn Steine legen unter Füße, dann tanzen gleich. Du werden sehen.«

»Was?« Nun fuhr Moruagh mit einem Ruck auf. »Ihr wollt ihn auf glühenden Steinen hopsen lassen und dann sagt ihr, er tanzt?« Ihre Stimme überschlug sich schrill. »Ihr … ihr Unmenschen!«

»Wir immer machen so.« Vlado zog ein beleidigtes Gesicht. »Alle so machen mit Bären.«

»Aber ich mache so etwas nicht mit einem Bären, versteht ihr mich?« Moruagh schrie immer noch.

Die Musikanten wechselten befremdete Blicke.

Moruagh fuhr sich mit der Hand übers Gesicht und räusperte sich. »Also, ich mache so etwas nicht mit Aru, aber ich kann ja versuchen, ihn zum Tanzen zu bringen«, sagte sie noch einmal ruhiger und mit deutlich tieferer Stimme.

Vlado zuckte die Achseln. »Jetzt nichts reden, müssen machen Musik und kleines Mann machen Kunststück auf Händen, ja?« Er tippte Silla gutmütig gegen die Brust und lachte.

»Was meint er denn damit, Silla?«, flüsterte Vinzi verblüfft.

»Du wirst schon sehen!«

Schon plärrten die Instrumente los. Trommeln, das Quäken der Sackpfeife, ein blechernes Horn dazwischen, unterbrochen vom heiseren Rufen einer Art Panflöte. Vlado schmetterte dazu temperamentvoll und wehmütig Lieder aus seiner Heimat. Noch mehr staunende Gesichter reckten sich aus den Häuschen und schmutzige Kindergesichter blickten aus großen Augen auf die kleine Gruppe. Um Aru bildete sich ein respektvoller Kreis. Der Bär begann nervös zu brummen. Moruagh wollte ihn ein paar Schritte führen, aber er warf nur seinen Kopf mit aufgerissenem Rachen hin und her und rollte angstvoll die Augen. Die Musik schien ihn bis ins Mark zu erschrecken. Als hätte Till ein Signal aufgefangen, schoss er los und heftete sich an Arus Sohlen, die er immer wieder leicht anstupste, um dann flink zurückzuspringen, bevor ihn die wütende Bärentatze erwischte. Silla versuchte vergeblich, ihn zurückzupfeifen.

Du liebe Güte, so würde Moruagh das nie schaffen!, dachte

sie und blickte Hilfe suchend zu Finn und Vinzi, die selbst ratlos auf das Spektakel starrten. Nun denn! Silla holte tief Luft, zog sich ihre Mütze fester über die Ohren und schlug ein Rad und noch eines und noch eines durch das ganze Rund. Die Leute lachten. Silla verbeugte sich wackelig und leicht schwindelig. Aus den Augenwinkeln sah sie, wie Vinzi Finn etwas ins Ohr flüsterte. Der Freund nickte, ging ein wenig in die Hocke und mit einem Schwung packte Vinzi seine Hände. Er stützte sich mit dem Fuß kurz auf Finns Oberschenkel ab und stand auch schon auf seinen Schultern. Finn richtete sich langsam auf und Vinzi balancierte mit ausgebreiteten Armen, wobei er von einem Ohr bis zum anderen strahlte. Auch Finn grinste breit, dass sein abgeschlagener Zahn in seinem dunklen Gesicht blitzte. Vlado stieß Silla an und sie wirbelte Rad schlagend noch einmal eine Runde. Vinzi hatte sich inzwischen in eine sitzende Position rutschen lassen und Finn tanzte mit ihm hinter Silla her und tat so tollpatschig, als wäre er der Bär.

Ihre Vorstellung hatte Moruagh gerade die Zeit gegeben, die sie gebraucht hatte. Als Silla sich nun zu ihr umdrehte, stand sie ganz ruhig da, eine Hand an die Tatze des Bären gelegt, der, einen Kopf größer als sie, aussah, als wollte er sie zum Tanz führen.

»Pscht!«, sagte Silla unwillkürlich. »Pscht!«

Die Musikanten reagierten sofort und wechselten von ihrem Getöse in eine langsame, schwermütige Melodie, die in ihrem Tempo dem Bären zu folgen schien. Und Aru tanzte. Mit langsamen Bewegungen und die Augen, ohne zu blinzeln, auf Moruagh geheftet folgte er jedem ihrer Schritte gemessen durch den Kreis. Er drehte sich, wenn sie sich drehte, tappte vor, zurück und machte tollpatschige kleine Verbeugungen, dass er fast wirkte wie ein unbeholfener Jüngling, der seinem

Fräulein den Hof macht. Als hätten sie den Rest der Welt vergessen, zogen sie Runde um Runde. Dann blieb Moruagh stehen. Sie drehte sich zu den Zuschauern hin, verbeugte sich und auch das tat ihr der Bär nach. Die Musik verklang in ein paar wehmütigen Trillern. Einen Moment lang standen alle ganz still, gefangen von der Vorstellung. Dann brach Applaus los und sogar die Musiker klatschten Moruagh und Aru zu. Der Bär ließ sich auf alle viere fallen und brummte erschrocken, auch er schien wie aus einem Bann erwacht. Eine Frau näherte sich, schob Moruagh schüchtern einen alten Knochen hin, an dem noch ein Stück getrocknetes Fleisch hing und deutete auffordernd auf Aru. Moruagh lächelte ihr dankbar zu. Futter für den Bären, hatte sie in den letzten Tagen erfahren müssen, kam bei den Musikanten an letzter Stelle. Verständlicherweise wollten sie mit ihrem wenigen erst einmal selbst halbwegs satt werden. Dann hob die Frau entschuldigend die Hände. »Wir haben leider nicht mehr, was wir abgeben könnten«, sagte sie leise. »Der Winter ist lang und die Kinder …« Sie zuckte verlegen die Achseln.

Silla ließ ihren Blick über die ausgemergelten und hageren Gesichter der Häusler wandern, die ihren Augen auswichen, als würden sie sich schämen, dass sie nicht mehr hatten und geben konnten.

Die Musikanten begannen zu murren, da fuhr Finn dazwischen. »Hunderttausendfachen Dank, ihr habt mehr als genug mit uns geteilt! Und wir hatten die größte Freude daran, für euch tanzen und spielen zu dürfen.« Er legte lächelnd eine Faust auf sein Herz, dann richtete er sich zu seiner ganzen Größe auf. »Und jetzt erlaubt uns, dass wir weiterziehen.« Dabei schoss er den Musikanten einen Blick zu, der klarstellte, dass das kein Vorschlag war, sondern schlicht ein Befehl.

Maulend und kopfschüttelnd erst, dann schon wieder versöhnt lachend zogen sie weiter. Schließlich wussten sie selbst am besten, wie es war, Hunger zu haben. Silla konnte die Kinder noch lange winken sehen.

»Diese Leute hätten alles mit uns geteilt, wenn sie gekonnt hätten«, hörte sie Finn leise zu Vlado sagen.

»Schon verstehen. Schon gut sein.« Vlado lachte etwas freudlos auf und schlug Finn gutmütig auf die Schulter. »Zeiten nichts gut für Musikanten. Auch mit Bären nicht mehr gut. Sehr schlimm! Musikanten auch müssen essen, du wissen. Bär mehr essen als Futter ertanzen.« Er seufzte. »Andere sprechen«, fuhr er fort und deutete auf seine Gruppe. »Sagen, Bär verkaufen. Römer geben bisschen für Bären. Brauchen für Kämpfe.«

»Du meinst Bärenkämpfe?«, mischte Silla sich ein und blickte sich dabei nach Moruagh um, die mit ihrem Tier ein wenig entfernt folgte. Wenn ihre Freundin das hörte! »Aber das könnt ihr doch nicht machen, Vlado!«

Vlado hob die Hände. »Römer nichts viel geben, schon wissen, aber irgendwas müssen machen mit Bären.«

»Du meinst, da kämpfen Bären gegeneinander?« Vinzi blickte erschrocken.

»Nein, nein!« Vlado lachte. »Meute wildes Hunde kämpfen gegen Bären. Vieles Spaß! Bär brummen und wildes Hunde von allen Seiten beißen. Dann jaulen, wenn Tatze von Bären sie schleudern so weg.« Er machte eine ausholende Bewegung durch die Luft.

»Aber das ist ja …!« Silla schlug sich erschrocken eine Hand vor den Mund. Ihr war plötzlich schlecht. Sie musste sofort mit Moruagh sprechen. Sie fuhr herum – und blickte in das totenblasse Gesicht ihrer Freundin. »Moruagh«, flüsterte Silla. »Hast du gehört?«

Das Mädchen nickte stumm, dann drehte es ab und ging mit steifen Schritten zurück zu Aru.

Schweigend marschierten sie weiter. Rundum dehnten sich Felsen und Schnee in arktischer Weite. Dann kam die Abzweigung. Eine Steinpyramide und ein steinernes Wärterhäuschen kennzeichneten die Weggabelung, die man sonst vielleicht übersehen hätte. Die Musikanten würden weiterziehen über den Pass, die Freunde dem Weg nach Norden folgen, Richtung Mag Mell.

»Wir dann auch gehen nach Hause«, sagte Vlado und umarmte sie der Reihe nach. »Wenn erst Bären sein los! Ich dir gerne würden geben deine Aru, junges Bursche mit lustige Stimme.« Er klopfte Moruagh freundschaftlich auf die Schulter. »Aber andere wollen nichts so. Wollen geben Römer und vielleicht tauschen gegen Schinken oder so. Du nichts haben tauschen, leider!« Er zuckte bedauernd die Achseln.

Die Musiker lachten und riefen Abschiedsworte in ihrer melodischen Sprache, dann waren sie auch schon hinter den nächsten Felsen verschwunden. Das Letzte, was man von ihnen sah, war Aru, der, von zwei Speeren in Schach gehalten, zum Weitergehen getrieben wurde. Sein unwilliges Brummen, das schließlich zu einem verzweifelten Brüllen anschwoll, schnitt allen ins Herz und über Moruaghs starres Gesicht liefen die Tränen. Silla legte ihr still den Arm um die Schultern, als sie weitergingen, aber die Freundin schien es kaum zu merken und Silla ließ sie in Ruhe. Der Verlust war zu groß, als dass es Trost für Moruagh gegeben hätte.

»Warum haben wir denn gar nichts, um Aru einzutauschen?«, fragte Vinzi verzagt und schob seine Hand in Sillas.

»Ich hab's ja versucht«, seufzte sie. »Ich wollte Vlado meinen Torques geben oder mein Armband, aber er hat abgelehnt. Er meinte, wenn sie versuchten, den Schmuck einzutauschen, würde man sie sofort als Diebe in den nächsten Kerker werfen oder gleich kurzen Prozess mit ihnen machen. Er ist richtig erschrocken bei dem Gedanken.« Sie seufzte noch einmal. »Und den Beutel mit dem Gold der Arrach-di haben wir bei Belisana gelassen, weil wir wussten, dass die Soldaten in Bil-lin alles so gründlich durchsuchen. Waffen würden sie uns nicht abnehmen, hat Belisana gesagt, und Torques und Armreifen sind Familienzeichen, die wären auch tabu. Zu blöd, das Gold hätten die Musikanten schon für den Bären genommen!«

»Vielleicht hätten die Soldaten es wirklich bei euch entdeckt und ihr wärt nie bis hierher gekommen!«, tönte Finns Stimme hinter ihnen. »Auf jeden Fall sollten wir darangehen, uns einen Unterschlupf zu suchen und Holz für ein Feuer zu sammeln. Es beginnt schon wieder dunkel zu werden.«

Eine Höhle, die ihnen für die Nacht Schutz bieten würde, war schnell gefunden. Die Gegend war zerklüftet hier, Flechten und Gras bildeten braune Teppiche zwischen knorrigen Zirben. Unter einer tiefen Felsstufe, vor der ein umgestürzter Baum eine Art Vordach bildete, qualmte bald ein Feuer. In der Höhle hatte sich genügend trockenes Holz gesammelt, das sie nur auflesen mussten.

Silla betrachtete ihren kleinen Bruder, der Werg und Feuerstein aus seiner Gürteltasche gezogen hatte. Die Zunge konzentriert zwischen die Zähne geschoben versuchte er, Funken zu schlagen. »Du hast dich gut hier eingelebt«, stellte sie fest.

Vinzi blickte auf und grinste, dann wurde er plötzlich ernst und starrte sinnend in die Luft. »Weißt du, Silla, manchmal vergesse ich ganz, dass ich einmal woanders gelebt habe«, sagte er leise.

Silla wollte lachen, aber etwas im Ausdruck ihres Bruders hielt sie zurück. »Hast du denn nie Heimweh nach Mama und Papa und Clarissa?«

»Doch«, seufzte Vinzi. »Aber nicht so sehr. Ich komm ja wieder zurück!«

»Ja, stimmt!« Silla lächelte. So viel praktische Logik von so einem kleinen Kerl! Das muss ich mir merken, dachte sie, wenn ich einmal Heimweh habe: Ich komm ja wieder zurück!

Moruagh stieß einen Schrei aus: »Oila!«, und schon war der Vogel in einem Wirbel aus flatternden Flügeln und heiseren Schreien zwischen ihnen gelandet, rüttelte sein Gefieder in Form, als hätte das Fliegen ihn über Gebühr zerzaust, und begann sich zu putzen.

Ein Schatten fiel über den Eingang der Höhle, Till stürzte kläffend los und eine tiefe Stimme rief: »Ich hoffe, wir sind an eurem gastlichen Feuer willkommen!«

»Drugwydd!«, tönte es fast gleichzeitig aus vier Kehlen. Alle sprangen auf und stürzten los.

Mit einem empörten Krächzen rettete sich Oila auf einen Felsvorsprung.

»Nun, nun, nun!« Gerührt über den Empfang klopfte ihnen der Druide reihum auf Schultern und Köpfe, je nachdem, was er gerade erreichte.

»Was meinst du mit ›wir‹, Drugwydd?« Finn blickte scharf in die Dunkelheit.

»Damit meint er wohl mich«, tönte es freundlich zurück. Der kahle Kopf, über den sich wie blaue Adern Tätowierungen zogen, die hunderttausend Runzeln, die zu einem strahlenden Lächeln verzogen waren …

»Ad Smerius«, flüsterte Silla. Ihr alter Freund, Sohn eines

Steinmenschen und eines Zeitweibs, Hüter der Quelle Glonn, hier in den Bergen! Es kam ihr fast wie ein Wunder vor.

»Ich dachte, ihr könntet einige von meinen Wurzeln gebrauchen auf eurer Wanderung«, sagte er scherzend. »Also habe ich Glonn verlassen, euch zu finden!« Sein Ton war locker, aber Silla sah, wie ein Schatten Traurigkeit über sein Gesicht legte.

»Was ist geschehen?«, fragte sie leise.

Ad Smerius seufzte. »Wollen wir uns erst ums Feuer setzen? Die Nacht ist kalt, unsere Wege waren lang und unsere Geschichten werden es nicht minder sein. Aber zuallererst stärkt euch, denn mir scheint, Essen ist rar in diesen Breiten!« Er packte eine Handvoll seiner bleichen Wurzeln aus, die Silla immer an spitze Finger erinnerten. Ihr süßlicher, würziger Geschmack ließ Wellen von Wärme durch ihre Adern fließen und sie spürte ihre Kraft zurückkehren.

»Ad Smerius und ich haben uns in Mag Mell getroffen«, begann Drugwydd.

»Ja«, nahm der Alte wieder das Wort. »Ich war gekommen, die Hilfe der obersten Druiden zu erbitten.« Er seufzte leicht und fuhr dann tonlos fort: »Der Schädel Tuath-hachs ist verschwunden. Glonn schweigt!«

Wie wenn der Wind in die Äste der Pappeln fährt und ihre Blätter zu einem raschelnden Zittern bringt, so war bebender Schreck bei Ad Smerius' Worten in die kleine Gruppe gefahren. Der Schädel Tuath-hachs, des ersten Druiden der Kelthoi, der goldgefasst am Rande Glonns lag, der Quelle, aus der die Stimme der Erde sprach! Wer hatte es gewagt, eines der größten Heiligtümer des Landes anzutasten und den Schädel zu entfernen?

Der Druide räusperte sich. »Es war gut, dass ich Ad Smerius als Unterstützung hatte«, fuhr er fort. »Sliabh-sceil tut alles, um die Prophezeiung, die König Bituit den Tod gebracht hat, umzudeuten. Aber ich glaube, dass Nelador, der oberste Seher und Wächter Mag Mells, und auch die anderen Druiden die Wahrheit in Ad Smerius' Worten vernommen haben!«

»Ich dachte, du wärst der oberste Druide! Der Oberste von allen«, piepste Vinzi, der bis jetzt mit großen Augen ganz darin versunken gewesen war, Ad Smerius zu betrachten.

»Wir sind drei von gleicher Kraft in unserem Land, denn einer alleine könnte zu viel Unheil stiften, wie man sieht. Sliabh-sceil, der Dunkle, war der oberste Druide des Königs und Yloigs. Nelador, der Seher, wacht über Mag Mell mit dem mächtigsten unserer Haine, Drunemeton.«

»Und du?« Die wachen Jungenaugen fixierten Drugwydd. »Ich meine, der eine ist verantwortlich für den König, der andere bewacht das Heiligtum.« Vinzi zuckte die Achseln. »Und du?«

»Ich trage Sorge über das Volk, Vinzent«, tiefer Ernst klang aus den Worten des Druiden, »und suche, es zu schützen, wenn die Gesetze der Könige und auch die Gesetze der Druidenschaft ihm das Leben schwerer statt leichter machen.« Eine unruhige Falte bildete sich zwischen seinen Brauen. »Und nicht nur dazu brauche ich die Alte Frau und ihr Wissen!«

»Die Alte Frau ist auch verschwunden«, erklang Moruaghs ruhige Stimme.

Drugwydd fuhr auf. »Was soll das heißen, ›verschwunden‹? Ich nahm an, sie wäre inzwischen zu euch gestoßen und würde euch nun auf ihre Art folgen. Was …?« Er brach ab, sichtlich bemüht, seine Fassung zu wahren, und begann mit langen Schritten auf- und abzugehen.

Silla griff unwillkürlich nach Vinzis Hand. Sie waren durch Schreckliches gegangen mit dem Druiden, aber nie, nie hatte sie erlebt, dass er merklich seine Ruhe verlor. Auch wenn er oft genug getobt und gepoltert hatte, schien er dabei doch immer noch heitere Gelassenheit auszustrahlen. Und jetzt? Jetzt *bemühte* er sich plötzlich, ruhig zu wirken! Silla spürte Angst wie einen Frostschauer über ihren Rücken fließen.

»Sliabh-sceil hat so seltsame Andeutungen gemacht«, sagte Finn langsam. »Bei den Minen.«

»Ja, dass Iolair gefangen wäre im Ewigen Eis«, fiel Moruagh ein, »und dass er irgendetwas entfesselt hätte.« Langsam blickte sie von Ad Smerius zu Drugwydd. »Wir dachten, er wollte uns damit nur erschrecken, aber jetzt …«

Die beiden Alten wechselten einen Blick. Ad Smerius war bleich geworden und Drugwydd setzte sich mit seltsam steifen Bewegungen wieder ans Feuer. »Im Ewigen Eis, so, so, so«, murmelte er. »Somit fehlte nur noch eines!«

Silla, Moruagh und Finn schauten sich erschrocken an.

»Wo ist Iolair?«, fragte Moruagh schließlich leise.

»Iolair«, seufzte Drugwydd. »Ich fürchte, meine Lieben, dazu muss ich euch eine Geschichte erzählen. Also hört: In der Ältesten Zeit gab es eine Druidin, die Urmutter der Alten Frauen. Sie war die Trägerin alles Wissens und aller Weisheit, was sie freigiebig mit den anderen Zauberinnen teilte. Eines Tages allerdings wurde sie so mächtig, dass die Macht ihr den Verstand verwirrte. Sie wurde böse. Die Druidinnen des Landes taten sich zusammen, ihr zu helfen. Sie begriffen, dass es jeder Einzelnen von ihnen genauso hätte ergehen können. Sie setzten ein oberstes Gesetz fest, das die Druidinnen zur Wahrheit und zum Guten verpflichtete. Die älteste Druidin zeigte Einsicht und ihre Macht wurde auf drei Stellen im Reich aufgeteilt. Der wichtigste Teil wurde in das Herz der Kristallgrotte im Roc-rugha gebannt, ein Teil bekam Tuath-hach zu tragen und der dritte Teil schließlich ruht an einem geheimen Ort. Die Kristallgrotte ist das mächtigste weibliche Heiligtum und befindet sich unter den Gipfeln der drei Göttinnen oder der Dreifachen Göttin, Bell-dae. Nun«, der Druide wischte sich mit der Hand über das Gesicht wie einer, der sehr erschöpft ist, »nun, wie ihr selbst wisst, gibt es Druiden, die sich nicht an das oberste Gesetz des Guten und der Wahrheit halten und die dunkle Rituale praktizieren. Es heißt, dass«, seine Stimme schwoll an, »wer die ersten zwei Teile der Macht wieder vereint, wer dazu die düsteren Praktiken der Ältesten Zeit wiederbelebt und die Alten Worte spricht, kann den Fluch der Dunklen Nacht wachrufen.« Seufzend hielt er inne.

»Was bedeutet das?«, flüsterte Silla erschrocken. Sie hatte den Blick gesehen, der zwischen Finn und Moruagh hin- und hergeflogen war.

»Genau weiß das wohl niemand, denn es ist noch nie geschehen, aber es heißt, dass der Fluch der Dunklen Nacht Feuer im Eis entfachen kann und Dunkelheit im Licht. Er gibt zweifelsohne demjenigen, der über den Fluch gebietet, mehr Macht, als ein Einzelner haben sollte. Zu befürchten steht, dass einer, der diesen Fluch spricht, nicht unbedingt Gutes damit vorhat. Nicht zu vergessen, dass dieser Jemand bereits zwei Teile der Macht an sich gerissen hat. Sollte es nun noch geschehen, dass er diese beiden mit dem dritten Träger der Macht vereint, kommt er in Besitz der Stärke der ältesten Druidin, als wäre ihre Macht nie geteilt worden! Darum wurde der Aufenthaltsort und die Gestalt des dritten Teiles geheim gehalten, damit dies nie sein kann! So ist das!«

»Gibt es denn gar nichts, was man dagegen tun kann? Ge-

genflüche oder so etwas?«, fiepte Vinzi wie ein erschrockener Welpe.

Drugwydd wiegte bedächtig den Kopf. »Vielleicht ja, vielleicht nein. Das Gleiche, das einen Fluch bildet, löst ihn auch wieder. Wenn nun Sliabh-sceil wirklich im Besitz der ersten beiden Machtträger sein sollte und den Fluch bereits wachgerufen hat und wenn es stimmt, was ihm in seinem Zorn bei den Minen entfahren ist, dass Iolair im Ewigen Eis eingefroren ist, dann«, er hob die Hände und ließ sie mit einer entmutigten Bewegung wieder fallen, »dann mögen die Götter uns beistehen!«

»Wenn er Iolair ins Eis bannen konnte …«, sagte Silla langsam und verstummte dann.

»Feuer im Eis«, murmelte Moruagh.

»… und Dunkelheit im Licht«, fuhr Finn fort und verzog unbehaglich das Gesicht. »Wer weiß, was Sliabh-sceil dazu einfällt!«

Drugwydd schien tief in Gedanken versunken und für einen Moment war nur das Knistern des Feuers zu hören.

Dann seufzte Ad Smerius auf. »Es ist schon spät in der Nacht und ich meine, wir sollten ruhen und uns diese ganzen Dinge durch den Kopf gehen lassen.« Er legte eine Hand auf Drugwydds Arm. »Mit etwas Abstand und im Licht des Tages sehen die Dinge oft etwas anders aus und auch die Schrecken. Dann werden wir wissen, was weiter zu tun ist, denke ich.«

»Gut gesprochen, alter Freund! Also, wickelt euch in eure Pelze, meine Lieben! Zumindest sind wir nun wieder vereint, das ist doch schon eine große Freude, nicht wahr?«

»Losgann ist auch da!« Vinzis Stimme klang müde. »Willst du sie zurück?«

Drugwydd lächelte. »Die Frage ist eher, ob *sie* zurückwill zu mir. Da sie noch immer bei dir weilt, scheint es ihr bei dir besser zu behagen, junger Freund! Willst du sie noch ein wenig länger tragen?«

»Klar, keine Frage!« Vinzi kuschelte sich in seine Decke und tätschelte sanft den kleinen Klumpen an seiner Brust, der die Kröte war.

Silla spürte fast augenblicklich ihre Augen zufallen. Drugwydds und Ad Smerius' Gegenwart gaben ihr so trotz aller Aufregungen ein Gefühl der Sicherheit, sodass sie das erste Mal seit Tagen wieder richtig entspannen konnte.

In der Nacht wachte sie auf, lauschte dem ruhigen Atmen, das neben ihr aus den Pelzen und Filzdecken drang. Vinzi hatte sich ganz an sie geschmiegt, daneben konnte sie Finns verstrubbelten, dunklen Haarschopf erkennen. Die beiden Alten saßen am Feuer, still und reglos. Silla konnte nicht erkennen, ob sie schliefen oder wachten. Moruagh ist bestimmt wieder beim Bären, dachte Silla verschlafen. Aber, Moment, der Bär war doch gar nicht mehr bei ihnen, sie hatte ja jetzt noch seine schrecklichen Abschiedsrufe in den Ohren! Vielleicht war Moruagh einmal kurz in den Büschen verschwunden. Silla seufzte. Es war eine der unangenehmeren Sachen, mitten in der Nacht aufs Klo zu müssen und sich bei Kälte aus seinen warmen Decken in die Dunkelheit der Bäume zu tasten. Regelmäßig stieß man sich dabei die Zehen an irgendeinem Felsbrocken! Lieber zurückhalten, solange es ging! Sie zog die Nase unter die Decke und schlief fast umgehend wieder ein.

Die erste Ahnung von Grau durchbrach schon die Schwärze der Nacht und nur noch ein einsamer Stern funkelte am Himmel, als Silla das nächste Mal erwachte. Vorsichtig, um Vinzi nicht zu wecken, schälte sie sich aus ihrem Pelz und blickte sich um. Noch immer keine Spur von ihrer Freundin. Warmer Kräuterduft stieg ihr in die Nase, Drugwydd und Ad Smerius hatten wohl schon Tee gekocht.

»Drugwydd«, flüsterte sie und nahm dankbar den heißen Becher von ihm entgegen. »Moruagh ist nicht da. Sie war in der Nacht schon …«

»Ich sah es auch.« Der Druide nickte versonnen.

»Du weißt es also schon?« Silla kauerte sich neben ihn ans Feuer. »Ist sie fort? Aber wohin denn? Hast du sie mit einem Auftrag oder so etwas fortgeschickt?«

Drugwydd lächelte nur und brummelte etwas, das Silla nicht verstand.

Sie seufzte. Oft war es wirklich schwierig, etwas aus ihm herauszulocken!

»Nein«, sagte er schließlich. »Ich habe sie nicht fortgeschickt. Im Gegenteil: Sie wollte nicht, dass ich sie weggehen sehe.«

»Aber wohin ist sie? Warum hast du sie nicht aufgehalten?«

Der Druide schüttelte den Kopf und sah einen Moment traurig aus. »Man kann niemanden aufhalten, der beschlossen hat zu gehen. Am allerwenigsten Moruagh. Nun«, er richtete sich etwas auf, »sie ist in die Richtung gegangen, aus der ihr gekommen seid.«

»Aru!«, flüsterte Silla. Sie fühlte sich mit einem Mal wie ein Ballon, dem die Luft ausgegangen war.

»Na, na, Mut, Mädchen!« Drugwydd tätschelte ihr begütigend den Kopf.

»Wie kann sie uns nur in so einer Situation alleine lassen, Drugwydd?« Silla legte die Stirn auf die Knie.

»Ich nehme an, es ist etwas sehr Wichtiges, was sie zu tun hat, sonst wäre sie wohl kaum gegangen. Zudem ist sie deutlich mehr alleine als wir, die wir sechs Häupter zählen mit deinem Hund.«

»Sie hat wohl die Trennung von dem Bären nicht ausgehalten! Er hat ihr hinterhergeweint wie ein Säugling, dem man die Mutter fortnimmt, als wir gegangen sind. Wahrscheinlich haben sie ihn wieder gequält, damit er ruhig ist.«

»Gequält?« Drugwydd machte ein finsteres Gesicht.

»Sie sind nicht böse oder so etwas.« Silla zuckte die Achseln. »Sie wissen einfach nicht, wie sie sonst mit ihm umgehen sollen. Außerdem haben sie Angst vor ihm!«

Der Druide nickte seufzend. »Unwissenheit ist oft der größte Fluch!«

»Drugwydd? Glaubst du, Iolair ist wirklich gefangen? Im Eis?«

»Mein Gefühl sagt mir, dass es so ist! Ja! Sie ...« Er fuhr plötzlich hoch, das Gesicht lauschend in die Dämmerung gereckt.

Im gleichen Moment war auch Ad Smerius aufgesprungen.

»Was ...?«, flüsterte Silla, da hatte der Druide sie auch schon mit einem Ruck auf die Füße gezogen.

»Lauf!«, zischte er. »Nimm die anderen und lauft, so schnell und weit ihr könnt, zurück!« Er gab Silla einen Stoß, der sie auf die schlafenden Jungen schleuderte, die verwirrt aufschreckten. »Was? Aber was ...?«

»Lauft!«, schrie Drugwydd jetzt donnernd und so befehlend, dass Finn und Vinzi sich aus ihren Decken kämpften, ohne länger zu zögern.

Mit einem Mal schien der Himmel über ihnen aufzuglühen und krachend zu explodieren. Silla schrie auf. Sie packte Vinzi am Arm und rannte, blickte nur einmal kurz über die Schulter zurück, sah hell leuchtend Drugwydds Gestalt mit erhobenem Stab vor einer dunstigen Wand aus Blau, Violett und Schwarz, die den Druiden erschreckend klein und schutzlos aussehen ließ. Finn war direkt hinter Silla und Vinzi. Sie liefen den Weg zurück, den sie gestern erst gekommen waren.

»Was ist ... mit Drugwydd und ... Ad Smerius ...?«, keuchte Silla. Die kalte Luft brannte ihr in den Lungen wie Feuer.

»Die kommen schon zurecht! Lauf, Silla!« Finn schob sie unnachgiebig vorwärts, weiter, immer weiter, bis sie nicht mehr konnten.

Die bleiche Dämmerung ließ die Gipfel der Berge in den Wolken verschwinden und die Felslandschaft vor ihnen so kalt und abweisend aussehen wie ein zu Eis erstarrtes Meer, das sich endlos hinstreckte bis zum Horizont. Silla spürte wie einen Stich Mutlosigkeit und Erschöpfung. Sie hielt sich die Seiten und sah, dass Vinzi Tränen der Erschöpfung in den Augen standen. Er sagte nichts, sondern blickte nur starr und heftig nach Luft ringend geradeaus in die steinerne Weite, dann schaute er Silla an. Er schien das Gleiche zu denken wie sie: Was immer da hinter ihnen her war, hier würden sie sich nur schwer davor verstecken können. Till drückte sich an Sillas Beine und sie strich ihm geistesabwesend über den Kopf.

»Sliabh-sceil«, japste Finn. So blass Vinzi war, so dunkel glühte Finns Gesicht vor Anstrengung und ohnmächtiger Wut. »Das war Sliabh-sceil! Dieser schurkische, heimtückische, hinterlistige ... dieser ... dieser ... bei den Göttern ...!« Keuchend brach er ab und trat so heftig nach einem Stein, dass kleine Kiesel aufspritzten. »Und wir haben immer noch keine Waffen! Ich wollte Drugwydd noch fragen, aber es war keine Gelegenheit und jetzt ...«

»Glaubst du, dass Drugwydd Sliabh-sceil aufhalten kann, Finn?« Sillas Stimme klang so zaghaft, wie sie sich fühlte.

»Ich weiß es nicht. Wenn das wirklich stimmt mit den Dingen des geteilten Zaubers und der Dunkle Druide in ihrem Besitz ist, dann fürchte ich, ohne Iolair …« Er zuckte vielsagend die Schultern. »Wir müssen weiter. Wer weiß, wie viel Zeit wir haben!«

»Aber hier können wir uns nirgends verstecken. Da vorne ist schon die Abzweigung. Wo sollen wir denn hin?«

»Ein Stück weiter die Passstraße entlang muss es einen alten Stolleneingang geben, wenn ich mich nicht täusche. Kommt. Viele Möglichkeiten haben wir nicht!« Finn drängte sie vorwärts, dann blieb er abrupt stehen. »Wo ist eigentlich Moruagh?«

»Sie ist in der Nacht wohl fort. Ich nehme an, sie wollte Aru hinterher.«

»Aru? Du meinst den Bären?« Finn zog überrascht die Brauen in die Höhe. »Sie ist einfach fort?« Er stieß einen unterdrückten Fluch aus.

»Schaut, da vorne kommt sie ja!« Vinzi zog aufgeregt an Finns Ärmel.

Aus der Richtung Bil-lins sah man eine Gestalt auf sie zulaufen. Finn starrte mit zusammengekniffenen Augen, dann fuhr seine Hand an den leeren Schwertgürtel. Er fluchte noch einmal. Jetzt hatte der Herannahende sie auch bemerkt. Er verhielt einen Moment still, dann lief er weiter auf sie zu. Es schien ein junger Krieger zu sein. Schwer bewaffnet und mit einem Helm, auf dem Flügel wie Vogelschwingen wippten, schälte er sich immer deutlicher aus dem Morgendunst und irgendwie … irgendwie kam er Silla bekannt vor. Etwas in der Art, wie er kräftig und zielstrebig seine Füße setzte, die Ruhe in seinen Schultern. Finn stieß einen Schrei aus und rannte mit einem Mal los, auf die Gestalt zu. Plötzlich überholte ihn Till und war noch vor ihm bei dem Soldaten, warf sich mit kleinen freudigen Japsern an seine Beine, als würde er einen alten Freund begrüßen. Auch Finn umarmte ihn nun. Sie sprachen kurz, dann kamen sie Seite an Seite zurückgeschritten.

Silla schüttelte verwirrt den Kopf. Wer war das bloß? Ein Schatten kam schnell näher, löste sich aus dem Nebel und stieß krächzend auf sie herunter.

»Das ist doch …!« Ein Rabe war mit ein paar Hopsern vor ihnen gelandet und blickte sie mit schief gelegtem Kopf aus einem funkelnden Auge an. Dann standen Finn und sein Begleiter vor ihr und der Helm wurde mit einem Ruck vom Kopf gerissen.

Silla starrte einen Augenblick ungläubig in das helle, offene Gesicht, dann stieß sie einen Freudenschrei aus und flog dem Krieger an die Brust. »Bras! Bist du es wirklich?«

»Ich wusste nicht, dass ich mich so verändert habe!« Augen so hell wie der Sommerhimmel am frühen Morgen blickten strahlend auf sie herab. »Es ist mir eine große Freude, Hohes Kind, dir wieder begegnen zu dürfen«, setzte er leise hinzu.

Trotz der Panik, die immer noch in ihrem Herzen klopfte, musste Silla lachen. »Spätestens jetzt hätte ich dich erkannt, Bras! Keiner sonst besteht so sehr darauf, ›Hohes Kind‹ zu mir zu sagen, wie du!« Sie drückte ihn noch einmal, dann trat sie einen Schritt zurück. »Es ist mir auch eine große Freude, dich zu sehen, Bras.« Sie blickte ihn mit schief gelegtem Kopf an, wie vorher der Rabe sie. »Du hast dich eigentlich nicht verändert und dann doch wieder vollkommen«, stellte sie fest.

Bras zuckte verlegen die Achseln, aber sein Grinsen und eine leichte Röte, die ihm in die Wangen stieg, zeigten, dass ihn ihre Bemerkung freute.

»Bras hat mir Gall gebracht!« Finn hielt glücklich sein

Schwert vor sich in den Händen. »Aber jetzt kommt weiter!« Er blickte sich unruhig um. »Es ist gleich Tag. Reden können wir unterwegs. Nichts wie fort von der Straße!«

Sie gingen los.

»Ich hatte den Auftrag von Drugwydd, ihn und euch hinter der Abzweigung nach Mag Mell zu treffen.« Bras wischte sich die langen hellbraunen Strähnen zurück, die ihm trotz der Kälte verschwitzt an der Stirn klebten. »Ich habe mich ein wenig verspätet und hatte jetzt große Eile, euch nicht zu versäumen. Es war gar nicht so einfach, mit den ganzen Waffen unbemerkt aus Y-loig zu kommen, ohne Sionnachs Männer an den Fersen zu haben!« Seine Miene verfinsterte sich. Er drückte Silla ein kurzes Schwert in die Hand, das sie zu ihrem Dolch in den Gürtel schob, während er Vinzi einen Köcher mit Pfeilen und einen Bogen reichte.

Vinzi schien vor Stolz einen halben Kopf zu wachsen, als er sich die Waffen über die Schulter schlang.

»Hier muss irgendwo der Eingang sein!« Finn war vom Weg abgebogen und blieb stehen. »Wir haben ihn nur zufällig entdeckt, früher einmal, als ich mit meinem Vater und den Kriegern geritten bin.«

Eine Wolke zog über sein Gesicht und Silla erinnerte sich mit Schrecken, dass er wohl der einzige Überlebende der damaligen Schar war. Und alles nur wegen Sionnach! Gram, Wut und Trauer stiegen ihr wie ein saurer Geschmack in den Mund. Sie legte Finn die Hand auf den Arm und er blickte sie kurz an mit Augen, die schwarz waren vor Trauer.

»Ja«, fuhr er fort, »einer von den Männern wäre fast hineingefallen, als er einem Hasen hinterher ist. Er konnte sein Pferd gerade noch zurückreißen. Ich erinnere mich, dass der Felsen hinter dem Einlass geformt war wie ein Pferdekopf.« Er blickte sich mit gerunzelter Stirn um. »Ah! Seht, hier! Vorsichtig jetzt!«

Was von vorne wie eine einheitliche Felswand gewirkt hatte, zeigte von der Seite nun eine Verschiebung, die einen schmalen Durchgang freigab. Und wirklich mündete hier ein Stollen, der sich zu ihren Füßen schräg in die Tiefe senkte.

»Hier sollen wir hinein?« Silla starrte zweifelnd in das schwarze Loch.

»Ja, und zwar schnell!«

Finn und Bras rafften eilig ein paar trockene Zweige zusammen, die von einigen Zirben gebrochen waren und zwischen den Steinen verstreut lagen, während Vinzi bereits Feuer schlug. Schon rauchte eines der Hölzer und eine Flamme züngelte auf.

»Vielleicht finden wir drinnen richtige Fackeln von den Bergleuten«, murmelte Finn, dann schritt er entschlossen los und die anderen eilten hinter ihm her.

Silla war froh, Bras in ihrem Rücken zu spüren und zu wissen, dass seine Hand sie mit sicherem Griff hielt, wenn sie auf dem losen Schotter ausrutschte. Überhaupt war der Abstieg eine Schlitterpartie. Wir werden hier nie wieder hinauskommen, dachte sie. Das Bild eines Käfers, den sie einmal beobachtet hatte, stieg ihr vor die Augen, wie er immer und immer wieder die schräge Wand einer kleinen Sandkuhle hinaufgeklettert war, um jedes Mal am gleichen Punkt zurückzupurzeln. Sie hatte ihn schließlich hinaufgeschoben. Eine Gänsehaut lief ihr über den Rücken. In ihrem Falle würde schwerlich eine helfende Hand auftauchen und sie wieder an die Oberfläche bugsieren.

Jetzt waren sie unten angekommen und der Gang ging eben weiter, um sich wenig später zu einer kleinen Höhle zu verbreitern. Rostige Pickel und Brechstangen hingen an den Wänden und in einer Ecke lehnte ein Karren, wie ihn die Bergleute benutzten.

»Fackeln«, brummte Finn zufrieden. »Hab ich es mir doch gedacht!«

Silla ließ sich erschöpft zu Boden sinken und die anderen machten es ihr nach. »Was ist mit Moruagh?«, fragte sie leise.

Finn blickte einen Moment ins Leere, dann seufzte er und fuhr sich mit der Hand durchs Haar, das dunkel und struppig um seinen Kopf stand. »Ich nehme an, sie will den Bären befreien, oder?«

Silla nickte. »Wahrscheinlich schon.«

»Falls ihr das gelingt – was ich hoffe –, dann wird sie entweder zurückkehren – was ich nicht hoffe – oder so klug sein und zu den Gipfeln der Göttinnen gehen. Sie sind der einzige Anhaltspunkt, den wir haben, um nach Iolair Ausschau zu halten.«

»Könnten wir Moruagh nicht suchen?«, fragte Silla leise, aber ein Blick in Finns Gesicht war Antwort genug. Ihre Freundin würde wohl alleine zurechtkommen müssen.

»Iolair? Was ist mit ihr?«, fragte Bras dazwischen.

Finn wiederholte die Geschichte, die sie von Drugwydd gehört hatten.

Bras rieb sich gedankenversunken das Kinn. »Der Fluch der Dunklen Nacht«, wiederholte er. »Ja, ich habe davon gehört …«

»Er ist schwer zu lösen«, sagte eine ruhige Stimme neben ihnen.

Silla stieß vor Schreck einen Schrei aus, Till begann zu bellen wie ein Wilder und Finn war schnell wie ein Blitz auf den Beinen, das Schwert halb gezogen.

Vor ihnen stand ein kleiner Mann, der aus ruhigen, hellen Augen auf den Tumult blickte, den er verursacht hatte. Dem Aussehen nach musste er ein Arrach-di sein.

»Was …?«, stieß Finn hervor.

»Ich sagte, er ist schwer zu lösen«, wiederholte der kleine Mann geduldig. »Der Fluch der Dunklen Nacht.«

»Du hast davon gehört?«

»Er ist entstanden in den Bergen und mit den Bergen, wie sollte ich da nicht von ihm gehört haben?« Der Mann blickte Finn verwundert an. »Natürlich kenne ich auch die Alte Frau, aber dass sie dem Fluch zum Opfer geworden wäre, davon hatte ich noch nichts vernommen. Im Bereich der Bell-dae haben wir allerdings auch keine Stollen. Es wäre nicht ratsam, der Dreifachen Göttin die Schätze zu nehmen.«

»Sind das jetzt drei Göttinnen, die eine sind, oder eine, die drei ist?«, fragte Vinzi dazwischen. »Da kennt sich ja kein Mensch aus!«

»Es ist beides und beides ist dasselbe. Du kannst einmal so und einmal so sagen, wie es dir gerade begegnet«, antwortete der Mann. Er steckte nachlässig das ausgefranste Ende seines Bartes in seinen Gürtel und hockte sich zu ihnen in die Runde. »Ich kenne das Gebiet allerdings gut. Ich habe lange Zeit dort verbracht, die Bewegungen der Berge zu studieren, und habe manchen Winter Unterschlupf gefunden bei der ältesten Alten Frau, der Wächterin der Höhle, in der das kristallene Ei ruht. Ich habe nie einen friedlicheren Ort erlebt.« Er verstummte und sein Blick ging einen Moment in eine Ferne, die nur er zu sehen vermochte, dann seufzte er und seine hellen Augen richteten sich auf Silla. »Ich bin Tolain, nun der Wächter des Nördlichen Goldes, und du bist die Tochter der Wölfin, nicht wahr?«

»Du kennst mich?«

Ein leichtes Lächeln brachte seinen Bart in Bewegung. »Wer kennt dich nicht, frage ich dich?«

»Viele scheinen das alles nicht zu glauben, was damals am Stein passiert ist!«

»Davon gehört haben und es zu glauben sind zweierlei und oft braucht es die Geduld der Berge, bevor beides zusammenkommt.«

»Wir haben nicht die Zeit der Berge«, unterbrach Finn sie ungeduldig. »Wir haben Drugwydd und Ad Smerius im Kampf mit Sliabh-sceil zurückgelassen und wer weiß, wie der ausgeht! Wir haben unsere Freundin Moruagh verloren, die auf der Suche nach einem Bären ist, und wir sollen, wenn ich das recht verstanden habe, die Alte Frau finden und vom schrecklichsten aller Flüche befreien. Allerdings habe ich nicht die geringste Ahnung, wie wir das anstellen sollen …« Finn ließ sich zusammensacken, vergrub sein Gesicht in den Händen und seine Stimme drang nur noch gedämpft zu ihnen. »Abgesehen davon, dass wir die Druidenschaft in Mag Mell noch rechtzeitig erreichen müssen, um sie von der Rechtmäßigkeit meines Anspruchs auf die Königswürde zu überzeugen, damit wir dem furchtbaren Druiden und seiner Sitte der Menschenopfer endlich Einhalt gebieten können!«

Einen Moment schwiegen alle, bis Tolain unvermittelt aufstand. »Kommt«, sagte er nur und verschwand im Stollen.

Die vier blickten sich unschlüssig an, dann zuckte Bras die Achseln und Finn nickte leicht. Sie nahmen die restlichen Fackeln und folgten dem kleinen Mann in das Innere des Berges.

»Wo führst du uns denn hin?« Silla hatte ihn eingeholt.

Tolain blickte kurz über seine Schulter zurück, ohne seinen

Schritt zu verlangsamen. »Wenn die Alte Frau in den Bergen der Dreifachen Göttin von dem Fluch überrascht worden ist, nehme ich an, er hat sie dort irgendwie eingeschlossen. Das heißt, ihr müsst nicht nur den Fluch lösen, sondern auch Iolair aus diesem ›Irgendwie‹ befreien. Das sind zwei verschiedene Dinge.«

»Du weißt, wie man den Fluch lösen kann?«

»Nicht genau, aber ich weiß, dass ein Fluch nur durch sich selbst gelöst werden kann«, tönte seine tiefe Stimme zurück.

»Schon wieder ein Rätsel«, schnaufte Vinzi düster.

»Die Alte Frau nun könnt ihr nur mithilfe ihres Totems befreien, sonst werden weder Felsen noch Erde noch Eis sie wieder herausgeben«, sprach Tolain weiter. »Wenn ich den Namen Iolair richtig deute, ist das die Adlerin. Zu der müsst ihr. Der nächste Horst, der mir bekannt ist …« Er verstummte.

Vor ihnen öffnete sich eine gewaltige Höhle, deren Decke sich dem Licht der Fackeln entzog. Mehrere Stollen mündeten wie finstere Augen in sie ein. Beim Näherkommen fing einer der Durchlässe den Schein der Fackeln auf und warf ihn wie Wunderkerzen funkelnd zurück.

»Was ist das?«, flüsterte Vinzi und riss die Augen auf.

»Das Nördliche Gold«, antwortete Tolain kurz.

Sie traten näher. Soweit der Schein des Lichts reichte, glänzte es in dem Nebengang golden von Wänden und Decke. Wie ein Korallenriff in den Bergen waren die Felsen überwachsen und verkrustet mit dem kostbaren Metall, das wie frisch poliert wirkte.

Vinzi stieß ein ehrfürchtiges »Boah!« aus, hob seine Fackel und sauste auch schon in den goldenen Gang. »Schau mal, Silla! Alles um mich herum funkelt wie verrückt«, hörten sie ihn lachen.

»Renn nicht einfach so in die Gänge, Vinz«, sagte Finn streng und folgte ihm vorsichtiger. »Du weißt nicht, was dich darin erwartet.«

»Entschuldigung«, ertönte Vinzis Stimme zerknirscht, dann lachte er schon wieder. »Aber das ist einfach so toll! Wenn ich das zu Hause erzähle, glaubt mir kein Mensch, dass ich in einer Höhle voll Gold gestanden habe!«

Silla spähte hinter ihnen her. Nach dem Durchlass verbreiterte sich der Gang und Karren und Pickel standen an den Wänden aufgereiht. Neben einem mannshohen steinernen Rad, das in eine eiserne Konstruktion gespannt war, lagen schwere Holzbohlen gestapelt.

»Das ist ein Mahlrad, das im nächsten Frühjahr errichtet werden wird.« Tolain war Sillas Blicken gefolgt. »Damit werden dann die Gesteinsbrocken zerkleinert, die das Metall noch nicht freigegeben haben, und das Gold aus ihrem Inneren befreit. Der Gang hier ist noch ganz neu und noch nicht abgebaut. – Vorsicht, ihr da drinnen!«, rief er lauter. »Kommt nicht an das Mahlwerk! Es ist nur lose aufgehängt und …«

Vinzis Ruf unterbrach ihn. »Schau mal, Finn, was da drüben für ein Brocken liegt! Der … Hoppla! Autsch!«

Ein Rumpeln und ein Aufschrei ließen Silla zurückfahren. »Vorsicht, Vinzi! Nicht! Das Rad!«, hörte sie Finns Stimme. Alles andere ging in einem knirschenden Poltern unter, das ertönte, während das mächtige Mahlrad sich neigte und losrollte.

»Vinzi!« Silla schrie auf, wollte vorstürzen, aber Hände rissen sie zurück. Dröhnend und in einer Wolke von Staub schloss sich die Öffnung vor ihr. »Lasst mich los!« Silla zerrte heftig, um loszukommen.

Bras und Tolain wechselten hinter ihrem Rücken einen Blick, dann ließen sie sie gehen.

Silla warf sich hustend vor Staub gegen den Mühlstein, immer und immer wieder. »Helft mir doch!«, keuchte sie über ihre Schulter zurück. »Wir müssen sie befreien! Kommt doch endlich und helft mit schieben!« Wieder stemmte sie sich gegen das Mahlrad.

Bras trat zu ihr, schob sie sanft zur Seite und lehnte sich nun selbst mit seinem ganzen Gewicht gegen den Stein, der trotz aller Anstrengung, mit der der junge Krieger schob und drückte, noch nicht einmal erzitterte.

Tolain schüttelte nur den Kopf. »Den könnt ihr nicht bewegen. Ich weiß, wie schwer er wiegt.«

»Aber was sollen wir denn sonst tun?« Wieder stemmte Silla sich mit aller Kraft dagegen. Eine Träne zog eine helle Spur durch ihr staubiges Gesicht. Schließlich gab sie auf und quetschte ihre Finger in die schmale Fuge zwischen Stein und Wand. Wo sie den Fels berührte, hinterließen ihre aufgeschürften Fingerspitzen dunkle, blutige Abdrücke.

»Silla!« Vinzis Stimme drang aus dem Spalt und sie konnte die Berührung seiner Finger spüren. »Entschuldigung!« Seine Stimme klang zerknirscht.

Silla traten wieder die Tränen in die Augen und sie ließ den Kopf an die steinerne Wand sinken, deren Kühle in die Hitze ihrer Stirn sickerte.

»Wir bräuchten mehr als unsere Kräfte, um dieses Ungetüm zu bewegen«, ertönte dumpf Finns Stimme.

»Gibt es denn noch einen anderen Weg in diesen einen Stollen oder aus ihm heraus?«, fragte Bras indessen.

Tolain wiegte nachdenklich den Kopf. »Er ist ganz frisch geschlagen, wie gesagt, und darum noch nicht gut erforscht. Ich weiß, dass er als schmaler Durchlass weiterführt. Wie weit und vor allem wie weit passierbar, das ist mir nun nicht bekannt. Wenn wir einige von meinen Leuten hätten, könnten wir dem allerdings nachgehen. Ich fürchte, das ist auch das Einzige, was wir tun können!« Er schob sich an Silla und Bras vorbei und legte seinen Mund an den Spalt. »Hör, Finn! Die Männer meines Volkes sind schon dem Winter gemäß weitergezogen, aber ich werde sie zu finden wissen und dann werden wir trachten, euch entweder von der anderen Seite zu erreichen oder den Stein zu entfernen. Wir werden tun, was wir können! In dem Gang sollten noch ein paar Notvorräte von den Arbeitern sein und Fackeln und vielleicht findet ihr ja Wasser, wenn ihr weiterforscht. Es müsste eine Quelle geben. Verirrt euch nur nicht in den Schlünden des Steins!« Seufzend trat Tolain zur Seite.

»Macht schnell«, drang Finns Stimme zurück. »Die Zeit im Berg kommt einem länger vor als außerhalb und dort hat sie schon gedrängt!«

Silla schob wieder ihre Finger über das Mahlrad. »Haltet durch! Wir kommen bestimmt bald wieder!«

»Silla«, klang es in dringendem Ton zurück. »Lass Tolain alleine nach seinen Leuten suchen. Uns läuft sonst die Zeit davon. Du und Bras, ihr müsst zu den Bell-dae. Ihr müsst Iolair finden, das ist wichtiger als alles andere. Hast du mich verstanden!«

Bras' Gesicht schob sich neben Sillas. »*Wir* haben dich verstanden, Finn! Schaut ihr nur, wie ihr wieder aus dieser goldenen Falle kommt, und macht euch um das andere keine Sorgen. Wir treffen uns bei den Felsen der Dreifachen Göttin!«

»Hunderttausendfaches Glück!«, klang es zurück.

»Euch auch!« Bras' Stimme klang zuversichtlich, aber sein Gesicht blickte ernst.

Silla spürte eine warme Berührung an ihren Fingerspitzen.

»Bis bald, Silla!«

Vinzi klang im Gegensatz zu den anderen so kindlich, dass Silla für einen Moment die Augen schließen musste, weil ihr schwindelig geworden war. »Halte durch, Vinzi!« Sie räusperte sich und sagte noch einmal: »Halte durch! Versprochen?«

»Versprochen, Silla! Mach dir keine Sorgen!«

»Kommt.« Tolain stand schon bereit zum Weitergehen und Silla folgte ihm schweren Herzens.

Till an ihren Fersen blickte immer wieder unruhig zurück und winselte, verstört, dass man einen Teil des Rudels hier zurückließ. Auch der Rabe schien düsteren Mutes. Er saß, den Kopf tief ins Gefieder gezogen, an Bras' Schulter gekrallt, wippte bei jedem Schritt bucklig vor und zurück und blickte griesgrämig aus den glänzenden Knöpfen seiner Augen.

»Das wird schon, Silla!« Bras drückte ihr aufmunternd die Hand.

Silla nickte halbherzig. Sie wollte, sie hätte das glauben können!

Von ihrem Weg durch den Berg bekam sie kaum etwas mit. Ihre Gedanken kreisten um Vinzi und Finn, um Moruagh und auch um Drugwydd und Ad Smerius – ganz zu schweigen von Iolair und der Lösung des Fluchs! So war sie fast überrascht, als sie sich mit einem Mal wieder unter freiem Himmel befanden und in die diesige Weite eines Wintertages blickten.

»Der nächste Adlerhorst?« Fragend blickte Bras auf Tolain hinunter.

Der kleine Mann nickte. »Er ist im Tal der Arrach-di. Der nächste Zugang ist dort, wo die Tochter der Wölfin und ihre Freundin die Minen verlassen haben. Es ist nicht weit von hier. Seht ihr den kleinen Pfad, den das Wild getreten hat? Folgt nur den Spuren, dann müsstet ihr an der richtigen Stelle ankommen. Ich hingegen folge den Wegen meiner Leute, um sie zurückzuholen.«

»Werdet ihr Finn und Vinzi befreien können?« Angstvoll packte Silla Tolain am Ärmel.

»Sei unbesorgt, Tochter der Wölfin.« Tolain löste sich sanft aus ihrem Griff und im nächsten Augenblick war er auch schon zwischen den Felsen verschwunden, als hätten sie ihn verschluckt.

Bras seufzte. »Die Arrach-di werden tun, was sie können, Silla. Und wir müssen nun das Unsrige tun!«

»Ich weiß. Trotzdem ist es schrecklich, Vinzi und Finn eingeschlossen in dieser Höhle zu wissen und in eine andere Richtung gehen zu müssen. Viel lieber wäre mir, ich könnte auch etwas zu ihrer Rettung beitragen.« Sie seufzte tief. »Ich fühle mich so … so schrecklich nutzlos!«, stieß sie dann hervor.

»Ich kenne das Gefühl«, sagte Bras leise, aber so eindringlich, dass Silla erstaunt zu ihm aufblickte. »Ich kenne es nur zu gut!«

9. KAPITEL

DIE FEDER

»Ich fürchte, es wird schneien.« Bras schaute mit zusammengekniffenen Augen in den Himmel.

»Tolain sagte, es wäre nicht weit.«

»Die Arrach-di haben oft eine andere Vorstellung von ›nicht weit‹ als normale Sterbliche, die auf ihre Beine und oberirdische Wege angewiesen sind.« Bras blickte sie kurz an und grinste. Sein Gesicht unter dem Rabenhelm war wettergebräunt und dabei so schmal wie seine ganze Gestalt.

»Du bist richtig dünn geworden, Bras«, platzte Silla heraus, um sich im gleichen Moment ärgerlich auf die Lippe zu beißen. Das war jetzt mehr als plump gewesen!

Sie sah, wie Bras eine leichte Röte in die Wangen stieg. Er verzog verlegen den Mund.

»Ich meine, du bist immer noch kräftig!«, setzte sie schnell hinzu. Dann schlug sie sich die Hände vor den Mund und spürte, wie ihr ebenfalls heiß wurde. »Nein, so meinte ich das jetzt auch nicht! Ich wollte nur sagen, dass … dass …« Sie brach ab und hob mit einem hilflosen Lächeln die Hände.

»Ach, verdammt! Das ist jetzt alles blöd herausgekommen, tut mir leid!«

Bras lachte ein wenig. »Schon gut! Ich weiß schon, was du meinst.« Er zuckte die Achseln und ging weiter, Silla hinter ihm, während Till bereits vorausgesprungen war. »Ich war, seit wir uns das letzte Mal gesehen haben, mit dem Wilden Waldvolk unterwegs, den Ull-slog. Da war nicht viel Zeit, um weiter Speck anzusetzen. Im Gegenteil.« Er klopfte sich den Bauch und stieß einen gespielt wehmütigen Seufzer aus, dann starrte er still vor sich hin. Plötzlich warf er Silla über die Schulter einen düsteren Blick zu. »Erwischt haben wir ihn trotzdem nicht, den Verräter Sionnach. Und jetzt steht er unter dem Schutz dieses Druiden und solange Finn nicht König ist, können wir nichts machen!« Er zuckte die Achseln. »Aber die Ull-slog stehen bereit und eines Tages geht es diesem Kerl an den Kragen, so wahr ich Bras heiße!«

Silla nickte stumm. »Man sieht gar keine Tierspuren mehr hier auf den Felsen«, stellte sie nach einer Weile fest.

Bras deutete auf Till. »Seine Nase sieht den Pfad ganz deutlich und die Richtung stimmt, da kann nicht viel schiefgehen!«

»Du kennst dich gut aus in den Bergen«, stellte Silla fest.

»Ich lebe in den Bergen.«

»Warst du nie mehr bei deinem Großvater?«

»Nein«, sagte Bras nur kurz und Silla ärgerte sich, den alten Roidh, der Bras so schlecht behandelt hatte, überhaupt erwähnt zu haben.

Gegen Abend blieben sie in einer Höhle, die dem Geruch nach Tieren als Unterstand gedient haben musste. Till schnupperte angeregt in allen Ecken. Bras und Silla fegten mit Ästen den Boden sauber und suchten Holz zusammen. Bald brannte ein kleines Feuer. Bras hatte getrocknetes Fleisch in seinem Ledersack und hartes Brot, an dem man lange kauen konnte. In den schmalen Eingang der Höhle hatten sie Steine, Zweige und Moos geschichtet und nur eine Öffnung für den Rauch gelassen, so blieb die Wärme weitgehend erhalten. Fast war es schon gemütlich. Zu erzählen gab es auch genug und irgendwann fielen sie, in ihre Pelze gewickelt und mit Till als zusätzlicher Wärmflasche, in einen erschöpften Schlaf.

Es war kalt, als Silla erwachte. Das Feuer war erloschen. Ächzend streckte sie die Beine. Der Nacken tat ihr weh, weil ihr Kopf im Schlaf schief gegen den Felsen gesunken war, und jeder Muskel in ihrem Körper fühlte sich roh und schmerzhaft an. Mit einem Stöhnen schüttelte sie Bras' Pelz ab, den er im Schlaf über sie gebreitet haben musste, und rappelte sich auf. Bras stand schon beim Eingang und blickte durch die kleine Öffnung hinaus.

»Machen wir das Feuer noch einmal an oder gehen wir gleich weiter?«, fragte Silla verschlafen.

»Besser, wir gehen weiter«, murmelte Bras. Er begann die Äste und Steine vom Eingang zu stoßen und zu zerren. »Schau einmal hinaus!«

»Oooh!«

Die Landschaft war wie mit Watte überzogen und die Berggipfel sahen aus, als hätte man riesige Leintücher über sie gehängt. Vereinzelte Schneeflocken trudelten noch vom Himmel durch eine Stille, so vollkommen, wie sie nur der Schnee verbreitet.

Bras zog ein Paar lederne Hüllen aus seiner Tasche und schob sie Silla wie Gamaschen über Schuhe und Hose. Mit Lederbändern machte er sie fest. »So! Jetzt bleibst du trocken!« Er blickte zufrieden auf sein Werk.

»Und du? Das sind doch deine Gamaschen«, stellte Silla

fest. »Jetzt bekommst du ja ganz nasse Beine und der Schnee fällt dir in die Schuhe.«

Bras blickte mit einem schrägen Lächeln zu ihr auf und zuckte die Schultern. »Das macht nichts.« Er schien plötzlich verlegen und sprang hastig auf.

Das Weiß war zartestes Pulver und glitzerte in den ersten Sonnenstrahlen, die zwischen den Wolken hervorbrachen, als wäre jede Flocke aus Kristall geschliffen.

»Juhuu!« Silla konnte nicht widerstehen und warf sich mit einem Sprung rücklings in den Schnee, in dem sie wie in einem weichen Federbett versank. Sie bewegte die Arme auf und ab. »Schau her, Bras, ich mache einen Engel.«

Bras betrachtete sie grinsend, dann starrte er ehrfürchtig und ratlos auf die Figur, die sie mit ihrem Körper in den Schnee gemalt hatte.

Silla lachte. »Engel«, wiederholte sie. »Das sind Geistwesen. Mit Flügeln und so. Engel kannst du eigentlich nicht sehen, die begleiten dich unsichtbar und beschützen dich. Schutzengel, weißt du! Man sagt, jeder hätte einen. Manche sagen aber auch, es gäbe sie gar nicht.«

»Weil man sie nicht sehen kann?« Bras zog die Brauen hoch. »Den Wind kann ich auch nicht sehen und trotzdem kann er sogar Bäume umreißen.«

Silla lachte.

Später machten sie eine Schneeballschlacht, auch wenn der Schnee so zart war, dass man ihn kaum zu Bällen formen konnte. Aber zu zweit bereitete das sowieso nicht lange Vergnügen und Silla wurde wieder schmerzlich die Abwesenheit ihres kleinen Bruders, Finns und Moruaghs bewusst. Wie viel Spaß hätten sie alle zusammen gehabt! Bras schien ihre Traurigkeit zu spüren und er nahm für ein Stück ihre Hand.

Das Vorwärtskommen war mühsam, bei jedem Schritt versanken sie bis zu den Knien, dafür konnten sie aber die einzelnen Tierspuren gut erkennen, die grazil in den Schnee geschnitten waren. Hin und wieder sah man ein Rudel Rehe von fern, aber die Tiere waren scheu, blickten argwöhnisch zu ihnen herüber, um dann mit hohen Sprüngen zu flüchten, wenn Till voll tollpatschiger Leidenschaft in ihre Richtung galoppierte.

Silla begann bald zu schwitzen, Haare und Kleider klebten ihr unangenehm an Kopf und Körper. Die Bergspitze, die Bras ihr zur Orientierung gezeigt hatte, schien und schien nicht näher zu kommen. Dann war die Sonne verschwunden, die Dämmerung brach an und mit ihr die Kälte. Silla versank still in Gedanken an Duschen, heiße Bäder und warme Betten. Bald war es ganz dunkel und sie hatten immer noch keine Höhle entdeckt, noch nicht einmal einen Unterstand, in dem sie die Nacht hätten verbringen können. Weiter und weiter ging der Weg, bis Bras endlich einen dunklen Schatten in der glatten Felswand erspähte.

»Gott sei Dank«, murmelte Silla. »Ich dachte schon, wir finden gar nichts mehr!« Sie stolperte erschöpft auf den schmalen Eingang der Höhle zu. »Ich hätte jetzt aber auch bald wirklich keinen Schritt mehr geschafft!«

Till begann zu winseln und japsend in die Aushöhlung zu schnuppern.

»Warte, Silla! Du kannst nicht einfach so da hineingehen! Till benimmt sich auch so komisch!« Bras hielt sie zurück.

»Wahrscheinlich wittert er wieder unsere Vorbewohner.« Silla schüttelte Bras' Hand ab. »Ich brauche jetzt auf jeden Fall ein Nachtlager!« Sie drückte sich durch die Felsspalte. »Hier liegt bestimmt Holz herum, sodass wir wieder ein Feuer machen können und Licht. In der Dunkelheit sieht man ja die Hand vor Augen nicht.«

»Silla, warte doch!« Bras klang ärgerlich. »Lass mich erst eine Fackel anzünden und dann vorausgehen. Hier habe ich zum Beispiel schon ein trockenes Stück Holz. Aber warte jetzt endlich!«

Till reckte seine Nase neben Silla in die Dunkelheit, dann begann er wieder zu winseln. Sillas Fuß stieß an etwas Hartes. Sie bückte sich. Ein Stock. Gut so! Der war lang genug, um sich damit vorwärtstasten zu können. Schließlich wollte sie nicht in irgendeinen Abgrund stürzen, da hatte Bras schon recht! Erst einmal musste man eine Höhle auskundschaften! Schritt für Schritt tastete sie sich vor. Hier war es wunderbar warm, auch wenn es ziemlich stank. Schlimmer als in einem Stall. Till war am Eingang der Höhle stehen geblieben und begann jetzt ungestüm zu bellen. Seine Stimme klang hohl und kalt von den Felswänden wider.

»Still, Till!«, befahl Silla erfolglos und schüttelte den Kopf. Unsicher blieb sie stehen. Was hatte der Hund bloß?

Sie stocherte mit dem Stock in die Dunkelheit und stieß an etwas Weiches. Weich und nachgiebig und ziemlich groß. In dem Moment, als das Brummen ertönte, das rings um Silla widerhallte, dass ihr das Blut in den Adern gefror, war auch schon Bras neben ihr. Eine kleine Flamme flackerte an seiner Fackel, genug, um den pelzigen Berg zu sehen, der sich mit einem neuerlichen Brüllen vor ihnen aufrichtete. Dann loderte das Licht auf und Silla blickte in einen aufgerissen Rachen, in dem Zähne und Geiferfäden funkelten, sah kleine, blinzelnde Augen, denen die Helligkeit zuzusetzen schien, und eine Pranke mit Krallen wie Messer, die in einem unwilligen Hieb die Luft schnitt.

In einer Bewegung hatte Bras Silla zur Seite gerissen und sich vor sie geworfen. »Silla, fort!«, schrie er. »Renn!«

Silla stürzte hinaus und rannte. Weiter, weiter! Dann blieb sie stehen. Was war mit Bras? Sie konnte ihn doch nicht alleine mit dem Bären lassen! Von Till war auch nichts zu sehen! Die Kühle und Stille der Nacht hatten ihre Furcht in nichts aufgelöst und ein Gefühl von Schuld stieg ihr wie ein Würgen in die Kehle. Wie hatte sie ihren Freund und ihren Hund zurücklassen und einfach so in Panik fliehen können? Entschlossen machte sie kehrt und stapfte den Weg zurück.

»Silla!« Bras' Stimme schickte eine Welle der Erleichterung durch Silla.

Till schoss aus der Dunkelheit, sprang an ihr hoch und seine warme Zunge leckte ihr feucht übers Gesicht. Silla schloss ihn in die Arme. »Bras! Hier bin ich, Bras!«

Und da keuchte er auch schon heran und war bei ihr. Er packte sie an beiden Armen. »Bist du verletzt?« Seine Stimme klang heiser.

Silla schüttelte den Kopf. »Ich? Nein! Aber du, was ist mit dir?«

»Ich?« Er wirkte mit einem Mal so verwundert, als hätte er an die Möglichkeit noch gar nicht gedacht, und schien einen Moment nachdenken zu müssen. »Äh … nein. Mir fehlt nichts. Nur ein kleiner Kratzer am Bein, glaube ich. Nicht weiter schlimm.«

»Lass anschauen! Blutest du?«

»Ich fürchte schon, aber schauen können wir später. Ich habe die Fackel verloren und außerdem weiß ich nicht, wie wach der Bär geworden ist. Ich möchte nicht, dass ihn der Geruch meines Blutes allzu verführerisch in der Nase kitzelt.« Er zog Silla weiter. »Wenn er richtig wach gewesen wäre, würden wir jetzt anders aussehen, nachdem wir einfach so in seine Höhle spaziert sind! Aber so hat er uns nur zur Seite gewedelt wie ein paar lästige Fliegen.«

»Ich habe ihn mit dem Stock in den Wanst gestochen«, sagte Silla leise. »Ich wollte mich doch vorwärtstasten. Es … es tut mir leid.«

»Du hast ihn mit dem Stock gestochen?« Bras' Stimme klang verblüfft.

»Ich wusste doch nicht, dass es ein Bär ist! Ich habe nur etwas Weiches gespürt«, verteidigte sich Silla. »Und dann hat es plötzlich gebrummt.«

Bras begann schallend zu lachen, so sehr, dass er stehen bleiben musste, sich die Seiten hielt und die Augen wischte, und auch Silla fiel mit ein. Sie lachten, bis ihnen die Luft ausging und sie keuchend aneinandergelehnt dastanden.

»Komm«, sagte Bras immer noch japsend. »Vielleicht finden wir ja eine andere Höhle. Eine, die nicht bewohnt ist.«

Der Mond stand schmal über ihnen und tauchte die Landschaft in sein mildes Licht, das der Schnee geisterhaft reflektierte. Seltsam unwirklich sah alles aus. Tiefer Frieden und Stille lagen über den Bergen.

Nur das Knirschen unserer Schritte und unser Atem sind zu hören, dachte Silla, und das kleine Krächzen, das Bran hin und wieder ausstößt.

Bras ging schwer. Einmal waren sie stehen geblieben und er hatte sich einen Fetzen Stoff um die Wade geschlungen, um die Blutung zu stillen. Sillas Hilfe hatte er fast schroff abgelehnt, dann waren sie weitergegangen. Eine Möglichkeit zum Lagern hatte sich nicht mehr ergeben, aber als der Morgen graute, hatten sie es endlich geschafft: Über ihnen ragte hoch der Gipfel auf, den sie so lange angestrebt hatten. Und dann war es Till, der die Pforte ins Innere des Berges fand. Die Steinmännchen, die Silla und Moruagh aufgehäuft hatten, waren nur noch zwei Spitzen im Schnee, aber Tills untrügliche Nase schien wohl immer noch zu wittern, wo er einmal sein Bein gehoben hatte. Ein Druck auf die Pforte, die kaum von den Felsen, die sie umgaben, zu unterscheiden war, und sie schwang mühelos auf. Sie waren in den Minen und Silla führte sie die Gänge entlang, so wie sie sich an den Weg erinnerte.

»Schau, Bras, da vorne muss die Schatzkammer sein! Aber sie ist komplett leer! Ausgeräumt! Wie schade! Ich hätte dir zu gerne das ganze Gold gezeigt! Und da geht es dann weiter!« Eifrig zog Silla ihren Freund mit sich.

Von dem kleinen Volk war keiner zu sehen, kein Hämmern und kein Klopfen drang durch die Gänge.

»Hier könnten wir vielleicht lagern. In dem Teil des Berges sind die Wände noch trocken und nicht so salzig und glitschig wie gegenüber. Aber komm erst einmal und sieh dir das an!« Verlassen lag das Tal vor ihnen. »Schau, all die in die Wände gehauenen Wohnhöhlen! Und der Berg der Adlerin!«

Bras antwortete nur mit einem unverständlichen Murmeln und Silla blickte besorgt zu ihm auf. Er wankte leicht und stützte sich schwer auf ihre Schultern.

Silla zog ihn zurück in die Höhle. Sie merkte mit einem Mal, wie erschöpft sie selbst war. Die Luft roch abgestanden hier und stumpf, aber zumindest war es nicht so kalt wie draußen. An einem Stapel Holz sanken Silla und Bras nieder, lehnten sich an, zu müde, um noch ein Feuer zu machen, und die Augen fielen ihnen zu.

Silla schrak auf. Was war los? Hatte sie geschlafen? Enttäuscht ließ sie sich wieder zurückfallen. Sie hatte ihre Großmutter gesehen, so als wäre sie wirklich da, gar nicht wie ein

Traum. Und alles war warm gewesen und … und … heil. Warum hatte sie bloß nicht weiterträumen können? Das war viel schöner gewesen als diese ungastliche Höhle! Ihre Großmutter hatte ganz ruhig dagestanden, nur die Lippen bewegt, als wollte sie etwas sagen, aber kein Ton war hervorgekommen. Dann hatte sie Zeichen gemacht. Was das wohl bedeuten sollte?

Vom Eingang sickerte nur diffuses Licht herein. Silla suchte ein wenig herum und fand Feuersteine und Werg neben dem Holz. Mühsam begann sie Funken zu schlagen. Dass Bras von dem Geklopfe nicht aufwachte! Der schien wirklich einen gesunden Schlaf zu haben, obwohl er sich so herumwarf und jetzt auch noch dazu murmelte. Vielleicht träumte er ja auch etwas. So, endlich Licht. Sie steckte die Fackel in einen Halter an der Wand. »Bras?« Das musste wirklich ein schlimmer Traum sein! Sie bückte sich zu dem Freund hinunter, der sich keuchend wälzte, und erschrak. Vorsichtig zupfte sie an dem Wickel an seinem Bein, der schwarz von Blut war. Bras schien das gar nicht zu spüren. Mutiger geworden zog sie ihren Dolch aus dem Gürtel und säbelte den Lappen durch, mit dem der behelfsmäßige Verband befestigt war. An den Rändern schon trocken und aufgebogen, fielen die Fetzen schwer und glitschig von Feuchtigkeit zu Boden. Ein letzter Wickel blieb an der Wunde kleben und Silla zog ihn mit einem Ruck herunter. Die Wunde begann wieder zu bluten und frisches Rot sickerte aus den dunklen Krusten. Silla spürte, wie ihr einen Moment lang schwindelig wurde. Der Bär hatte mit einem Hieb ein Stück aus Bras' Unterschenkel gefetzt.

Bras schlief nicht, Bras lag im Fieber.

Silla merkte erst jetzt, dass sein Kopf glühte. Tränen traten ihr in die Augen. Das alles war nur passiert, weil sie nicht auf ihn gehört hatte und einfach in die Höhle marschiert war. Er hatte sie weggerissen und sich dazwischengeworfen, sonst hätte der Bär Silla erwischt. Dann hatte er sich mit der Wunde den ganzen Weg bis hierher geschleppt, ohne dass Silla etwas gemerkt hatte. Und jetzt brauchte er Pflege und sie hatte keine Heilkräuter, keine Salben und keine Medizin. Silla wischte sich mit dem Ärmel über die Augen. Sie hatte gar nichts, also würde sie einfach tun, was sie konnte, etwas anderes blieb ihr gar nicht übrig. Entschlossen stand sie auf. Erst einmal ein Feuer machen und Wasser abkochen. Ein Glück, dass in einer der Ecken auch ein Kessel lehnte – und dass die Arrach-di bei den Lagerplätzen immer kleine Vorratslager anlegten, um keinen hungrig zu lassen im Berg. Auch Finn und Vinzi würden wohl gerade davon profitieren. Oder ob sie schon befreit waren? Silla trat ein paar Schritte nach draußen, schöpfte Schnee in den Eisentopf und hängte ihn über das Feuer.

Endlich kochte das Wasser und sie machte sich daran, Bras' Wunde, so heiß es ging, auszuwaschen. Das Blut begann wieder zu fließen, aber das schien Silla nur gut, das würde die Keime fortschwemmen. Wer wusste schon, was dem Bären so alles unter den Krallen geklebt hatte! Sie erinnerte sich vage, dass durch die Beine eine Hauptschlagader führte, aber die schien nicht getroffen, sonst hätte Bras es bestimmt nicht bis hierher geschafft. Zumindest etwas!

Sie wusch den Fetzen aus und schlang ihn wieder um die Wunde, einen anderen hatte sie leider nicht. Dann schlüpfte sie aus ihrem eigenen dünnen Unterhemd, wickelte ein wenig Schnee hinein und legte es Bras zur Kühlung über die Stirn. Besonders frisch war ihr Hemd ja nicht mehr, aber das war wohl das geringste Problem! Anschließend flößte sie Bras noch ein wenig Wasser ein, mehr konnte sie im Moment nicht tun.

Sie trat vor die Höhle. Dort war der Adlerhorst und hoch über ihr zog ein schwarzer Punkt ruhige Kreise. Das musste die Adlerin sein. Wahrscheinlich war sie auf der Suche nach ihrem Mittagessen. Bei dem Gedanken begann Sillas Magen zu knurren. Sie hatte nur ein kleines Stück Brot gegessen, dabei hätte sie mit Leichtigkeit die ganzen Vorräte der Arrachdi auf einmal verschlingen können. Besonders üppig waren die Lebensmittelbestände schließlich auch nicht, ein wenig hartes Brot und Trockenfleisch. Allerdings wusste sie ja nicht, wie lange das vorhalten musste. Unter Umständen sehr lange! Der Zorn stieg Silla wie Hitze in die Wangen. Und alles nur wegen dieses Sliabh-sceils und seiner Helfershelfer! Ihretwegen waren ihre Freunde jetzt eingeschlossen, verwundet oder verschwunden! Und sie selbst stand da, ganz krank vor Sorge, ob Bras seine Verwundung überhaupt überleben würde, nur notdürftig in die kalte Höhle gebettet und mit ein paar feuchten Fetzen und heißem Wasser als einzige medizinische Versorgung! Und in einer anderen Höhle wartete wohl Iolair auf Hilfe, darauf, dass jemand käme und den Fluch löste!

Niedergeschlagen ging Silla zurück zu Bras und machte seinen Stirnwickel frisch. Bras schien ihr noch heißer als vorher. Er lag jetzt ganz ruhig. Sein Helm mit den eisernen Schwingen lag neben ihm und Bran saß dabei. Er hatte den Kopf tief zwischen die Schultern gezogen und blinkte Silla aus einem Auge traurig an. An dem Stück Brot, das sie ihm hingelegt hatte, nagte inzwischen Till. Der Rabe hatte es nicht angerührt. Silla atmete tief durch. Ihr Zorn hatte einer kalten Entschlossenheit Platz gemacht. Das hatte sie inzwischen von ihren Freunden gelernt: Man durfte nie sein Ziel aus den Augen verlieren! In ihrem Fall lautete es, die Adlerfeder zu holen, und da Bras das nicht mehr konnte, würde sie das eben übernehmen müssen!

Sie legte dem Raben noch ein Stück Brot hin und Till ein wenig Trockenfleisch, rückte den Wasserkessel in Bras' Reichweite, falls er wider Erwarten aufwachen sollte, warf ihm zusätzlich ihren Wolfspelz über, den sie bei dem, was sie vorhatte, nicht würde brauchen können, und verließ mit einem letzten Blick auf den Kranken die Höhle.

Wie seltsam alles wirkte, so ohne Leben, Stimmen oder menschliche Geräusche. Silla zog in einem Frösteln, das nicht nur durch die Kälte kam, die Schultern zusammen. Sie lief durch das Tal, stapfte dann den steilen Weg hinauf, der zu den gegenüberliegenden Wohnungen der Arrach-di führte. Die Öffnungen der Wohnhöhlen starrten wie leere Augen auf sie herunter. Über sich sah sie den Felsvorsprung, auf den das Kleine Volk seine Jagdopfer für die Adlerin legte. Es konnte doch nicht so schwer sein, dort hinzukommen, schließlich mussten die Arrach-di auch öfter da hinauf! Die Felsnase ragte grau aus den weißen Schneemassen. Silla hatte die Wohnhöhlen hinter sich gelassen und tastete sich Schritt für Schritt bergan. Warum hatte sie bloß keinen Stock mitgenommen, um vor sich den Boden prüfen zu können? In dem Schnee sah sie ja überhaupt nicht, wo sie eigentlich hintrat. Auf die Art stolperten sonst nur Touristen in Felsspalten!

»Verdammt«, murmelte sie leise vor sich hin. Ihre Stimme klang hohl in der dünnen Luft und sehr einsam. Erschrocken blickte sie sich um. Aber wer hätte sie hier schon hören oder beobachten sollen!

Da ertönte ein lang gezogener, heiserer Vogelruf.

Sie blickte auf. Und wie sie beobachtet wurde! Hoch über ihr schwebte die Adlerin, den Kopf schief gelegt, um die kleine Gestalt, die sich da durch den Schnee mühte, nicht aus den Augen zu verlieren. Silla blieb einen Moment stehen, steckte ihre rot gefrorenen Hände unter die Armbeugen und betrachtete den Vogel, der wie schwerelos durch die Luft glitt und zwischendurch fast stillzustehen schien. Wahrscheinlich erwartete die Adlerin, dass Silla ihr ein Opfer auf den Stein legte. Dass sie nicht daran gedacht hatte, wenigstens ein Stück Brot mitzunehmen! Zu dumm! Sie blickte hinunter. Wie seltsam klein die Baumgerippe auf dem Talboden schon aussahen, dabei war sie noch gar nicht so weit gegangen. Aber noch einmal zurück, um etwas zu essen zu holen, das schaffte sie im Leben nicht! Abgesehen davon, dass sie ja selbst kaum noch etwas hatten, vor allem nichts, was einem Adler sonderlich gut schmecken würde!

Entschlossen kletterte Silla weiter.

Der Felsabsatz war jetzt schon zum Greifen nahe. Silla streckte die Hand aus, machte einen hastigen Schritt und spürte, wie sie abglitt. Sie stieß einen erschrockenen Schrei aus, begann wild zu rudern, sich in den Schnee zu krallen und mit den Füßen vorwärtszuschieben wie ein Schwimmer, der gegen eine Brandung kämpft. Da, unter ihrer Hand, ein Fels! Die Finger waren schon fast zu kalt, um sich festhalten zu können. Aber was geschah nun? Silla spürte die Bewegung mehr, als dass sie sie sah. Der Hang schien unter ihr ins Rutschen zu kommen! Mit der Kraft der Verzweiflung warf sie sich vorwärts, spürte für einen Moment festen Boden unter den Füßen, gerade lange genug, um sich abstoßen zu können. Ein Sprung und sie landete auf der Felsnase, klammerte sich an den Stein, während ein scharfer Schmerz ihr durch die Seite fuhr. Mit einem dumpfen Grollen löste sich der Hang, über den sie gerade geklettert war, und rutschte erst seltsam träge, dann immer schneller werdend in einem Aufwirbeln von weißem Pulver zu Tal. Silla barg ihr Gesicht in den Armen, bis das Donnern des Schneebretts verstummt war. Und mit der Wolke aus Firn, die sich langsam schwebend setzte, legte sich wieder Stille über das Tal.

Ein Bellen klang dünn zu ihr herauf. Till. Silla hob den Kopf und wischte sich den Schnee aus den Augen. Sie war wie mit einer glitzernden Puderzuckerschicht überzogen, die noch in die kleinsten Ritzen gedrungen war. Auf dem Stein sah man dunkel den Umriss, wo sie gelegen hatte. Till tanzte weit unter ihr im Kreis, von der Adlerin war nichts mehr zu sehen. Erst an der seltsamen Wärme auf ihren Wangen merkte Silla, dass sie weinte. Das mussten die Auswirkungen des Schocks und der Erschöpfung sein.

Ihre Finger waren inzwischen so kalt, dass sie ihr wie unbeholfene Eisklumpen vorkamen, die gar nicht mehr zu ihrem Körper gehörten. Aber sie musste weiter! Sie musste einfach! Sie rieb die Hände zwischen den Oberschenkeln notdürftig warm und blickte sich dabei auf ihrem Aussichtsplatz um. Ein Glück, dass die ganzen Knochen, die hier herumlagen, eingefroren und zum Teil eingeschneit waren. Das ließ sie irgendwie steriler wirken. Im Sommer hätte sie nicht auf dem Gerippehaufen sitzen mögen! Sie blickte zu der steilen Felswand empor, über die sich als weiße Streifen schräge Schneeverwehungen zogen, und schluckte. Da hinauf? Aber es half nichts! Weiter!

Und wenn ich abstürze oder mir wehtue, das Bein breche und nicht mehr weiterkann?, dachte Silla kurz. Was wird dann aus Bras und Till und allem? Bis die Arrach-di zurückkehren, sind wir längst tot. Nur Bran wird überleben, jetzt, wo er wieder fliegen kann! Aber was auf sie alle zukäme, wenn sie es nicht schafften, Iolair zu befreien, das war um einiges schlimmer! Also weiter! Für einen Moment standen ihr die Gesichter von Moruagh und Finn vor Augen, die ihr fröhlich zulachten, und Silla musste lächeln. Ihre Freunde wären auch geklettert, ganz sicher! Über alles andere konnte sie sich später den Kopf zerbrechen! Silla arbeitete sich Meter für Meter die steile Felswand hinauf.

Der Angriff der Adlerin kam so unerwartet, dass Silla einen Schrei ausstieß, und für einen Moment vermischte sich ihr hoher Ton der Panik mit dem heiseren Ruf des Vogels. Die Flügel der Adlerin flatterten ihr um den Kopf, als wäre sie in einen Wirbelsturm aus Federn geraten. Das Tier rammte sie mit voller Wucht in die Seite. Todesangst schoss wie eine Druckwelle durch Silla und blieb in Form eines galligen Geschmacks in ihrem Mund. So fest sie konnte, klammerte sie die Fingerspitzen, die schon längst blutig aufgeschürft waren, in eine Felsspalte. Die war allerdings viel zu schmal, als dass Silla sich hätte wirklich halten können. Die Adlerin drehte ab. Silla drückte ihre Wange gegen den rauen Felsen, da tönte schon wieder der Schrei. Diesmal traf sie der Aufprall noch heftiger. Ein Fuß rutschte so scharf ab, dass eine Wolke kleiner Kiesel zu Tal stob. Silla blickte verzweifelt hinauf. Über ihr schien der Fels ein wenig überzuhängen und weit, weit oben konnte sie ein paar Äste herausragen sehen: der Adlerhorst, in dem bestimmt eine Feder lag. Wo sonst, wenn nicht da! Für einen unsinnigen Moment dachte Silla daran, dem Vogel einfach eine auszureißen, dann traf sie wieder ein Schlag. Sie kämpfte nur noch Sekundenbruchteile um Halt und Balance, dann fiel sie. Ein übermächtiges Gefühl aus Panik und Schwerelosigkeit drückte ihr Magen und Lungen zusammen. Sie bekam trotz weit offenem Mund keine Luft mehr. Dann ein Stoß in den

Rücken, sie spürte die scharfen Krallen der Adlerin, und Silla verlor das Bewusstsein.

»Silla!« Wie freundlich die Stimme ihren Namen sang. Immer wieder: »Silla! Silla!«

»Großmutter«, murmelte Silla verschlafen. Sie konnte die Hände der alten Frau spüren, die wie ein warmer Luftstrom über ihren Körper glitten. »Ich kann dein Gesicht sehen, obwohl meine Augen zu sind, Großmutter.«

Belisana blickte sie lächelnd an.

Silla rieb sich die Wangen. »Großmutter, ist es Zeit, aufzustehen?«

Belisana lachte nur und Silla öffnete die Augen. Vor ihr ragten vereiste Knochen aus dem Schnee, dahinter der scharfe Abbruch der Felsnase. Silla sog scharf sie Luft ein. Aber die Großmutter? Was …?

Ein heiserer Schrei ließ sie den Kopf drehen. Die Adlerin kreiste wieder über ihr.

Silla duckte sich unwillkürlich tiefer in den Schnee. Was war geschehen? Das Tier hatte sie angegriffen und sie war gefallen, aber … Wieso lag sie jetzt hier? Alles an ihrem Körper tat ihr weh, schien aber so weit heil zu sein. Bei der Höhe, aus der sie gestürzt war? Sie bewegte die Beine, die Finger, rappelte sich langsam auf die Ellenbogen auf – und schnappte noch einmal nach Luft. Da, direkt neben ihrer Hand! Vorsichtig, als wäre es ein Traumgebilde, das bei der geringsten Bewegung in Luft zerstieben konnte, reckte sie die Finger, strich zart über den glatten Schaft und den feinen Flaum.

Wieder ertönte der Vogelschrei. Die Adlerin tauchte über den Gipfel, zog eine elegante Schleife über Silla, dann schraubte sie sich in die Luft, bis sie nur noch ein kleiner Punkt und schließlich ganz verschwunden war. Solange es ging, blickte ihr Silla in einen Ansturm unbenennbarer Gefühle verstrickt hinterher, die Finger fest um die Adlerfeder geschlossen.

»Ganz klar, sie hat dich gepackt, um deinen Sturz abzufangen«, stellte Bras kurz und bündig fest, während er den Verbandsfetzen von seinem Bein riss und mit gerunzelter Stirn auf seine Wunde starrte.

»Aber warum hat sie mich denn überhaupt erst hinuntergeworfen?« Silla schüttelte teils ärgerlich, teils verblüfft den Kopf.

Bras blickte sie mit hochgezogenen Brauen an, als würde er die Antwort von ihr selbst erwarten.

Silla zuckte die Schultern. »Na ja, ich war wohl ein wenig zu weit nach links geraten beim Klettern, unter die Überhänge. Ich fürchte, ein wenig später wäre ich wohl von alleine abgestürzt.« Sie ließ den Kopf hängen, stützte die Stirn in die Hände, dann blickte sie wieder auf. »Du meinst, sie hat mich hinuntergeschubst, um mich zu retten?«

Bras zuckte nur vage mit einer Schulter und widmete sich wieder seiner Wunde. »Es ist schön verheilt«, stellte er fest.

»Aber das ist unmöglich!« Silla schüttelte den Kopf. »Ich hab dich vor gerade mal ein paar Stunden mit Fieber und einer Wunde, die alles andere als schön verheilt war, hier zurückgelassen. Dann komme ich wieder und du bist fast gesund. Das gibt es doch gar nicht!«

»Ich habe geträumt.« Bras lehnte sich gegen die Felsen und blickte versunken ins Leere. »Eine Frau mit weißem Haar, das zu einem Zopf geflochten war, und Augen … Augen so wie deine!«

»Wie meine?«, flüsterte Silla.

»Ja.« Bras nickte. »So dunkel. Auch ihr Blick war irgendwie so wie deiner. Ich kann das nicht besser beschreiben, aber es war so. Die Frau legte ihre Hände auf meine Wunde. Ich konnte ihren Willen und ihre Konzentration spüren, die durch mich flossen, und ein Bild schien in meinem Geist zu entstehen. Ein Bild von einem heilen Fuß. Ich hatte das Gefühl, als wollte sie meinem Bein sagen, wie es auszusehen hätte, und als würde mein Körper sich anstrengen, ihr zu gehorchen. Das war sehr seltsam und sehr schön. Fast so, als wenn sie meine Mutter wäre und ich ein kleines Kind, das sich wehgetan hat. So geborgen, weißt du?«

»Ja, ich weiß, was du meinst.« Silla lächelte. »Und ich weiß auch, wer dich da besucht hat. Das war Belisana, meine Großmutter. Sie ist Blutstillerin und«, sie dachte an das Gefühl der Hände, die so warm über ihren Körper geglitten waren, »mich hat sie auch verarztet. Nach dem Absturz. Sonst würde ich bestimmt nicht so gesund und munter hier sitzen. Ganz unmöglich!«

»Du meinst«, Bras schüttelte fast ungläubig den Kopf, »dass sie noch lebt? Nach allem, was war! Ich habe als Kind die Geschichten über sie gehört. Belisana Faol, die alte Wölfin. Sie muss eine berühmte Heilerin gewesen sein, bevor der König dann … Na ja, du weißt ja!«

Ein dumpfes Grollen und Rumpeln, das den Boden unter ihnen zum Erbeben brachte und wie eine ferne Schockwelle durch die Wände zitterte, ließ sie zusammenzucken und Till wie einen Blitz unter Sillas Knien verschwinden.

»Der Berg stürzt ein«, sagte Silla, sank an die Wand zurück und stieß ein kleines Lachen aus. Sie fühlte sich seltsam unbeteiligt und nach allem, was sie in den letzten Stunden erlebt hatte, konnte sie ein einstürzender Berg nun auch nicht mehr erschüttern.

»Nein.« Bras blickte Silla verwundert an. Das Donnern war so schnell verebbt, wie es gekommen war. »Das Wetter löst den überhängenden Schnee! Kann sein, dass unser Rückweg nun versperrt ist!«

Silla zuckte gleichmütig die Achseln. »Dann gehen wir eben durch die Minen.«

»Erinnerst du dich denn an den Weg?«

»Ich werde ihn schon wiedererkennen. Oder sonst eben nicht!« Silla lachte wieder, erst ein wenig, dann immer heftiger und sie konnte überhaupt nicht mehr aufhören, lachte und lachte, bis sie einen Schluckauf bekam, ihr Lachen wie Schluchzen klang und es schließlich wirklich ein Schluchzen war.

»Bei Taranis, was ist denn los?« Bras blickte sie erschrocken an.

»Nichts! Es …«, Silla zuckte hilflos schniefend die Achseln, »… es war nur so schrecklich, als du so verwundet warst. Ich dachte …«, jetzt liefen ihr endgültig die Tränen über die Wangen, »… ich dachte, du stirbst. Und … und jetzt haben wir sogar die Feder und … und ich bin so froh, dass es dir wieder gut geht!« Sie lachte und schniefte zugleich. »Ich weine nur, weil ich so froh bin, glaube ich.«

10. KAPITEL

DRUIDENREISE

Sie hatte es geschafft! Sie hatte den Weg durch die verschlungenen Gänge gefunden! Immer wieder war sie stehen geblieben, hatte die Augen geschlossen, sich konzentriert und ihre Reise durch die Minen vor ihrem inneren Auge auferstehen lassen. Und die Bilder waren ganz deutlich zu sehen gewesen: Hier waren sie abgebogen! Hier war ein seltsames Zeichen in die Felsen geritzt und gleich danach musste ein Gang abgehen!

Als Licht am Ende des Tunnels schimmerte und Silla unter dem stetigen Tropfen kleiner Rinnsale, die von den salzigen Wänden sickerten, den Gang erkannte, in den sie damals mit ihren Freunden vor Sliabh-sceil geflohen war, machte sie einen Luftsprung und kniff Bras vor Freude in den Arm. »Ich hab's geschafft! Ich hab's geschafft!«

Till war schon voraus ins Freie gestürmt, Silla hinterher, wohl oder übel gefolgt von Bras, der vergeblich versuchte sie zurückzuhalten. Endlich wieder Tageslicht und frische Luft! Der Blick in die Schneeweite vor den Höhlen kam Silla vor wie die Befreiung aus langer Gefangenschaft.

»Bras hat recht. Es kann gefährlich sein, einfach so ins Freie zu stürmen«, erklang eine strenge Stimme und Silla sprang mit einem Aufschrei zurück.

Dann erkannte sie den Sprecher und Freude vertrieb den Schreck. »Drugwydd!«, stieß sie aus. »Wie kannst du mir solche Angst einjagen?«

Der Druide lehnte an den Felsen, als wäre es das Natürlichste der Welt, dass er hier auf sie wartete. Er lachte leise, dann breitete er die Arme aus und Silla flog an seine Brust. Der Filz seines Mantels kratzte leicht an ihrer Wange. Plötzlich zischelte es, etwas Glattes glitt an ihrem Hals entlang und wand sich mit einer schlängelnden Bewegung rundherum. »Auch Nathair freut sich über dein Erscheinen«, lächelte Drugwydd.

Silla streckte der Natter die Hand hin. Nathair berührte sie kurz mit ihrer bebenden Zunge, dann glitt sie zurück in die Falten des Umhangs.

Bras war aufgefahren, die Hand am Schwert, als er die Gestalt am Mineneingang erblickt hatte, dann schnaufte auch er erleichtert aus. »Ich habe versucht sie zurückzuhalten, aber sie ist schwerer zu bändigen als alles, was mir je begegnet ist!«

»Drugwydd! Wir haben Tolain getroffen. Er ist der Hüter des Nördlichen Goldes. Er hat auch gesagt, einen Fluch bricht man mit dem Gleichen, das ihn verursacht hat! Wegen Iolair, weißt du!« Silla verhaspelte sich in ihrer Aufregung, dem Druiden möglichst schnell alles zu erzählen. »Und wenn man erst einmal die Feder ihres Totemtieres hat, dann ist das alles kein Problem mehr!«

»Kein Problem mehr. So, so.« Drugwydd starrte sie mit hochgezogenen Augenbrauen an. »Mir ist wohl klar, wie man

Flüche löst, Mädchen. Wie du vielleicht vergessen hast, bin ich Druide.«

»Entschuldige, Drugwydd. Natürlich. Ich meine, natürlich weißt du es.« Silla zuckte kleinlaut die Achseln. »Ich dachte nur …«

»Kommt, lasst uns erst ein Feuer machen. Die Dämmerung naht. Ich habe euch auch zu essen mitgebracht, das werdet ihr brauchen können!« Der Druide legte Silla und Bras die Arme um die Schultern und zog sie mit sich. »Die Hütten unten liegen verlassen und werden eine direkt fürstliche Unterkunft sein nach euren Nächten im Berg, nehme ich an.«

»Woher hast du gewusst, dass wir kommen, und wie hast du es so schnell hergeschafft?«, brach es aus Silla hervor und Bras nickte dazu, als hätte er gerade genau dasselbe fragen wollen.

»Zum einen hatte ich es nur gehofft und nicht gewusst. Wenn ihr nicht erschienen wärt, dann hätte ich mich selbst in das Labyrinth der Minen aufgemacht, euch zu suchen. Zum anderen gibt es immer noch die Druidenart, zu reisen.« Er lachte. »In diesem Fall habe ich allerdings den Knappensteig genommen. Den Weg, den schon Sliabh-sceil benutzt hat, um euch hier zu überraschen, wenn ich mich recht erinnere.«

»Silla hat uns durch die Minen geführt.« Stolz schwang in Bras' Stimme. »Sie ist kein einziges Mal fehlgegangen!«

»Das war doch nichts. Ich habe mich einfach erinnert.« Silla machte eine beiläufige Handbewegung, aber sie spürte, wie sie rot wurde vor Freude, und senkte schnell den Kopf.

»So, so«, hörte sie Drugwydd nachdenklich brummeln.

Sie hatten die Unterkünfte erreicht, roh gezimmerte Holzhütten mit Bänken und Feuerstellen, aber sie boten Schutz vor der Nacht, dem Wind und der Kälte. Auf den Bänken lagen Felle, sodass man seine Schuhe ausziehen und die nackten Zehen in den Pelz graben konnte. Drugwydd zog getrocknetes Fleisch, Brot und Wurzeln aus seinem Beutel und kochte dazu Tee. Er hatte recht gehabt: Silla fühlte sich fast wie im Paradies.

»Nun«, sagte er endlich und betrachtete zufrieden seine kauenden Schützlinge. »Zum Problem des Fluchs: Das eine ist, dass wir weder den Schädel Tuath-hachs noch das kristallene Ei aus der Grotte der Dreifachen Göttin haben, sondern sich beides anzunehmenderweise in Sliabh-sceils Besitz befindet. Auch der dritte Teil der Macht könnte zusammen mit einem der anderen Teile den Fluch lösen, aber, wie ihr wisst, kennen wir von ihm nicht einmal die Gestalt, geschweige denn den Aufenthaltsort. Das andere ist, dass ein Fluch in der Höhle zwar von einer männlichen Kraft ausgelöst, aber nur von einer weiblichen gelöst werden kann, also einer Druidin. Nun ist Moruagh erwählt, die nächste Alte Frau zu werden. Unglücklicherweise ist sie verschwunden, und zwar spurlos, wie ich fürchte.« Er seufzte und schüttelte den Kopf. »In den Alten Zeiten wurde unser Stand von Frauen beherrscht. Das scheint mir nun nicht mehr so zu sein.« Er hob hilflos die Hände. »Uns fehlt eine Zauberin!«

»Wie lange dauert es denn, Druidin zu werden?«, fragte Silla leise.

»Die Ausbildung erstreckt sich über zwanzig Jahreskreise, was nicht heißt, dass sie dann ausgelernt hätte.«

»So lange!«

»Lang genug, um gerade einen Bruchteil zu verstehen.«

»Was ist mit dem Totem?«, fragte Bras dazwischen.

»Nun, das Totemtier muss einen Teil seiner selbst freiwillig geben, als Geschenk an eine oder einen Auserwählten. Nur dann hat das Totem die richtige Seele. Nicht jeder kann einfach so losziehen und – in unserem Fall – dem Adler eine Feder ausreißen. Auch eine gefundene hat nicht die Kraft.« Drugwydd seufzte noch einmal. »Also werden wir wohl Moruagh aufspüren müssen, gleich bei Anbruch des Tages ziehen wir los. Ihr wisst, wie sehr die Zeit drängt.«

»Aber …« Bras deutete auf Silla, die leicht nickte und behutsam die Feder unter ihrem Hemd hervorzog. Sie hatte sie gegen ihren Körper gepresst getragen, um sie nicht zu knicken.

»Die Adlerin hat sie mir geschenkt, glaube ich«, sagte sie leise. »Nachdem ich abgestürzt bin.«

»Adlerin? Abgestürzt?« Drugwydd schien nach Worten zu ringen, dann räusperte er sich. »Am besten, ihr erzählt mir alles der Reihe nach, meine Lieben!«

Dunkelheit war übers Land und tiefes Schweigen über Drugwydd gefallen, als sie ihren Bericht beendet hatten. Für einen Moment war nur Tills leises Schnarchen zu hören, der sich neben dem Feuer zusammengerollt hatte.

Silla streckte eine Hand aus und versuchte, mit den Fingern eine Schattenfigur an die Wand zu werfen. Das Feuer ließ die Silhouette des Hundekopfes, den ihre Hände bildeten, zucken und zittern. Oder sollte es ein Wolfskopf sein? »Meine Mutter hätte die nächste Alte Frau werden sollen«, sagte sie schließlich wie nebenbei.

Drugwydd hob nur eine Augenbraue und blickte sie aufmerksam an.

»Und meine Großmutter ist eine Blutstillerin«, fuhr Silla fort. »Also bin ich erblich schon ziemlich vorbelastet, oder nicht?«

Der Druide nickte und schürzte grüblerisch die Lippen.

»Ich habe nur nicht zwanzig Jahre Zeit! Aber dafür bin ich

durch die Anderswelt gereist und habe mein Totemtier getroffen, zählt das?« Silla sprang auf und stützte die Hände auf die Hüften. »Ich bin manchmal auch schon ganz gut darin, Gedanken zu erraten, und ich habe den Weg durch die Minen gefunden! Nur mit der Kraft meines Geistes, so wie du das immer predigst.«

»Du siehst aus, als wärest du schon ziemlich entschlossen.« Drugwydd schmunzelte in seinen Bart.

»Ach, Drugwydd, ich meine es wirklich ernst! Gilt das alles nicht, damit ich Druidin werden kann?«

Der Druide schloss die Augen und machte ihr ein Zeichen, sich wieder zu setzen. Diesmal wagte sie nicht, sein Schweigen zu unterbrechen, auch wenn es sich so lange hinzog, dass sie fast eingeschlafen wäre, vor allem als Bras auch noch anfing, im Takt mit Till leise zu schnarchen. Drugwydd saß wie aus Stein gehauen.

Seine Stimme kam schließlich so leise, dass Silla sich im ersten Moment gar nicht sicher war, ob sie nicht geträumt hatte. »Was …?«, schrak sie auf.

»Ich sagte, es liegt nicht an mir, zu entscheiden, ob du Druidin wirst oder nicht«, wiederholte Drugwydd lauter. »Und es ist schon vorgekommen, dass einer nicht den üblichen Weg der Ausbildung genommen hat, was durchaus kein Fehler ist. Was ich tun kann, ist, dich auf den Weg zu geleiten, alles andere wird sich dann zeigen. Und, Silla Faol«, sein Blick senkte sich warm und lächelnd in ihren, »das wird mir ein großes Vergnügen sein.« Er klatschte in die Hände. »Also, lass uns anfangen.« Er begann seinen Mantel zu durchwühlen. »Leg dich ans Feuer und strecke deine Füße aus.«

»Meine Füße?« Silla gehorchte verwirrt.

Drugwydd schien gefunden zu haben, was er gesucht hatte.

Er brummelte zufrieden. »Die Einweihung zum Druidentum erfolgt an sich um einiges feierlicher, wie du dir vorstellen kannst, aber darauf kommt es nicht an. Worauf es ankommt, ist die Wahrhaftigkeit und darauf, jeden Schritt im richtigen Geist zu tun.« Er zerstieß etwas in einem Becher, mischte Wasser dazu, dann warf er eine Handvoll fein geschabter Holzspäne in die Flammen. Der Duft ätherischer Öle stieg auf, aromatisch und ein wenig bitter. Sillas Kopf wurde leicht in dem Qualm und Drugwydds Stimme kam ihr tief und hohl und wie aus großer Ferne vor. »So wie du gerade den giftigen Dampf der Eibe in lebendigen Atem verwandelst, wirst du das Gift dieses Bechers in Weisheit und Leben verwandeln. Das ist Druidentum.«

Silla spürte fast augenblicklich ihren Hals eng werden. »Gift? Und wenn … und wenn ich das nicht schaffe?«, keuchte sie.

»Dann wirst du in die Anderswelt zurückkehren und wissen, dass du nicht auserwählt bist für dieses Studium.«

»Du meinst … ich werde sterben? Oder werde ich heimreisen in die andere Welt, in der ich lebe?«

»Ich fürchte, das Erstere!« Drugwydd blickte ihr ernst in die Augen. »Du musst dir darüber im Klaren sein, dass es bei dieser Entscheidung um alles geht.«

»Heißt das, die Einweihung überleben nur die, die dazu geeignet sind, Druiden zu werden?« Silla starrte Drugwydd mit offenem Mund an.

»Ja«, antwortete Drugwydd schlicht und nickte.

Silla schüttelte erschrocken den Kopf. »Aber …« Dann brach sie ab. Sie blickte in das ernste Gesicht des Druiden. »Aber …«, begann sie noch einmal.

»Du musst es nicht tun. Wir können uns eine andere Möglichkeit überlegen, Iolair zu befreien. Wie immer du dich entscheidest, es wird das Richtige sein«, sagte er leise.

»Ich habe Angst, Drugwydd, dass ich mir vielleicht zu viel vornehme damit.« Sillas Stimme war nur noch ein Wispern. »Vielleicht kann ich das gar nicht, Druidin sein. Hast du nicht einmal gesagt, dass das nicht mein Weg wäre?«

»Die Zeiten und die Zeichen ändern sich – wie alles.« Drugwydd richtete sich zu seiner vollen Größe auf. »Du weißt, dass es nun auf dich ankommt, aber nur du kannst deinen Weg wählen.«

Silla schloss die Augen und sah mit einem Mal Finn vor sich, sein Gesicht, als er Sionnach erblickt hatte. Sie sah Sliabh-sceils hämisches Grinsen und Moruaghs verzweifelten Ausdruck, als der Bär bei ihrer Trennung geschrien hatte wie ein Baby, sie sah Iolairs gelbe Augen, die still und seltsam blicklos in die Weite starrten, fast als wäre sie tot. Und dann sah sie Bras, wie er ernst und entschlossen dastand, ihm gegenüber die übermächtige Schar von König Bituits Soldaten. Silla sah sein Gesicht, bleich vor Angst und trotzdem entschlossen zu handeln, weil es in dem Moment nicht um ihn gegangen war, sondern um eine größere Sache: um sie alle.

Und wenn ich Iolair dann doch nicht befreien kann?, dachte Silla verzagt. Allerdings, wenn ich es nicht versuche, dann werde ich es nie wissen! Sie atmete tief durch, um ihre Übelkeit in den Griff zu bekommen, was ihr nur teilweise gelang. Wie ein dünner Film hatte sich kalter Angstschweiß über ihr Gesicht, ihre Handflächen gelegt. Sie wollte sprechen, aber ihre Stimme steckte in der Kehle fest und erst nach mehrmaligem Räuspern gelang es ihr endlich, ein »Ja« hervorzustoßen.

»Du bist bereit?«

Silla nickte und Drugwydd reichte ihr den Becher. Silla blickte in die schillernde, dunkle Oberfläche der Flüssigkeit, die so gesättigt war vom klebrigen Saft der Misteln und den giftigen Ölen der Eibennadeln, dass sie dickflüssig und träge wirkte. Der Geruch stieg ihr streng in die Nase und wieder spürte sie einen Brechreiz. Sie schloss die Augen und atmete tief durch.

Dann trank sie.

Sie fiel würgend zurück auf den Boden, eine Hand auf den Mund gepresst, um sich nicht zu übergeben.

Drugwydd nahm ihre Füße in seine Hände. »Von jetzt an wirst du von der dreifache Spirale der Druiden geleitet sein. Sie wird dir Schutz sein und Zeichen, dass jeder deiner Schritte im Druidengeist getan wird.« Seine kühlen Finger strichen ihr über die Fußsohlen und malten ihr mit blauer Waidpaste aus einem Tiegel verschlungene Zeichen darauf. »Nun steh auf, zieh deine Sachen aus und das an.« Er holte ein ungefärbtes Hemd aus zarter Wolle aus seinem Umhang und drückte es ihr in die Hände.

»Hast du immer ein Hemd für Rituale dabei?« Sillas Stimme klang ihr selbst fremd und merkwürdig gedämpft in den Ohren.

»Nur wenn ich weiß, dass ich es brauchen werde!« Ein leises Lachen begleitete seine Worte.

Silla schüttelte den Kopf. Hatte er das alles etwa geplant gehabt? »Meine Schuhe?«, sagte sie fragend.

Der Druide schüttelte den Kopf. »Du kannst dir den Wolfspelz umhängen, sonst nichts. Und dann komm.« Mit diesen Worten verließ er die Hütte.

Der Schnee stach Silla so kalt in die Haut, dass ihre Füße nach wenigen Schritten schon gefühllos waren.

»Zeit, dich einzumauern, ist ja nicht mehr, aber wir werden die Einsamkeit schon anders zu finden wissen«, hörte sie Drugwydd sagen.

»Einmauern?«, fragte Silla ungläubig zurück.

Der Druide blickte sie über seine Schulter hinweg an. »Nur in der völligen Abgeschiedenheit ist der Ruf zu hören, der dich auf den Weg deiner Bestimmung leitet. Daher mauert man angehende Druiden für die festgelegte Spanne von einigen Tagen und Nächten ein. Anschließend weiß man – und auch sie selbst wissen es –, ob sie wirklich dazu bestimmt sind, Druiden zu werden.«

»Und wenn nicht?«

»Dann setzen sie zweifelsfrei ihr Leben glücklich zu einer anderen Bestimmung in der Anderswelt fort!«

Silla stöhnte unwillkürlich auf, trotzdem war sie nicht wirklich entsetzt. Der Geist heiterer Gelassenheit, der sie seit dem Überwinden ihrer Übelkeit beflügelte, hielt ungebrochen an. Giftbecher!, dachte sie, aber selbst das brachte sie nur zum Lachen.

Sie spürte unter ihren Fingerspitzen die Adlerfeder, die zusammen mit dem Dolch in dem Wollband steckte, das ihr Hemd in der Taille zusammenhielt. Die Berührung schien ihr Kraft und Zuversicht zu geben.

»So, hier!« Drugwydd war an einem hervorspringenden Felsen stehen geblieben, unter dem die Tiefe des darunterliegenden Abhangs nur noch als Schwärze erkennbar war. Er nahm Silla den Pelz von den Schultern und warf ihn mit Schwung über die Steinnase, die da ins Leere ragte. »Leg dich darauf«, befahl der Druide.

Silla gehorchte, ohne zu fragen, und der Druide schlug das Fell eng um sie. Sie blickte in den kalten, klaren Himmel, in dem die Sterne flimmernd funkelten und die helle Linie des neuen Mondes eine hauchfeine Sichel schnitt.

Es muss ungefähr Anfang Dezember sein, dachte Silla. Und bis zum nächsten Neumond wird schon alles entschieden sein! Sie hörte Drugwydd Worte in der Alten Sprache murmeln. Seine Stimme wurde stärker und Silla hatte mit einem Mal das Gefühl, als würde er das Gift in ihrem Körper rufen. Sie konnte spüren, wie es in ihren Adern anfing sich zu bewegen, zu kochen, wie es durch ihre Gliedmaßen lief bis in ihren Kopf. Sie spürte, wie der Wolfspelz sich um ihren Körper legte, der sich zusammenkrümmte, wieder streckte, wie ihr Nacken sich senkte und ihre Nase sich unter einem Ansturm an Gerüchen schnuppernd hochreckte. Sie spürte, wie ihre Hände, ihre Füße anfingen ungeduldig zu scharren, als könnten sie es nicht erwarten, loszustürmen, wie ihre Ohren in den leichten Wind des Gipfels zuckten, um Geräusche aufzunehmen, wie sie sie noch nie gehört hatte. Und dann hob Silla den Kopf und heulte in den Mond, getrieben von einer unbezwinglichen Sehnsucht, den Körper bis zum Äußersten gespannt. Sie hörte eine Stimme ähnlich der ihren antworten, ganz nah klang sie, dann blickte sie in gelbe Augen, die sie seltsam starr fixierten, als wollten sie ihr etwas mitteilen. Laufen, verstand Silla. Laufen!

Und Silla lief. Der schneebedeckte Boden trommelte rhythmisch unter ihren Füßen, ihr Körper bog und spannte sich im Takt dazu, neben sich sah sie eine Gestalt gleich der ihren rennen, die Nase gereckt wie die ihre. Die Wölfin.

Ich bin ein Wolf, dachte Silla voll Erstaunen. Eine Wölfin! Aber dann vergaß sie ihr Staunen auch schon wieder, ganz gepackt vom Rausch des Rennens.

Erst viel, viel später blieb sie stehen. Sie hechelte, die Zunge hing ihr weit aus dem Maul. Sie stand vor einem Baum, schnupperte kurz am Stamm: Ein Reh hatte sich daran gerieben, ein paar Haare hingen noch zart an dem Holz, dann war ein Hase vorbeigehoppelt, hatte sich gegen den Stamm gedrückt auf der Suche nach Schutz und Unterschlupf, war weitergesprungen. Er hatte Glück gehabt, denn nicht viel später war der Fuchs vorbeigeschlichen.

Silla spürte eine plötzliche, heftige Müdigkeit. Sie rollte sich unter dem Baum in den Schnee, die Nase tief unter die Hinterläufe gegraben, die Wölfin an ihrer Seite, deren Wärme sich mit der ihren mischte. Dann fiel sie in einen Schlaf, in dem merkwürdige Träume sie jagten und ihre Läufe zum Zucken brachten.

Ein heller Schrei ließ sie auffahren.

»Wa-was?« Silla blinzelte orientierungslos in den schneehellen Morgen. Sie hörte jemanden ihren Namen rufen, ein paar Arme schlangen sich um sie und drückten sie in eine weiche Umarmung. Haare fielen über ihr Gesicht und brachten sie zum Niesen. Silla versuchte halb erschrocken sich aus dem Griff zu befreien und ein klingendes Lachen ertönte.

»Wolfsmädchen! Fast hätte ich dich nicht erkannt, so bist du gewachsen. Und dein Haar ist auch länger. Wie wunderbar, dich hier zu finden!«

Silla blickte in ein rosiges Gesicht, umringt von dichtem blondem Haar. Blaue Augen strahlten sie an. »Duine!«, flüsterte sie völlig fassungslos. Duine, die Ziehmutter ihres Bruders Cù, aus dem Geschlecht der Boand und somit direkte Nachfahrin Bou-windes, der weißen Kuhgöttin. »Wie kommst du denn hierher?«

Die Frau lachte hell auf. »Das Gleiche könnte ich dich fragen! Ich wohne hier. Und du?«

»Ich … ich … weiß auch nicht.« Silla blickte sich verwirrt um. »Ich bin mit der Wölfin gelaufen.«

»Und sie hat dich zu uns gebracht.« Duine blickte sie aufmerksam an. »Das ist gut!«

»Uns? Ist Saor auch hier?«

»Gewiss ist er das!« Duine zog sie lachend auf die Füße, dann runzelte sie die Stirn. »Du hast keine Schuhe und trägst nur ein Hemd unter dem Fell«, stellte sie fest, »und die Feder in deinem Gürtel wird dich auch nicht weiter wärmen.«

Silla begann in dem kalten Schnee zu hüpfen. »Wölfinnen tragen keine Schuhe! Ich erzähle dir alles, aber bitte am Feuer, bevor meine Zehen zu Eis erstarren.«

Kopfschüttelnd nahm Duine sie mit sich.

Duines Hütte war wie ein Blockhaus aus schweren, grau verwitterten Stämmen zusammengesetzt, auf denen Moos und Flechten wuchsen. Gesichter lugten aus dem Holz hervor, in die Balken geschnitzte Fratzen und Figuren. Verwundert blickte Silla sich um. Bäume mit Stämmen von einer Dicke, wie sie sie selten gesehen hatte, standen in lockeren Gruppen und reckten ihre zum Teil geborstenen Silhouetten in den Winterhimmel. Die Äste waren kahl, aber so dicht mit feinem Baumbart behangen, dass sie silbern belaubt wirkten. Aus den alten Strünken wuchsen wie aus Nestern kleine Bäumchen nach. Auch aus den Stämmen blickten sie geschnitzte Gesichter an, als würden die Bäume selbst ihr Fratzen schneiden.

»Wo sind wir hier?« Silla blieb stehen.

»Im Lärchenwald von Ablon. Der schönste Fleck des Reichs, wenn du mich fragst. Deshalb sind wir auch hiergeblieben. Ich hoffe, du wirst den Wald einmal im Sommer sehen können, wenn er voller Leben ist. Die Schnitzereien macht Saor. Er hatte in den Kerkern reichlich Zeit, das Handwerk zu lernen.« Duine seufzte unwillkürlich. »Komm weiter. Er wird sich freuen, dich zu sehen!«

Duines Mann saß in einer Ecke der Stube und schnitzte, als sie eintraten. »Silla Faol«, rief er überrascht. »Die Tochter der Wölfin! Was für eine Freude!« Sein asketisches, schmales Gesicht war noch immer bleich, aber durch sein schwarzes Haar, das ihm lang über den Rücken fiel, zogen sich mehr silberne Streifen, als Silla in Erinnerung hatte.

Duine, die nicht zu altern schien, sah neben ihrem Mann aus wie der blühende Morgen. Sie drückte Silla auf einen Schemel neben Saor, hatte auch gleich eine Schüssel Getreidebrei für sie und Silla erzählte.

»Also trägst du jetzt die Druidenmale auf den Sohlen.« Duine lächelte, als Silla geendet hatte. »Das freut mich! Auch, dass die Wölfin dich zu uns geleitet hat!«

»Fragt sich, wieso«, brummte Saor. »Nach dem, was Silla erzählt hat, kann ich nicht glauben, dass es Zufall war. Überlegt einmal: Sillas erste Reise als Druidenschülerin. Ihr Totemtier läuft mit ihr. Wo führt es sie hin?«

»Dorthin, wo sie findet, was sie sucht«, antwortete Duine, ohne zu zögern.

»Ich suche den dritten Teil der Macht der ältesten Druidin, um Iolair zu befreien«, sprudelte es aus Silla hervor, dann schlug sie sich auf den Mund. »Nein, eigentlich sollte ich bloß meine Einweihung erhalten. Denn nur eine Druidin kann den Fluch brechen, der die Alte Frau fesselt. Ich weiß auch nicht, warum ich das eben gesagt habe! Im Grunde fehlt uns alles, was den Fluch lösen könnte. Die Feder der Adlerin habe ich allerdings. Ich muss zu den Gipfeln von Bell-dae. Wenn ich hinfinde, heißt das! Wo sind wir hier denn eigentlich?«

»Du musst das Roc-rugha, das felsige Bergmassiv, heute Nacht auf deiner Druidenreise überquert haben, wenn du von den Minen kommst. Unser Lärchenwald liegt dahinter, zwischen Y-loig und den Gipfeln der Göttinnen.« Duine runzelte nachdenklich die Stirn. »Den dritten Teil der Macht«, wiederholte sie langsam. »Ja, wenn du den hättest … Dann wäre Sliabh-sceil keine Gefahr mehr, nehme ich an! Andererseits, wenn er ihm in die Hände fiele …« Sie verstummte und zog die Schultern hoch, als würde sie frösteln. »Könnte es denn sein«, fuhr sie nach einer kurzen Pause fort, »dass die Wölfin gerade aus dir gesprochen hat? Wie hättest du sonst so plötzlich darauf kommen sollen, dass du nach dem dritten Teil der Macht suchst?«

»Aber was sollte das sein?« Saor zuckte die Schultern. »Wir haben nichts von Wert und nichts, das so alt ist, um noch aus der Ältesten Zeit stammen zu können.«

»Außer …« Silla hob die Brauen und blickte Duine an.

»Außer …« Duine starrte zurück und dann sagten sie fast im Gleichklang: »Bou-windes Horn!«

»Bou-windes Horn! Natürlich!« Saor schlug sich gegen die Stirn. »Natürlich!«, sagte er noch einmal. Das Schlachthorn der Göttin, die bronzene Carnyx aus Ältester Zeit, deren Hüterin Duine war. Nichts anderes konnte es sein!

»Zumindest hat es das passende Alter.« Duine wirkte mit einem Mal zweiflerisch.

»Wir müssen es eben probieren!« Silla sprang auf wie elektrisiert. »Kommt mit mir zu den Bell-dae! Dann sehen wir ja, ob wir richtig geraten haben!« Silla schloss für einen Moment die Augen und lehnte sich gegen die Wand. »Bitte«, fuhr sie leiser fort. »Wir müssen Iolair befreien. Wir müssen einfach. Dieser schreckliche Druide, Sliabh-sceil, darf nicht gewinnen.« Das Bild des Weidengeflechts mit dem unglückseligen Mann darin trat ihr vor die Augen, wie so oft, seit sie begriffen hatte, was da vor sich gegangen war. »Menschenopfer«, flüsterte sie. »Bei seinen Ritualen. Er opfert Menschen.«

Duine fuhr zurück und ein angeekelter Ausdruck verzerrte ihr Gesicht.

Saor runzelte finster die Brauen. »Das ist unser einziger Kummer: unsere Nachbarschaft zur Fluchtburg, das unselige Nest des Druiden!«

»Du meinst, Sliabh-sceil wohnt *hier*? In eurer *Nachbarschaft*?« Silla schüttelte ungläubig den Kopf.

»Eigentlich wohnt er in Y-loig«, seufzte Duine. »Und ich bezweifle, dass viele von seinem Treiben in der Fluchtburg überhaupt wissen. Ich nehme an, dass er dort sein Himmelsobservatorium hat, seine Kräuterkammer und solcherlei Dinge. Um den Turm ranken sich so viele abschreckende Geschichten, dass sich ihm keiner freiwillig nähert. Es ist wohl praktisch für ihn, denn von der alten Fluchtburg ist es nicht mehr weit bis zum Königssitz. Zum Glück können wir es vermeiden, ihn zu treffen. Der Lärchenwald liegt zwischen uns und schützt uns, aber allein der Gedanke an seine Nähe ist unangenehm.«

»Dann kennt ihr auch Celtilus?«

»Nur vom Hörensagen, gesehen haben wir ihn nie.« Duine wirkte beunruhigt. »Aber du hast vorher vom Schädel Tuathhachs und von dem Kristall gesprochen. Wolltest du damit andeuten, dieser Druide hätte beides?«

»Drugwydd meint, ja. Sonst hätte Sliabh-sceil den Fluch der Dunklen Nacht nicht wachrufen können, versteht ihr!«

»Der Kristall muss sehr groß sein, sagt man.« Saor kratzte sich nachdenklich am Kinn. »Mag sein, dass er auch unhandlich zu tragen ist.«

»Dann wäre es wohl möglich, dass …« Duine brach ab und blickte mit aufgerissenen Augen zwischen Saor und Silla hin und her.

Jetzt verstand auch Silla. »Ja, natürlich«, murmelte sie. »Er bewahrt ihn irgendwo auf. Und was wäre dafür geeigneter als ebendieser Turm!«

»Vielleicht. Vielleicht aber auch nicht.« Saor wiegte zweifelnd den Kopf.

»Aber wieso hat Drugwydd dann nicht längst dort gesucht?«

»Abgesehen davon, dass es ein Tabu ist und kein Druide die Sachen oder die Wohnstätte eines anderen Druiden durchsuchen würde, weiß Drugwydd vielleicht nicht von der Fluchtburg. Er ist schließlich der Druide An Ears und dort zu Hause. Auch er ist nicht allwissend, Mädchen!« Saor lächelte leicht.

»Oft meine ich, er wäre es doch«, seufzte Silla und Duine lachte auf.

Dann wurde sie wieder ernst. »Außerdem ist die Burg nur eine alte Ruine und auch wir wüssten nichts von Sliabh-sceils Treiben, wenn wir nicht so nahe wären und ich nicht nachts oft umherwanderte, um die Sternbilder zu betrachten. Um ihm nicht zu begegnen, gebe ich gut darauf acht, wann er kommt und geht – was im Übrigen mehr einem heimlichen Huschen gleicht. Keiner nähert sich freiwillig dem Turm«, wiederholte sie noch einmal. »Insofern wäre er ein sicheres Versteck für alles, was nicht gefunden werden soll. Ob nun der Schädel und der Kristall dort sind …?« Sie runzelte nachdenklich die Stirn.

»Das können wir nur herausfinden, wenn wir nachschauen, nicht wahr!« Silla begann erregt auf und ab zu gehen, dann kniete sie neben Duine nieder und nahm ihre Hand. »Geht mit mir. Vielleicht schaffen wir es ja, irgendwie in diese Fluchtburg zu kommen. Stellt euch nur einmal vor, wir würden wirklich die Machtträger finden! Dann wäre es bestimmt nicht mehr schwierig, Iolair zu retten!«

Duine blickte sie ruhig an und plötzlich sah Silla Tränen in ihren Augen schimmern. »Wir würden so gerne, Silla, aber …« Hilflos blickte sie zu Saor, dessen Miene sich verfinstert hatte und der mit heftigen Bewegungen wieder begonnen hatte, sein Stück Holz zu bearbeiten.

»Aber … was ist denn los?«, fragte Silla erschrocken.

»Nicht lange nach unserer Befreiung hat Saor mit einem Mal die Fähigkeit verloren zu laufen, Silla. Der lange Aufenthalt in den feuchten Kerkern …« Duine beendete den Satz nicht, sondern blickte nur bekümmert zu Boden.

»Ich habe mir Krücken geschnitzt.« Saor deutete auf zwei kunstvolle Stangen, die neben ihm an der Wand lehnten. »Mit denen schleppe ich mich hinaus. Es macht mir Freude, Gesichter in die Wände unserer Hütte und in die Baumstämme zu kerben, aber weiter komme ich nicht mehr. Mein Leben ist an sich gut, nur Duine …« Er zuckte die Achseln.

»*Unser* Leben ist gut«, sagte Duine fest.

Mit einem Mal segelte das Scheit, das Saor in Händen gehalten hatte, mit einem heftigen Schlag in die Flammen. Eine Funkenwolke stob auf, während Saor einen Fluch ausstieß. »Und jetzt kommt die Tochter der Wölfin und bittet um unsere Hilfe und ich kann sie ihr nicht gewähren! Das ist bitter! Aber, Frau, du musst mit ihr gehen! Du kannst helfen!«

Silla und Duine wechselten einen kurzen Blick. Duine schüttelte unmerklich den Kopf, Bedauern und Hilflosigkeit standen in ihren Augen.

Silla verstand: Wie hätte die Frau auch ihren gelähmten Mann alleine zurücklassen können!

»Nein, Saor«, sagte Duine leise, dann sprang sie auf. Sie verschwand im Hintergrund des Häuschens und war auch schon wieder da. »Aber das wird dich begleiten«, sagte sie an Silla gewandt fest. Das Feuer spiegelte sich in goldenen Reflexen auf dem glänzenden Metall.

»Das ist doch ...«, stammelte Silla.

»Ja«, nickte Duine, »das ist Bou-windes Horn. Du wirst es statt meiner blasen müssen.«

»Das kann ich nicht annehmen!« Abwehrend hob Silla die Hände, aber da hatte Duine ihr die Carnyx schon in den Arm gedrückt.

»Ich bestehe darauf«, lächelte die Frau und richtete sich auf. Das Feuer ließ ihr Haar golden schimmern und Duine schien mit einem Mal von innen zu erstrahlen.

Silla hatte das Gefühl, der weißen Göttin persönlich gegenüberzustehen. Sie strich leicht über das kühle Metall. »Ich werde gut darauf aufpassen«, flüsterte sie.

Trotz ihrer unruhigen Nacht fühlte Silla sich ausgeruht und frisch, sodass sie sich daranmachte, gleich weiterzuziehen, auch wenn sie gerne noch bei ihren alten Freunden geblieben wäre. Ausgerüstet mit einer alten Hose Saors, Stiefeln, Fäustlingen und einem Wollhemd Duines, unter dem die Zipfel von Sillas eigenem Hemd herausblitzten, und einen Proviantbeutel über ihren Wolfspelz geschlungen, war Silla bereit, der Kälte die Stirn zu bieten.

Duine begleitete sie ein Stück bis zu dem Baum, an dessen Fuß sie sich erst vor Kurzem gefunden hatten. Duine strich zart über den knorrigen Stamm. »Schau! Das Bäumchen sieht aus, als wäre es schon lange tot, so knarzig und abgebrochen, wie seine Zweige sind. Es ist ein Apfelbaum, der noch aus Ältester Zeit stammt, heißt es. Er gibt dem Wald seinen Namen: Ablon. Wie schön, dass wir uns gerade hier getroffen haben!«

»Äpfel sind heilige Früchte, nicht wahr?« Silla legte ihre Hand neben Duines.

»Ja. In ihren Kerngehäusen bergen sie den fünffachen Stern der Druiden und ihr Fleisch ist Zeichen der Unsterblichkeit. Und sieh nur, da! Was an ihm hing, als wir hier ankamen.« Sie deutete auf etwas schrumpeliges Braunes in den Zweigen. »Er trug wirklich einen Apfel! Aus seinem toten Holz müssen noch einmal ein paar Blüten gewachsen und eine sogar zur Frucht geworden sein. Wir haben sie hängen lassen und dachten, die Tiere würden sich genauso daran erfreuen wie wir, aber scheinbar hielten die Tiere es ähnlich und so hängt der Apfel immer noch. Warte.« Sie reckte sich in das dürre Geäst und erreichte gerade die Frucht, die ihr nach einer schnellen Drehung in die Hand fiel. »Hier!« Duine streckte Silla das Äpfelchen hin. »Nimm es mit, zur Erinnerung, denn schmecken wird es nicht mehr so gut. Und als Pfand, dass du zurückkommst!« Sie lächelte und schloss Silla in ihre Arme. »Hunderttausendfaches Glück, Silla Faol«, flüsterte sie ihr ins Ohr, dann wandte sie sich um und Silla sah ihre schmale Gestalt zwischen den Lärchen davontanzen.

»Ich bringe das Horn zurück!«, rief sie ihr hinterher.

Duine drehte sich kurz um und winkte, dann war sie hinter den Bäumen verschwunden.

Silla legte noch einmal ihre Hand an den rauen schwarzen Stamm des Apfelbaums. Wie unendlich alt er schon sein musste! Und gerade hier hatte ihre erste Druidenreise sie hingeführt, zu Duine und Saor. Nun stand sie da, mit Bou-windes

Horn, und ihr wurde ganz schwindelig bei dem Gedanken, was noch alles auf sie zukommen würde. Sie schloss die Augen und lehnte für einen Moment die Stirn an den kalten Stamm.

Mut!, dachte sie. Mut, Silla! Du wirst das schon schaffen! Vielleicht funktioniert das ja mit dem Horn und ich kann Iolair helfen. Zeit wird es!

Seufzend machte sie sich auf den Weg.

11. KAPITEL

DIE FLUCHTBURG

»Folge nur dem Weg«, hatte Duine gesagt. »Wo er sich gabelt, kannst du noch einen Blick auf Sliabh-sceils steinernen Turm werfen. Dann gehe in die andere Richtung, in Richtung der Bell-dae. Sie sehen aus wie eine dreizackige Krone, du kannst sie nicht verfehlen.«

Das musste nun die Gabelung sein, und richtig, dort war ein steingeschichteter, verwitterter Turm zu sehen. Die Fluchtburg. Früher hatten dort die Familien des Umkreises Schutz vor Feinden gefunden, aber oft genug war die Zuflucht zur Falle geworden und man war dazu übergegangen, im Notfall nach Ath-lain zu fliehen oder sich im Wald zu verstecken.

Eindrucksvoll sah das Gebilde auf jeden Fall aus! Oben schien das runde Strohdach eine Öffnung zu haben, aus der wohl Rauch aufsteigen konnte, aber im Moment lag das Gebäude ruhig da, ohne dass man eine Spur von Bewegung oder Leben hätte entdecken können. Sliabh-sceil war bestimmt unterwegs. Logischerweise vermutete er sie alle auf dem Weg nach Mag Mell und ganz sicher nicht bei seiner heimlichen

Behausung! Silla kicherte nervös. Sie drehte sich um und begann auf die Bergspitzen zuzugehen, wie Duine es ihr gesagt hatte, blieb aber nach ein paar Schritten schon wieder stehen.

Sie zögerte.

Wenn die Fluchtburg im Moment wirklich verlassen war, sprach wohl nichts dagegen, sie sich kurz einmal anzusehen. Dazu brauchte sie weder Duine noch Saor!

Sie tat einen zaghaften Schritt zurück.

Andererseits, wenn nun doch jemand nach Hause käme und sie dort erwischte! Nicht auszudenken! Aber Duine hätte es bestimmt erwähnt, wenn noch andere dort leben würden außer dem Druiden und seinem Schützling Celtilus. Wer weiß, vielleicht hatte die Wölfin sie ja auch deswegen hergeführt und nicht nur wegen ihrer Freunde und des dritten Teils der Macht. Am Ende gab es ja noch etwas anderes zu entdecken!

Silla blickte noch einmal unentschlossen hin und her, dann lief sie los, den Lederbeutel mit dem Horn an ihre Brust gedrückt und den Blick fest auf die Fluchtburg gerichtet.

Der seltsame, tonnenförmige Bau, der sich nach oben hin verjüngte, ragte hoch und fensterlos über Silla auf. Früher musste hier noch ein Wall gewesen sein, der ihn umringte, Silla konnte Reste davon sehen, die kreisförmig hinter dem Gemäuer verschwanden. Auch das Pförtnerhäuschen an der Mauer war jetzt nur noch eine verfallene Ruine, in dessen Mitte schwarz der Eingang gähnte. Es war die einzige Öffnung, die Silla entdecken konnte. Silla spürte, wie sie aller Mut verließ. Durch dieses dunkle Loch sollte sie gehen? Ohne zu wissen, was dahinter war?

Hilflos blickte sie sich um. Wenn sie sich nur nicht so beobachtet gefühlt hätte, als würden sie aus allen Ecken Augen anstarren!

Nein, keine Chance, nichts wie weg hier!, dachte sie. Ich habe Sliabh-sceils Behausung zumindest aus der Nähe gesehen, das reicht! Und jetzt schnell in die andere Richtung, wo ich eigentlich hinwollte!

Sie war schon dabei, umzudrehen, da nahm sie aus den Augenwinkeln eine Bewegung wahr. Aus dem düsteren Eingang war ein Schneehase gehoppelt und verharrte nun reglos, den weißen Pelz, in dem noch ein paar dunkle Büschel seines Sommerkleides hingen, gesträubt. Nur die schwarzen Spitzen der Ohren zuckten lauschend in alle Richtungen. Silla lachte auf. Und davor hatte sie sich gefürchtet! Der Hase war bei dem Geräusch wie ein Blitz verschwunden, wieder in die Burg hinein, Silla mit beherztem Schritt hinterher.

Die modrige Kälte empfing sie mit einer klammen Umarmung. Auf den äußeren folgte ein innerer Mauerring. In der Mitte des Innenhofs lag verlassen eine kalte Feuerstelle. Hierhin hatte sich bestimmt noch nie ein Sonnenstrahl verirrt. Silla konnte den Himmel durch das Loch in der Decke sehen. Die Sonne ließ einen hell abgezirkelten Kreis aus Licht über das obere Rund des Mauerwerks wandern. Entlang der Innenmauer wanden sich in den Stein eingefügte Holzbalken als eine Art spiralförmige, geländerlose Stiege bis ganz hinauf, vorbei an schmalen Öffnungen, die wohl in die dahinterliegenden Räume führten.

Vielleicht hat Sliabh-sceil ja eine Frau, die ihm kocht und so, dachte Silla und wappnete sich. Ich sage einfach, ich bin ein verirrter Wanderer auf der Suche nach … nach der Hauptstadt! Dagegen kann ja wohl niemand etwas haben!

Sie hatte das Rund des Hofs abgeschritten und betrat nun mutig den ersten Balken, der selbst unter ihrem leichten Tritt gefährlich ächzte und stöhnte. Die mörtellos zusammengefügten Steine der Wand waren von glatter Glitschigkeit, aber die Ritzen boten wenigstens ihren Fingern etwas Halt und ein gewisses Gefühl der Sicherheit, obwohl ihr ein Geländer um einiges lieber gewesen wäre. Immer wieder schielte sie in den leeren Raum neben der Stiege, der mit jeder Stufe tiefer wurde und ihr die Knie wackelig werden ließ. Endlich die erste Öffnung, die einen türlosen Blick in einen kargen Raum gewährte. In der Mitte befand sich eine Feuerstelle. Der Rauch musste wohl durch den Eingang abziehen, denn auch dieses Zimmer lag, wie der ganze Turm, in fensterlosem Dunkel. Wie gemütlich!, dachte Silla und schüttelte sich.

Sie stieg weiter hinauf.

Eine Wolke musste sich vor die Sonne geschoben haben, denn der helle Lichtfleck an der Decke erlosch und nur noch diffuse Düsternis sickerte herab. Die Angst überfiel Silla heftig und unvermittelt. Wie abweisend und kalt diese glitschigen Wände sie anstarrten und die Öffnungen, die nur darauf zu warten schienen, sie zu verschlingen! Sliabh-sceils Gesicht stieg ihr vor die Augen, das tückische Glühen in seinen dunklen Pupillen, die sie unter den blauen Haarsträhnen hindurch anstarrten, und sie musste sich auf die Stufen setzen. Ihr war mit einem Mal elend zumute. Sie bohrte die Fäuste in den Magen und bemühte sich, ruhig zu atmen.

Wenn nur wenigstens Till hier wäre, dann wäre das alles etwas ganz anderes! Till würde riechen, ob irgendwo jemand auf der Lauer liegt, dachte sie, oder ob einer kommt oder sonst was, und außerdem wäre es nicht so schrecklich einsam! Was wohl die anderen gerade tun? Moruagh zum Beispiel. Ob sie ihren Bären wiederhat? Vielleicht hat sie sich ja auch verirrt! Nein! Bestimmt nicht verirrt! Nicht Moruagh! Jeder Wald scheint sich ihr anzupassen wie ... wie ... ein altes, verwaschenes Lieblings-T-Shirt! Ein besserer Vergleich fiel ihr nicht ein. Unwillkürlich musste Silla lächeln und sie seufzte tief auf. Ihre Freundin musste sich ja auch alleine durchschlagen, da würde sie, Silla, das ja wohl auch schaffen! Also, weiter!

Sie wusste inzwischen schon gar nicht mehr, wie hoch sie eigentlich war, aber sie wagte es nicht, nach unten zu blicken, um nicht noch schwindeliger und unsicherer auf den Beinen zu werden. Wieder eine Öffnung, auch hier keine Tür. Silla zögerte einen Moment, dann trat sie hinein. Hauptsache, sie konnte diese schreckliche Stiege verlassen, und wenn es nur für einige Augenblicke war! Hier gab es keine Feuerstelle, dafür ein paar Strohsäcke, die unordentlich in eine Ecke geschoben waren und über die eine räudige, kahle, halb auf den Boden gerutschte Felldecke gebreitet war. Ein grob gezimmertes Regal stand daneben. Neugierig trat Silla näher. Ein paar schöne Steine lagen da, eine Federnsammlung, ein angepicktes Amselei, das zart türkis leuchtete, das Knochenskelett eines Vogelkopfes neben einem vollständigen Krötengerippe.

Silla tippte sacht mit dem Finger gegen die filigranen Knöchelchen. So zart und leicht wie Papier, dachte sie. Ihr Bruder Vinzi hatte auch so eine Sammlung. War das vielleicht Celtilus' Zimmer? Wie seltsam, dass er eigentlich auch nur ein Junge war! Durch Sliabh-sceils hinterhältige Spiele, in die er verstrickt war, hatte sie ihn noch nie so gesehen – als Jungen. Als ihren Halbbruder! Sie schüttelte den Kopf. Schöner Bruder! Mit einem heftigen Schnauben kehrte sie dem Raum den Rücken zu.

Der nächste Eingang war von einer Tür versperrt. Das Herz klopfte Silla bis in den Hals, als sie zaghaft gegen das Holz stieß, das leise knarrend aufschwang. Sliabh-sceils Kammer, etwas anderes konnte es nicht sein. Silla erkannte einige Gerätschaften, wie sie auch Drugwydd benutzte: Scheiben, die sich gegeneinanderdrehten, wenn er die Stellung der Gestirne verfolgen wollte, und andere Apparate zur Vermessung und Beobachtung des Himmels glommen metallisch in dem Halblicht, das von der Tür hereinfiel, ein gehämmerter Kessel hing über einer Feuerstelle, Tontöpfe und Mörser waren auf Ablagen und Regalen verteilt, Kräuter baumelten in dichten Büscheln von den Deckenbalken. Nur dass dieser Raum pedantische Ordnung ausstrahlte, während bei Drugwydd immer das reine Chaos zu herrschen schien.

Und noch etwas war anders, auch wenn Silla nicht benennen konnte, was es war. Wie eine böse Kälte, die über allem liegt, dachte sie, und mir jeden Schritt so schwer macht, als würde ich mich durch eine Wand kämpfen, die versucht, mich zurückzudrängen! Aber ich *muss* hier suchen! Wenn der Schädel oder das Ei in der Fluchtburg sein sollten, dann doch bestimmt hier zwischen den ganzen magischen Gerätschaften.

Widerwillig machte sie sich an die Arbeit. Wenn sie nur in etwa gewusst hätte, wie groß dieser Kristall war! Sie öffnete einen Tontiegel nach dem anderen und stocherte hinein. Nichts! Vielleicht unter der Feuerstelle. Mit einem eisernen Schürhaken schob sie den Ruß beiseite. Systematisch kämmte sie den ganzen Raum durch, ohne dass sie etwas entdeckt hätte. In dieser Ordnung konnte es doch nicht so schwer sein, etwas zu finden!

Einige Zeit später stöhnte Silla enttäuscht auf. Nein, hier war nichts! Ganz bestimmt nicht! Wie lange sie wohl gesucht hatte? Ihrem Gefühl nach mussten einige Stunden vergangen sein.

Unruhig lauschte sie hinaus. Diese Stille war nervtötend und es kostete sie richtig Kraft, dem Impuls zu widerstehen, sofort hinauszulaufen und einen möglichst großen Abstand zwischen sich und den Turm zu bringen.

Ein dumpfer Laut ließ sie zusammenfahren. Was war das gewesen?

Wieder hallte es gedämpft im Gemäuer. Kam am Ende jemand? Hier gab es ja noch nicht einmal eine Möglichkeit, sich zu verstecken. Wenn jetzt Sliabh-sceil hereinträte und sie hier entdeckte!

Bebend vor Schreck schlüpfte Silla hinaus und zog mit fahrigen Fingern die Tür hinter sich zu. Sie presste sich mit dem Rücken eng an die Wand. Wo sollte sie nur hin? Wenn wirklich jemand käme, würde sie ihm direkt in die Arme laufen! Also blieb nur eines. So leise sie konnte, huschte sie weiter hinauf. Vielleicht fand sie dort ja einen Dachboden oder so etwas, wo es eine Möglichkeit gäbe, sich zu verstecken!

Hier war der nächste Eingang – von einem schweren Holztor blockiert und mit Eisenstangen verriegelt! Da konnte sie nicht hinein. Frustriert schlug sie gegen das Holz und fuhr erschrocken zurück.

Da! Wieder dieser dumpfe Laut! Als wäre ein schwerer Gegenstand zu Boden gefallen. Das Geräusch kam aus dem Raum, vor dem sie stand! Sillas Herz klopfte mit einem Mal so stark, dass es ihr in den Ohren dröhnte. Vorsichtig näherte sie sich wieder der Tür und presste ein Ohr dagegen. Sie hörte ein Schaben und dann eine Stimme. Es klang, als würde sie fluchen. Eingesperrt und fluchend, das konnte schwerlich ein Freund des Druiden sein!

Silla stemmte sich mit der Schulter gegen den obersten Riegel und drückte mit aller Kraft, bis sie das Gefühl hatte, ihr Kopf würde jeden Moment zerspringen. Sie spürte schon ihre Augen herausquellen, als die Stange sich plötzlich bewegte, aus den Verstrebungen sprang und ihr fast auf den Fuß fiel. Aus der Balance geworfen taumelte Silla zurück, schwankte einen Moment und konnte sich gerade noch an dem anderen Riegel festhalten, während die Eisenstange über die Stufen sprang, über dem Rand verschwand und – nach einer Zeitspanne, die Silla unendlich schien – in den Hof klirrte.

Die zweite Stange ließ sich mit einem Ruck aus ihren Verstrebungen ziehen. Silla drückte behutsam gegen die Tür, die sich mit einem kleinen Quietschen öffnete. Ein fauliger Gestank schlug ihr entgegen.

»Ahh!« Eine Stimme stöhnte rostig. »Licht!«

Silla lugte mit zusammengekniffenen Augen in die Dunkelheit. Die Stimme kannte sie doch! Eine Gestalt lag lang auf den nackten Steinboden hingestreckt, Arme und Beine seltsam steif nach hinten abgewinkelt, Hände und Füße zusammengebunden und das Gesicht vom Licht abgewandt in den Boden gepresst.

»Elluit!«, schrie Silla auf und noch einmal leiser: »Elluit!« Dann kniete sie auch schon bei dem alten Freund und zerrte ungeduldig an den Knoten seiner Fesseln. Elluit, der Anführer der Ull-slog, des Wilden Waldvolkes, das die Gegend des Wachsenden Waldes so unsicher machte, dass kein Reisender mit heiler Haut hindurchkam.

»So schaffst du das nie«, knurrte Elluit. »Hast du nichts Schärferes als deine Finger?«

»Doch!« Silla zog ihren Dolch hervor, presste ihn zwischen die Seile und säbelte los. »In den Filmen sieht das immer so einfach aus«, keuchte sie.

Der Mann stieß einen knurrenden Laut aus. »Was immer du damit meinst, aber vielleicht liegt es ja an deiner Art, herumzufuhrwerken. Du solltest einfach hineinstechen und mit Kraft durchziehen.«

Silla biss sich auf die Unterlippe, packte den Dolch mit beiden Händen und zog.

Der Mann brüllte auf. »Aber ohne dass du mir dabei die Arme stutzt!«

»Uups! Entschuldige!« Silla starrte schuldbewusst auf die rote Linie an seinem Handgelenk, aus der Blut quoll.

»Schon gut! Jetzt die Beinfesseln! Schnell! Ich selbst habe keine Kraft mehr dazu!«

»Schon geschehen. Komm, Elluit. Wir müssen die Stufen hinunter. Meinst du, du schaffst das?«

»Du kennst meinen Namen und ich scheine so gut wie blind nach der Zeit in der Dunkelheit. An wen erinnerst du mich nur?« Elluit tastete stöhnend nach seiner Augenklappe, schob sie über der Narbe zurecht, die das fehlende Auge ersetzte, und rieb sich das andere.

Silla lächelte. Elluit hatte sie immer an einen Räuberhauptmann erinnert und nach all dieser schrecklichen, einsamen Stille seinen rauen Ton zu hören trieb ihr Tränen der Dankbarkeit in die Augen. »Wie kommt es, dass ich einen Löwen wie dich hier gefesselt finde?«, fragte sie statt einer Antwort.

»Löwen?« Elluit stutzte. »Solltest du …?« Er tastete nach ihrem Arm und blinzelte. »Das Hohe Kind! Das Wolfsmädchen! Bist du es wirklich? Aber du warst doch …«

»Nun bin ich wieder hier.« Silla packte seine Hand und drückte sie.

»Das ist doch …!« Er stieß einen Fluch aus und lachte dann fröhlich auf. »Die Tochter der Wölfin! Silla! Wer hätte das gedacht!« Er zog sie an sich und drückte sie in eine steife Umarmung. Dann versuchte er mühsam sich aufzurichten. »Reden wir lieber später«, knurrte er dabei. »Jetzt müssen wir erst einmal weg, da hast du ganz recht! Ich spüre das Leben schon wieder in meine Glieder fließen.« Er erhob sich wackelig auf seine Beine.

Silla zog seinen Arm über ihre Schulter und stützte ihn.

»Danke, Mädchen! Das war gerade noch zur rechten Zeit«, murmelte er, während sie sich Schritt für Schritt zur Tür bewegten.

Silla spähte unruhig die Stiege hinab. Die Stufen waren viel zu schmal um nebeneinander gehen zu können. Wie sollten sie das nur schaffen? Sie durchwühlte kurz ihren Beutel, suchte die letzte Wurzel heraus, die noch von Ad Smerius' Vorräten übrig war, und hielt sie dem Freund hin. »Da, iss das. Das gibt dir Kraft.«

Elluit lehnte sich schwer gegen den Türrahmen und begann zu kauen, während Silla ihn verstohlen musterte. Sie erinnerte sich an den Ull-slog als Ausbund an struppiger Wildheit, aber so bleich und angeschlagen hatte sie Elluit noch nie gesehen. Was musste Sliabh-sceil nur mit ihm gemacht haben!

»Ich werd schon wieder, keine Sorge«, sagte Elluit in diesem Moment, als hätte er ihre Gedanken erraten. »Ich bin nur äußerlich ein bisschen angekratzt.« Er grinste schief, sein eines Auge blitzte mit einem Mal voller Leben. »Keine Sorge«, wiederholte er noch einmal sanft und Silla musste laut aufatmen vor Dankbarkeit.

Sie lehnte sich neben ihn. »Nur schade, dass ich nichts von dem, was ich eigentlich gesucht hätte, gefunden habe«, seufzte sie. »Ich habe unten alles durchwühlt und hier drinnen wird ja wohl auch nichts versteckt sein.«

Elluit musterte sie schweigend. »Und was ist mit oben?«, brummte er dann.

»Oben scheint es keine Öffnung mehr zu geben. Die müsste man von hier aus sehen.«

»Ich habe aber jemanden gehört oben. Über mir.« Elluit ruckte das Kinn zur Decke, dann grinste er. »Ich warte hier.«

Silla nickte nur und war bereits unterwegs, die Stiege weiter hinauf. Das Strohdach war nun schon ganz nah, die Stufen wanden sich um ein vorspringendes Sims, an dem Silla sich eng an die Wand gepresst vorbeitastete. Wie kurz die Trittbalken hier wurden! Nur noch schmale Vorsprünge, auf denen sie wie auf einer Leiter klettern musste.

Das ist ja verrückt, dachte Silla. Wie soll ich denn jemals hier wieder hinunterkommen? Die Höhe, in der sie hier balancierte, kam ihr unangenehm zu Bewusstsein und einmal mehr verkrampfte sich ihr Magen. Sie spürte, wie ihre Handflächen feucht wurden. Wahrscheinlich hatte Elluit nur einen Vogel gehört, der im Gebälk oben gelandet war oder vielleicht sogar brütete! Sie blickte hinauf und da war sie: die letzte Öffnung, eng wie eine Dachbodenluke und mit einem Brett verschlossen.

Ohne länger nachzudenken, kletterte Silla weiter zu der mauerbreiten Vertiefung. Sie stieß mit der Hand probehalber gegen das Brett und es kippte mit einem dumpfen Geräusch zurück. Eine kleine Staubwolke stieg auf. Silla versuchte, in die Öffnung dahinter zu spähen, aber sie war zu eng, als dass sie viel hätte erkennen können. Sie tastete mit der Hand durch den Hohlraum, der sich vor ihr öffnete. Nichts. Hustend und blinzelnd schob sie sich weiter hinein, drängte den ganzen Oberkörper nach, als ihre Fingerspitzen an eine leichte Erhöhung stießen. Sie fuhr mit der Hand darüber. Autsch! Ein Splitter stach in ihren Finger. Ein Holzbrett!

Sie tastete weiter. Staub kribbelte in ihrer Nase, ließ ein Niesen explodieren und ihren Kopf schmerzhaft gegen die Decke stoßen. »Verdammt!« Sie wischte sich die tränenden Augen und bemühte sich, in der Dunkelheit mehr zu erkennen. Sie konnte eine haarfeine Ritze ausmachen.

Aber Moment! Wieso konnte sie die hier im Stockdunklen überhaupt sehen?

Sie schob an dem Holz. Hatte es sich bewegt? Etwas kitzelte Silla an der Hand. Hastig wischte sie drüber, aber sofort krabbelte wieder etwas über ihre Finger, die sie in aufwallender Panik heftig schüttelte. Dabei krachte sie an die Ecke des Holzes und erstarrte in der Bewegung. Was war das? Sie musste irgendeinen Mechanismus in Gang gesetzt haben, der das Brett bewegte! Nur noch automatisch strich sie sich über das Gekrabbel auf ihren Händen, ganz gebannt von dem lichten Schein, der immer stärker wurde. Sie blinzelte angestrengt. Helligkeit und ein seltsam wabernder, dunkler Schatten ließen das Bild vor ihren Augen flimmern. Geistesabwesend rieb sie sich über die Backe. Was kitzelte sie denn da nun wieder? Sie streckte die Hand nach dem lichten Gegenstand aus, der ihr aus der Vertiefung entgegenleuchtete, das dunkle Gewaber floss ihr wie eine Welle über die Arme und sie fuhr mit einem Schrei zurück. Käfer! Hunderte oder gar Tausende von Käfern, die da herumwimmelten! Ihr erster Reflex war Flucht und sie bemühte sich zappelnd zurückzuweichen, dann hielt sie inne, wie hypnotisiert von dem Licht, das schon die Insekten angezogen zu haben schien. Sie versuchte ruhig zu atmen.

Das sind nur harmlose Tiere, sprach sie sich selbst Mut zu. Winzig klein im Gegensatz zu mir – auch wenn sie noch so fett wirken!

Eine Gänsehaut lief Silla über den Rücken und unwillkürlich schüttelte sie sich. Sie streckte die Hand aus, während sich jedes Härchen auf ihren Armen aufrichtete, hielt die Luft an und tastete sich mit Todesverachtung durch das krabbelnde Gewimmel. Ihre Fingerspitzen stießen auf Widerstand. Sie wischte die Insekten beiseite und das Leuchten wurde stärker. Konnte das sein? Eine Ahnung ließ ihr das Herz mit einem Mal bis in den Hals klopfen. Ohne sich weiter um die Käfer zu kümmern, schob sie sich bis an den Rand der Vertiefung, zog sich die Ärmel über die Hände und stieß sie unter das seltsame Ding, um es aus seinem Versteck zu hebeln. Nach einigem Wackeln und Zurückrutschen hatte sie es endlich an den Rand gehievt, wischte mit dem Arm darüber und drückte sich dann so schnell wie möglich zurück. Widersprüchliche Gefühle, die zwischen mühsam unterdrückter Panik und schierem Triumph wechselten, raubten ihr den Atem und diffuses Licht hüllte sie ein. Endlich hatte sie sich wieder ins Freie gestrampelt. Sie nahm sich kaum Zeit, ihren kostbaren Fund näher zu betrachten, wickelte nur flüchtig ihr Hemd darum, presste ihn fest unter einen Arm und rutschte mit den Beinen voraus bäuchlings die Stufen hinunter.

Elluits Augenbrauen schossen in die Höhe bei ihrem Anblick und er öffnete halb den Mund, als wollte er etwas sagen.

»Da!«, quiekte Silla, drückte ihm heftig ihren Schatz in die Hände und begann sich dann kopfüber mit den Fingern das Gekrabbel aus den Haaren zu schlagen, zu wischen und zu kämmen. Sie hörte, wie Elluit in ein röhrendes Gelächter ausbrach. »Das ist nicht komisch!«, schrie sie aufgebracht. »Das ist *grässlich*!«

»Komm, ich helfe dir!«

Silla spürte seine Finger, die ihr das Getier vom Kopf zupften.

»Interessanter Kopfschmuck«, hörte sie ihn murmeln und

unterdrücktes Lachen bebte in seiner Stimme. »So, ich glaube, wir haben die Krabbler alle!« Er schnippte den letzten der Angreifer in die Luft.

»Ahh!« Silla ächzte auf und rubbelte sich noch einmal fest über den Kopf. »Ich werde dieses Gefühl nie wieder loskriegen!«

Elluit blieb still und sie blickte auf. Funkelnd lag der Kristall in seinen Händen.

Noch nie hatte Silla etwas von solcher Klarheit und Reinheit gesehen. Kleine Reflexe ließen Funken im Inneren des Steins tanzen wie glimmende Regenbogen. Geformt wie ein perfektes Ei strahlte er eine Ruhe aus, die jetzt auch von Silla Besitz ergriff und sie in eine lächelnde Trance zu versetzen schien.

Elluit erwachte aus seiner Erstarrung. »Das Heiligtum der Dreifachen Göttin«, flüsterte er. »Ich erkenne es wieder, obwohl ich es noch nie gesehen habe. Es ist ... es ist unglaublich!« Fast bedauernd streckte er Silla den Kristall hin. »Nimm, Wolfsmädchen. Er sollte besser von einem Weib getragen werden, auch wenn er dir vielleicht schwer werden wird.«

Glatt schmiegte sich der Stein an Sillas Handflächen. »Ich spüre seine Kühle. Meine Stirn wird sogar kalt davon«, flüsterte sie in versunkenem Staunen.

»Wir müssen gehen.« Elluit wurde unruhig. »Wer weiß, wann dieser Druide zurückkommt! In meinem Zustand bin ich kein wirklicher Gegner für seine Tücken!«

Hastig zog Silla ihren Beutel hervor und bettete das Ei behutsam hinein. Es hatte gerade Platz neben dem Horn, nur der Apfel wollte sich nicht richtig zur Seite drücken lassen und bildete eine sperrige Beule in ihrer Umhängetasche. Einen

Moment lang überlegte Silla, ihn einfach aufzuessen, aber dann schob sie ihn doch seufzend zurück. Dalassen wollte sie ihn auch nicht, schließlich war er eine Erinnerung an Duine, auch wenn die Tasche sich so nicht richtig schließen ließ, aber es würde schon nichts herausfallen. Sie klappte die Lasche zu.

Elluit hatte bereits mit dem Abstieg begonnen. »Es geht«, knurrte er über die Schulter zurück. »Deine Wurzel hat wirklich Kraft in sich!«

Silla seufzte erleichtert. Wenigstens musste sie ihn nicht schleppen oder stützen, das Hinuntergehen war so schon schlimm genug. Den Blick wie magnetisch von dem leeren Raum neben der Stiege angezogen, presste sie sich an der Mauer entlang abwärts. Immer wieder einmal musste sie stehen bleiben und die Augen schließen, bis sich ihr Gleichgewichtssinn wieder beruhigt hatte. Die dicke Tasche, die unförmig an ihrer Seite baumelte, machte die Sache nicht einfacher.

Endlich waren sie am letzten Raum vorbei und dann auch schon unten, durch die modrige Halle, die sich innerhalb von Minuten in schemenhafte Dunkelheit gehüllt hatte, und hinaus. Wie verabredet blieben sie stehen und atmeten beide tief die Abendluft ein, die ihnen kalt und frisch in die Lungen strömte.

»Ist das gut!«, murmelte Silla.

Elluit nickte heftig. »Bei den Göttern, das ist mehr als gut und fast hätte ich schon gedacht, ich würde nie mehr frische Luft riechen!«

»Wie lange warst du dort? Hat er dir überhaupt etwas zu essen gegeben?«, fragte Silla in einem Atemzug.

»Wie lange, weiß ich nicht, es war eine lange Nacht, und Essen, nein!« Es grollte tief in seiner Brust. »Ich hatte einen Kübel mit Wasser, in den ich den Kopf hängen konnte. Ich musste schlürfen und schlappen wie ein Tier!«, stieß er dann zornig hervor.

Silla legte ihm begütigend die Hand auf den Arm. »Ich führe dich zu Duine und Saor. Dort kannst du dich erst einmal ausruhen.« Sie schritt los.

»Ich brauche keine Ruhe! Ich brauche die Köpfe dieser Schurken!« Das helle Haar stand Elluit im letzten Dämmerlicht des Abends wie ein bleicher Schatten um den Kopf und seine Augenklappe bildete eine dunkle Höhle in seinem ausgemergelten Gesicht. Er stützte sich schwer auf Sillas Schultern und schlurfte mit bleiernen Füßen neben ihr her.

»Ich werde dich gar nicht lange fragen, ob du das willst, ich werde dich einfach hinführen«, sagte sie energisch. »Wie konnte es überhaupt geschehen, dass du als Gefangener in der Fluchtburg gelandet bist?«

»Das wird die Schmach meines Lebens sein!«, brummte Elluit. »Der Druide hat mich mit einem hinterhältigen Trick in seine Gewalt gebracht. Wir Ull-slog lagerten im Königswald. Du weißt, dass dieser Verräter Sionnach, auf dessen Fährte wir waren, plötzlich unter Sliabh-sceils Schutz stand, was uns an und für sich nicht abgehalten hätte, ihn zu schnappen und einen Kopf kürzer zu machen. Nun beschwor uns aber Drugwydd, ihn für den Moment noch unbehelligt zu lassen, bis Finn endgültig König wäre. Du hast ja wahrscheinlich mitgekriegt, dass nicht alle von Finns Anspruch auf den Königsstuhl überzeugt sind. Drugwydd wollte Sionnach lieber öffentlich verurteilt wissen, als am Ende das Gerede zu haben, Finn hätte seinen Widersacher heimlich in den Wäldern umbringen lassen, verstehst du?« Er schnaubte durch die Nase. »Politik eben!«, stieß er verächtlich hervor. »Nun, und dann kam eines finsteren Tages dieses alte Weiblein in unser Lager gehinkt. Sagte, Drugwydd habe sie geschickt. Er wolle mich sprechen, wie man dem Verräter doch an den Kragen könne, aber es müsse heimlich sein. Ich solle auf ein schnelles Wort kommen und sei auch gleich wieder zurück. Es solle bloß niemand etwas merken. Und so ging ich und bevor ich noch wusste, was geschah, hatte mich schon ein böser Zauber betäubt und ich erwachte so, wie du mich vorgefunden hast.« Er seufzte schwer. »So geht es eben, wenn man sich von Rache statt von Vorsicht leiten lässt!«

Silla drehte sich noch einmal zu der Fluchtburg um, die wie ein schwarzer Schatten hinter ihnen in die Nacht ragte. Einzelne Sterne begannen zu blinken.

Ich werde erst wieder ruhig atmen können, wenn ich diesen schrecklichen Turm nicht mehr sehen muss, dachte Silla. Er ist so bedrückend, macht mir richtig Angst, als würde er Böses abstrahlen.

»Du spürst auch die Schlechtigkeit, nicht wahr?«, fragte in dem Moment Elluit und Silla nickte.

Schweigend setzten sie ihren Weg fort.

12. KAPITEL

BELL-DAE

Der Mond schob sich für einen Moment hinter den Wolken hervor und ließ die Silhouette der Gipfel Bell-daes am Horizont aufblitzen, als Silla klar wurde, dass sie die Abzweigung zu Duine und Saor verpasst hatten. Sie konnte nicht erkennen, wo sie waren. Die Landschaft hüllte sich wieder in Dunkelheit und Nebel, sodass Silla und Elluit nichts anderes übrig blieb, als langsam weiter in Richtung der Bergkrone zu wandern.

»Ich bin zu schwach, um es zu überstehen, eine Nacht im Freien zu schlafen«, meinte Elluit achselzuckend. »Ich muss in Bewegung bleiben, dann geht es.«

Sie hatten sich viel zu erzählen, schließlich aber wurden sie still und müde und hielten nur noch nach einem Unterschlupf Ausschau, der sich nicht zeigte. Glatt lagen die Felsen um sie, alle Höhlen oder Vertiefungen hatte der Schnee verweht. Der Nebel legte sich fast unmerklich dichter um sie und Silla war froh, dass Elluit im Lärchenwald noch einen langen Stock mitgenommen hatte. Erst stützte er sich selbst darauf, aber als die Nebel immer dichter wurden und sie kaum noch sahen, wohin sie ihre Füße setzten, drückte er ihn Silla in die Hand, die nun bei jedem Schritt vor ihnen den Weg abtastete.

»Wenn du nichts mehr spürst und der Boden nachgibt, dann weißt du, dass wir entweder an einem Abgrund stehen oder vor einer Spalte im Eis. Beides Grund genug, möglichst sofort stehen zu bleiben!« Er lachte, aber Silla fuhr der Schreck in die Glieder und sie stocherte eifrig vor sich her, auch wenn das Gehen dadurch doppelt so anstrengend wurde.

Hin und wieder schrak sie auf, stolperte und hatte für einen Moment das Gefühl, den Boden unter den Füßen zu verlieren. Sicher war sie gerade für Sekunden eingeschlafen.

Elluit schien es kaum besser zu gehen.

Ich tue jeden Schritt im Druidengeist, dachte Silla, ich trage die Zeichen auf den Fußsohlen!

Vertraue der dreifachen Spirale, flüsterte da eine Stimme in ihrem Inneren, sie führt deine Füße. Du kannst nur recht gehen!

»Ja«, sagte Silla laut. »Ich habe die Zeichen der Druiden auf den Fußsohlen!« Sie drückte Elluit den Stab in die Hand. »Da! Nimm ihn, um dich aufzustützen. Uns wird nichts geschehen.«

Elluit brummte verwundert, nahm aber ohne weiteren Kommentar den Stock von ihr und folgte ihr, ohne zu zögern.

»Danke, dass du mir vertraust«, flüsterte Silla und hörte ihn leise lachen.

Seine Stimme klang so beiläufig auf, dass Silla die ersten Zeilen seines Liedes versäumte. Erst bei dem Wort »Wolfskinder« wurde sie aufmerksam. Elluit sang. Er sang eine Ballade von ihr, von Silla, der Tochter der Wölfin, die aus der Anderswelt gekommen war, ihren Bruder aus den Verliesen der Königsburg zu befreien und die Prophezeiung zu erfüllen. Er sang vom Sieg des Mädchens über seinen Vater für ihr Volk, für die Rettung der Kelthoi. »... und der Mond in seiner vollen Gestalt auf dem Stein aus Ältester Zeit. Schwarz spritzt das Blut, das die Freiheit war, und hell klang das Lachen der Wolfstochter auf dem Weg in die Andere Welt«, schloss er.

Silla war das Blut warm in die Wangen gestiegen vor Freude und Verlegenheit zugleich. »Das handelt ja von mir!« Sie schüttelte erstaunt den Kopf. »Wie kommst du denn darauf?«

Elluit schmunzelte. »Das ist die Ballade über die Tochter der Wölfin, wie sie im ganzen Land gesungen wird. Hast du sie noch nicht gehört? Als du damals die Reise zurück angetreten hattest, haben wir uns ums Feuer gesetzt und jeder hat ein paar Zeilen oder eine Tonfolge beigesteuert. Leider konntest du es nicht mehr hören und darum bin ich jetzt doppelt froh, dass du zurückgekehrt bist!« Sein Arm drückte sie kurz und Silla lächelte.

»Ich bin auch froh, Elluit! Auch wenn es bedeutet, dass ich mehr tot als lebendig bin und halb erfroren mit einem Ull-slog über den Schultern mitten in der Nacht durch trügerischen Schnee und unbekannte Berge stapfe.«

Elluit lachte laut auf und Silla musste plötzlich so kichern, dass sie sich verschluckte.

»Wir schaffen das«, flüsterte sie nach einer Weile und Elluit brummelte: »Das sollten wir besser!«

Irgendwann lichtete sich der Nebel, es wurde unmerklich heller und die beiden gingen und gingen immer noch. Der Tag brach an, die Geräusche der Natur schienen leichter und höher zu werden und ein fernes Rauschen klang zu ihnen.

Elluit hob den Kopf. »Das müssen die Wasserfälle sein. Das hieße, wir sind richtig gegangen!«

»Die Wasserfälle?«, murmelte Silla und betrachtete müde die Wölkchen, die ihr Atem in die Luft blies. Sie hatte das Gefühl, einen Großteil des Weges schlafend hinter sich gebracht zu haben, was wahrscheinlich auch stimmte.

Sie bogen um eine Felsecke und mit einem Mal traf sie das dröhnende Rauschen mit aller Macht. Die Luft schien hier vor Feuchtigkeit zu prickeln. Vor ihnen schäumten dichte Wassermassen in unaufhörlichen Wellen über die Felsenklippen und donnerten in ein steinernes Becken. Ein schmaler Pfad führte hinunter, wahrscheinlich von Tieren ausgetreten, die dort zur Tränke gingen. Die Luft war schwer von Gischttropfen, die Silla beißend in die Wangen stachen.

»Durst«, murmelte sie. Die Zunge in ihrem Mund fühlte sich schwer und pelzig an vor Verlangen nach Wasser.

Elluit hauchte in die Luft und blickte nun ebenfalls sinnend der kleinen Wolke seines Atems hinterher. »Ich fürchte, es ist zu kalt.« Er seufzte. »Weiter vorne werden wir aber bestimmt eine Quelle finden.«

Silla stieß ein ungläubiges Geräusch aus. »Was redest du denn da? Wir haben hier mehr Wasser, als wir in unserem Leben trinken können, oder nicht?«

Elluit schüttelte den Kopf. »Es ist zu kalt, du wirst schon sehen!«

Silla zuckte die Achseln. Sie würde jetzt einfach trinken gehen und gar nicht mehr lange mit ihm diskutieren. Der Pfad führte genau bis zum Becken, dessen Rand von dichtem Eis umsäumt war. Glitzernde Kristalle lagen über allem, als hätte jemand die ganze Umgebung winterlich dekoriert. Dort, wo die Wassermassen herunterstürzten, hatte das Eis durch die ständige Bewegung keine Möglichkeit, sich zu verfestigen. Silla kniete sich an den Rand des Beckens. Die nackten Finger würde sie allerdings nicht hineinhalten, das wäre ihr zu kalt. Aber zum Glück steckten sie ja in dem weichen Pelz der Lammfellfäustlinge, die ihr Duine mitgegeben hatte. Wenn sie schnell war, würden sie vielleicht auch gar nicht so nass werden.

Sie tauchte damit ins Wasser, schöpfte eine Handvoll – und schaute verblüfft auf den Klumpen Eis, den sie vor sich hielt. Sie schüttelte den Kopf, zupfte den Eisball von ihren Handschuhen und warf ihn zurück ins Wasser. Sie schöpfte noch einmal, den Kopf schon vorgereckt, um schnell trinken zu können, bevor die Flüssigkeit ihr von den Handflächen rann. Dann schrie sie ärgerlich auf. »Schon wieder! Dabei habe ich diesmal genau aufgepasst, dass ich Wasser erwische und keinen Eisklumpen!«

»Ich sagte ja, es ist zu kalt!« Elluit zuckte nur die Achseln. »Es friert schneller, als du es schöpfen kannst. So schnell, dass noch nicht einmal deine Handschuhe Zeit haben, nass zu werden.«

Silla blickte verblüfft auf ihre Fäustlinge. »Du hast recht«, flüsterte sie. »Sie sind trocken! Und ich kann richtig zuschauen, wie das Wasser im Bruchteil von Momenten in meinen Händen gefriert. Das ist unglaublich!« Sie räusperte sich scharf. »Es ist ein schreckliches Gefühl, am Wasser zu sitzen und dabei langsam zu verdursten, weil man nicht trinken kann. Mein Durst schlägt schon Purzelbäume. Wenn ich nicht gleich … Aua!«

Elluit hatte sie hart am Arm gepackt. »Pscht!«, zischte er.

Silla spitzte die Ohren: Ein tiefes, grollendes Brummen klang durch das dumpfe Tosen des Wassers. Es musste sehr nah sein, dass sie es hören konnte! Sie wechselte einen Blick mit Elluit und wie auf Verabredung drehten sie sich langsam um, dem dunklen Schatten zu, der hoch aufgerichtet aus dem Morgennebel wuchs.

Silla hatte das Gefühl, als würde ihr das Blut in den Adern gefrieren, so wie vorher das Wasser zwischen den Händen. Jetzt konnte sie auch die hochgezogenen Lefzen erkennen, die bewegliche Nase, die hin und her schnupperte, die kleinen Augen, die unruhig funkelten, was dem Gesicht etwas Tückisches gab. Der Bär tappte noch einen Schritt auf sie zu, dann blieb er stehen. Er schien ratlos, wiegte drohend und unbeholfen den Schädel von einer Seite zur anderen und schlug mit den Vordertatzen in die Luft, als wollte er sie beide verscheuchen.

»Wir stehen zwischen ihm und dem Wasser«, flüsterte Elluit fast tonlos. »Wenn wir uns jetzt langsam zurückziehen würden, dann ließe er uns in Ruhe. Das Problem ist nur«, er atmete scharf durch die Nase ein, »dass wir nicht zurückkönnen, denn da ist das Wasser!«

Der Bär duckte sich ein wenig, fast sah es aus, als wollte er sich auf alle viere sinken lassen, aber er hatte nur Schwung geholt, um sich noch höher aufzurichten und den Brustkorb zu dehnen, aus dem es tief und unheilverkündend grollte. Dann tappte er weiter.

Lieber zu Eis erstarren und ertrinken als das!, dachte Silla. Den Blick wie gebannt auf die scharfen gelben Krallen und die speichelglänzenden Zähne des Tieres gerichtet machte sie einen Schritt zurück und hörte das Eis unter ihren Sohlen knirschen. Plötzlich sprang es mit einem hellen Ton. Silla hatte das Gefühl, als würden eisige Finger ihre Ferse umschließen.

Elluit packte sie mit einer Hand, die andere fuhr an seinen Gürtel. »Bei den …« Er stieß einen Fluch aus. »Deinen Dolch!«, zischte er dann. »Schnell!«

Mit fahrigen Fingern nestelte Silla die Waffe heraus.

Elluit riss sie ihr aus der Hand und warf sich, ein wildes Brüllen ausstoßend, vor sie.

»Aru! Nein! Aru!« Eine Stimme schrie und mit beschwörend ausgestreckten Armen wuchs mit einem Mal eine Gestalt vor dem Bären aus dem Nebel. Rotes Haar loderte ihr wie Flammen um den Kopf.

»Moruagh!« Schon war Silla an Elluit vorbei. »Moruagh!« Dann lagen sich die Freundinnen in den Armen, lachten und tanzten, während Elluit und der Bär mit ähnlich ratloser Miene dabeistanden und das Spektakel verblüfft betrachteten.

»Es tut mir so leid«, stieß Moruagh hervor, »dass ich euch damals ... einfach so ... Aber Aru! Ich war so in Sorge! Ich *musste* einfach, verstehst du?«

»Natürlich! Aber du hättest doch etwas *sagen* können! Wenigstens zu *mir*! Statt mitten in der Nacht ...!«

»Dann wärst du mitgegangen, und das durftest du nicht! Ich wollte ja auch gleich wiederkommen, aber dann ...«

»Schon gut. Jetzt haben wir uns ja wieder. Und nächstes Mal ...«

»... nächstes Mal gibt es nicht. Dann rede ich erst mit dir.«

»Versprochen?«

»Versprochen!«

»Dafür trage ich jetzt die Druidenmale auf den Fußsohlen, um Iolair zu befreien und weil du doch nicht da warst!«

»Was? Das ist ja großartig! Du musst mir alles ganz genau erzählen, aber erst muss Aru trinken. Er ist schon ganz verrückt vor Durst.«

»Das ist *dein* Bär?« Elluit blickte ein paarmal zwischen Moruagh und dem Tier hin und her, die Augenbrauen kaum merklich gehoben, dann pfiff er anerkennend durch die

Zähne. »Netter Begleiter!« Er grinste und Moruagh musste plötzlich so lachen, dass ihr breiter Mund Silla an eine Melonenscheibe erinnerte, in der wie Kerne weiße Zähne glänzten. Wie leicht und fröhlich sich die Welt anfühlte, jetzt, wo ihre Freundin wieder da war!

Sie drückten sich an Aru vorbei, der sich grunzend auf die Pfoten fallen ließ und zum Wasser trottete.

Der Ull-slog starrte ihm kopfschüttelnd hinterher. »Schläft er denn nicht über die kalte Zeit?«

»Er ist zu dünn, er würde den Schlaf nicht überstehen. Er konnte sich keinen Speck anfressen. Aber er ist ganz freundlich geworden, seit er bei mir ist«, sagte Moruagh stolz. »Er tut nur manchmal etwas wild!«

»Eben noch sah er so aus, als wollte er uns voller Freundlichkeit fressen!« Elluit schüttelte den Kopf.

»Er wusste nur nicht, wie er an euch vorbeikommen sollte, und er hatte Durst«, verteidigte Moruagh das Tier, das schlürfend und schmatzend trank.

»Wenigstens schafft er es, zu trinken – im Gegensatz zu uns!« Silla betrachtete Aru mit einem Anflug von Neid.

»Dafür kommt er nicht mit Wasserschläuchen zurecht«, lachte Moruagh und hielt Silla ihre Ziegenblase mit dem knöchernen Mundstück hin.

Silla trank gierig. Seit Ablon hatte sie nur Schnee gelutscht und ihr kam es vor, als hätte sie davon nur noch mehr Durst bekommen.

»Ihr seht mir aus, als könntet ihr auch etwas zu essen vertragen. Kommt, mein Lager ist nicht weit.«

Moruagh hatte sich in einer Höhle auf der anderen Seite der Wasserfälle einquartiert. Das Feuer war schnell angefacht und auch der Bär strahlte angenehme Wärme ab. Er hatte sich neben ihnen zusammengerollt und schien Silla und Elluit ohne Probleme zu ertragen, obwohl er sie immer wieder einmal misstrauisch anschielte und nur Moruagh ihn berühren durfte, ohne unwilliges Brummen zu ernten.

»Es war nicht weiter schwierig, Aru zu befreien, und gerade rechtzeitig! Er hatte sich nach unserer Trennung wohl so aufgeführt, dass sie beschlossen hatten«, Moruagh schluckte und atmete tief durch, bevor sie fortfuhr, »ihm lieber sofort das Fell abzuziehen und das dann zu verkaufen. Er lag komplett gefesselt da! Sogar den Rachen zugebunden, dass er noch nicht einmal mehr trinken konnte! Ich habe heimlich mit Vlado gesprochen. Alleine hätte ich ihn schwerlich befreien können, ohne dass es aufgefallen wäre. Ich habe ihm das Gold der Arrach-di versprochen. Ich hoffe, du hast nichts dagegen?« Sie blickte Silla unsicher an.

Silla schüttelte heftig den Kopf. »Natürlich nicht! Ich bin so froh, dass du ihn befreien konntest!«

Ihre Freundin wirkte sichtlich erleichtert. »Vlado sagte zwar, sie könnten mehr bekommen, aber das ist gelogen! Keiner hätte ihnen mehr geboten, da bin ich ganz sicher! Allerdings konnte ich ihm das Gold ja noch nicht geben, da wir es bei deiner Großmutter gelassen haben. Ich weiß auch nicht, warum er das Geschäft trotzdem mit mir gemacht hat. Vielleicht hat er sein gutes Herz entdeckt oder Aru und ich haben ihm leidgetan. Wahrscheinlich wollte er ihn aber einfach nur möglichst schnell loswerden!«

Silla fielen die Augen zu und sie hatte Mühe, Moruaghs Worten zu folgen, die ihr immer leiser und leiser zu werden schienen. Aber Hauptsache, ihre Freundin war wieder da! Silla lächelte und war kurz darauf auch schon in einen tiefen Schlaf gesunken.

Das diffuse Morgenlicht hatte sich noch kaum verändert, als sie erwachte. Neben ihr saß Elluit, kaute an einer Wurzel und sah in seiner ganzen struppigen Verwegenheit wieder munter und unternehmungslustig aus.

»Ich muss kurz eingeschlafen sein«, gähnte Silla und rieb sich die Augen. »Und jetzt habe ich schrecklichen Hunger!«

»Ein Glück, dass ich Ad Smerius getroffen habe und er mir einen ganzen Vorrat seiner Wurzeln in die Tasche gepackt hat!« Moruagh grinste breit und hielt Silla eine davon hin.

»Es gibt bei den Göttern nichts, was die Kräfte schneller wieder zurückbringt«, knurrte Elluit. »Ich fühle mich schon wieder so stark wie ein Hirsch!«

»Du hättest auch ein wenig schlafen sollen«, tadelte ihn Silla. »Nach dem langen Marsch hätte dir das gutgetan!«

Der Ull-slog lachte auf. »Ich habe doch geschlafen, Wolfsmädchen! Sogar mehr als genug! Nur eben nicht einen ganzen Tag und eine Nacht lang so wie du!«

»Einen ganzen Tag und eine Nacht?« Silla blickte sich verwirrt um, als wollte sie irgendeinen Hinweis entdecken, dass das wirklich stimmte, dann zuckte sie die Achseln und lachte. Sie biss in die bleiche Wurzel. »Ging es Ad Smerius denn gut? Und Drugwydd? Hast du ihn auch getroffen?« Ihre Stimme klang erstickt mit dem vollen Mund.

»Nein!« Moruagh schüttelte sorgenvoll den Kopf. »Ich habe ihn nicht getroffen, er scheint zurzeit überall und nirgends zu sein. Von Ad Smerius habe ich gehört, dass Sliabh-sceil sich damals, als er euch überfiel, plötzlich zurückgezogen hat. Sie scheinen gleichstark zu sein, Drugwydd und der Dunkle Druide. Wahrscheinlich hat der das gespürt und will nun einfach die Zeit für sich arbeiten lassen. Ohne Iolair wird das die

Entscheidung ausmachen, fürchte ich. Mit Sionnach an seiner Seite, dem noch das ganze Heer König Bituits untersteht, wird er keine Skrupel haben, die Druiden Mag Mells, die ihm nicht gewogen sind, auszuschalten. Ganz davon abgesehen, dass er sämtliche Wege nach Mag Mell, auf denen wir gehen könnten, blockiert hat.« Moruagh seufzte tief. »So wird keiner übrig bleiben, der auf der Druidenversammlung für Finn und uns wird sprechen können. Außer Drugwydd natürlich, den man als parteiisch werten wird.«

»Hast du ihr denn noch nicht gesagt …?« Silla blickte zwischen der Freundin und Elluit hin und her.

Der schüttelte ernst den Kopf. »Über deine Funde musst du selbst berichten, dem konnte ich nicht vorgreifen!«

»Was gesagt?« Moruagh horchte auf.

Silla grinste und zog ihren Umhängebeutel heran. Beim Schlafen hatte sie den Kopf daraufgelegt. Sie öffnete die Tasche, schob das Leder hinunter und hörte Moruagh einen erstickten Schrei ausstoßen. Das kristallene Ei erfüllte mit seinem Funkeln die ganze Höhle. Silla spürte, wie Moruagh ihre Hand packte und sich neben sie schob.

»Das Herz des Innersten Heiligtums«, flüsterte sie.

Schweigend betrachteten die Mädchen den Kristall, Träger der Macht aus Ältester Zeit, dessen reines Glühen jeden Gedanken in seinen Bann zog.

»Mein Kopf wird ganz hell und klar, wenn ich ihn betrachte«, flüsterte Moruagh und Silla nickte.

»Ich kann einen kleinen rosa Funken in seiner Mitte erkennen, wenn ich lange genug hineinschaue«, wisperte sie zurück. »Als hätte er wirklich ein Herz!«

»Das hat er wohl auch. Spürst du es? Er ist vollkommen lebendig.«

»Wir müssen ihn unbedingt wieder zurück in das Innerste Heiligtum bringen, wo er hingehört.«

»Aber wie? Solange der Fluch wirksam ist …«

»Warte, ich habe noch etwas!« Silla zog Bou-windes Horn unter ihrem Hemd hervor.

Moruagh machte große Augen. »Und damit unter dem Kopf konntest du so lange schlafen?«

Silla lachte. »Es wird ganz warm, wenn man es eine Weile am Körper hat, und dann spürt man es gar nicht mehr. Aber hör zu, die Wölfin hat mich doch zu Duine gebracht und dann …« Haarklein erzählte sie die ganze Geschichte, der auch Elluit noch einmal gespannt folgte. »… und darum glauben wir, dass in dem Horn vielleicht der dritte Teil der Macht ruht, verstehst du?«

Moruagh nickte langsam. »Das hieße ja«, sagte sie zögernd, »dass wir nun auch zwei Teile der Macht hätten und somit den Fluch lösen könnten.«

»Ganz genau! Also …?«

»Also, lasst uns gehen!« Moruagh wirkte immer noch wie betäubt und Silla sah mit Schrecken, dass die Augen ihrer Freundin in Tränen schwammen. »Ach, wenn wir die Alte Frau nur wirklich befreien könnten!«, wisperte sie.

Silla umarmte sie heftig. »Das schaffen wir schon, keine Sorge, Moruagh!«

Die Freundin nickte, auch wenn ihr Blick etwas anderes sagte.

Silla zog den Beutel wieder über den kostbaren Stein. Dabei kullerte der Apfel heraus, Aru genau vor die Füße. Mit einem gierigen Funkeln in den Augen schlug er danach, aber Silla war schneller. Einen Moment lang überlegte sie, ihn dem Bären zu überlassen. Dann packte sie ihn doch zu dem Kristall und schloss die Tasche. »Tut mir leid, Aru, aber der ist ein Andenken an Duine und Saor und an den schönen Lärchenwald. Vielleicht kommen wir beide dort ja einmal im Sommer hin, wenn alles blüht, und vielleicht gibt es dann wieder einen Apfel. Den kannst du haben, wenn Duine es erlaubt. Versprochen!«

»Den hast du von Duine?« Moruagh hatte nachdenklich die verschrumpelte Frucht angestarrt.

Silla nickte. »Du liebe Güte, es gibt immer noch so viel, was ich dir erzählen muss!«

Sie waren den ganzen Tag auf die kronenförmigen Gipfel Bell-daes zugegangen und die Zeit war wie im Flug vergangen.

»Wie viel ihr Mädchen reden könnt!«, hatte Elluit schließlich geknurrt. »Es ist nicht zu fassen! Seid ihr denn nie still?«

»Wenn wir uns alles erzählt haben, was wir inzwischen erlebt haben, dann sind wir still«, konterte Moruagh. »Und außerdem musst *du* mir auch noch etwas erzählen! Und zwar wie der Dunkle Druide es geschafft hat, dich in seine Gewalt zu bekommen …«

»Pah!«, stieß Elluit aus. »Wenn ich nur nie mehr daran erinnert würde! Was für eine Schmach!« Wütend trat er gegen einen Kiesel und trottete weiter zusammen mit Aru hinter den Mädchen her, der ähnlich missgestimmt schien, weil er seine Herrin nun auf einmal teilen musste.

»Wir müssten gleich da sein. Ich war noch nie hier, aber Iolair hat es mir oft beschrieben. Seht her, da ist ein Schalenstein.« Sie blieb neben einem großen Felsen stehen und ließ ihre Fingerspitzen durch die Vertiefungen wandern, die glatt ausgeschliffene Schüsselchen in dem rauen Stein bildeten.

»Das ist für Opfergaben an die Dreifache Göttin und an die Geister der Felsen und Wiesen.«

»Wir haben gar nichts, was wir ihnen geben könnten.« Betrübt strich Silla über den Felsen, aber Moruagh war schon dabei, kleine Kugeln aus Schnee zu formen und in die Schalen zu legen. »Es kommt nicht so sehr auf das Geschenk selbst als auf den Gedanken an«, murmelte sie.

Elluit verneigte sich und tippte dann die Fingerspitzen in eine der Vertiefungen. »Ich bringe meine Ehrerbietung dar«, brummte er.

»Schaut, da vorne ist noch ein größerer Stein.« Moruagh lief schon darauf zu. »Der Eingang!«, hörte Silla sie rufen. »Seht nur! Der Eingang!«

Ehrfürchtig standen sie vor dem steinernen Portal, das von dem Schalenstein flankiert und unter einem Überhang kaum sichtbar war.

Silla musste erst um den Stein herum- und dann dahinterschlüpfen, um den schwarzen Schlund zu erspähen, der vor ihr gähnte. »So dunkel«, flüsterte sie. Die Sonne war schon längst wieder hinter den Bergen verschwunden und die Schatten der Dämmerung gingen allmählich in den Abend über. »Wir …«

Arus Brummen unterbrach sie. Grollend und zu seiner vollen Größe aufgerichtet stand er mit dem Rücken zu ihnen, bereit anzugreifen. Ein Japsen ertönte, ein Kläffen und ein schokoladenbrauner Blitz wischte an dem Bären vorbei und warf sich winselnd an Silla empor. Silla taumelte bei dem Stoß zurück und trat dabei Elluit auf den Fuß, der laut fluchte.

Mit einem Aufschrei klammerte Silla sich an das zappelnde Fellbündel in ihren Armen. »Till!« Eine nasse Zunge fuhr ihr immer wieder übers Gesicht. »Till! Dann muss ja auch ... Bras!«, rief sie dann. »Bras! Wir sind es!«

Das lachende Gesicht des Freundes tauchte aus der Dunkelheit. Bras packte das Mädchen mitsamt Till und stemmte beide ohne große Umstände in die Luft, dann drückte er Moruagh und schließlich Elluit, der ihn in eine kraftvolle Umarmung zog. »Ich wusste, dass ihr irgendwann kommen würdet.« Bras grinste breit. »Zumindest hatte ich es gehofft ...«, fügte er dann hinzu.

»Bras, wir haben den Kris...«, bevor Silla fertig sprechen konnte, lag Bras' Hand auf ihrem Mund.

»Pscht! Du weißt nicht, ob wir alleine hier sind oder ob einer mithört!«, flüsterte Bras und die Rabenschwingen auf seinem Helm klapperten so unheilvoll dazu, dass Silla eine Gänsehaut bekam. Wie ein Mahnruf ertönte Brans heiseres Krächzen über ihnen. »Auch der Dunkle weiß um unsere Ziele! Drugwydd tut alles, um ihn aufzuhalten und uns den Weg frei zu halten, aber ...« Bras zuckte die Achseln. »Es ist besser, wenn wir leise sind und uns beeilen.«

»Nun denn!« Elluit atmete geräuschvoll durch, trat neben den Schalenstein und blickte auffordernd in die Runde.

»Dann kommt!« Moruagh schob Silla voraus in den dunklen Schlund zum Innersten Heiligtum.

Silla öffnete ihre Tasche. Als würden die Wände das Leuchten des großen Kristalls aufnehmen und wiedergeben, begann der Gang um sie in einem inneren Licht zu glühen, das auch die spitzen Zapfen und bizarren Formationen unwirklich leuchten ließ.

Sie waren schon eine ganze Weile gegangen, als ihre Schritte plötzlich seltsam dröhnten. Übergangslos weitete sich der Gang zu einer Höhle, so hoch, dass ihre Decke diffus wie ein bewölkter Himmel wirkte. Moruagh stieß Silla leicht an und deutete auf eine goldene Ader, die durch die Kristalle des Bodens schimmerte. Oder war es Eis, worauf sie standen? Es wurde mit einem Mal sehr kühl. Silla hätte zu gerne die Finger ausgestreckt und die Wände berührt, aber sie hielt das Ei vor sich in beiden Händen und hätte um nichts in der Welt gewagt, es auch nur annähernd loszulassen. Zu kostbar war der Machtträger. Hier waren Stufen in die Wand geschnitten. Mit einem fragenden Blick zurück zu den Gefährten begann Silla sie hinaufzusteigen. Weiter vorne schien es ein Hindernis zu geben oder war das gar das Ende des Ganges? Silla hob das Ei, um besser sehen zu können, und prallte mit einem erstickten Schrei zurück.

Die Gestalt wirkte wie ein Schatten im Eis, die Arme ausgebreitet, als würde sie die Freunde willkommen heißen, und den gefrorenen Blick auf sie gerichtet, leuchtend, aber leblos wie zwei gelbe Topase: Iolair Magh Cimbaeth, die Alte Frau.

Für einen Moment standen alle wie erstarrt, nur Arus leises Brummen war zu hören, der hinterhergetrottet kam. Und dann war da noch ein Geräusch wie eine ganz hohe Resonanz, ein helles Sirren. Silla konnte es in ihren Fingern spüren, bevor sie es hörte, aber sie war sich nicht sicher, ob es vom Kristall ausging oder ob der Kristall nur den Ton der Wände widerhallte. Es fühlte sich an, als würden sie sich gegenseitig rufen.

Moruagh fasste sich als Erste wieder. »Silla, das Horn! Schnell! Bou-windes Horn!«

Silla hatte das Gefühl, aus einem Traum aufzuwachen, und sie blickte um sich, als wüsste sie für einen Moment nicht, wo sie eigentlich war. Das Horn, natürlich, das Horn! Sie drückte Moruagh hastig das Ei in die Hände und schlug ihre Tasche auf.

»Blas es, Silla!«, zischte Moruagh.

Silla setzte das Horn an die Lippen und blies mit aufgeblähten Backen hinein, so fest sie konnte. Ein gequetschter Ton entrang sich dem Trichter. Silla versuchte es noch einmal mit ähnlichem Erfolg. Und noch einmal. Silla spürte ihren Kopf rot werden vor Anstrengung, aber außer einem kleinen Quäken brachte sie nichts zustande. »Das geht nicht! Ich habe irgendwie nicht genug Kraft dafür«, keuchte sie schließlich.

Elluit nahm ihr das Horn aus den Händen. »Gib her! Ich bin es gewöhnt, die Carnyx zu blasen, das Kriegshorn, da werde ich wohl auch mit Bou-windes Horn zurechtkommen, das sonst die Frauen blasen!« Er holte gewaltig Luft, die Stimme des Horns überschlug sich in einem schrillen Quieksen und röhrte dann mit solcher Kraft los, dass Silla unwillkürlich die Hände auf die Ohren presste.

Moruagh hob das Ei, sodass es die Wand, die Iolair einschloss, berührte, Bou-windes Horn kreischte dazu in höchsten Höhen.

Silla hielt die Luft an und klammerte sich an Bras' Arm. Sie hatten zwei Dinge der Macht, mehr brauchte es nicht, den Fluch der Dunklen Nacht zu sprechen, also brauchte es auch nicht mehr, ihn wieder aufzulösen. Jetzt, jetzt gleich, würde es geschehen! Starr vor Spannung erwartete sie den Zusammenbruch der Eismauer. Jetzt! Jetzt! …

Aber nichts geschah.

Elluits Kopf war inzwischen so rot, wie Sillas es vorher gewesen war, und die Narbe, die unter seiner Augenklappe verschwand, schnitt eine weiße Linie in seine Haut. »Noch fester kann ich es nicht spielen.« Er zuckte die Achseln. »Irgendetwas stimmt da nicht!«

»Ich kann mir nur eines denken.« Moruaghs Stimme klang klein und traurig.

Silla schlug die Hände vor den Mund. »Du meinst … das Horn ist gar nicht das, wofür wir es hielten, nicht wahr?«, flüsterte sie gedämpft und Moruagh nickte.

»Soll das heißen, es ist *nicht* einer der Machtträger?«, fragte Bras zögernd und stieß dann »O weh!« hervor, als Silla und Moruagh nickten.

Elluit reichte Silla das Horn, aber sie schob seine Hand zurück. »Bitte nimm du es, dann kann ich den Kristall wieder in die Tasche stecken.«

»Ja, ihn hierzulassen wäre zu gefährlich und …« Moruagh seufzte abgrundtief. »Ich fürchte, wir müssen nach etwas anderem suchen, was den dritten Teil der Macht tragen könnte!«

Bedrückt drehten Bras und Elluit sich um und Silla öffnete ihren Beutel. Die Enttäuschung machte sie unachtsam, der Apfel kullerte aus der Tasche und schon war Aru an ihrer Seite, schlug mit der klauenbewehrten Tatze nach der Frucht, ohne sie jedoch festhalten zu können. Stattdessen hüpfte sie wie ein Pingpongball über das Eis und prallte dumpf gegen die gläserne Wand, hinter der Iolair schimmerte. Helligkeit leuchtete auf, als hätte jemand einen Blitz gezündet, und das seltsame Sirren klang mit einem Mal von allen Seiten aus den Wänden, steigerte sich zu einem ohrenbetäubenden, schrillen Laut, der zu einem ächzenden Knacken wurde.

»Lauft«, schrie Moruagh. Sie schlitterten den Gang zurück in die Halle, die im gleichen Moment zu beben begann. »Weiter!«, drängte Moruagh, aber die kleine Gruppe blieb plötzlich wie gelähmt stehen, barg nur die Köpfe in den Armen. Bras warf sich halb über Silla, als wollte er sie schützen, und Till versteckte zitternd und winselnd die Schnauze in Sillas

Wolfspelz. Sie standen da und warteten, den Blick entsetzt in die Halle gerichtet, die wohl dabei war, einzustürzen.

Wir sind in ein Erdbeben geraten, dachte Silla, etwas anderes kann es nicht sein! Begraben unter Eis und Kristallmassen! Was wird jetzt nur aus Vinzi? Nie mehr nach Hause! – Abgehackte Gedankenfetzen rasten ihr durch den Kopf. Was ist das zwischen meinen Zehen? Nass! Wieso …?

Sie drehte sich um und schrie auf. »Da! Seht doch nur! Alles schmilzt!«

Die Wand, die den Gang verschloss, durchzogen jetzt breite Risse, aus denen Wasser sickerte. Es sammelte sich in dampfenden, kleinen Pfützen, bevor es in den Bodenritzen verschwand. Moruagh packte Silla so plötzlich am Arm, dass diese aufschrie. »Ablon«, sagte die Freundin erstickt. »Der Apfelbaum aus Ältester Zeit! Nicht Bou-windes Horn! Ablon! Du hattest den dritten Träger der Macht *doch* bei dir!«

»Der Apfel«, flüsterte Silla.

Fassungslos vor Erstaunen starrten die Mädchen auf die kleine, braun verschrumpelte Kugel, die hinter ihnen her bis zu den Stiegen gekullert und dort liegen geblieben war.

Rauschender Donner klang aus dem Gang, als würde sich eine Flutwelle heranwälzen.

»Fort!«, keuchte Elluit, aber immer noch schien keiner von ihnen imstande, die seltsame Lähmung, die sich über ihre Gliedmaßen gelegt hatte, zu durchbrechen. Sie klammerten sich nur enger aneinander und Moruagh warf einen Arm um den Hals des Bären, der sich mit ängstlichem Brummen an sie drückte.

Jetzt, dachte Silla, jetzt ist sie da, die Flutwelle, und wird uns alle fortspülen und zermalmen! Sie presste die Augen fest zusammen und drückte ihre Stirn gegen Bras' Schulter. Jetzt!

Das Brausen schwoll an, ein Luftstoß fegte aus dem Gang, verebbte – und alles war still.

Einen langen Moment rührte sich keiner von ihnen, als hätten sie alle in Erwartung des Schrecklichen die Luft angehalten, dann räusperte sich Elluit und Bras stieß hörbar den Atem aus. »Puhh!«

Silla öffnete zaghaft die Augen und blickte in Moruaghs strahlendes Gesicht. Die seltsame Schwere, die jede Bewegung unmöglich gemacht hatte, schien von ihnen genommen und die Halle lag friedlich da, als hätte sie sich nicht noch vor Minuten in völligem Aufruhr befunden.

Moruagh klatschte in die Hände und machte einen Luftsprung. »Der Fluch der Dunklen Nacht«, schrie sie. »Wir haben ihn gebrochen! Seht doch nur, der Gang ist offen! Und Iolair ...! Kommt!«

Sie stürmten die Stiegen hinauf, wo die Alte Frau war, die Arme weit geöffnet.

»Iolair?«, fragte Moruagh, aber die Augen der Alten Frau blickten sie nur starr und funkelnd an wie Edelsteine und Iolair stand immer noch so reglos da wie eine Eisskulptur. Moruagh schlug die Hände vors Gesicht, ein trockenes Schluchzen ließ ihren Rücken beben. »Es ... es hat nichts genützt«, stammelte sie und ihre Stimme klang verloren. »Aber ...«

Silla begann in den Falten ihres Mantels zu suchen. »Ich habe dir doch von der Adlerin erzählt, oder etwa nicht?«

»Ja, schon. Dass ihr eine Feder geholt habt oder sie dir eine geschenkt hat. Aber was ...?« Fragend spähte die Freundin zwischen ihren Fingern hervor.

»Da, endlich! Ich hatte sie so gut zwischen den Ledersäumen verstaut, um sie nur ja nicht zu verlieren.« Triumphierend zog Silla die Feder hervor und begann sie glatt zu streichen. »Sie sieht jetzt nur vom Transport etwas zerrupft aus, aber sie wird schon wieder schön, seht ihr?«

Moruagh schien langsam zu verstehen. »Du meinst … ihr Totemtier … und nun … zum Brechen des Fluchs …? Ah! Aber woher weißt du das?«

»Von dem Arrach-di im Stollen, aber auch Drugwydd hätte dir das sagen können. Ich muss wohl vergessen haben, es extra zu erwähnen …«

»Und das, nachdem sie den ganzen Weg gequatscht und gequatscht haben«, brummelte Elluit Bras zu, aber sein Auge blitzte Silla dabei so kühn an, dass sie lachen musste.

»Und jetzt?« Silla blickte hilflos auf die Feder in ihrer Hand.

»Jetzt werden wir ein Ritual halten! Dein erstes als Druidenschülerin!« Moruagh klatschte begeistert in die Hände.

»Ich weiß doch gar nicht, wie man das macht!« Silla schob der Roten abwehrend die Feder hin, aber die schüttelte nur den Kopf. »Drugwydd hat dich auserwählt für diese Aufgabe.«

»Aber doch nur, weil du verschwunden warst!«

Moruagh schüttelte unnachgiebig den Kopf. »Das Warum ist dabei nicht entscheidend.«

Silla seufzte. Ihre Freundin *klang* ja schon wie Drugwydd, da war jede Gegenwehr sinnlos, das wusste sie.

»Du musst ja gar nichts Besonderes tun. Das einzig Wichtige ist die Konzentration, die Worte kann ich für dich sprechen. Wo ist denn eigentlich der Apfel?« Moruagh war mit ein paar schnellen Schritten bei der kostbaren Frucht.

»Bei den Göttern«, murmelte Bras. »Wir haben ihn einfach liegen lassen!«

»Er sieht aber auch so unscheinbar aus«, murmelte Silla schuldbewusst und Moruagh trug ihn doppelt ehrfürchtig zurück. Sie legte ihn zu Füßen Iolairs.

»Silla, der Kristall!«, befahl sie. »Daneben hin. Und die Feder auch. So. Jetzt nimm erst den …«

Silla folgte Moruaghs Anweisungen, während Bras und Elluit ein Lied in der Alten Sprache mitsummten, bis ihnen die Worte geläufiger wurden. »Qual tagh bnamon hud brictum tabair abalon … *Des Zaubers Vorbedeutung aus Ältester Zeit unter der Macht der Göttin bricht …*«

Silla hatte kaum bemerkt, dass sie selbst begonnen hatte zu singen, während sie erst den Apfel, dann das Ei in einem dreifachen Kreis um Iolair trug. Anschließend stellte sie sich mit geöffneten Handflächen vor die Alte Frau hin und schloss die Augen. Konzentration, hatte Moruagh gesagt, und die Atmosphäre schien Silla mit einem Mal so feierlich, dass ihr das nicht schwerfiel. Die Worte des Gesangs widerhallten in dem engen Gang und als sie jetzt die Feder nahm und die Arme weit ausbreitete, hatte sie das Gefühl, selbst die Adlerin zu sein, die hoch über den Bergen mit weit gespannten Schwingen schwebte. Und während sie, die Augen immer noch geschlossen, mit der Feder zart über Iolairs Arme strich, ihren Kopf berührte, ihr Gesicht und ihren Körper, drang klar Moruaghs Stimme aus dem Gesang: »Deine Arme schweben auf den Schwingen der Adlerin, dein Gesicht dreht sich zwischen Sonnenaufgang und Sonnenuntergang, deine Krallen packen den Felsen, auf dem du sitzt …«, und Silla konnte spüren, wie Leben in Iolairs Gliedmaßen floss, wie ihr Körper erwachte, als hätte er in tiefstem Schlaf gelegen. Sie hörte, wie ein Atemzug die Lungen füllte, so tief, als wollte er nie mehr aufhören. Nun öffnete Silla die Augen und blickte in die gelben Pupillen der Alten Frau, in denen Erkennen aufblitzte, bevor die Lider langsam und schwer blinkerten: Iolair war wieder bei ihnen.

Während Moruagh in Iolairs Arme flog, Elluit und Bras sich gegenseitig auf die Schultern schlugen und lachten, Iolair Silla mit einem Strahlen ansah, dass sie sich so stolz und froh fühlte wie noch nie und gleichzeitig so verlegen, dass sie sich nach dem Äpfelchen bückte, nur um dem Blick der Alten Frau zu entkommen, und während Silla dachte, wie sie das alles Duine erzählen und wie die staunen würde, schließlich war es ja ihr Apfel gewesen, währenddessen war das kleine, schrumpelige Ding schon wieder zur Seite gekullert. Aru schien ganz ähnliche Ideen zu haben. Zumindest was den Apfel und das Aufheben betraf. Und endlich mit Erfolg! Silla sah gerade noch, wie eine spitze Kralle sich in die Frucht bohrte und diese schmatzend im Rachen des Bären verschwand.

»Aru! Nein!« Ihr Schrei ließ alle auffahren.

Arus lange Zunge fuhr noch einmal genüsslich über seine Lefzen, dann war auch die letzte Spur vom Träger der Macht getilgt und der Apfel gefressen. Einen Moment herrschte Totenstille und alle starrten den Bären mit offenem Mund an. Dann geschah etwas, was weder Silla noch die anderen je erlebt hatten: Die Alte Frau lachte. Sie, für die Heiterkeit normalerweise nur in einem Ausdruck der Augen bestand und höchstens in einem leichten Spiel der Mundwinkel, lachte über das ganze Gesicht, ließ erstaunlich gesunde weiße Zähne neben ein paar fehlenden sehen, stieß leise, glucksende Geräusche aus und wischte sich die Augen.

Elluit war der Erste, der sich fasste und ebenfalls zu lachen begann, und nicht viel später waren auch die anderen eingefallen, bis ihre Heiterkeit durch den Gang schallte und alle Erinnerung an den Fluch der Dunklen Nacht fortwehte.

Dann waren sie im Innersten Heiligtum. Eine kleine Grotte nur, eine Höhlung von glatt geschliffener Transparenz, erfüllt von einem unwirklichen Leuchten. In der Mitte eine Erhöhung wie ein Altar, nur dass Silla noch viel feierlicher zumute war als je in einer Kirche.

Sie spürte scharf einen Schmerz durch ihren Körper schießen, der vom Arm ausging, wo Iolair sie hielt, als hätte die Alte Frau ihr wehgetan, dabei hatte diese sich nicht bewegt. Nur Iolairs Gesicht hatte sich verdunkelt. Es musste ihr Schmerz gewesen sein, den Silla gespürt hatte. Dann sah sie, wohin Iolair blickte: zu einem Körper, der hinter der altarähnlichen Erhöhung gerade hingestreckt lag und dessen Gesicht in einem unirdischen halben Lächeln strahlte.

»Die Wächterin des Innersten Heiligtums«, sagte Iolair leise und ihre Stimme verriet ihre Trauer. »Sie war die älteste von uns Alten Frauen und auch die sanfteste, darum wurde sie für diese Aufgabe ausgewählt.« Sie trat mit ein paar schnellen Schritten zu dem Leichnam und kniete sich nieder. Eine lange Weile kauerte sie da, in stiller Betrachtung versunken.

Auch Silla faltete die Hände und blickte zu Boden. Sie hatte keine Ahnung, was sie sonst hätte tun können, und den Freunden schien es ähnlich zu gehen.

Schließlich stand die Alte Frau auf. »Sie hat eine Wunde seitlich an der Schläfe«, sagte sie und ihre Stimme klang fast unbeteiligt kalt, aber Silla konnte ein Funkeln in ihren Augen sehen, schneidend und gefährlich. »Wer immer das getan hat, wird kein Glück darin finden!« Sie nahm Silla den Kristall aus den Händen und setzte ihn sanft auf die Erhöhung, wo er nahtlos in eine leichte Vertiefung rutschte und aufrecht stehen blieb. Ein Klang tönte durch die Wände, wie ein Widerhall von Kristall und Eis, und das Leuchten stob auf wie eine Wolke aus Licht. Iolair hob die Hände. Sie wechselte einen Blick mit Moruagh, machte eine kleine Bewegung zum Durchgang hin, dann begann sie zu sprechen. Machtvoll dröhnten die Worte in der Ältesten Sprache aus ihr, düster und klingend prallten sie von den eisigen Wänden ab, aus denen mit einem Mal ein hohes Kreischen zu schallen schien.

Moruagh schob die Freunde mit bleichem Gesicht, so schnell sie konnte, in den Gang zurück. Sie gehorchten, ohne zu widersprechen. Silla blickte noch einmal kurz über die Schulter zurück und ihr war, als sähe sie die Wände des Innersten Heiligtums wachsen, Stalagmiten und Stalaktiten aufbrechen, die zu einer eisigen Verzahnung strebten.

Dämmerung und ein kreischender Bran empfingen sie, als sie unter dem Überhang hindurch wieder ins Freie schlüpften. Der Rabe, der anstandslos auf Bras' Schulter durch alle Gänge der Minen mitgereist war, war um nichts in der Welt in den dunklen Gang zu locken gewesen und jetzt zeigte er sich überglücklich, seinen Herrn wiederzusehen.

»Ist das denn möglich?« Silla blickte mit offenem Mund in den Himmel. »Sind wir denn die ganze Nacht da drinnen gewesen?« Die ersten Sonnenstrahlen blitzten hinter den Bergen auf.

»Da! Da drüben sitzt jemand!« Elluit schob sich wachsam vor die kleine Gruppe. »He!«, rief er dann laut.

Die Gestalt schrak zusammen. Sie blickte einen Moment verwirrt um sich, dann sprang sie mit einem kleinen Freudenschrei auf und lief leichtfüßig auf sie zu.

»Duine! Das ist Duine!«

»Silla! Da bist du ja!« Duine schloss sie lachend in eine warme Umarmung. »Ich habe auf euch gewartet – oder zumindest auf dich, Silla. Ich wusste ja nicht ... Moruagh! Bras und Elluit! Ihr alle hier und ...« Sie ließ Silla los. »Und du, Iolair Magh Cimbaeth! Was für eine hunderttausendfache Freude und Ehre!«

»Auch für uns, Duine, auch für uns!« Iolair legte ihr kurz die Hand auf den Arm. Ihr Gesicht wirkte angespannt.

»Duine, weißt du eigentlich, was mit deinem Apfel war?«, fragte Silla leise.

Moruagh rief mit kummervollem Gesicht dazwischen. »Erst lasse ich euch im Stich wegen dieses schrecklichen Bären und dann frisst er auch noch den Apfel! Es tut mir so leid!«

In Iolairs Augen blitzte wieder Heiterkeit auf. »Das war das Beste, was er tun konnte, Moruagh!« Sie bückte sich zu Aru hinunter und kraulte ihn hinter den Ohren, was er sich ungewöhnlich gesittet gefallen ließ. »Besser, der Träger der Macht ist vernichtet, bevor ihn sich noch andere – zu weit finstereren Zwecken als unser gutmütiger Freund hier – aneignen!«

»Träger der Macht? Der Apfel? Ich dachte …?« Duine blickte verwirrt von einem zum anderen und brach ab.

»Ja. Und hier ist dein Horn wieder. Stell dir nur vor, ein reiner Zufall, dass ich den Apfel nicht schon vorher selbst verspeist habe!« Silla grinste übers ganze Gesicht.

Duine schüttelte immer wieder den Kopf. »In unserem kleinen, alten Apfelbaum! Wer hätte das gedacht! Wenn ich das Saor erzähle!«

»Nicht der Baum, die Frucht trägt die Kraft«, sagte die Alte Frau nachdenklich. »Was sehr klug ist, denn es schützt den Baum.«

»Was ist mit dem Heiligtum und … und …?« Moruagh wandte sich fragend dem Eingang zu.

»Das Innerste Heiligtum ist nun versperrt, die Wächterin in Eis gebettet. Niemand wird sie jetzt mehr stören können.« Die Alte Frau schloss einen Atemzug lang die Augen, dann sah sie einen nach dem anderen an und ihr Blick wurde weich. »Ihr habt euch als noch tapferer und klüger erwiesen, als ich euch eingeschätzt hatte – und das war ohnehin schon sehr viel! Und das Wichtigste: Euer Handeln war von Freundschaft und Mitgefühl geleitet. Ich danke euch. Mehr, als ich es je werde sagen können. Aber nun«, Iolairs Stimme wurde mit einem Mal zischend scharf, »wird es Zeit, dass der, der das alles verbrochen hat, sich seiner Verantwortung stellt! Unsere Art ist nicht die Rache, sehr wohl aber die Gerechtigkeit. Lasst uns gehen.«

13. KAPITEL

HINTERHALT

»Wie kommt es, dass du Saor alleine gelassen hast?« Silla blickte Duine neugierig an, die neben ihr schritt.

Duine lächelte. »Das ist das Werk deiner Großmutter, Belisana Faol. Sie stand mit einem Mal vor der Tür – leibhaftig und lebendig! – und nötigte mich, dir hinterherzueilen. Sie meinte, ich werde noch gebraucht, mehr könne sie mir nicht sagen. Und so bin ich gegangen. Den Eingang zum Heiligtum zu finden war nicht schwer, denn die Eule saß darüber. Etwas scheel beäugt von Bras' Raben jedoch!« Duine lachte.

»Oila ist da?« Silla blickte sich suchend um.

»Sie ist wie ein Schatten der Nacht, aber sie wird sich dann schon zeigen.«

»Woher kennst du meine Großmutter, Duine?«

»Deine Großmutter?«, rief Duine. »Deine Großmutter half mir ja sogar, mein Kind auf die Welt zu bringen, damals ... bevor ...« Duine brach ab und Trauer legte sich über ihre Züge.

»Ach, tut mir leid. Ich wollte dich nicht daran erinnern, Duine.« Silla legte zaghaft den Arm um die Frau. König Bituit hatte Duine damals das eigene Baby genommen und sie als Amme für Cù mit in die Kerker geschickt. Wie schrecklich musste das gewesen sein!

»Es gibt auch so keinen Moment, in dem ich mich nicht erinnern würde, Silla. Trauer ist nichts, was jemals aufhört. Man lernt nur, damit zu leben, und es gehört dann einfach dazu.«

Schweigend schritten die beiden nebeneinanderher.

Es verging eine ganze Weile, bis Duine plötzlich sagte: »Sieh her!« Sie schob den Ausschnitt ihres Kleides ein wenig hinunter, gerade so weit, dass man den Knochen unter ihrem Hals sehen konnte. Ein kleines dunkles Muttermal war darauf gezeichnet, wie ein liegender Halbmond. »Das sind die Hörner der weißen Kuh, Göttin Bou-windes Zeichen. Ihre Kraft vererbt sich nur auf die weiblichen Kinder unserer Linie, aber das Mal tragen alle. Auch mein Kleiner hat es schon auf seiner weißen Haut gehabt.« Duine seufzte tief auf. Ihre blauen Augen schwammen in Tränen, doch sie lächelte. »Ich bin sicher, die Götter haben ihn beschützt für mich.«

Silla runzelte sorgenvoll die Stirn. Das Gleiche wünschte sie sich im Moment auch für Vinzi. In der ganzen Aufregung hatte sie ihn für eine Weile fast vergessen, dafür schien er ihr jetzt mit doppelter Kraft wieder einzufallen. Hoffentlich hatten ihn die Arrach-di befreien können – zusammen mit Finn, verstand sich – und die beiden waren in Sicherheit!

Bras trat von hinten an sie heran. Er wirkte unruhig. »Ich habe mit Elluit gesprochen.« Seine Augen suchten die Höhenrücken rundum ab. »Ich habe so ein ungutes Gefühl, ich weiß auch nicht. Wir sind zwar noch weit weg und das Roc-rugha liegt wohl zwischen uns und denen, die uns verfolgen, aber trotzdem! Elluit hat ähnliche Befürchtungen. So werden er und ich als Vorhut gehen.« Er senkte den Kopf zu Silla, dass die Flügel seines Rabenhelmes klapperten, und wieder einmal fiel ihr auf, wie strahlend hell seine Augen waren. »Wir werden auch nach einem geeigneten Rastplatz Ausschau halten, dort sehen wir uns dann.« Er lächelte sie kurz an, dann drehte er sich um und ging mit langen Schritten davon.

Kurze Zeit später waren Elluit und Bras auch schon hinter einer der nächsten Biegungen verschwunden. Duine blickte Silla lächelnd von der Seite an, aber sie sagte nichts und die Gruppe setzte ihren Weg fort, der sich nun zwischen engen Felswänden hindurchschlängelte und sie durch das Roc-rugha endlich nach Mag Mell führen sollte.

Ein gewaltiges Rumpeln ließ die vier herumfahren. Die Erde unter ihren Füßen bebte leicht.

In einer seltsam gleitenden Bewegung löste sich der Hang hinter ihnen. Wie eine diffuse Wolke stäubte Schnee auf und rollte bergab.

»Lauft!«, schrie Iolair, aber das taten sie bereits, doch mit einem Mal blieb die Alte Frau stehen und rief: »Nein! Nein, zurück!«

Befehle wurden durch das Donnern der Lawine geschrien und dann widerhallte ein Lachen zwischen den Felswänden, bei dem Sillas Nackenhärchen sich in einem Schauder aufrichteten.

»Wir hatten euch ja erst bei den Bell-dae auflesen wollen, aber nachdem uns eure tapfere Vorhut so überraschend in die Hände gelaufen ist, konnten wir dieses kleine Schauspiel für euch inszenieren!«, klang es spöttisch auf.

Ein Mann trat vor, mit triumphierendem Schritt, den wehenden Fuchspelz um die Schultern geschlungen. Ein böses Glitzern lag in seinen Augen und das narbige Gesicht war verächtlich verzogen.

»Sionnach«, hauchte Moruagh und Silla tastete erschrocken nach deren und Duines Hand.

Iolair stand so starr wie die Felsen, die sie umgaben.

Hinter ihnen, oben am Hang, zu dessen Füßen die Lawine ihre Schneemassen aufgehäuft hatte, die nun bis in den Sommer hinein den Weg unpassierbar machen würden, sahen sie klein zwei Gestalten auftauchen, Soldaten, die spöttisch heruntergrüßten. Vor ihnen verbreiterte sich der Weg wieder, die Felswände traten zurück und gaben den Blick auf weitere Soldaten frei, die vorher hinter der Krümmung des Gesteins gut verborgen gewesen waren.

Aber nicht das plötzliche Auftauchen der Feinde war es, das Silla schwindelig werden ließ vor Schock, sondern dass sie in der Mitte der gepanzerten Schar Vinzi sah, Elluit und Bras. »Vinzi!«, schrie sie auf und schlug die Hände vor den Mund. Wie dünn er aussah, schmutzig und verwildert, aber er lebte! Ein paar Herzschläge Freude schlugen durch Sillas Erschrecken. Er war gerettet und lebte! Wenigstens das!

»Silla!« Nun hatte er auch sie erblickt. Er ruckte mit einer Schulter, als wollte er winken, aber seine Hände waren ihm, genauso wie Elluit und Bras, auf den Rücken gefesselt. »Silla! Sie haben mein Gold!«, schrie er jetzt.

Gold? Was für Gold?, dachte Silla kurz, dann wurde sie von einem Vogel abgelenkt, der sich im gleichen Moment aus den Felsen löste und auf Sionnach zustrebte.

Bran auf Bras' Schulter begann hektisch zu kreischen. Er hatte seinen Todfeind, den Falken, erspäht.

Auch Sionnach fuhr herum. Er riss die Arme fuchtelnd in die Höhe. »Haltet mir dieses Vieh vom Leib!«, kreischte er los.

Die Soldaten begannen zu grölen, Schnee und Felsbrocken

nach dem Falken zu werfen, der verwirrt abdrehte und sich in den Himmel schraubte.

Sionnach war rot geworden und die lang gezogenen Narben, die ihm sein eigener Vogel geschlagen hatte, leuchteten dunkel in seinem Gesicht. Eines Tages würden sie wohl nur noch feine weiße Linien sein, aber noch waren sie rot und wulstig. Der Hauptmann war sichtlich aus der Fassung gebracht. »Das Gold, ja!«, grollte er jetzt. »Und du wirst mich dort hinführen!« Sein Finger stach in Richtung Silla durch die Luft.

Was? Silla schreckte auf und drehte sich automatisch um, aber hinter ihr stand niemand. Er hatte sie gemeint. »Aber … ich weiß doch gar nicht«, stammelte sie.

»Du weißt nicht?« Ein unangenehmes Lächeln verzog Sionnachs Gesicht. Er griff in seine Tasche, neben der mit blanken Smaragdaugen der Widderkopf eines Schwertknaufs aufblitzte. Er trug Gall im Gürtel, Finns Schwert. »Und was ist das hier?«, fragte Sionnach jetzt. Auf seiner Hand lag schwer ein Brocken metallisch glänzenden Goldes.

Er muss das Nördliche Gold meinen, dachte Silla. Aber wieso weiß er davon? Wahrscheinlich haben sie es aus Vinzi herausgepresst, als sie ihn gefangen haben! Sicher hatte Vinzi den Brocken als Andenken in der Tasche. Aber wie kam Sionnach an Finns Schwert?

»Ich kann mich doch nicht mehr erinnern, wie ich durch die ganzen Stollen gekommen bin!« Die Angst ließ Vinzi kreischen. »Und Finn ist doch gestorben! Ich habe Gall genommen und bin einfach nur gelaufen. Bis zum Eingang der Minen, glaube ich, weiß ich den Weg. Nur nicht weiter. Aber ich habe ihm sagen müssen, dass du das kannst, sie von dort aus führen. Nicht wahr, das kannst du doch, Silla?«

Sionnachs Lachen hallte wieder durch die Felsen. »Sollte sie das nicht können, dann wird sie wohl verstehen, dass wir auf einen von euch verzichten müssen, und ich würde sagen, das bist du, Schreihals!« Wieder lachte er auf. »Der Dunkle Druide möchte euch zwar lebendig haben, damit das endgültige Ritual, das unsere Macht besiegeln wird, den Göttern zur Freude auch ein besonders eindrucksvolles sein wird, aber auf einen mehr oder weniger wird es ihm nicht ankommen, vor allem wenn das einer ist, den er nur allzu gern tot sähe!«

Silla stand wie betäubt. Finn gestorben? Das konnte doch nicht sein! Das *durfte* nicht sein. Allein der Gedanke kam ihr so monströs vor, dass sie ihn wegschieben musste! Silla spürte kalte Angst an ihr Herz greifen. Und jetzt war Vinzi in Gefahr! »Wenn ihr meinen Bruder auch nur anrührt, zeige ich euch keinen Schritt von irgendetwas!«, rief sie. Sie atmete tief durch. Ruhig bleiben!, dachte sie. Ruhig bleiben! So wie die Alte Frau es uns immer vormacht. Sie bemühte sich, ihre Gesichtszüge unter Kontrolle zu bekommen.

»Das wirst nicht du entscheiden!«, geiferte Sionnach. Er schien auf eine Entgegnung zu warten, aber Silla starrte ihn nur unbewegt an. Er machte eine wegwerfende Handbewegung. »Wir werden ja sehen. Jetzt macht Platz und lasst die beiden vorausgehen! Und fesselt den Rest auch noch!«

Mit einem schnellen Schritt schob sich Iolair vor Silla und hielt den Soldaten mit so stechend wildem Blick die gekreuzten Handgelenke hin, dass die Männer unsicher zurückwichen.

»Ihr sollt …«, schrie Sionnach los, dann schien er sich zu besinnen und knurrte nur: »Ach, was soll's! Die Weiber werden wir auch ohne Fesseln in den Griff bekommen. Also, los! Haltet sie zusammen, dass wir sie besser bewachen können!«

Silla und Vinzi wurden an die Spitze des Zuges geschoben, wobei Iolair, Moruagh und Duine dicht hinter ihnen blieben, und auch Elluit und Bras trieb man in ihren kleinen Kreis, um den sich ein dichter Ring aus Soldaten legte.

»Vinzi!« Silla drückte ihren struppigen kleinen Bruder fest an sich. Vinzi presste seinen Kopf in ihre Schulter und stand einen Moment lang ganz still da. Er ist noch viel zu klein, um das alles zu erleben, dachte Silla. Er ist doch erst neun! »Du riechst, als hättest du ein Pfadfinderlager hinter dir«, sagte sie und rubbelte ihm durchs Haar.

Vinzi hob den Kopf und grinste sie über das ganze zahnlückige Gesicht strahlend an. »Es ist gut, dich wiederzuhaben, Silla!«

Silla lächelte, dann wurde sie ernst. Trauer fiel wie ein Vorhang über ihre Freude. »Finn«, flüsterte sie leise den Namen des Freundes.

Vinzi verzog seltsam das Gesicht, als versuchte er, ihr etwas ohne Worte mitzuteilen, und machte eine Grimasse zu den Soldaten hin, die finster und ungeduldig begonnen hatten vorwärtszudrängen. »Später!«, flüsterte er.

»Los!« Einer der Männer stieß Silla und Vinzi von den Freunden fort. »Ihr führt!«

»Tu, was er sagt, Mädchen«, sagte Iolair ruhig und nickte Silla aufmunternd zu.

Hinter ihr konnte Silla Elluit und Bras sehen, die Gesichter zu finsteren Masken erstarrt, dann schoben sich Soldaten zwischen sie. Der Zug setzte sich in Bewegung. Silla spürte Till an ihren Fersen, während Bran in den beschneiten Felsen neben ihnen herhüpfte. Von Aru war nichts mehr zu sehen.

»Was ist los? Was soll das mit dem Führen und so?«, flüsterte Silla Vinzi zu, aber bevor er antworten konnte, hatte sich schon eine Hand mit einem Speer zwischen sie geschoben.

»Ruhig da!«, ertönte es barsch. »Sonst knebeln wir euch! Befehl des Hauptmanns!« Der Soldat sah nicht aus, als würde er spaßen.

Vinzi zuckte als Antwort nur die Achseln und verdrehte die Augen, dann kniff er eines zu und grinste.

Silla schüttelte den Kopf. Irgendetwas führt er doch im Schilde! Aber was? Sie seufzte. Wenn sie nur hätten sprechen können!

Es wurde Abend, bis Vinzi endlich die Hand hob und in die Felsen deutete. »Hier! Hinter dem Steinabbruch. Hier geht es jetzt durch den Berg weiter.«

Fackeln wurden entzündet. Die Soldaten blickten ein wenig unschlüssig zwischen Vinzi und Silla hin und her.

»Hier kann ich noch führen«, rief Vinzi und Sionnach nickte.

So begaben sie sich einmal mehr ins Innere des Berges, Vinzi, eskortiert von Soldaten, schritt voran.

Solche Märsche wie in der letzten Zeit habe ich in meinem Leben noch nie zuvor gemacht, dachte Silla, und noch dazu in so komischen Schuhen! Aber wenigstens sind sie warm. Sie bewegte die Zehen in ihren Lederstiefeln, aus denen oben gelblich schmutzig die Schafwolle ragte. Wir sind jetzt schon wieder endlos gelaufen und der Weg kommt mir wahrscheinlich doppelt so lang vor, weil ich mich mit niemandem unterhalten kann.

Sie ließ den Kopf hängen und setzte ihre Schritte nur noch schlurfend, so müde und entmutigt fühlte sie sich. Den Soldaten würden sie hier auch nicht entkommen können! Niemals! Von allen Seiten umringten sie sie!

Ein erregter Ruf hielt die Kolonne auf und Silla prallte leicht in den Soldaten vor ihr, so abrupt war er stehen geblieben. Und nun konnte sie auch sehen, warum. Vor ihnen öffnete sich eine Höhle, die nicht viel mehr war als eine Erweiterung des Ganges. Wo der Schein der Fackeln die Wände streifte, funkelte es so grün wie nächtliche Lichter in den Augen einer Katze.

»Smaragde!«, schrie einer hinter Sillas Schulter, dann wurde sie vorwärtsgeschoben. »Die Smaragdmine!« Alle wollten einen Blick auf die funkelnden Steine werfen und drängten und schoben.

»Wir konnten nichts machen. Sie hatten Vinzi und sagten, sie würden ihn töten«, flüsterte es hastig an Sillas Ohr. Bras war unbemerkt an ihre Seite gerutscht. »Als …«

Bevor er fortfahren konnte, zerrte ihn eine Faust heftig zurück und Sionnach starrte Silla aus schmalen Augen an. Er hob sein Schwert und ließ es mit der flachen Klinge auf den Helm eines seiner Männer hinunterkrachen, der schwankend in die Knie ging. Ein paar kurze Befehle und die Ordnung in dem Trupp war wiederhergestellt. Sionnach riss dem Nächsten die Fackel aus der Hand und trat mit langen Schritten in die Höhle. Seine Hände tasteten fiebrig über die Wände, als suchte er eine lockere Stelle, aber die Arrach-di hatten gründlich gearbeitet, nicht einmal eine Ritze hatten sie gelassen und auch keinen Stein, der lose gewesen wäre.

»Die Smaragdmine«, sagte Sionnach schneidend leise und baute sich vor Vinzi und Silla auf. Ein lautloses Lachen verzog sein Gesicht und Silla konnte die Gier in seinem Blick funkeln sehen. »Das ist schon einmal ein guter Anfang! Nun führe uns weiter, Junge!« Er packte Vinzi am Arm und stieß ihn voran.

Die Stimmung unter den Männern war von stumpfer Müdigkeit in Erregung umgeschlagen und Silla spürte, dass die Aussicht auf die Schätze der Arrach-di nicht nur in Sionnach unruhige Habsucht hatte aufflackern lassen.

Es war Nacht, als sie unweit der Stelle, wo Silla das erste Mal die Minen betreten hatte, wieder ins Freie kamen. Die verschneiten Salzbecken schimmerten bleich im Mondlicht. Dann ging es in den Stollen, den Silla kannte. Vinzi hatte ihr nun die Führung übertragen. »Hier wird es so verzweigt, das schaffe ich nicht«, hatte er gesagt und heftig den Kopf geschüttelt.

Silla war erst unsicher gewesen. Woher wusste Vinzi eigentlich, dass sie den Weg durch die Minen finden würde? Hatte er denn Drugwydd getroffen? Wer hätte es ihm denn sonst erzählen sollen? Und was war mit den anderen? Wollten sie am Ende, dass sie die Soldaten in die Irre führte? Hilflos blickte sie zu Iolair. Die hätte natürlich auch den Weg gewusst! Ihr wollte nur aus Angst, in eine Falle gelotst zu werden, niemand folgen! Das hatten die Soldaten gleich klargemacht, dachte Silla. Ich wollte, ich könnte das auch, alle in eine Falle locken! Aber was würde dann aus Vinzi? Und wie sollte ich das überhaupt anstellen? Sie seufzte.

»Folge den Sohlen deiner Füße.« Die Alte Frau hatte nur tonlos die Lippen bewegt, aber Silla hatte sie trotzdem verstanden.

Den Sohlen deiner Füße! Was für eine seltsame Art, sich auszudrücken, dachte sie. Der Weg der Druiden ist der Weg der Wahrheit, wehte Drugwydds Stimme durch ihre Gedanken. Also würde sie den Druidenmalen folgen und den rechten Weg suchen. Hoffentlich schaffte sie das auch! Sie war erschöpft und müde, aber eine seltsame Erregung hatte sich ihrer bemächtigt, die sie weitertrieb. Sie schob sich an den Soldaten vorbei. »Löscht die Fackeln«, befahl sie mit überraschender Entschlossenheit. »Ganz hinten könnt ihr ein oder zwei brennen lassen, damit ihr noch etwas seht.« Ohne weiter darauf zu warten, ob man ihr gehorchte oder nicht, schloss sie die Augen und marschierte los. Der Weg lag wie eine leuchtende Spur vor ihrem geistigen Auge. Sie musste ihm nur folgen.

Silla spürte, wie die Männer hinter ihr ruhig wurden und mit Staunen und Unbehagen ihren sicheren Schritt in die Dunkelheit beobachteten, bemüht, dicht bei ihr zu bleiben. Und Silla spürte noch etwas: die Augen Iolairs, die lächelnd auf ihr ruhten und sie mit Zuversicht und Selbstvertrauen erfüllten.

Das ist kein Weg, den ich je gegangen bin, dachte Silla jetzt. Und ich könnte schwören, dass er auch nicht zum Nördlichen Gold führt. Trotzdem bin ich mir sicher, dass es der richtige Weg ist. Ich möchte wissen, woher ich das alles weiß!

Die Salzminen mit ihren feuchten Wänden hatte der Trupp hinter sich gelassen, sie waren jedoch nicht zum Tal gekommen, sondern steckten scheinbar immer noch mitten im Berg. Es war viel trockener hier. Der Weg wand sich schier endlos durch die Felsen. Silla nahm kaum noch wahr, ob ihr jemand folgte oder nicht. Wie mechanisch lief sie und lief. Endlich mündete der schmale Pfad in einen breiteren Gang, der sich verzweigte. Noch eine Biegung weiter in den Berg und sie waren da. Silla blieb stehen und öffnete die Augen.

Die Soldaten mit den Fackeln kamen gerannt. Das Licht brach sich funkelnd und gleißend in dem Gold, das wie ein breiter Teppich in der Höhle vor ihnen ausgelegt war. »Das Nördliche Gold!«, schrie einer und dann kannte die lang unterdrückte Gier kein Halten mehr.

Silla fühlte sich grob zur Seite gestoßen und von der nachdrängenden Meute an die entfernter liegende Wand gedrückt. »Nein«, flüsterte sie erstaunt. »Das ist doch gar nicht … Aber wieso?«

Die Soldaten waren in der Höhle verschwunden, sammelten und stopften sich das kostbare Metall in Rüstungen, Helme und Taschen, warfen sich gegenseitig die Goldbrocken zu, kreischten und lachten wie Kinder, die im Sand toben. Und auch Sionnach war dem Rausch erlegen, kniete in dem Gold und raffte es in seine Arme.

»Das ist doch gar nicht das Nördliche Gold«, flüsterte Silla – wie sie dachte – Bras zu. Dann drehte sie sich um zu der Gestalt, die neben ihr aus der Dunkelheit gewachsen war, und fuhr zutiefst geschockt zurück, überrollt von einer Welle aus Freude, Erschrecken und Verwirrung.

Vor ihr stand Finn.

Er grinste breit. »Komm. Ich erkläre dir später alles.« Er packte sie am Arm und zog sie zurück.

»Aber warum … warum …?«, stammelte Silla, dann schlug sie die Hände vors Gesicht und biss sich fest in den Daumen, um nicht schreien zu müssen vor lauter Freude. Finn drückte sie hinter einen Felsen und Silla konnte auch Vinzi sehen und ihre Freunde, die alle rundum in Deckung gegangen waren. Silla blickte zurück. »Das ist doch die Schatzkammer, nicht wahr? Aber warum …? Außerdem war sie doch leer! Die Arrach-di hatten doch alles weggetragen, als ich beim letzten Mal hier …«

»Pscht!« Finn legte ihr die Hand auf den Mund. »Warte es nur ab!«

Als wäre das ein heimliches Signal gewesen, ertönte ein vielstimmiger Schrei aus der Höhle, lang gezogen und wild, und widerhallte hohl und kriegerisch zwischen den Felsen. Während die Soldaten vor Schreck wie erstarrt verharrten, war in die Wände plötzlich Leben gekommen, als würden die Steine selbst mit erhobenen Waffen losstürmen.

»Das sind …«, hauchte Silla, da ertönte ein lauter Schrei: »Die Arrach-di!«

Und schon hatte Finn sich mit einer schnellen Bewegung nach vorne geworfen, war geschmeidig wie eine Katze zu Sionnach gesprungen und hatte ihm Gall aus dem Gürtel gerissen. Mit einem triumphierenden Schrei schwang er das Schwert hoch über dem Kopf.

Ein Brüllen ließ Silla herumfahren. Elluit hatte sich einen Bergwerkspickel geschnappt, Fackeln glühten auf und aus einem der Nebengänge stürmten mit erhobenen Schwertern, die rhythmisch auf die Schilde hämmerten …

»Die Ull-slog!«, schrie Silla, dann begann sie haltlos zu lachen. Sie lehnte sich an die Wand in ihrem Rücken und lachte und lachte vor Erleichterung, bis ihr die Tränen über die Wangen liefen.

Die Ull-slog brausten wie eine Sturmflut über die Soldaten hinweg, die sich völlig überrascht aus ihrem Traum von Gold und Reichtum gerissen sahen und noch dazu so behindert von den ganzen Schätzen waren, die unter ihren Gewändern steckten, dass sie kaum zu ihren Waffen fanden. Das Handgemenge dauerte nur kurz. Nach wenigen Minuten waren alle schon gefesselt, zu Boden geworfen oder kampfuntauglich gemacht und die Ull-slog trieben die erste Gruppe Gefangener, an langen Lederschnüren gefesselt, wie eine Herde Schafe aus der Höhle.

Finn hatte während des Getümmels abseits gestanden, hatte nur mit suchendem Blick die Menge durchkämmt, um nach dem Hauptmann Ausschau zu halten, der im Kampfgeschehen untergegangen zu sein schien. Nun trat Finn zurück, um die ersten Gefangenen vorbeizulassen, und wieselgleich warf sich jemand an den Soldaten vorbei, hechtete mit einem langen Sprung aus der Deckung in den Gang, stolperte, rappelte sich wieder hoch und rannte los, nur um genauso schnell auch schon wieder zu Boden zu gehen.

Bras hatte dem Flüchtenden geistesgegenwärtig einen Speer in den Weg gestreckt. »Ich glaube, Finn hat noch etwas mit dir zu besprechen, bevor du uns so übereilt verlässt«, sagte er ruhig.

Sionnach blitzte ihn hasserfüllt an, dann riss er sich den Fuchspelz von den Schultern und sprang auf. »Dann soll er kommen, wenn er den Mut dazu hat! Oder soll ich warten, bis er den Windeln entwachsen ist?«, schrie er.

Finn ging langsam auf ihn zu, das Gesicht unter dem Helm eine dunkle Maske, hinter der alle Gefühle verschlossen waren. Er hielt Gall mit beiden Händen vor sich, die Spitze zur Decke gerichtet. »Ich kämpfe für all die, die du zu Waisen gemacht hast. Ich kämpfe für die tapferen Krieger, die deine Kameraden waren und die du in Hinterhalte gelockt und den Schwertern der Römer geopfert hast. Ich kämpfe für meinen Vater, Fergus Ab Galwys, der einer von ihnen war. Und ich …«

Bevor Finn ausreden konnte, sprang Sionnach nach vorne, holte noch in der Bewegung aus und ließ sein Schwert auf seinen Gegner hinunterfahren. Finn konnte gerade noch Gall dazwischenreißen, aber der Hieb war so gewaltig gewesen, dass er in die Knie ging.

Ein empörtes Raunen brandete durch die Umstehenden, Freunde wie Feinde. »Das ist gegen die Regeln!«, schrie einer aufgebracht, da fuhr Sionnachs Schwert zum zweiten Mal durch die Luft und noch einmal.

Finn stolperte vorwärts, Sionnach hob das Schwert und während Silla noch einen Schrei ausstieß, stach er zu. Mit einer blitzschnellen Rolle warf Finn sich zur Seite. Das Schwert krachte so heftig gegen die Felsen, dass kleine Funken explodierten und Sionnach von dem Ruck halb zu Boden gerissen wurde. Finn sprang auf und streifte seinen Umhang ab. Mattsilbern glänzte ein Harnisch darunter.

Bestimmt ein Geschenk aus der Schatzkammer der Arrachdi, dachte Silla in aufwallender Dankbarkeit. Auch wenn das Kettenhemd an der Schulter einen klaffenden Schnitt zeigte, aus dem Blut sickerte, schien der Freund im Großen und Ganzen unverletzt.

Endlich parierte Gall und die Schläge prasselten auf Sionnach herunter. Das Gesicht des Hauptmanns wurde rot vor Zorn. Wie ein gereizter Bulle stürzte er sich auf Finn. Es war totenstill geworden in dem Gang, nur noch das Klirren der Waffen war zu hören, das scharfe Zischen, wenn die Schneiden durch die Luft fuhren, und das Keuchen und Grunzen der Kämpfer. Sionnachs Gesicht schien vor Anstrengung anzuschwellen, während er mit der brutalen Kraft des Stärkeren auf den Jungen eindrosch, der seine erbarmungslosen Schläge mit Behändigkeit und tänzelnden Ausfällen konterte. Finn keuchte, er war bleich, aber konzentriert und Silla kannte ihn gut genug, um zu wissen, dass er diesen Kampf bis zum Ende durchstehen würde, auch wenn es ihn das Leben kosten sollte. Sie kannte auch die Kelthoi inzwischen gut genug, um zu wissen, dass niemand ihm dazwischengehen durfte.

Nur allmählich fielen Sionnachs Schläge langsamer und seine Bewegungen wurden fahriger. Seine Energie schien nachzulassen und damit seine Deckung. Finn, von eiserner Entschlossenheit beseelt, sah seine Chance. Schnell wie eine Schlange schoss sein Arm vor und Gall fuhr dem Hauptmann in die Seite. Nicht tief, es war nicht mehr als ein Ritzer, aber es reichte aus, um das Blut hervorquellen zu lassen, das Sionnach durch die Finger rann, und um Fassungslosigkeit in sein Gesicht zu schreiben. Sionnach stieß einen dumpfen Schrei aus wie ein verwundeter Stier, bäumte sich unter Sammlung aller Kräfte auf und drang mit wuchtigen Schlägen neuerlich auf den Jungen ein, bis sie mit einem Mal schwer atmend Brust an Brust standen, die Schwerter ineinander verkeilt. Dann stieß Sionnach Finn von sich, dass er in die Gruppe der Umstehenden krachte. Sionnach drehte sich um, riss eine der Fackeln aus ihrer Wandhalterung und rannte davon. Schnell wie der Blitz war Finn wieder auf den Beinen und eilte hinterher. Während alle noch verblüfft in die leere Arena des unerwartet beendeten Zweikampfes starrten, sauste auch Silla los.

Sie wusste, das war noch nicht das Ende.

Kaum zwei Biegungen weiter fand sie sich in vollkommener Dunkelheit wieder und Sionnachs Fackel, die erst noch vor ihr hergetanzt hatte, schien vom Berg geschluckt. Unsicher blieb sie stehen. Sollte sie jetzt umkehren oder …? Sie schloss die Augen und wieder sah sie den Weg ganz klar vor sich.

Sie lief weiter.

Durch die geschlossenen Lider spürte sie, dass sich Licht näherte. Sie öffnete die Augen und wirklich! Weiter vorne sah sie einen hellen Fleck schimmern. Tageslicht.

Sie trat hinaus in die Dämmerung, vor und unter ihr dehnte sich das Tal der Arrach-di. Sionnach hatte den Weg zu den Häusern eingeschlagen, die wie Bienenwaben im Fels klebten.

Jetzt war er bei der Steigung angekommen und seine Bewegungen wurden schwerfälliger. Es wirkte fast, als würde er in Zeitlupe laufen, Finn hinterher, ihm stetig auf den Fersen.

Silla musste sich die Hand in die Seite pressen, so sehr stach sie. Ihr Atem ging nur noch japsend, aber sie lief weiter. Sie sah, dass Sionnach sich nun immer öfter nach seinem Verfolger umdrehte, wie ihr vorkam, einen seltsamen Ausdruck im Gesicht, den Silla auf die Entfernung nicht so recht deuten konnte. Nun war er bei den letzten Häusern angekommen und begann in die Felsen zu steigen. Er rutschte ab, ein Stück nur, die Wand musste vom Nachtfrost spiegelglatt sein, aber schon hatte er sich wieder gefangen und kletterte weiter, hievte sich schließlich mit einer letzten Anstrengung auf den Adlerfelsen.

Noch bevor er sich aufrichten konnte, war auch Finn hinaufgesprungen. Die Schwerter flogen aus den Gürteln und der kalte Klang des Kampfes widerhallte im Tal zwischen Nebelfetzen und Bergen, über die sich bleich ein neuer Tag schob.

Hoch über den Gipfeln konnte Silla die Adlerin sehen, die gemächlich ihre Kreise zog.

Ein Schrei tönte von den Felsen und Sionnach ging zu Boden. Seine Waffe schoss in einem weiten Bogen über die Felsen hinaus und prallte klirrend auf den Steinen ab.

Silla konnte den Hauptmann jetzt nicht mehr sehen, wohl aber Finn. Er war blitzschnell vorgesprungen, musste nun genau über Sionnach stehen, die Füße breitbeinig aufgestemmt, den Schwertknauf mit beiden Händen fest umklammert, Gall hoch erhoben, die Spitze nach unten gerichtet, bereit, zuzustechen.

Silla konnte ihn sprechen hören, aber sie verstand die

Worte nicht. Nein!, dachte sie plötzlich. Nein, Finn, tu's nicht! Denk daran, was Drugwydd immer über Rache sagt. Über die nie endende Spirale der Gewalt, die sie auslöst. Wie sie Opfer und Täter gleichmacht! Wenn du ihn tötest, wie er deinen Vater getötet hat, dann bist du auf der gleichen Stufe mit ihm. Das darf nicht sein, Finn! Du bist so viel besser als er! So unendlich viel besser! Und darum kannst du dich auch großmütiger verhalten, hast ganz andere Möglichkeiten als dieser … dieser …! Tu's nicht, Finn!

Silla merkte kaum, dass sie die Hände zu Fäusten geballt gegen den Mund gepresst hielt. Als Gall nun mit einem kraftvollen Ruck hinunterfuhr, stieß sie einen erstickten Schrei aus. Zu ihren Füßen winselte es. Abwesend blickte sie auf Till, der sich an ihre Wade schmiegte. Vor lauter Aufregung hatte sie ihn ganz vergessen. Sie ließ sich neben ihn auf eine niedere Mauer sinken und streichelte ihm den Kopf. Ihr war mit einem Mal elend zumute. Sie atmete tief durch und blickte wieder zu dem Adlerfelsen hinauf.

Finn wischte Gall gerade an seinem Ärmel ab – bestimmt wollte er Sionnachs Blut nicht in seiner Schwertscheide kleben haben – und ließ die Waffe zurück in seinen Gürtel gleiten. Mit einem letzten Blick sprang er über den Felsrand und machte sich an den Abstieg. Silla ließ ihr Gesicht in den Armen geborgen auf die Knie sinken.

Ein paar schnelle Schritte und Finn saß neben ihr. Er atmete so tief, dass es wie ein Seufzen klang.

»Du hättest es nicht tun sollen«, nuschelte Silla durch ihre Arme.

»Er war es nicht wert.« Finns Stimme klang seltsam unbeteiligt.

»Gerade deshalb!« Silla hob den Kopf und ärgerte sich. Sie

klang wie eine strenge Lehrerin, aber wie hätte sie es anders sagen können? »Du bist keiner, der herumgeht und andere Leute tötet so wie er!«

Finn zuckte die Schultern. »Ich weiß.« Er schwieg einen Moment. »Und dann ist mir eingefallen, was Drugwydd immer über die Rache sagt. Na ja, vielleicht hat er ja recht.«

»Aber wie konntest du denn dann trotzdem …?« Silla starrte ihn düster an.

Finns Brauen hoben sich erstaunt. »Wovon sprechen wir hier eigentlich? Sieh doch!« Er deutete hinauf.

Auf dem Adlerfelsen war eine leicht schwankende Gestalt aufgetaucht.

Silla schnappte hörbar nach Luft. »Du hast ihn ja gar nicht umgebracht«, flüsterte sie.

»Das erkläre ich dir doch schon die ganze Zeit!« Finn schüttelte den Kopf.

»Aber ich habe doch gesehen, wie du zugestochen und … und dann dein Schwert abgewischt hast!«

»Ich habe neben ihn gestochen und dann habe ich Schnee von Gall gewischt, sonst nichts!« Finn erhob sich. »Er war es einfach nicht wert, verstehst du? Die Vorstellung, dass sein verräterisches Blut an Gall klebt! Das schien mir plötzlich nur noch ekelhaft! Und …«, er stockte. »Und«, fuhr er leiser fort, »ich hatte mit einem Mal das Gefühl, als würde sein unwürdiges Leben, wenn ich es ihm nähme, für alle Zeiten einen Schatten auf meines werfen, und davor mögen die Götter mich bewahren!« Er streckte Silla die Hand hin. »Komm, gehen wir.«

Ein heiserer Vogelschrei ließ sie auffahren. Sie sahen gerade noch, wie die Adlerin im Sturzflug durch den aufreißenden Nebel schoss, auf ihren Felsen zu, und schon hatte sie Sionnach gepackt, der wie rasend um sich schlug, um den messerscharfen Krallen und dem mörderischen Schnabel zu entkommen. In einem Aufwirbeln von Federn taumelte er zurück, an den Rand des Felsens gedrängt, balancierte einen Moment seltsam schwerelos, nur noch gehalten von den starken Klauen in seiner Schulter, dann ließ die Adlerin ihn gehen. Sionnach vollführte eine fast tänzerisch-elegante Drehung in der Luft und fiel. Sein Schrei wehte wie ein Echo hinter ihm her.

Silla spürte ihr Gesicht an Finns Schulter gerissen. »Nicht schauen«, murmelte er und sie gehorchte.

»Warum hat er mich wohl so gehasst«, murmelte Finn, versonnen in die Flammen starrend. »Mich und meinen Vater und die anderen Krieger, die eigentlich seine Freunde hätten sein sollen. So sehr, dass er uns alle tot sehen wollte.« Er seufzte. »Jetzt werden wir es wohl nie mehr erfahren.«

»Weil er immer nur Zweiter war, deswegen.« Vinzi strahlte. »Ich weiß es!«

Finn blickte überrascht auf. »Und woher weißt du das?«

»Weil er es gesagt hat. Als wir seine Gefangenen waren. Du hast geschlafen und er dachte, ich täte es auch. Tat ich aber nicht. Und darum hab ich es gehört. Er ist über uns gestanden und hat dich angestarrt. Ich habe durch die Wimpern geblinzelt. Und dann hat er sich mit der Faust in die Handfläche geschlagen und immer wieder so gekeucht, als würde er ›Pah, pah!‹ machen. ›Immer nur Zweiter!‹, hat er zwischen den Pahs gesagt. ›Immer war ich nur Zweiter! Verdammter Fergus! Als wäre er so viel besser gewesen! *Mir* hätte der Heldenbissen für die tapfersten Taten gebührt! *Mir!* Dann hätte Dee *mich* gewählt und *ich* hätte einen Sohn! Pah! Immer nur Zweiter! Von klein auf immer *er* der Bessere, aber am Ende gewinne ich! *Ich!*

Dann werden wir ja sehen, wer der Bessere war!‹ – Und dann hat er so komisch gelacht, dass ich die Augen gleich ganz zugekniffen habe, weil das so unheimlich klang.« Vinzi zuckte die Achseln. »Und das war's.«

»Immer nur Zweiter«, murmelte Finn vor sich hin, dann blickte er Silla an. »Mein Vater und Sionnach sind zusammen aufgewachsen. Ich denke nicht, dass mein Vater es ihn je hat spüren lassen, aber Sionnach konnte ihm nie das Wasser reichen. Nie!«

»Wer ist wohl Dee?«, fragte Silla leise.

»Meine Mutter heißt Dee«, antwortete Finn knapp. »Sonst kenne ich keine.«

»Ah!«, sagte Silla. Und noch einmal: »Ah!« Sie musste an Sionnachs seltsamen Gesichtsausdruck denken, als er feststellen musste, dass sein Verfolger ihm immer noch auf den Fersen war. »Ich glaube«, sagte sie leise, »ich glaube, er hat am Schluss begriffen, dass er doch nicht gewinnen konnte, ganz gleich wie euer Kampf ausgehen würde. Dass er der ewige Verlierer bleiben würde.«

»Vielleicht war das ja der erste wahre Gedanke seines Lebens«, brummte Finn und fuhr sich mit den Fingern durchs Haar, das ihm wie immer in einer verstrubbelten Mähne vom Kopf abstand.

Silla musste lächeln. Es war gut, ihn und Vinzi wiederzuhaben!

Eine Gruppe Arrach-di angeführt von Rodin kam den Gang herauf in die Höhle, in der mehrere große Feuer brannten. »Wir haben ihm die Steine geschlichtet.« Rodins helle Augen blickten erst auf Silla und wanderten dann zu Finn. »Im Tod ist keiner mehr ein Feind.« Er starrte Finn an, als würde er auf etwas warten.

Finn zauderte kurz, schließlich nickte er widerstrebend. »Dann werde ich gehen und auch einen Stein auf das Grabmal legen.«

»Mögen Groll und Rache mit seiner Seele in die Anderswelt reisen«, sagte Rodin leise.

»Ja, sollen sie ihn dort weiterquälen«, murmelte Finn unter seinem Atem, aber er stand auf und schlurfte langsam hinaus.

Rodins Augen blitzten kurz auf, als würde er inwendig lächeln.

»Rodin, wie kommt es, dass ich den Weg durch die Stollen so gut vor mir sehen konnte, obwohl«, Silla zuckte die Achseln, »obwohl ich ihn ja gar nicht kannte!«

»Tolain hat dich geführt.« Rodin deutete mit dem Kinn auf den Wächter des Nördlichen Goldes, der sich bis dahin im Hintergrund gehalten hatte.

Jetzt nickte er Silla freundlich zu und zupfte sich dabei verlegen am Bart.

»Er ist unsere wandelnde Karte, er kennt alle Stollen und Pfade und hat sie in seinem Geist gespeichert. Darum bleibt er auch in den Minen. Nicht nur wegen des Goldes, sondern auch um die Erinnerung wachzuhalten. Er ist es, der dich geführt hat.«

»Tolain?« Silla ließ enttäuscht die Schultern hinuntersacken. »Und ich dachte, ich hätte den Weg selbst gespürt, weil ich doch die Druidenmale auf den Fußsohlen trage!«

»Ist es denn weniger, die Gedanken eines anderen aufzunehmen und ihnen zu folgen, Wolfsmädchen?«, ertönte hinter ihr Iolairs kühle Stimme und Rodin brummte zustimmend. »Ich auf jeden Fall«, fuhr Iolair fort, »bin sehr stolz auf das, was du geleistet hast.« Sie drückte Silla kurz, die verlegen lächelte und merkte, wie sie rot wurde vor Freude.

Dann runzelte sie plötzlich fragend die Stirn. »Woher hat Vinzi denn gewusst, dass ich den Weg finden kann?«

»Von Drugwydd«, krähte ihr Bruder. »Er war sich ganz sicher, dass du Tolains Gedanken spuren kannst. Und mit ihm zusammen haben wir dann den Plan für den Hinterhalt ausgeheckt. Genauer gesagt, zusammen mit den Arrach-di, die uns erst einmal aus der Höhle befreien mussten. Und dann haben sie mit den Karren das Nördliche Gold in die Schatzkammer geschafft, damit wir nicht den ganzen Weg durch den Berg zurücklegen mussten. Finn ist uns die ganze Zeit gefolgt und keiner hat etwas gemerkt! Um aufzupassen nämlich, dass Sionnach uns nicht gleich umbringt! Drugwydd war sich nicht so ganz sicher, was Sliabh-sceil Sionnach befohlen hatte. Und bei den Salzseen waren ja auch die Ull-slog auf der Suche nach Elluit und die haben dann auch gleich mitgemacht bei dem Hinterhalt.« Vinzi holte tief Luft und Silla griff sich lachend an die Stirn. »Gnade! Wie schaffst du es nur, so viele Informationen auf einmal von dir zu geben! Aber zumindest habe ich jetzt verstanden, wie alles zusammenhängt.«

Vinzi grinste und zog Sionnachs Fuchspelz auf seinen Schultern zurecht, der ihn komplett einhüllte. Er wurde auf einmal ernst und blickte Silla unsicher an. »Ich habe den Mantel mitgenommen. Er hat in dem Gang gelegen und alle sind darübergetrampelt. Das war irgendwie schade, fand ich.« Er ließ den Pelz von seinen Schultern gleiten. »Soll ich ihn jetzt auf sein Grab legen?«

»Warum behältst du ihn nicht?« Moruagh ließ sich schwer neben ihn fallen und schnaufte auf. »Die schönen Füchse hatte er sowieso nicht verdient. Bei dir sind sie viel besser aufgehoben.«

»Meinst du?« Vinzi strahlte wieder und warf Silla einen fragenden Blick zu.

Die nickte lächelnd.

Vinzi presste vor Vergnügen die Lippen zusammen, zog sich den Mantel wieder über die Schultern und strich ehrfürchtig mit der Hand über den weichen Pelz. »Okay!«, murmelte er.

»Ich wollte, ich wüsste, wo *mein* Pelztier steckt! Aru!« Moruagh starrte betrübt ins Feuer.

»Wenigstens konnte er sich in Sicherheit bringen!« Tröstend legte Silla den Arm um die Freundin. »Wer weiß, was die Soldaten ihm sonst angetan hätten!«

Moruagh nickte und seufzte. »Was geschieht denn eigentlich mit den gefangenen Soldaten?«

»Ich und meine Männer bringen sie zurück nach Y-loig! Entweder sie schwören unserem neuen König und uns die Treue«, Elluit machte eine kleine Verbeugung zu Finn hin, »oder wir werfen sie in die Kerker!«

Das Letzte hatte er in so wildem Ton und so laut ausgestoßen, dass Silla ein paar der Soldaten, die an der Wand aufgereiht saßen, zusammenzucken sah. Sie unterdrückte ein Lachen. Elluit würde vermutlich keine großen Schwierigkeiten haben, die Männer auf seine Seite zu ziehen!

»Wir werden unser Bestes tun, den Königssitz von etwaigem Gesindel zu reinigen und auf eure Rückkehr vorzubereiten, wenn ihr dann aus Mag Mell kommt! Und, ja ...« Sein Gesicht verfinsterte sich und er stieß heftig mit dem Fuß ein Scheit ins Feuer. Die Flammen loderten auf und ein Funkenregen stob über Rodin, der mit einem Fluch zurücksprang. »... zweimal in einen Hinterhalt! Das werden sie mir noch büßen!« Vor sich hin fluchend und düster lachend trollte Elluit sich zum Feuer der Ull-slog, an dem Braten über der Glut gedreht wurden.

Einige der Wilden Waldmenschen waren schon wieder wie nebenbei auf der Jagd gewesen, genau so wie Silla es in Erinnerung hatte. Die meisten von ihnen kannte sie und die Begrüßung war entsprechend herzlich gewesen.

»Wo ist denn eigentlich deine Kröte, Vinzi?«, fragte sie.

Vinzi zog ein betrübtes Gesicht. »Sie ist wieder bei Drugwydd, dabei hätte ich sie so gerne noch ein wenig behalten. Aber sie ist einfach von mir auf ihn gehüpft und in seinem Mantel verschwunden.«

»Das tut mir leid, Vinzi, aber sie gehört eben zu Drugwydd und er zu ihr. Das kann man wohl nicht einfach so trennen. Es war schon ungewöhnlich genug, dass sie überhaupt von ihm weg ist, um mit dir zu gehen. Sie muss dich wirklich gernhaben.«

»Meinst du?« Vinzi schaute mit einem schwachen Lächeln zu ihr auf.

»Ja, Silla hat recht.« Bras schlug Vinzi aufmunternd auf die Schulter. »Ich hoffe, Bran kommt nicht einmal auf die Idee, mit jemand anders mitzugehen! Das würde mir wenig gefallen!«

Finn trat wieder zu ihnen. Er zog Duine am Arm hinter sich her ans Feuer. »Was ist mit dir, Duine?«, fragte er leise.

Duine starrte still in die Flammen, während sie geistesabwesend eine Strähne ihres dicken blonden Haares um einen Finger wickelte. »Ich weiß auch nicht.« Sie wirkte verwirrt. »Ich habe manches Mal Vorahnungen, dann werde ich unruhig. Nur ist es noch ein wenig anders diesmal.« Sie zuckte die Schultern. »Mir ist, als hätte ich ein wenig Angst, aber ich weiß nicht, wovor!«

Iolair blickte die junge Frau aufmerksam an. Auch sie schien sich so ihre Gedanken zu machen.

Dann waren alle gestärkt, es war, soweit das möglich war, alles erzählt und einer nach dem anderen brachen sie langsam auf. Die Ull-slog packten ihre Gefangenen, um sie nach Y-loig zu verfrachten. Tolain würde ihr Führer sein und sie bis zu den Salzbecken bringen, von dort würden sie über den Knappensteig nur noch einen kurzen Weg vor sich haben. Die Arrachdi beluden ihre Grubenwagen, um ihren Schatz wieder an seinen Platz in den Höhlen des Nördlichen Goldes zu bringen. Silla und ihre Freunde wollten einem der letzten Goldtransporte folgen und dann nach Mag Mell weiterziehen.

»Es wird Zeit für die letzte Etappe unserer Reise.« Die Alte Frau blickte sie mit einem rätselhaften Ausdruck in ihren gelben Augen sinnend an. »Jetzt wird es sich entscheiden!«

14. KAPITEL

DER FLUCH DES DUNKLEN DRUIDEN

Silla blickte sich verstohlen um, aber niemand war ihr gefolgt, noch nicht einmal Till. Zu groß war wohl die Erleichterung über eine kurze Rast, bevor es dann weitergehen würde. Die Gruppe, nun auch ohne die Arrach-di, lagerte in der kleinen Höhle nahe des Eingangs, durch den Finn, Silla und Bras damals zum Nördlichen Gold hinabgestiegen waren. Um den Aufstieg über den rutschigen Schotter am nächsten Morgen besser bewältigen zu können, hatten Bras und Finn bereits ein Seil gespannt, an dem man sich wie an einem Geländer würde hinaufziehen können.

Natürlich hatte Bras den Kopf gehoben, als sie aufgestanden war. »Ich muss aufs Klo«, hatte sie geflüstert. Er war sofort aufgesprungen, um sie zu begleiten, aber sie hatte so entschieden »Alleine!« gezischt, dass er verunsichert stehen geblieben war und nur zweifelnd die Stirn gerunzelt hatte. »Iolair ist auch draußen«, hatte sie geflüstert und das hatte ihn halbwegs beruhigt. Silla hatte jetzt noch ein ganz schlechtes Gewissen, wenn sie daran dachte. Sie hatte genau gesehen, dass die Alte Frau vorher in einem der Seitengänge verschwunden war. Sie hatte Bras angelogen.

Nachher entschuldige ich mich, dachte sie zerknirscht. Freunde anlügen, das ist keine Sitte, die die Kelthoi schätzen – und ich auch nicht!

Aber sie *musste* einfach ein wenig alleine sein! So viel war in den letzten Wochen passiert! Sie hatte das Gefühl, dass die Ereignisse sie regelrecht fortgespült hatten und nie Zeit gewesen war, das Ganze auch geistig ein wenig zu ordnen.

Allein dass sie eine Großmutter hatte und jetzt Druidenschülerin war! Oder hatte Drugwydd sie nur eingeweiht, damit sie Iolair befreien konnte, und wollte ihre Ausbildung danach nicht fortführen? Wenn sie ihn nur hätte fragen können, aber er schien wieder in Mag Mell zu sein.

Sie trat aus der Felsspalte unter dem pferdeköpfigen Felsen. Die Luft war schwer und feucht von dem Schnee, der in den Wolken hing. Es würde heute wohl gar nicht richtig Tag werden. Noch war die Dämmerung jedoch nicht angebrochen, obwohl sie nicht mehr fern sein konnte. Schade, dass man den Mond nur als bleichen Schein hinter der Wolkenschicht wahrnehmen konnte. Er musste vor zwei Nächten voll gewesen sein und wenn sein erstes Viertel wieder geschwunden war, würde man Alban-arthan, die Wintersonnwende, begehen und die Feiern der Druiden in Mag Mell würden beginnen. Bis dahin müssen wir dort sein, hatte Iolair gesagt und wie es aussah, würden sie nun gerade rechtzeitig kommen. So ein Glück, dachte Silla. So ein Glück!

Die frische Luft fühlte sich gut an und Silla atmete tief durch. Vorher in der Höhle hatte sie fast gedacht, gleich ersticken zu müssen, eine Mischung aus Übermüdung und Schlaflosigkeit hatte ihre Gedanken rasen und den Kopf glühen lassen. Nun spürte sie, wie langsam wieder Ruhe und Klarheit durch ihren Geist zogen. Sie begann, die Passstraße entlangzuschlendern.

Dort war die Weggabelung nach Mag Mell. Was es damit wohl für eine Bewandtnis hatte und wo der Wärter war? Sie würde morgen früh gleich fragen müssen. Die anderen wussten das bestimmt.

Eine Bewegung ließ sie innehalten, ein bleicher Schatten war kurz hinter dem Häuschen aufgetaucht und auch schon wieder verschwunden. Silla blieb abrupt stehen und ein paar Herzschläge lang raste Alarm durch ihre Adern, dann tauchte der Schemen auf der anderen Seite der Hütte wieder auf und ließ ein leises Schnauben hören. Ein Pferd! Da war ein Pferd! Silla atmete erleichtert auf. Und sie hatte sich schon richtig gefürchtet! Langsam schritt sie näher. Das Tier musste strahlend weiß sein, dass sie es in der Dunkelheit so deutlich sehen konnte. Am Ende …! Silla ging schneller. Konnte es sein …? Das einzige weiße Pferd, das sie in Kelth Belchen-ai kannte, war die Opferstute!

Warmer Pferdedunst, der an süßes Heu erinnerte, stieg ihr in die Nase. Sie stieß lockende Laute aus. »Komm her, meine Schöne. Erinnerst du dich an mich? Wir sind ja sogar schon zusammen geritten, weißt du noch? Moruagh wird vielleicht Augen machen, wenn ich dich mitbringe!«

Eine Nase reckte sich um die Hausecke und Silla streichelte leicht die warmen Pferdenüstern, die sachte an ihrer ausgestreckten Hand schnupperten. Hatte sie nicht ein altes Stück Brot in der Tasche gehabt? Da war es ja! Sie hielt es der Stute hin, die vorsichtig mit den Lippen zupackte und es knirschend zwischen den Zähnen verschwinden ließ. Sillas Hand wanderte zärtlich über den kräftigen Pferdehals. Ihre Finger stießen an einen groben Strick. Die Stute war hier festgemacht, aber wer …?

Etwas ließ plötzlich alle Alarmglocken in Sillas Kopf schrillen, sie spürte eine Bewegung hinter sich, fuhr herum, wollte einen Schrei ausstoßen, da presste sich schon ein kratziger Fetzen auf ihren Mund und Arme umklammerten sie mit eisernem Griff. Von dem Stück Stoff stieg ihr ein ekelerregender Dunst in die Nase, dann wusste und spürte sie nichts mehr, auch nicht wie sie bewusstlos zu Boden sank, ihre Arme wie matte Flügel im Schnee ausgebreitet.

Der dumpfe Hufschlag vibrierte rhythmisch durch Sillas Körper und schien ihn ganz auszufüllen. Ihr Kopf dröhnte. Sie versuchte, sich zu bewegen, aber ihre Arme und Beine schienen wie gelähmt. Sie stöhnte. Sie spürte etwas Bitteres im Mund, wie ein Pulver, das sich pelzig auf Zunge und Zähne gelegt hatte. Um sie war Dunkelheit. Es dauerte eine ganze Weile, bis sie es schaffte, sich halbwegs zu konzentrieren.

Pferd, dachte sie. Ich hänge über dem Rücken eines Pferdes. Wie ein Sack. Ich stecke auch in einem Sack. Grober Stoff um mich. Wie eine Teppichrolle. Meine Arme und Beine. Nicht gefesselt, glaube ich. Bin mir nicht sicher. Kann mich nicht richtig bewegen. Kopf tut … weh. Wo sind … die … anderen? Mag Mell … Zeit … drängt …

Dann wurde sie wieder bewusstlos.

»Nimm ihr den Sack ab und gib ihr einen Schluck Wasser. Wir brauchen sie lebendig für das Ritual.« Das heisere Zischen der Stimme, dem ein Kichern folgte, ließ Silla das Blut in den Adern gefrieren und ihr Bewusstsein mit einem Ruck wieder klar werden. Sie kannte nur einen, der so klang: den Dunklen Druiden.

Sie spürte, wie an dem Stoff ihrer Verhüllung gerissen wurde, dann wurde er zur Gänze heruntergezerrt und sie schloss geblendet die Augen. Das weiße Strahlen des frisch gefallenen Schnees brannte ihr wie Nadeln in den Augen. Ein Gefäß wurde ihr gegen die Lippen gepresst und sie fühlte Wasser über ihr Kinn tropfen. Wasser. Sie nahm einen Schluck, spülte den Mund aus und spuckte die Reste des ekligen Pulvers, das ihr noch am Gaumen klebte, in weitem Bogen von sich. Dann trank sie hastig. Ihre Augen gewöhnten sich langsam wieder an die Helligkeit und sie blinzelte zu der Gestalt vor sich empor. Ein bleiches Gesicht unter strähnigem blondem Haar starrte sie an. Celtilus.

Sie drehte den Kopf zur Seite, zum Zeichen, dass sie genug hatte und blickte sich um. Ein dunkler Opferstein unter einer Schneeschicht, Wald, der sie in einem dichten Kreis umstand. Sie kannte den Platz, sie waren im Hain von Y-loig. Plötzliche Panik schnürte ihr die Kehle zu. Sie sollte doch nach Mag Mell! Jetzt würde es doch viel zu spät sein, noch rechtzeitig hinzukommen! Wie lange war sie überhaupt bewusstlos gewesen? Sie mussten über die Passstraße geritten sein, sonst hätten sie es mit so einem Ballast wie ihr nicht geschafft. Auf der anderen Seite der Lichtung konnte sie die Stute sehen, die im Schnee scharrte und versuchte, noch ein paar Halme aus der Winterwiese zu zupfen. Celtilus wischte nun auf ein Zeichen des Druiden hin den Stein sauber, dann rieb er seine Finger und steckte sie unter die Armbeugen. Ihm schien sehr kalt zu sein. Silla runzelte die Stirn. Celtilus trug keine Handschuhe und nur dünne Schuhe und einen Filzumhang. Jetzt zerrten die beiden ein Weidengeflecht aus dem Gebüsch. Es hätte den prüfenden Blick des Druiden zwischen ihr und dem mannshohen Käfig nicht gebraucht, damit es Silla im gleichen Augenblick klar wurde: Der war für sie bestimmt. Der Schreck fuhr ihr so heftig in die Glieder, dass ihr schwindelig wurde. Sie wollte aufspringen, konnte sich aber immer noch nicht rühren, wie von unsichtbaren Fesseln gehalten.

»Die Wirkung der Beeren wird noch eine Zeit lang anhalten«, sagte Sliabh-sceil nachlässig über die Schulter zu dem Jungen. »Gleich werden wir sie sicher hier drinnen haben.« Sein Lachen wehte wie Gift über die Lichtung. »Und wenn der Mond über Alban Arthan aufgeht und Nacht und Tag gleich sind, dann wird der Sieg doch noch unser sein!«

»Du hast ... du hast ...«, Sillas Stimme klang belegt und sie räusperte sich, »... du hast den Kristall nicht mehr! Du kannst den Fluch der Dunklen Nacht nicht mehr sprechen! Und den Apfel hast du auch nicht!«

Mit ein paar schnellen Schritten war der Druide bei ihr. »Was weißt du davon? Was weißt du vom Kristall, häh?« Sein Gesicht, über das sich ein Netz an Tätowierungen zog, war ganz dicht vor ihrem.

Silla wandte den Kopf ab, um den schlechten Geruch, der hinter seinen Zahnstummeln hervorströmte, nicht riechen zu müssen.

Er packte mit kalten Fingern ihr Kinn, bog ihren Kopf wieder zu sich und starrte ihr eine Weile direkt in die Augen.

Trotzig hielt Silla seinem Blick stand, ohne zu blinzeln.

»Ahh«, sagte er dann gedehnt und ließ sie gehen. »Ich verstehe! *Du* warst das mit dem Kristall! Und der dritte Teil? ... Ablon! Die Macht war im Apfel. So nahe bei mir. Wer hätte das gedacht?« In plötzlichem Begreifen und gleichzeitig aufwallendem Zorn trat er nach Celtilus, der mit niedergeschlagenen Augen Holz auf Feuerstellen schlichtete.

Celtilus jammerte unterdrückt, fiel über einen der Holzstapel und schlang automatisch die Arme um den Kopf, als wollte er ihn vor noch mehr Schlägen schützen.

Silla schrie auf vor Empörung. »Lass ihn in Ruhe, du … du …«

Sliabh-sceil lachte. »Du verteidigst ihn? Er wird es sein, der das Feuer an die Hölzer unter dir legt, das dich in die Anderswelt tragen wird!«

»Aber er ist mein Halbbruder«, flüsterte Silla heiser.

»Das Wolfsmädchen!« Die schwarzen Augen des Druiden musterten sie spöttisch. »Gerade deshalb kann mir der Kristall auch einerlei sein, solange ich *dich* habe. Und das!« Mit einem Schwung zog er etwas unter seinem Mantel hervor und platzierte es auf dem Stein.

Golden funkelnde Augenhöhlen blinzelten Silla an und das Skelettlächeln schien ihr zuzugrinsen. Auf dem Altar stand der Schädel des ersten Druiden aus Ältester Zeit, der Schädel Tuath-hachs.

Silla spürte, wie ihr elend wurde, und sie nahm die Stimme des Druiden nur noch wie von ferne wahr.

»Du denkst wohl, der Fluch der Dunklen Nacht sei die einzige Beschwörung der Macht.« Sliabh-sceil lachte auf. »Aber da denkst du falsch!« Wieder beugte er sich zu ihr hinunter. Blaue und schwarze Haarsträhnen fielen ihm übers Gesicht. »Wenn der Mond über der Druidenversammlung aufgeht, wird mein Fluch schon gesprochen sein und die große Dunkelheit empfängt Mag Mell und verschlingt es!« Er lachte wieder. »Der Schädel des ersten Druiden, die weiße Stute der Königswürde und die zur Druidin geweihte Tochter der Wölfin! Mit der Flamme der Dunklen Nächte und dem Öl aus Hunderten Opfern werden sie brennen. Oder habe ich falsch gehört und du trägst nicht die dreifachen Spiralen in die Fußsohlen gefärbt?« Ein Grinsen verzog sein Gesicht. »Keine Sorge, wir haben schon nachgesehen und mit großer Freude festgestellt, dass es der Wahrheit entspricht.« Er verzog spöttisch das Gesicht. »Damit hat uns Drugwydd eine schöne Waffe in die Hände gegeben.«

In seiner Stimme schwang so ein unheimlicher Ton mit, dass es Silla die Nackenhaare sträubte. Eine kalte Spur des Entsetzens zog eine dünne Bahn über ihren Rücken. Dieser Mensch schien in seinem Verlangen nach der Herrschaft wirklich keine Skrupel zu kennen!

»Der Dunkle Fluch, der noch nie gesprochen wurde!« Seine hagere Gestalt streckte sich und er reckte die Arme zum Himmel. »Ab heute Nacht wird er der Fluch des Dunklen Druiden genannt werden!« Er ballte die Fäuste. »*Mein* wird die Macht sein!«, zischte er, dann drehte er sich abrupt um und verschwand zwischen den Bäumen, während der Junge weiter Holz stapelte.

Silla wartete eine Weile, bis sie sicher war, dass der Druide nicht mehr zurückkam, dann rief sie leise: »Celtilus!«

Der Junge verharrte einen Augenblick, dann beugte er sich tiefer über seine Arbeit.

»Celtilus! Bitte! Du kannst das nicht zulassen!«

Celtilus strich sich eine Haarsträhne aus der Stirn, hob den Kopf und blickte sie aus blanken Augen an. »Und warum nicht?«, fragte er schließlich.

«Weil ... weil das falsch ist! Menschenopfer sind falsch und der Druide ...! Er behandelt dich doch auch schlecht, oder nicht?«

In den Augen des Jungen blitzte es, dann legte sich wieder die unbeteiligte Maske über sein Gesicht und er lachte kurz auf. »Wenn ich erst König bin, dann bin *ich* der Herrscher und sage, wie alles gemacht wird!«

»Nein!« Silla schüttelte heftig den Kopf. »Sliabh-sceil wird immer bestimmen, wie alles zu geschehen hat. Ganz gleich, ob du der Herrscher bist! Er benützt dich doch nur, merkst du das nicht? *Er* möchte herrschen und er wird niemanden dulden, der sich ihm in den Weg stellt!«

»Das ist nicht wahr!« Celtilus wirkte einen Moment verunsichert, dann zogen sich seine Augenbrauen zu einer steilen Zornesfalte zusammen. Er warf das letzte Scheit krachend in den Haufen. »Ich bin der König!«, stieß er wild hervor und rannte hinter dem Druiden her in den Wald.

Silla ließ den Kopf an den Baumstamm in ihrem Rücken sinken. Sie fühlte sich wie betäubt vor Schock und erst an der Wärme auf ihren Wangen merkte sie, dass ihr die Tränen über das Gesicht liefen. Heute war Alban Arthan und in Mag Mell würden nun die Festlichkeiten zur Wintersonnwende beginnen. Die Druiden würden versammelt sein und bestimmt waren auch ihre Freunde jetzt dort, um zu retten, was noch zu retten war. Und wenn es stimmte, was Sliabh-sceil gesagt hatte, und sie zweifelte keine Sekunde daran, dann würden sie alle von seinem schrecklichen Fluch verschlungen werden. Die große Dunkelheit, das war der Tod! Sie schloss die Augen, ließ nur still die Tränen strömen, während eine große Hoffnungslosigkeit sich wie eine kalte Faust in ihrem Magen verkrampfte. Es war alles umsonst gewesen!

Die Silhouetten der Bäume begannen zu verschwimmen, dann zu einer einzigen, dunklen Form zu verschmelzen. Silla saß die ganze Zeit unbeweglich an den Stamm gelehnt, gelähmt von dem Gift des Druiden, ihre Glieder in der Kälte erstarrt.

Ich muss kämpfen, dachte sie matt. Ich darf nicht einfach so aufgeben! Vielleicht kann ich ja fliehen!

Aber Kälte, Hunger und eine tiefe Mutlosigkeit nahmen ihren Gedanken die rechte Kraft und eigentlich wünschte sie nur noch, es wäre schon alles vorbei. Die Stute stand auch ganz ruhig und ließ den Kopf hängen, als würde sie schlafen. Der Schädel auf dem Opferstein war nur noch ein matter Glanz in der Dunkelheit.

Silla zuckte zusammen, als nun eine Gestalt wie aus dem Nichts auf der Lichtung auftauchte. Sliabh-sceil. Nur Momente später erschien auch Celtilus zwischen den Bäumen, dann waren sie bei ihr. Sie packten Silla an Händen und Füßen, trugen sie zu dem Weidengeflecht und schoben sie etwas mühsam durch die enge Öffnung hinein, die sie mit Ruten und Seilen verschlossen. Sie war für das Opferritual vorbereitet.

Silla versuchte in aufwallender Panik die Gliedmaßen zu bewegen. In ihren Armen und Beinen begann es so unerträglich zu kribbeln, dass sie sich wimmernd zusammenkrümmte. Aber zumindest schien das Leben langsam wieder in sie zurückzukehren und dafür nahm sie die Schmerzen gern in Kauf.

Der Druide schüttete aus einem Tontopf einen kleinen Haufen Kohlen auf den Opferstein, hob ein kunstvoll gehämmertes Fläschchen, goss Öl über das leise Glühen und eine bläuliche Flamme schoss empor.

»Das Wilde Feuer der Samhaine hat auf diesen Moment gewartet, hat still vor sich hin geglommen, um nun das Ritual zu entzünden!« Sliabh-sceil stach eine Fackel in die blauen Flammen, die zischend aufflackerte, und reichte sie Celtilus weiter, der wie ein Derwisch von einem Holzstoß zum anderen sprang.

Feuer flammten auf, umschlossen Silla in einem weiten Kreis. Hektisch rieb sie ihre Beine und Arme. Wie lange wohl noch, bis der innere Kreis entzündet wurde, dessen Mittelpunkt der Weidenmann bildete, in dem sie steckte? Sie zog sich an den Stäben des Käfigs in die Höhe, auch wenn ihre Beine dabei immer wieder abknickten, und begann hilflos daran zu rütteln.

Die Stute sah sich jetzt ebenfalls in den Kreis geschlossen. Sie schnaubte nervös und rollte angstvoll die Augen, hielt aber still, als der Junge sich ihr mit ausgestreckter Hand näherte und ihr beruhigend über die Nüstern strich. Nur noch am Beben ihrer Flanken konnte Silla erkennen, wie unruhig das Tier war.

Was machte Sliabh-sceil nun? Wie ein Irrwisch fegte er über die Lichtung. Metallplättchen, die sich in verschlungenen Mustern über seinen Umhang zogen, blitzten im Licht der Flammen und es sah aus, als würde der Druide Funken sprühen. Er schien die vier Himmelsrichtungen zu besprechen, stieß in seinem heiseren Zischen Beschwörungen aus, Zauberworte in der Alten Sprache, die kalt und böse über die Lichtung klangen. Seine Stimme schwoll immer mehr an und das Feuer jagte zuckende Schatten über sein Gesicht. Celtilus hatte sich an den Stein gekauert und schlug eine Trommel, deren hohles Dröhnen sich mit Sliabh-sceils Gemurmel mischte. Silla hatte das Gefühl, die Worte schon einmal gehört zu haben, obwohl sie sie nicht verstehen konnte.

Jetzt ließ Sliabh-sceil auch über den Schädel Öl fließen und die Augen Tuath-hachs standen mit einem Mal in Flammen. Der Druide machte dem Jungen ein Zeichen und wandte sich zu Silla, das Fläschchen mit dem Opferöl erhoben. Immer wieder rief er rhythmisch seinen Singsang. Er schien die zähe

Flüssigkeit nun auf Silla tröpfeln zu wollen, während Celtilus eine Fackel packte und sich dem Holzstoß zu ihren Füßen näherte.

»Nein!« Silla kreischte auf und wich auf die andere Seite des Käfigs zurück.

Im gleichen Moment fiel ein Schatten über den Druiden, als würde die Nacht selbst ihn angreifen, und ein düsteres »Huhu!« ertönte.

Silla presste die Hände auf ihr Herz, das wie rasend klopfte. Das war Oila! Die Eule war ihr zu Hilfe gekommen!

Das Fläschchen wirbelte in einem hohen Bogen hinter Celtilus zu Boden.

Der Druide stieß einen Fluch aus und trat nach dem Jungen. »Die Flasche!«, donnerte er ihn an. »Schnell! Sie läuft aus!«

Celtilus griff nach dem Behälter, aus dem dunkel das Öl in den Schnee tropfte, und im gleichen Moment hörte man das Unterholz krachen. Etwas donnerte über die Lichtung und flog dem Druiden an die Brust, den es zurückschleuderte. Unartikuliertes Fluchen mischte sich mit dem Klang dumpfer Schläge und dann sah Silla die Rabenflügel auf dem Helm, die klappernd wippten.

Sie schrie auf. »Bras!«

Der Druide lag nun unter ihm, versuchte mühsam, sich von dem eisernen Griff des Angreifers frei zu machen, dessen Kraft blinder Zorn verdoppelte.

»Das Öl«, krächzte der Druide heiser. »Schütte es auf sie! Dann sind wir gerettet! Und die Flammen …! Der Fluch ist schon fast …«

Bras' wütender Hieb verschloss ihm den Mund.

Celtilus machte – die Flasche mit dem Öl an die Brust gedrückt und die Fackel in der anderen Hand – einen zögernden Schritt auf Silla zu. Seine Stirn war gerunzelt und er schien krampfhaft zu überlegen.

Silla starrte zu ihm hinüber, während sie ein Stoßgebet zum Himmel schickte. Lass es ihn nicht tun!, flehte sie. Bitte! Lass es ihn nicht tun!

Der Junge zuckte in einer kleinen Bewegung die Achseln, tat einen entschlossenen Schritt auf den Weidenkäfig zu, hob die Flasche – um wieder zu zögern. Er blickte Silla an und zum ersten Mal hatte sie das Gefühl, er würde sie wirklich wahrnehmen.

»Bist du wirklich meine Schwester?« Seine Stimme klang unsicher und rau.

Silla wollte nicken, aber jeder Muskel in ihrem Körper schien sich verkrampft zu haben und sie konnte den Jungen nur weiter stumm anstarren.

»Das Öl!« Wieder erklang erstickt Sliabh-sceils Zischen.

Celtilus sah kurz zu ihm hinüber, dann blickte er Silla an und ein Ausdruck von Verwirrung flog wie ein Schatten über sein Gesicht. Er atmete tief durch, hob erneut die Flasche – und warf sie in einem hohen Bogen fort in die Dunkelheit.

Silla blickte ihr mit großen Augen hinterher.

Ein kleiner Schrei ertönte und wie eine Lichtgestalt kam noch jemand gelaufen, leichtfüßig, das offene Haar fliegend wie ein blond glänzender Kometenschweif.

Duine! Was machte Duine hier? Und Bras? Warum waren sie nicht in Mag Mall bei den anderen? Silla traten Tränen der Erleichterung in die Augen. Um sie zu retten natürlich! Sie waren gekommen, um sie zu retten!

Wieder schrie Duine so hoch, dass es klang wie der Ruf einer Möwe.

Was um alles in der Welt hat sie vor?, dachte Silla verblüfft.

Duine war vor Celtilus stehen geblieben, der nicht weniger verwirrt wirkte. Jetzt schob Duine ungeduldig seinen Umhang beiseite, riss ihm das Hemd halb von der Schulter, tastete ihm über Hals und Schlüsselbein, um noch einmal zu schreien. »Mein Sohn!«

Ihre Worte hingen über der Lichtung, wie ein Donnerschlag in völliger Stille. Alles andere erstarrte. Celtilus stierte die Frau mit offenem Mund wie betäubt an und schüttelte nur langsam den Kopf, während der Waldrand mit einem Mal lebendig wurde. Bevor Silla noch wusste, wie ihr geschah, hatte Finn schon die Tür des Weidenmannes aufgehauen und hatten Vinzi und Moruagh sie heraus- und in eine gemeinsame Umarmung gezerrt, während Iolair glühend vor Zorn auf Sliabh-sceil niederfuhr, der sich angstvoll wimmernd unter den Flammen ihres gelben Blicks zusammenkauerte. Bras ließ mit einem breiten Grinsen von ihm ab.

Till hatte sich winselnd auf Silla gestürzt, Bran zog krächzende Kreise über der Lichtung und Oila saß auf dem Opferstein, beäugte neugierig den rußigen Schädel und schickte immer wieder einmal ein düsteres »Huhu!« in die Nacht.

Silla spürte, dass sie wieder begonnen hatte zu weinen, diesmal jedoch vor Glück.

15. KAPITEL

HUNDERTTAUSENDFACH MEINE TREUE

»Bras ist gerannt, als wären die Wildschweine hinter ihm her!« Vinzi hopste vor Silla auf und ab. Vor Freude und Aufregung schien er gar nicht mehr still stehen zu können.

Finn warf einen Stein nach den Resten des Weidenmannes, der rot glühend in sich zusammenfiel. »Und Duine gleich hinterher! Wir anderen sind da kaum mitgekommen!«

»Sie sagte, sie habe so eine Ahnung«, meinte Moruagh und alle Augen richteten sich für einen Moment auf die blonde Frau, die mit einem verwirrt blickenden Celtilus ein Stück entfernt stand, leuchtend vor Glück.

»Sie hat ihn erkannt, noch bevor sie Bou-windes Mal an ihm entdeckt hat.« Silla schüttelte den Kopf und seufzte. »Wenn sie ihn nur früher schon einmal gesehen hätte! Nicht zu fassen, wo sie doch so nahe beieinander gewohnt haben!«

»Belisana hat es wohl gewusst, darum hat sie auch Duine losgeschickt und ist bei Saor geblieben.« Moruagh zuckte die Achseln. »Kein Wunder! Schließlich war sie bei seiner Geburt dabei und kannte das Mal. Dadurch, dass sie versteckt immer auf der Suche nach euch Doppelkindern war, hat sie auch mitbekommen, wie sie Duines Säugling zu der Pflegemutter gegeben haben. So ein Glück! Wer weiß, wie das heute sonst ausgegangen wäre!«

»Celtilus hatte die Flasche mit dem Öl schon vorher fortgeworfen«, sagte Silla leise. »Gerade bevor Duine auf die Lichtung gerannt kam. Sonst wäre ich vielleicht doch noch verbrannt. Das Öl zu löschen ist sehr schwierig.«

»Ich glaube, Celtilus hatte es immer sehr schwer«, murmelte Moruagh.

»Trotzdem hätte ich ihm den Kragen umgedreht, wenn er gewagt hätte, Silla auch nur ein Haar zu krümmen!«, brummte Bras wild. »Ganz gleich, wie schwer er es gehabt hat!«

»Danke, Bras. Das war knapp«, sagte Silla leise und legte dem Freund eine Hand auf den Arm, dann lachte sie fröhlich auf. »Und todesmutig von dir, dich einfach so auf den Dunklen Druiden zu stürzen! Ich weiß gar nicht, wie ich das wiedergutmachen kann!«

Bras grinste verlegen, schob sich den Helm vom Kopf und wischte sich das verklebte Haar aus der Stirn. »Das war doch nichts! Du hättest bestimmt das Gleiche für mich getan!«

Silla wurde ernst. »Überhaupt, ihr alle ... wie kommt es denn eigentlich ...? Ihr müsstet doch in Mag Mell sein, bei der Druidenversammlung! Finn!«, rief sie beschwörend. »Die Königswürde! Was wird denn jetzt?«

Finn stocherte angelegentlich in der Glut. »Die Königswürde bedeutet mir nichts, wenn ich dafür meine Freunde verliere.«

»Aber ... Vielleicht wird jetzt doch noch Celtilus eingesetzt, wenn keiner von euch beiden dort ist! Dieses blaue Scheusal da hat gesagt, er habe Verbündete in Mag Mell und ... der Wahrträumer, Filidh, hat Celtilus als König gesehen!« Silla brach verzweifelt ab.

Finn hob den Blick zu ihr. Sein Gesicht war ernst und dunkel. »Ja, wahrscheinlich wird er das, denn die Stimme von Filidh wird entscheiden, wenn wir nicht da sind, sie zu widerlegen. Nun, dann werden wir eben auch damit zu leben lernen oder dagegen kämpfen oder was immer. Aber es ändert nichts, verstehst du? Ihr, wie ihr hier sitzt und steht, seid meine Seelenfamilie. Es gibt nichts, was wichtiger wäre!« Seine Stimme klang fest und entschieden. Er sah Silla ruhig an und sie spürte, dass ihr die Tränen in die Augen traten.

»Danke«, flüsterte sie noch einmal und Vinzi legte seine dünnen Arme um ihren Bauch und drückte sich wortlos an sie.

Für einen Moment sprach niemand mehr. Stumm standen die Freunde beieinander, Silla, Moruagh, Vinzi, Finn und Bras, und blickten gedankenverloren in die Flammen, in denen die letzten glühenden Reste des Weidenmannes zu Funken zerstoben.

»Es nützt euch nichts!« Sliabh-sceils Worte sprühten wie Gift in die Stille. »Celtilus wird doch noch König sein und ich bin dann der mächtigste Druide und ihr werdet büßen für das ... das ...« Die Erregung ließ ihm den Speichel in kleinen Schaumfetzen von den Lippen fliegen. »Ich habe Fürsprecher im Druidenrat! Ich bin immer noch oberster Druide Y-loigs! Sie werden es nicht wagen, mich abzusetzen! Und wenn sie mir die alten Praktiken verbieten? Und wenn schon! Ich habe genügend andere Wege, um mir zu holen, was ich will!«

»Er sieht aus, als hätte er die Tollwut«, stellte Silla fest und betrachtete ihn mit gerunzelten Brauen.

Moruagh nickte. »Ich weiß zwar nicht, was das ist, die Tollwut, aber es klingt so, als könnte er es haben!«

Die Mädchen begannen zu kichern und Sliabh-sceil, der zusammengekrümmt am Fuß des Opfersteins lag, zuckte in hilfloser Wut mit Armen und Beinen.

»Sollten wir ihn nicht fesseln?« Silla trat besorgt einen Schritt zurück.

Iolairs gelbe Augen blitzten kalt. »Er *ist* gefesselt«, sagte sie nur kurz. »Aber es wird wohl besser sein, ihn auch noch zu knebeln.«

»Du hättest nicht einfach so verschwinden sollen«, sagte Bras leise und blickte Silla mit mildem Vorwurf an.

»Ich weiß.« Silla ließ den Kopf hängen. »Es ... es tut mir leid!«

Bras nickte. »An den Spuren im Schnee konnten wir uns so ungefähr ausmalen, was passiert war und dass ihr die Passstraße genommen hattet. Und Iolair war sich ziemlich sicher, dass er dich hierherbringen würde. – Puh!«, schnaufte er dann. »Ich bin froh, dass sie recht hatte! Ganz sicher war es ja doch nicht.«

»Was geschieht denn nun?« Fragend blickte Silla in die Runde.

»Wir warten, bis der Mond hinter den Bäumen aufgeht, dann werden wir Alban Arthan begehen.« Iolair richtete sich mit einem leichten Seufzen auf. »Wir haben Mag Mell nicht zur rechten Zeit erreicht, sind nicht dort hingekommen, wo wir eigentlich jetzt sein sollten, aber die Tochter der Wölfin ist wieder bei uns und so können wir mit freudigem Herzen dem Wechsel der Zeiten lauschen, der uns das Licht wiederbringen wird.«

Duine trat zu ihnen, Celtilus an der Hand hinter sich herziehend. »Er wird ab jetzt bei mir und Saor wohnen.« Sie strahlte. »Unser Sohn!«

Der Junge hielt den Blick verlegen zu Boden gerichtet. Er drückte sich neben Duine ans Feuer.

Der Druide stieß ein ersticktes Gurgeln aus, dann breitete sich wieder Schweigen über die Gruppe.

»Ich weiß, ihr müsst mich für … für jemand ganz Schlechten halten«, klang Celtilus' Stimme leise in die Stille. »Ich würde es auch tun, an eurer Stelle. Aber ich bitte euch zu überlegen«, sein angstvoller Blick streifte den Druiden, »was ihr getan hättet, wärt ihr ich gewesen.« Er blickte auf, sah einen nach dem anderen an und Silla bemerkte Tränen in seinen Augen schimmern. »Es tut mir leid«, sagte er schlicht und Silla konnte spüren, dass er es ehrlich meinte.

»Vielleicht bist du ja morgen schon der neue König von Kelth Belchen-ai«, Bras zuckte verächtlich die Achseln, »dann kann es dir egal sein, was wir von dir denken!«

Celtilus fuhr auf. »Aber ich will ja gar nicht König sein!«, sagte er entschieden. »Ich wollte doch nur … nur … FREI sein und nicht mehr geschlagen werden und … und es ist mir nicht egal, was ihr von mir denkt! Als die Tochter der Wölfin … als Silla … das gesagt hat, dass wir ja Geschwister sind … Ich hatte es vorher nicht so richtig begriffen!« Er hob hilflos die Hände und ließ sie wieder fallen.

»Das nützt nur jetzt nichts mehr. Weder dir noch uns.« Iolair blickte den Jungen fast freundlich an. »Wenn die Druidenversammlung es nun so bestimmt, dann hast du König zu sein.« Sie deutete mit dem Kinn auf Sliabh-sceil. »Und auch was mit diesem da geschieht, wird die Druidenversammlung bestimmen.«

Celtilus ließ den Kopf hängen und sah mit einem Mal so

traurig aus, dass Silla spontan zu ihm hinübergriff und seine Hand nahm. »Es … es …«, setzte sie an, dann runzelte sie die Stirn. »Dann sind wir ja gar keine Geschwister oder ist mein Vater, der König, doch …?« Sie blicke Duine fragend an, die leicht zu erröten schien.

»Natürlich nicht!«, sagte die junge Frau fest. »Celtilus ist Saors und mein Sohn.«

»Keine Geschwister«, wiederholte Celtilus wie ein Echo, dann zog wie ein Lichtschein ein kurzes, verschämtes Lächeln über sein Gesicht. »Aber vielleicht könnten wir Freunde sein?«

»Ja, vielleicht«, antwortete Silla leise.

»Sie wird Daigh heißen«, sagte Finn plötzlich.

»Wer?«, fragte Moruagh und aller Blicke folgten Finns ausgestreckter Hand.

»Die Stute!«

»Aber … aber … sie ist doch die Opferstute. Sie darf doch keinen Namen tragen. Was ist dir denn in den Sinn gekommen?« Moruagh starrte ihn fast empört an.

»Wie es aussieht, werden wir nun keine Opferstute brauchen.« In Finns Stimme schwang Entschlossenheit. »Es wird keine Krönungsrituale für mich geben und wie er zu einer Stute kommt, das ist mir egal!« Er deutete mit dem Kinn auf den unglücklichen Celtilus. »Und somit und hiermit nenne ich sie Daigh. Das kommt mir wie ein guter Name für ein Pferd vor!«

Also hatte Finn sich schon damit abgefunden! Die Freunde blickten sich betreten an.

»Wir könnten ihn töten!« Bras starrte zornig auf die gekrümmte Gestalt des Druiden.

»Nein, das könnten wir nicht«, entgegnete Iolair ruhig.

»Wir warten den Rat der Obersten Druidenversammlung ab, sonst nichts.«

Schweigen senkte sich wieder über die kleine Gruppe. Sie saßen um das Feuer geschart, jeder in seine eigenen Gedanken versunken. In einer eigenartigen Lähmung der Erschöpfung gefangen kauten sie still an den Wurzeln, von denen Moruagh einen unerschöpflichen Vorrat mit sich zu tragen schien, und beobachteten den Himmel, die Gestirne und das Fortschreiten der Nacht.

Ein neuer Tag, gefüllt mit Licht, dachte Silla. Schön wäre es! Sie fuhr mit der Hand geistesabwesend durch Tills dichtes Winterfell. Der Hund hatte seine Karamellaugen geschlossen und drückte sich wohlig an sie.

Stattdessen wird vielleicht jetzt gerade Celtilus als neuer König eingesetzt, dachte sie weiter. Er scheint gar kein so schlechter Kerl zu sein, ganz im Gegenteil, aber wenn es tatsächlich so kommen sollte, wie Sliabh-sceil sagt …! Nicht auszudenken, wenn die Druidenversammlung den Dunklen Druiden einfach nur verwarnt oder so etwas! Sie blickte zu Moruagh neben sich. Auch sie sah besorgt aus. Silla legte den Mund an ihr Ohr. »Könnte es denn wirklich sein, dass Sliabh-sceil weiter Druide bleibt?«, flüsterte sie.

Moruagh seufzte. »Es wäre sehr ungewöhnlich, einem neuen König gleich den Druiden wegzunehmen«, flüsterte sie zurück.

»Aber wenn Celtilus ihn nicht mehr als Druiden will?« Silla musste sich beherrschen nicht lauter zu werden.

Moruagh zuckte leicht die Achseln. »Das ist nicht so einfach! Er ist ja schließlich auch der Druide Y-loigs und man kann nicht so ohne Weiteres einen Druiden loszuwerden. Es gibt da Gesetze, die verhindern sollen, dass ein Zauberer einfach so auf eine Verleumdung hin entmachtet werden kann. In unserem Fall nun nicht so günstig!«

Er würde das Land ins Verderben stürzen, dachte Silla. Und wir müssten dabeisitzen und könnten nichts tun! Ihr lief unwillkürlich ein Schauer die Wirbelsäule entlang. Etwas anderes kam ihr in den Sinn. »Moruagh«, flüsterte sie wieder. »Ihr habt ein Ritual unterbrochen! Ich dachte, darauf stünde die Todesstrafe!«

Moruagh nickte nur düster, ohne zu antworten, und Silla ließ den Kopf auf die Knie sinken. Tiefe Verzweiflung und Mutlosigkeit schoben sich kalt durch ihre Knochen und füllten ihre Magengrube – die gleiche Verzweiflung, die auch ihre Gefährten ausstrahlten und die sich wie eine dunkle Wolke über sie gelegt hatte.

Und alles nur meinetwegen!, dachte Silla. Nur weil ich unbedingt da draußen alleine herumlaufen musste! Was für ein Wahnsinn! Sonst wären wir jetzt in Mag Mell und könnten den Druiden darlegen, wie Filidh betrogen wurde und dass das alles andere als ein Wahrtraum war! Sie stöhnte unwillkürlich auf. Was für ein Wahnsinn, dachte sie noch einmal, dass der Geist König Bituits nun doch noch gewonnen hat!

Sie blickte ihre Freunde an, die sich allesamt tapfer bemühten, Zuversicht zu verbreiten, und gefasste Mienen zeigten.

Moruagh interessiert sich noch nicht einmal mehr für die Stute, ging es Silla durch den Kopf, dass sie nun einen Namen hat und doch nicht geopfert wird! Normalerweise hätte sie jetzt einen mehrtägigen Freudentanz aufgeführt, aber unter den Umständen …!

Silla wollte den Kopf wieder auf die Knie sinken lassen, stutzte plötzlich und riss unwillkürlich die Augen auf. Was war das? Am Waldrand! Iolair musste es auch gesehen haben, denn sie stand schon und starrte seltsam gespannt ebenfalls hinüber. Ein heller Schatten flimmerte vor dem Schwarz der Bäume, dann noch einer und noch einer. Wie ein helles Band wand sich die Prozession durch die Nacht und schon konnte Silla die einzelnen Gestalten ausmachen. Mit ihren wehenden Bärten, silbernen Haarmähnen und hellen Umhängen, die hinter ihnen herschleiften, schienen sie eher durch den Schnee zu gleiten, als wie Menschen zu gehen. Einer der Vordersten hob nun die Hand und lachte, dass sein Bart vibrierte.

Drugwydd!, wollte Silla rufen, aber sie brachte nur ein kleines Krächzen heraus wie ein trockenes Schluchzen.

Da riss Moruagh die Arme in die Höhe. »Juhuuu!« Ihr lang gezogener Schrei riss alle aus ihrer Erstarrung.

Und nun klappte es doch: »Drugwydd!«, rief Silla und stürzte los, dem Druiden direkt in die Arme, hinein in den vertrauten Geruch aus Schafwolle, Kräutern und etwas Unerklärlichem, das nur ihm zu eigen war.

Hinter den weißen Gestalten schritt noch eine dunklere, grau wie Stein: Ad Smerius. Auch er lächelte in die Runde voller Freude, aber trotzdem leicht abwesend, denn seine ganze Aufmerksamkeit war bereits auf den Schädel gerichtet, der noch immer auf dem Opferstein thronte. »Tuath-hach«, murmelte der Alte zärtlich und schüttelte dann mit leichtem Vorwurf den Kopf, als würde er vor einem unartigen Kind stehen, das ohne Erlaubnis ausgebüxt war. Mit dem Ärmel begann er behutsam den Ruß von Gold und Knochen zu wischen.

Und noch jemand tauchte unter den Bäumen hervor, dunkel und zottig, richtete sich auf die Hinterbeine auf und stieß ein sehnsuchtsvolles Brüllen aus.

Die Stute warf wiehernd den Kopf herum.

»Aru!« Moruagh machte einen Luftsprung und rannte los.

Silla musste lachen. »Wo habt ihr denn den Bären aufgelesen, Drugwydd?«

»Eher er uns.« Der Druide lächelte und tätschelte Vinzi neben sich freundlich den Kopf. »Auf einmal war er da und folgte uns. So einfach! Und hier ist noch jemand!« Er schob die Hand in seinen Ärmel und zog die Kröte heraus, die einen Moment auf seinem Handteller verharrte und dann einen großen Sprung zu Vinzi machte, der sie gerade noch auffangen konnte, bevor sie auf seinem Kopf landete.

Vinzi begann zu strahlen. »Losgann! Da bist du ja! Ich hatte dich schon richtig vermisst!«

Silla kam erst jetzt dazu, die hellen Gestalten, die sich um den Opferstein geschart hatten, näher zu betrachten. »Drugwydd! Was soll das bedeuten?«, flüsterte sie, aber bevor der Druide antworten konnte, war ein großer Mann zu ihnen getreten, auch er wie die anderen in helle Woll- und Filzumhänge gehüllt.

Drugwydd lächelte. »Silla, das ist Nelador, oberster Seher Mag Mells, und, Nelador, das ist Silla Faol, von der wir so oft schon gesprochen haben!«

»Die Tochter der Wölfin.« Neladors Stimme klang tief und warm und seine Augen blickten so grau wie ein hell verhangener Himmel. »Es bereitet mir hunderttausendfache Freude, dich zu treffen, junge Druidin!«

Silla spürte, wie sie vor Stolz rot wurde. »Ich, äh ... habe doch gerade erst angefangen«, stotterte sie verlegen.

»Das haben wir alle einmal, auch wenn das bei den meisten von uns sehr, sehr lange her ist.« Der Druide legte ihr die Hand auf die Schulter und schob sie sanft in Richtung Stein. Dann breitete er die Arme aus, um auch Finn, Moruagh und die anderen Freunde einzuschließen, bis sie alle in einem weiten Kreis um den Quader standen.

Er trat vor und berührte kurz den Schädel, dessen Aughöhlen nun wieder blitzten. »Tuath-hach.« Seine Stimme klang leise auf und achtungsvoll und doch so durchdringend, dass sie über den ganzen Platz reichte. »Der Älteste unserer Zunft und der Erste, der aus der Anderswelt kam in unsere. Was heute gesprochen wird, wird vor ihm gesprochen. Kein Opfer und kein Ritual könnte daran heranreichen. Das reine Wort wird seinen Geist heute tragen durch die letzte lange Nacht vor der Wiedergeburt des Lichts und durch alles, was in dieser Nacht bestimmt werden wird!«

Drugwydd und Iolair standen mit einem Mal an seiner Seite. Leichter Nebel begann die drei zu umwehen und sich dann nach dem Stein auszustrecken.

Echtrae, dachte Silla, der Nebel der Druiden, in dem so vieles geschehen kann! Dann fiel ihr noch etwas ein, ihr wurde ganz warm und ehrfürchtig zumute, und sie packte schnell die Hände von Vinzi und Bras, die rechts und links von ihr standen. Wenn heute die Wintersonnwende ist, dachte sie, dann ist ja in drei Tagen Weihnachten! Aufsteigende Bilder vom Lichterglanz des Weihnachtsbaums, von roten Kerzen und strahlenden Weihnachtsengeln vermischten sich mit dem Anblick der fackelglänzenden Lichtung, Tuath-hachs Schädels und der Gestalten der Druiden, die eindeutig etwas Engelhaftes hatten.

»Und so hat die Versammlung der Druiden Mag Mell verlassen. Nicht der Kreis des Eichenhains, sondern der Weg war Ort der Entscheidung darüber, wer der neue König sein soll …«, fuhr Nelador fort.

Silla blickte kurz zu Finn, dessen steinerne Miene keine Gefühle verriet, während Celtilus gar nicht richtig zuzuhören schien. Er hatte nur noch Augen für seine wiedergefundene Mutter.

»... nämlich ein Fürst«, dröhnte die Stimme des Sehers, »wie die Fürsten und Fürstinnen in der Alten Zeit es waren, die nicht ihr persönliches Wohl, sondern immer das Wohl ihres Volkes vor Augen hatten, von dem sie einer und mit dem sie eins waren. Für ihn nun wurde entschieden und ihm werden wir unsere Unterstützung und unsere Treue gewähren.« Er drehte sich um und neigte leicht den Kopf. »Hunderttausendfach meine Treue für Finn Ab Galwys«, sagte er schlicht.

Wie im Chor fielen die anderen Druiden ein und die Worte erhoben sich wie eine leise dröhnende Klangwolke in den Himmel der Winternacht, in dem eben der Mond aufgestiegen war und die Sterne glitzerten: »Hunderttausendfach meine Treue für Finn Ab Galwys!«

»Auch die Gesetze ändern sich, wie alles Leben sich ständig ändert«, sagte Drugwydd später zu Silla.

Sie standen zusammen und blickten dem Treiben auf der Lichtung zu, auf der mit Räucherwerk, Singen und Trommeln die Rituale zur Sonnwende und zu Finns Einweihung vorbereitet wurden.

»Darum schreiben wir Kelthoi auch nichts auf«, fuhr der Druide fort, »obwohl die Schrift uns sehr wohl bekannt ist. Aber in dem Moment, in dem etwas geschrieben steht, ist es in starre Formen festgepresst und nichts könnte dem Leben mehr widersprechen. So werden auch die Rituale zur Krönung unseres neuen und rechtmäßigen Fürsten davon abweichen, wie sie bisher geübt wurden, und keiner wird daran Anstoß nehmen!« Er blinzelte ihr zu. »Es wäre auch zu schade um die schöne Stute gewesen, ganz zu schweigen davon, dass wir Moruagh das Herz gebrochen hätten, nicht wahr?« Er legte den Arm um Sillas Schultern und drückte sie an sich.

»Was passiert mit Sliabh-sceil?«, fragte Silla.

»Er hat nicht nach der Wahrheit gehandelt, sondern in der Gier nach persönlicher Macht. Es war ein großes Glück, dass sein schändliches Treiben gerade noch verhindert werden konnte!« Drugwydds Miene wurde streng. »Er ist nicht wert, ein Druide zu sein, die Male werden ihm genommen zusammen mit seinem Stab, seiner Kraft und seiner Erinnerung an die Alten Worte. Er wird die Kräuter trinken, die alle Kenntnisse über die Zauberei und alles Druidenwissen von seinem Geist löschen werden, so hat es die Versammlung bestimmt.« Drugwydd zuckte die Achseln. »Er wird sein Leben behalten, aber er wird nichts mehr sein, und das ist gnädig entschieden! Er wird einem der Handelszüge in die Länder des Mittags mitgegeben werden und wo immer er landet, kann er dann gehen, wohin er will!«

Ein Schatten strich über sie hin, eine Flügelspitze streifte leicht Sillas Kopf, dass sie zusammenzuckte. Oila landete mit einem Hopser auf dem Opferstein.

»Sie mahnt zu einer anderen Reise«, ertönte Iolairs Stimme neben ihnen.

»Du meinst …?« Silla atmete tief durch. »Der Abschied ist immer so schwer«, flüsterte sie.

Iolairs gelbe Augen ruhten freundlich in ihren. »Ich weiß, Silla Faol, die du nun mit Druidenmalen auf den Fußsohlen reist. Und ich weiß auch, dass du wiederkehren wirst. Wir werden dich voll Freude erwarten. Aber nun komm.«

Drugwydd drückte sie noch einmal kurz in seine Arme, dann ließ er sie mit einem Nicken gehen, während er sich verstohlen die Augen wischte und etwas von einem »dummen alten Kerl« vor sich hin murmelte. Silla musste lachen und auch sein Bart begann voll Heiterkeit zu beben.

»Komm, Vinzi. Wir müssen zurück!« Sie zog ihren kleinen Bruder am Ärmel mit sich.

»Zurück? Aber ich will gar nicht zurück!« Vinzi schob widerspenstig die Unterlippe vor. »Jetzt, wo gerade alles so spannend ist!«

»Aber wir müssen doch auch wieder nach Hause, Vinzi!« Energisch zog Silla ihn weiter.

Sie traten von einem zum anderen, schlossen jeden der Freunde noch einmal in die Arme: Moruagh, die still begann zu schluchzen, Finn, den sie jetzt nur als den Fürsten Kelth Belchen-ais wiedersehen würden und der doch mit seinem abgeschlagenen Zahn grinste wie der Junge, als den Silla ihn kennengelernt hatte, Duine und Celtilus, die beide so glücklich wirkten, Ad Smerius, der nicht weniger fröhlich aussah, und schließlich Bras mit seinem Raben auf der Schulter, der etwas abseits stand und Silla kaum ansehen wollte. Er bohrte mit der Fußspitze im Schnee und als er jetzt den Blick zu ihr richtete, sah sie finsteres Unglück in seinen Augen. »Wirst du denn wirklich wiederkommen?«, fragte er wie beiläufig.

Silla nickte. »Iolair sagt, ja!«

»Na ja, dann …«, er stieß schnaubend die Luft durch die Nase, »… dann warte ich eben hier!«

»Genau hier?« Silla zog fragend die Augenbrauen hoch.

»Na ja, nein.« Er machte eine vage Handbewegung. »Hier irgendwo in Kelth.«

»Gut!«, nickte Silla, dann mussten sie beide lachen und er umarmte sie doch noch.

Dann waren sie am Stein, auf dem Oila schon wartete, die

Führerin in die Anderswelt. Iolair hatte Räucherwerk entzündet. Drugwydd half Silla und Vinzi hinaufzuklettern und hob auch Till auf den Stein in Sillas Arme. Nelador nickte ihnen lächelnd zu, während die Druiden ihr Singen und Trommeln zu einer einzigen Melodie zusammenströmen ließen, die sie nun durch die Nacht tragen würde.

Silla spürte den wohlbekannten Nebel aufsteigen, der ihr in Nase und Augen stieg, bis er sie ganz einhüllte. »Vinzi, halt dich gut an mir fest«, flüsterte sie und spürte, wie seine Arme sich noch ein wenig enger um ihre Mitte schlossen. Sie streifte sich ein Tuch über, das zu einer Schlaufe gebunden war, mit der sie Till an sich festzurrte, und musste lächeln. Als Welpe hatte er ganz in das Tuch gepasst, aber jetzt hingen ihm die langen Beine an allen Seiten hinaus. Das musste komisch aussehen, doch zumindest war er sicher!

Sie schloss die Augen und machte sich bereit, in dem Schwindel zu versinken und von dem fast unerträglichen Kreiseln der Spirale fortgerissen zu werden, die sie in ihre Zeit zurückbringen würde. Und schon spürte sie den Sog, stöhnte auf, so schrecklich war das Gefühl, als würde eine riesige Faust ihr erst den Kopf und danach noch alles andere zusammenpressen. Sie klammerte sich an Till, tastete mit der anderen Hand nach Vinzi, da hörte sie seinen Schrei: »Losgann! Bleib da!«, und schon lockerte sich sein Griff. Vinzi hechtete los, wohl hinter der Kröte her, Silla riss erschrocken die Augen auf, sah ihn gerade noch vom Stein verschwinden und in den Nebel tauchen, dann fühlte sie sich fortgerissen und wusste von gar nichts mehr.

Stille breitete sich um Silla. Tills warme pelzige Schnauze begann feucht an ihrem Kinn zu schnuppern und sie schlug zaghaft die Augen auf. Die Lichtung lag ruhig und leer vor ihr. »Vinzi!«, rief sie verzweifelt und noch einmal leiser: »Vinzi!« Aber eigentlich wusste sie schon, dass ihr niemand antworten würde. Sie und Till waren alleine. Ihr kleiner Bruder war im Reich der Kelten geblieben. »Cernunnos und ihr anderen Götter, beschützt ihn!«, murmelte Silla und wie als Antwort tönte ein heiseres »Huhu!« zurück.

Oila zog eine letzte Schleife, dann verschwand sie zwischen den Bäumen.

Silla musste sich nicht lange umschauen, um zu erkennen, dass sie beim Keltenstein An Ears waren – oder besser gesagt Anslindens. »Komm, Till! Gehen wir nach Hause«, rief sie ihrem Hund leise zu und blickte sich noch einmal auf der Lichtung um, dann seufzte sie tief. Sie konnte ihre Freunde vor sich sehen, als würden sie genau da stehen, wo sie gerade noch gestanden hatten, auch wenn sie mit einem Mal Tausende von Jahren entfernt waren.

Silla atmete noch einmal durch und stieß hörbar die Luft aus. Ihre Freunde würden bestimmt gut auf Vinzi aufpassen, da war sie sich ganz sicher. Mit meinem Leben!, hörte sie Moruaghs Stimme in Gedanken.

Auf einmal stieg Silla ein Lachen in die Kehle, sie lehnte sich an den Stein zurück und lachte und lachte, bis ihr die Tränen in die Augen stiegen.

Dieser kleine Teufelskerl, dachte sie, hat er es doch tatsächlich geschafft, dortzubleiben! Mit einem Mal war sie unglaublich stolz auf ihren kleinen Bruder. Blieb nur noch, das Ganze ihrer Mutter zu erklären …

Mit einem letzten Seufzer machte sie sich auf den Weg.

Bei Thienemann von Frederike Hieronymi bereits erschienen:
Silla – Tochter der Wölfin
Die Prophezeiung

Hieronymi, Frederike:
Silla – Tochter der Wölfin
Der Dunkle Druide
ISBN 978 3 522 20047 9

Gesamtausstattung: Henriette Sauvant
Einbandtypografie: Michael Kimmerle
Innentypografie: Marlis Killermann
Vor- und Nachsatz: Roman Lang
Schrift: Baskerville und Herculaneum
Satz: KCS GmbH in Buchholz/Hamburg
Reproduktion: immedia23, Stuttgart
Druck und Bindung: Friedrich Pustet, Regensburg

5 4 3 2 1° 09 10 11 12

www.thienemann.de